Gina Greifenstein

# Liebeskummer & Lametta

Roman



PIPER

*Mehr über unsere Autorinnen, Autoren und Bücher:*
*www.piper.de*

Wenn Ihnen dieser Roman gefallen hat, schreiben Sie uns unter Nennung des Titels »Liebeskummer & Lametta« an *empfehlungen@piper.de*, und wir empfehlen Ihnen gerne vergleichbare Bücher.



ISBN 978-3-492-50907-7

80799 München, *www.piper.de*
Für einen direkten Kontakt und Fragen
zum Produkt wenden Sie sich bitte an:
*info@piper.de*
Redaktion: Julia Feldbaum
Satz auf Grundlage eines CSS-Layouts
von digital publishing competence (München)
mit abavo vlow (Buchloe)
Covergestaltung: © Alexa Kim »A&K Buchcover«
Covermotiv: Bilder unter Verwendung von
catlady@creativefabrica.com
Printed in the EU

# *Kapitel 1*

## Driving home for Christmas

Die grellen Bremslichter registrierte Sandra beinahe zu spät. Nur wenige Zentimeter hinter der Stoßstange des vor ihr fahrenden Autos kam sie zum Stehen. Der Schreck ließ ihr Herz schneller schlagen.

Vor lauter Tränen konnte sie fast nichts sehen. Wie Sturzbäche rannen sie aus ihren Augen und verschleierten ihren Blick. Liefen über ihre Wangen, blieben an Nase und Kinn kurz hängen und landeten dann auf ihren Oberschenkeln, sodass die Jeans schon ganz nass war.

Das, was sie da machte, war ein Blindflug und lebensgefährlich.

Nur weil sie schnell wegwollte. Weg von allem, weg von Paul, der sie so fies hintergangen hatte, weg von ihrem Zuhause, das seit nicht mal einer Stunde nicht mehr ihr Zuhause war. Einfach nur weg.

Andererseits wäre es gar nicht so schlimm, tot zu sein, überlegte Sandra und schnäuzte sich in das letzte Papiertaschentuch, das die Packung hergab. Jetzt einfach umfallen, dann hätte der Herzschmerz genauso ein Ende wie die blöde Heulerei.

Die Autos vor ihr fuhren wieder an. Sie atmete tief durch und gab einigermaßen gefasst ebenfalls Gas. Im Stop-and-

Go-Modus lenkte sie ihren Wagen durch die morgendliche Rushhour aus München hinaus.

Endlich wurde der Verkehr flüssiger, dafür kamen erste Zweifel in ihr auf. Hätte sie vielleicht doch nicht einfach ihre Tasche packen und so überstürzt abhauen sollen? Hätte sie besser bleiben und mit Paul reden sollen?

*Doch was willst du mit einem Menschen, dem du vertraut hast und der seit so vielen Jahren Teil deines Lebens war, noch reden, wenn er dir gerade mitgeteilt hat, dass er nicht mehr dich, sondern eine andere liebt? Dass er nicht mehr mit dir, sondern mit der anderen zusammen sein will?*

Nein, es war gut, dass sie gegangen war. Ohne Betteln, ohne langwierige und vor allem erniedrigende Diskussionen. Ohne Heulen, ohne dramatische Szenen. Und vor allem hocherhobenen Hauptes. Die Tränen waren zum Glück erst geflossen, als sich die Aufzugtür geschlossen hatte und sie auf dem Weg in die Tiefgarage war.

Nein, sie musste weg. Sie hätte Pauls Nähe nicht mehr ertragen können. Er würde zwar erst einmal zu dieser anderen Frau ziehen, bis sie eine eigene Bleibe gefunden hatte, aber wie hätte das funktionieren sollen, sie wäre doch durch alles, was in der Wohnung herumstand, an ihn erinnert worden? Überall waren Denkmäler ihres gemeinsamen Lebens – angefangen mit dem großen Poster von ihrem Bali-Urlaub im letzten Jahr an der Wand über der Sitzlandschaft. Ein traumhaft schönes Foto, auf dem sie eng umschlungen vor einem Wasserfall standen und sich innig in die Augen sahen. Zu einer Zeit, als er sie noch geliebt hatte ...

Erneut öffneten sich alle Schleusen. Sandra schaffte es gerade noch, in einen Parkplatz einzubiegen, wo sie das Auto stoppte und sich erst einmal ihrem Kummer hingab.

Paul hatte sie abgelegt wie ein abgetragenes Kleidungsstück. Vielleicht war ihre Beziehung nach beinahe acht Jahren ja irgendwie abgetragen? Obwohl sie das nie so empfunden hatte. Ganz im Gegenteil, sie hatte die daraus resultierende Vertrautheit sehr genossen. Natürlich war dieses erste Prickeln, die erste Verliebtheit, Routinen gewichen. Aber war das nicht ganz normal? Man konnte doch nicht immer himmelhoch jauchzend durchs Leben gehen – dann würde auch das Himmelhoch-Jauchzen irgendwann langweilig werden, oder?

Aber Paul wollte anscheinend weiter himmelhoch jauchzen. Nur nicht mit ihr.

Zu Tode betrübt ließ sie den Kopf an die Scheibe sinken und schloss die Augen. Das kühle Glas an ihrer linken Gesichtshälfte tat gut.

Wo sie denn hinwolle, hatte er ihr nachgerufen, nachdem sie ein paar Kleidungsstücke und den flüchtig gepackten Kulturbeutel in ihre Reisetasche geworfen hatte und in die Diele geeilt war.

Jetzt kam ihr diese Frage absurd vor: Hatte ihn das wirklich interessiert? Sie hatte ihm keine Antwort gegeben, nicht nur, weil sie in diesem Moment in einer Art Schockzustand gewesen war und kein Wort über die Lippen gebracht hätte, sondern auch, weil sie ihm darauf keine Antwort hatte geben *können*. Sie hatte einfach nur irgendwie reagiert, war in die Stiefel geschlüpft, hatte den Mantel vom Haken gerissen, ihren Schlüssel geschnappt und war filmreif aus der Wohnung geflohen.

Ab sofort ging es Paul nichts mehr an, wohin sie ging oder nicht ging. Sollte er sich doch Sorgen machen, er hatte es verdient.

Sie hatte selbst erst gewusst, wohin es sie zog, als sie in der Tiefgarage aus dem Lift gestiegen war. Es gab nur einen einzigen Ort, wo man sie mit offenen Armen aufnehmen und trösten würde: ihr Elternhaus. Der Schmerz würde zwar nicht verschwinden, aber das weihnachtlich geschmückte Zuhause, der Duft nach frisch gebackenen Plätzchen und die uneingeschränkte Liebe von Mama und Papa würden ihn ganz sicher lindern. Nirgendwo auf der Welt war es schließlich gemütlicher und vor allem sicherer als bei den eigenen Eltern zur Weihnachtszeit. Mama würde sie mit all ihrer Liebe auffangen und verwöhnen, so, wie sie es immer getan hatte, wenn Sandra in der Vergangenheit unglücklich gewesen war.

Unbändige Sehnsucht packte sie auf einmal, aber es lagen noch dreihundertfünfzig Kilometer zwischen ihr und Markingen. Die Tatsache, dass sie dieses Weihnachten eigentlich nicht hatte nach Hause fahren, sondern mit Paul nach London fliegen wollen, kam ihr auf einmal wie aus einem anderen Leben vor.

Ob er wohl mit der Neuen nach London flog? Gebucht hatte er ja bereits. Paul ... Pah! Sollte er doch machen, was er wollte, sie würde auch ohne ihn zurechtkommen.

Entschlossen startete sie den Motor und fädelte sich in den fließenden Verkehr ein. Sie schaltete das Radio an, und als wenig später *Driving Home for Christmas* gespielt wurde, drehte sie voll auf und grölte voller Inbrunst und nicht sonderlich schön mit. Ja, sie fuhr nach Hause, genauso wie Chris Rea, zu den Menschen, die sie liebte und die sie liebten, die sie zwar nicht erwarteten, sich aber freuen würden, dass sie dann doch Weihnachten mit ihnen feiern wollte. Und da war es sogar egal, dass Meike auch da war. Sie würde ihre doofe kleine Schwester ganz einfach hinnehmen und am besten ignorieren.

Kilometer um Kilometer brachte Sandra hinter sich. Und je weiter sie sich von München und Paul entfernte, desto größer wurde die Vorfreude auf daheim.

Irgendwann musste sie den Sender wechseln, weil Bayern 3 sich, je weiter sie sich von München entfernte, mit einem immer lauter werdenden Rauschen verabschiedete. Und kaum, dass sie auf RPR1. umgeschaltet hatte, fuhr auch dort Chris Rea nach Hause – ein Vorhaben, das sie erneut lautstark unterstützte.

Das würde ab sofort ihr Lieblingslied sein. Und immer, wenn sie es in Zukunft hören sollte, würde sie an diesen Tag, an *diese* Fahrt nach Hause denken ... und wahrscheinlich auch an Paul, aber das verdrängte sie schnell. Nicht nur, weil sie sowieso nie wieder an diesen Kerl denken wollte, sondern auch, weil ihr sofort wieder die Tränen kamen.

Sie hatte die Nase voll vom Weinen. Denn wie, bitte schön, sollte man mit tränenverschwommenem Blick klar nach vorn schauen? Nicht nur beim Autofahren, sondern auch in die Zukunft? Und die sah im Moment nicht sonderlich rosig aus, eher grau. Grau wie der Himmel über ihr, aus dem jetzt tatsächlich ein paar mickrige Schneeflocken fielen, die aber auf der Windschutzscheibe sofort schmolzen. Sogar der Schnee war mickrig – genauso wie ihr Liebesleben.

Doch je näher sie der Pfalz und dem Pfälzer Wald kam, desto dicker wurden die Flocken. Ab Karlsruhe blieben sie dann tatsächlich liegen, und sie musste die Scheibenwischer einschalten, um die weiße Pracht, die sich auf der warmen Scheibe sofort in Matsch verwandelte, beiseitezuschieben.

Weiße Weihnachten! Wie sehr hatte sie sich das als Kind immer gewünscht, doch meist war sie enttäuscht worden. Umso mehr genoss sie den Anblick, fast fröhlich beobachtete sie, wie die winterlich tristen Randstreifen ein weißes Häubchen bekamen. Ein paar der Bergspitzen in der Ferne waren auch schon weiß überzuckert, woraus sie schloss, dass auch in Markingen Schnee liegen musste.

Umso heimeliger würde das Haus ihrer Eltern aussehen, wenn sie in nicht mal einer Stunde davor parkte. Mit Lichterketten, die das Dach einrahmten und sich um die Bäume und Büsche im Vorgarten wickelten, und beleuchteten Sternen in den Fenstern. Ihr Vater nahm es mit dem Außenschmuck stets sehr genau, eine Klassenkameradin hatte einmal staunend am Zaun gestanden und beeindruckt »Ein Weihnachtshaus!« gehaucht. Manche Nachbarn nannten es einfach nur übertrieben oder kitschig. Für Sandra war es zwar auch ein bisschen zu viel des Guten, aber es war von jeher auch der Inbegriff von Weihnachten. Und genau darauf freute sie sich jetzt mehr als auf alles andere.

Sie konnte den Moment, wenn sie in die Straße einbiegen und das Haus hinten rechts leuchten sehen würde, kaum erwarten. Im winterlichen Dämmerlicht würde es ganz besonders schön aussehen.

Sie sah es filmreif vor ihrem geistigen Auge ablaufen: Wie sie die Eingangsstufen hinaufeilte, klingelte und »Überraschung!« rief, wenn ihre Mutter öffnete – und wie sie sich dann in deren überglücklich ausgebreitete Arme warf. Dann würde sie in das weihnachtlich herausgeputzte und von ihrem Vater wie immer überheizte Innere des Hauses eintauchen. Das Gefühl, in Sicherheit zu sein, konnte sie beinahe spüren. Sicher und behütet vor der bösen Welt da draußen. Wieder Kind sein dürfen – jahrelang hatte sie sich dagegen gewehrt, weil sie doch schon lang erwachsen war, aber heute konnte sie sich nichts Schöneres vorstellen. Wie immer würde sie in ihrem ehemaligen Kinderzimmer schlafen, das zwar inzwischen ganz anders aussah, aber sich immer noch wie daheim anfühlte.

Ja, Meike würde über die Feiertage da sein und einen Teil, wahrscheinlich wie immer den größeren, der Liebe und Aufmerksamkeit ihrer Mutter einfordern, aber daran hatte sie sich in den siebenundzwanzig Jahren, die die lästige Schwester jetzt auf der Welt war, schon irgendwie gewöhnt.

Und dann passierte Sandra endlich das Ortsschild.

# Kapitel 2

## Überraschung!

Sandras Aufregung stieg. Langsam fuhr sie die Bahnhofstraße entlang, die sie so gut kannte und über der auch in diesem Jahr die gewohnte uralte Weihnachtsbeleuchtung im Zickzack von einer Seite zur anderen gespannt war. Sie drosselte das Tempo, nicht nur, weil sie alles genau betrachten und den Moment des Heimkommens so intensiv wie möglich erleben wollte, sondern weil auch die Schneedecke auf der Straße ein schnelleres Fahren nicht mehr zuließ. Links und rechts wurden schon die Gehsteige gekehrt oder mit dem Schneeschieber bearbeitet. Und die Flocken fielen weiter dick vom inzwischen spätnachmittagsdämmrigen Himmel herab. Wenn sie Glück hatte, dann würde sie morgen früh in einer weißen Wunderwelt erwachen. Wenn sie noch mehr Glück hatte, dann würde alles bis Heiligabend liegen bleiben.

Als sie etwa die Hälfte der Straße hinter sich gebracht hatte, flammten über ihr die Glühbirnen der verschnörkelten Sterne und stilisierten Schneeflocken auf. Zusammen mit den beleuchteten Schaufenstern und dem noch immer fallenden Schnee hatte der Moment beinahe etwas Märchenhaftes.

Und dann kam die Abzweigung in den Westring. Die Straße ihrer Kindheit, in der sie Rad- und Rollschuhfahren gelernt und Fangen mit den Nachbarskindern gespielt hatte, lag im Scheinwerferlicht wunderbar weiß vor ihr. Ihr Auto war das erste, das seine Reifen in die makellose Schneedecke drückte.

Die Tanne vor dem Haus der Hallers, wo sie ein Jahr lang Lateinnachhilfe vom besten Freund ihres Vaters bekommen hatte, erstrahlte im grellen LED-Licht einer bestimmt hundertbirnigen Lichterkette. Gegenüber bei den Müllers blinkte es bunt und unrhythmisch, etwas, das es die Jahre zuvor noch nicht gegeben hatte. Bei den Bollingers daneben leuchtete zwar nichts, dafür kletterte eine wohlbeleibte Weihnachtsmann-Figur mit prall gefülltem Geschenkesack über das Balkongeländer. Wobei man nicht genau erkennen konnte, ob er noch hochkletterte oder vielleicht doch eher türmen wollte. Die Friedmanns neben Hallers hatten Dachrinne und Giebel mit Lichterketten geschmückt, die wie Eiszapfen aussahen.

Im Vorbeirollen musste Sandra schmunzeln: Die Nachbarn hatten dieses Jahr also ordentlich aufgerüstet, um es mit ihrem Vater aufnehmen zu können. Aber so sehr sie sich auch angestrengt haben mochten: Gegen die Schmückfreude ihres Vaters waren sie allesamt echte Anfänger!

Gleich kam die leichte Biegung, nur noch drei Häuser standen auf der rechten Seite, die sie von ihrem Elternhaus trennten: das der Richters, das der Neumanns und das der Voglers. Und dann würde es leuchten und strahlen und alles in den Schatten stellen, was die Nachbarschaft hier veranstaltete.

Doch als Sandra bei den Voglers vorbeigefahren war und vor dem Haus der Eltern hielt, leuchtete und strahlte nichts, kein einziges Birnchen am Baum im Vorgarten, keine Leuchtsterne in den Fenstern, keine Lichterketten. Auch kein hell erleuchtetes Fenster, das zum Hineinschauen verlockte – im Gegenteil: Überall waren die Rollos heruntergelassen. Das Haus stand dunkel und verwaist da.

Regelrecht geschockt blieb Sandra bei laufendem Motor im Wagen sitzen und betrachtete das Gebäude. Sie fragte sich, was da los war. Waren die beiden noch mal zum Einkaufen gegangen? Oder bei den Nachbarn?

Und wenn, beantwortete sie sich diese Fragen selbst: Ihr Vater würde nie-, niemals vergessen, die Weihnachtsbeleuchtung einzuschalten!

Das Gefühl der Sorge umklammerte ihr Herz und drückte es zusammen. War den beiden etwas passiert, und man hatte sie nicht informiert?

Das Garagentor war geschlossen, die Schneefläche auf der Einfahrt davor jungfräulich – es sah nicht danach aus, als ob da in der letzten Zeit jemand rein- oder rausgefahren wäre.

Mit klopfendem Herzen schaltete sie den Motor aus und blieb noch einen Moment sitzen. Als es spürbar kühler im Wageninneren wurde, sprach sie sich Mut zu und stieg aus. Ohne das Haus aus den Augen zu lassen, holte sie ihren Mantel vom Rücksitz und schlüpfte hinein.

Im schwindenden Tageslicht erkannte sie, dass der Baum vor dem Haus ohne Lichterkette dastand. Genauso wie die kleine Korkenzieherweide neben der Einfahrt. Etwas stimmte hier ganz und gar nicht!

Ging es dem Vater etwa so schlecht, dass er dieses Jahr nicht die Kraft gehabt hatte, seinen geliebten Weihnachtsschmuck anzubringen? Aber hätte ihre Mutter das nicht beim letzten Telefonat erzählt? Vor zwei Wochen war das gewesen, da hatten sie doch über Weihnachten gesprochen und darüber, dass sie und Paul dieses Jahr ausnahmsweise nicht kommen würden. Wegen London. Zu einem Zeitpunkt also, zu dem normalerweise schon alles hätte geschmückt sein müssen. Bestimmt hatte ihre Mutter nichts erwähnt, weil sie sie nicht beunruhigen wollte. Danach war Sandra wegen dieses blöden Keks-Werbeauftrags beruflich so eingespannt gewesen, dass sie sich nicht mehr gemeldet hatte. Das schlechte Gewissen schwappte über sie hinweg wie eine große Welle. Ihren Eltern oder einem von ihnen ging es nicht gut, und sie hatte keine Ahnung davon! Weil sie eine schlechte Tochter war, die sich viel zu selten meldete. Meike wusste bestimmt Bescheid, sie war ja die Mustertochter. Und wenn sie mit ihrer Schwester Kontakt hätte, wie es sich für Schwestern gehörte, dann hätte sie es zumindest von ihr erfahren. So stand sie jetzt vor einem dunklen Haus, mit Angst im Herzen und ohne einen blassen Schimmer, was sie erwartete.

Als sie sich mit steifen Beinen dem Gartentürchen näherte, blickte sie nach rechts und links die Straße hinunter, aber keiner der Nachbarn war zu sehen. Keiner schippte Schnee, niemand ging spazieren, also gab es auch keinen, den sie nach ihren Eltern fragen konnte. Sandra hoffte so sehr, dass sich all die ängstlichen Gedanken in Luft auflösten, weil sich gleich die Haustür öffnen würde und die Mutter mit ausgebreiteten Armen vor ihr stünde.

Die schmiedeeiserne Klinke des niedrigen Türchens im altmodischen Jägerzaun war zugeschneit und eiskalt, so kalt, dass ihre Handfläche schmerzte. Fröstelnd wickelte Sandra den Mantel enger um ihren Körper. Bei jedem Schritt, den sie über die makellose Schneeschicht auf dem Weg zum Haus ging, erklang dieses typische Knirschgeräusch, dass sie als Kind so geliebt hatte und sie jetzt in unerklärliche Furcht versetzte.

Dann stand sie vor der Haustür, die zum ersten Mal, seit sie denken konnte, kein Adventskranz zierte. Kahl und abweisend sah sie aus. Ein Griff in die Manteltasche bestätigte ihre Befürchtung: Der Schlüssel für ebendiese Tür hing im fernen München am Schlüsselbrett. Bei ihrer beinahe panischen Flucht aus der Wohnung hatte sie ihn einfach vergessen.

Nach einem tiefen Atemzug legte sie den Zeigefinger auf den ebenfalls eiskalten Knopf oberhalb des schlichten silbernen Namensschildes und klingelte. Erst einmal, dann nach kurzem Warten zweimal kurz hintereinander. Aber auch nach einem Dauerläuten blieb die Tür geschlossen. Ratlos drehte sie sich um und sah zur Straße.

Wo waren die beiden nur?

Mit klammen Fingern nestelte sie das Handy aus der Innentasche des Mantels.

Fünfzehn Sprachnachrichten waren während der Autofahrt eingegangen, dreizehn von Wolfgang, ihrem Chef, zwei von Paul.

Wollte Paul sich entschuldigen? Wollte er ihr sagen, dass das alles ein dummes Missverständnis war, dass sie zu ihm zurückkommen sollte? Ihr unglückliches Herz schlug ein paar Takte schneller.

Aber erst musste sie versuchen, ihre Eltern zu erreichen. Sie suchte die Handynummer ihrer Mutter heraus und rief sie an. Es klingelte ein paar Mal am anderen Ende der Leitung, aber es ging keiner ran. Immerhin hatte ihre Mutter ihr Handy nicht ausgeschaltet.

Ihr Finger schwebte über dem Pfeil der ersten Sprachnachricht von Paul. Sollte oder sollte sie lieber doch nicht? Das Engelchen auf der einen Schulter sagte unüberhörbar: *Ja, gib ihm eine Chance.* Das Teufelchen auf der anderen Schulter flüsterte: *Der Arsch soll sich verpissen, er ist es gar nicht wert, ihm noch einmal zuzuhören.*

*»Hallo, Sandra«,* kam Pauls vertraute Stimme aus dem kleinen Apparat, als sie dann doch die erste Nachricht abspielte. Schnell drückte sie auf Pause.

Sandra, nicht Sandy, wie er sie sonst immer genannt hatte. Und er klang ernst. Kurz überlegte sie, ob sie wirklich hören wollte, was da noch kommen würde. Aber die Neugier – und vor allem die Hoffnung – siegte.

*»Ich hoffe, es geht dir gut …«*

Erneut drückte sie auf Pause. Hatte er das wirklich gesagt? Nein, verdammt, ihr ging es nicht gut. Ihr ging es gelinde gesagt beschissen!

*»Und vor allem hoffe ich, dass du keinen Quatsch machst …«*

Quatsch? Sandra wollte ihren Ohren nicht trauen. Was meinte er mit »Quatsch«? Dass sie sich das Leben nahm? Wegen ihm? Was bildete sich der Kerl ein? Ja, sie konnte sich ein Leben ohne ihn im Moment zwar nicht vorstellen, aber deswegen sterben? Wie wichtig nahm der sich eigentlich?

*»Lass uns noch mal in Ruhe darüber reden, wenn du dich beruhigt hast …«*

»Und worüber willst du da noch reden?«, fauchte Sandra, die sich keinesfalls beruhigen wollte, das Handy an. »Du Arsch hast Schluss gemacht, und ob du es glaubst oder nicht: Ich hab zwar nicht Medizin studiert wie du, aber ich hab es trotzdem kapiert.« In einem Anflug von Stolz löschte sie beide Nachrichten, ohne sie fertig beziehungsweise überhaupt gehört zu haben. Gleich darauf war sie entsetzt über sich selbst, dass sie Pauls Stimme gelöscht hatte, die Stimme, die sie immer so geliebt und der sie so gern zugehört hatte. Tief atmete sie die kalte Schneeluft ein, um die aufkommenden Tränen zurückzudrängen.

Um sich abzulenken, sah sie unter jeden der drei großen Blumentöpfe, in denen als einzige Weihnachtsdeko ein paar schmucklose Tannenzweige steckten. Dort war früher immer ein Ersatzschlüssel für vergessliche halbwüchsige Töchter deponiert gewesen. Die Betonung lag auf früher, denn jetzt lag da kein Schlüssel mehr. Kein Wunder, sie selbst hatte bei ihrem letzten Besuch im Sommer auf ihre Mutter eingeredet, dass das gefährlich und quasi eine Einladung für Einbrecher wäre und im Falle eines Einbruchs keine Versicherung der Welt für Geklautes aufkommen würde. Ihr Argument, dass Meike und sie jetzt erwachsen wären, hatte dann wohl gefruchtet. Tja, das hatte sie jetzt davon: nämlich keinen Schlüssel, mit dem sie ins Haus kommen konnte!

In ihrer Manteltasche klingelte das Telefon. Vielleicht

Paul, dachte sie spontan. Aber es war nicht Paul, es war ihre Mutter.

»Mama, endlich!«, meldete sie sich vorwurfsvoll.

»Sandra-Schatz, du hattest angerufen – was gibt's?«

»Wo seid ihr?«

Auf diese Frage hin herrschte kurz Stille.

»Wieso?«, kam dann hörbar zögerlich die Antwort.

»Weil ich hier vor der Tür stehe und keiner da ist.«

»Vor welcher Tür denn, Kind?«

»Vor *eurer* Tür zu Hause, Mama. Also, wo seid ihr?«

»Ähm, noch beim Frühstück ...«

Sandra überprüfte die Uhrzeit auf dem Display. Die erste Erleichterung, dass es den beiden anscheinend gut ging, wich der Sorge, dass dem wohl doch nicht so sein könnte: Es war kurz nach vier am Nachmittag, und ihre Mutter faselte etwas vom Frühstück!

»Mama, ist alles klar bei euch?«

»Aber ja, Kind, bestens, willst du deinen Vater sprechen?«

Da ihrer Mutter kein vernünftiges Wort zu entlocken war, bejahte sie das. In der Hoffnung, ihr Vater würde das Ganze hier schnell aufklären.

»Papa, wo seid ihr?«

»Wie deine Mutter schon sagte, noch beim Frühstück ...«

»Sag mal, spinnt ihr zwei? Es ist fast Abend«, unterbrach Sandra genervt.

»Hier auf Barbados ist es aber noch Vormittag.«

Barbados? Hatte sie sich verhört? Sandra musterte das Telefon in ihrer Hand kritisch. Natürlich war ihr Altersdemenz ein Begriff, sie hatte aber noch nie von einem Fall gehört, wo beide Elternteile gleichzeitig und äußerst spontan erkrankt waren.

»Barbados?«, wiederholte sie vorsichtig.

»Ja, Barbados. Wir sind auf einer Karibik-Kreuzfahrt. Deine Mutter wünscht sich das doch schon so lang, und da ihr alle nicht über Weihnachten kommen wolltet ...«

»Meike auch nicht?«

»Nein, sie hat über die Feiertage Dienst in der Klinik. Sie war zwar sehr traurig deswegen, aber sie meinte, das würde bei ihrem Professor gut ankommen und außerdem auch ein bisschen Geld einbringen. Und dann haben wir dieses ganz fantastische Angebot im Schaufenster vom Reisebüro gesehen und spontan gebucht. Hat deine Mutter dir das nicht gesagt?«

»Nein, das hat sie wohl vergessen«, antwortete Sandra missmutig.

Sie hörte Gewisper und raschelnde Geräusche, dann hatte sie ihre Mutter wieder am Ohr.

»Ach, Sandra-Schatz, das tut mir so leid! Ich wollte dich noch deswegen anrufen, aber es war alles so kurzfristig und die ganze Packerei. Aber dann dachte ich mir, dass es letztendlich doch nicht so wichtig war, weil du und Paul ... weil ihr beide ja eh nicht kommen wolltet. Aber hab ich das gerade richtig verstanden? Du stehst bei uns daheim vor der Tür? Warum gehst du denn nicht rein?«

»Weil ich meinen Schlüssel in München vergessen habe ... deshalb.« Müde lehnte Sandra sich an die unüberwindbare Tür und starrte ins Schneegestöber. Und jetzt?, fragte sie sich. Sollte sie in ein Hotel gehen?

»Aber wolltet ihr nicht nach London fliegen, um dort Weihnachten zu feiern?«

Sandra spürte, wie ihre Augen wieder tränenwässrig wurden. Seufzend wischte sie sich mit dem Handrücken über die Lider. »Ach, Mama, das ist eine lange Geschichte, die ich nicht am Telefon erzählen möchte. Hast du noch irgendwo einen Ersatzschlüssel versteckt?«

»Du hast mir doch lang und breit erklärt, dass man das nicht machen sollte, also nein.«

»Wann kommt ihr denn wieder?«, fragte sie hoffnungsvoll.

»Am 15. Januar, wieso?«

Verzweiflung ergriff Sandra. Verdammt, wem sollte sie jetzt ihre Sorgen und Nöte erzählen, wer würde sie trösten? Sie konnte sich unmöglich fast vier Wochen lang in einem Hotel verkriechen, um ihre Wunden zu lecken und auf ihre Eltern zu warten. So lang dürfte sie keinesfalls vom Büro wegbleiben. Nach nur einem unentschuldigten Fehltag hatte sie schon zwölf Nachrichten von ihrem Chef auf der Mailbox, wie wäre das wohl nach mehreren Wochen?

Ihre Mutter sprach unterdessen munter weiter, ohne dass Sandra wirklich zuhörte. Zu sehr jagten sich ihre Gedanken, und erst als das Wort *Schlüssel* fiel, reagierte sie. »Die Verbindung war gerade nicht so gut«, flunkerte sie. »Was hast du zuletzt gesagt?«

»Wegen des Hausschlüssels ... Das ist aber komisch. Also unsere Verbindung ist ganz prächtig, ich höre dich glasklar, so, als stündest du genau vor mir. Hans, wie war die Verbindung bei dir? Sandra sagt, sie kann nicht alles verstehen.«

*Mensch, Mama, mach hinne, ich stehe hier im Schnee und friere mir den Arsch ab!*

»Sandra?« Ihr Vater war wieder dran. »Sandra, sag doch mal was.«

»Was? Was soll ich denn sagen?« Langsam riss ihr der Geduldsfaden.

»Ich will doch nur überprüfen, wie die Verbindung ist. Also ich merke nichts von einer Störung, ich höre dich ganz prächtig.«

Sie schloss die Augen und atmete tief durch. »Wunderbar, Papa, ich höre dich auch ganz prächtig. Mama hatte vor der Diskussion über die Qualität dieser Telefonverbindung was vom Hausschlüssel gesagt.«

»Aber du hast doch einen Schlüssel.«

»Ja, aber nicht dabei, den hab ich daheim vergessen ...« Sie musste schlucken, da es dieses Daheim ja nicht mehr gab.

»Ach so. Aber was wollt ihr denn bei uns machen, wenn wir gar nicht da sind?«

»Keine Ahnung, Papa, das wird sich ergeben. Jetzt brauche ich einfach den Schlüssel, damit ich ins Haus komme und mich aufwärmen kann.« Unentwegt trat sie von einem Fuß auf den anderen, um sich in Bewegung und warm zu halten. Was aber letztendlich nichts brachte.

»Aufwärmen? Ja, ist es denn kalt in Markingen? Als wir letztes Wochenende losgefahren sind, hatten wir knappe dreizehn Grad.«

»Jetzt nicht mehr. Es ist kalt, und es schneit seit Stunden. Also, was ist mit dem Schlüssel?« Sie betrachtete die Fußabdrücke, die sie auf dem Weg zur Tür hinterlassen und der unentwegt fallende Schnee schon beinahe wieder unsichtbar gemacht hatte. Sie wechselte die Hand und das Ohr, weil ihre Finger vor Kälte schon ganz steif geworden waren.

»Es schneit?«, kam die überraschte Frage aus der fernen Karibik. »Das hat die Wetter-App aber nicht angezeigt. Ich glaub ja manchmal, die verarschen uns. Hast du gehört, Elli, daheim schneit's. Ha, deine Mutter will das gar nicht glauben. Also wir haben hier wunderbaren Sonnenschein und karibische fünfunddreißig Grad.«

»Papa, der Schlüssel«, mahnte Sandra. Mit den Augen folgte sie den Atemwölkchen, die beim Sprechen ihre Lippen verlassen hatten und sich jetzt langsam in nichts auflösten.

»Ach ja, der Schlüssel! Der ist drüben bei Voglers. Die kümmern sich um die Post und die Zimmerpflanzen, solange wir weg sind. Schätzchen, du musst die Thermostate hochdrehen, damit du es warm kriegst. Ich hab sie auf ganz klein gestellt, damit nichts einfriert. Und jetzt müssen wir Schluss machen, wir haben eine Fahrt in den Regenwald gebucht. Wir melden uns, tschüss!«

Ratlos stand sie unter dem Vordach ihres Elternhauses und sah in die immer dunkler werdende Welt davor. Was sollte sie jetzt tun? Den weiten Weg zurück nach München fahren und sich dort in einem Hotel verkriechen? Bei dem Wetter könnte das ein paar Stunden länger dauern, als sie für die Herfahrt gebraucht hatte. Ganz abgesehen davon, dass das nicht ungefährlich wäre. Oder doch hierbleiben, in diesem gottverlassenen Provinzkaff am Arsch der Welt? Allein wäre sie da wie dort. Nur hier würde es nichts kosten. Und Geld würde sie demnächst jede Menge brauchen – Kaution, Miete, Umzug –, wahrscheinlich musste sie einen Kredit aufnehmen.

Das Handy klingelte erneut. Ihr Chef schon wieder. Und sie wusste genau, dass es kein angenehmes Gespräch war, das sie da erwartete. Immerhin war sie heute dem Büro ohne jegliche Nachricht oder Entschuldigung ferngeblieben. Und das mitten in dieser wichtigen Werbekampagne. Der Akku war fast leer, trotzdem ging sie ran.

»Wolfgang! Gut, dass du anrufst, ich wollte mich auch gerade bei dir melden«, flötete sie zuckersüß und hasste sich selbst für ihre Arschkriecherei. Aber was sie jetzt nicht brauchte, war Ärger mit ihrem Chef ... und schon gar keinen Rauswurf aus der Firma.

»Wo, verdammt, bist du? Der Herz-Keks-Chef war höchstpersönlich bei dem Zwei-Uhr-Meeting, und er ist wutschnaubend abgedampft, weil wir ihm nichts – ich wiederhole –, NICHTS Prickelndes anbieten konnten. Es war deine Aufgabe, das neue Konzept auszuarbeiten, zumindest ein paar Ideen zu skizzieren. Du hast mich und das Team voll auflaufen lassen. Dir ist doch bewusst, dass wir es uns nicht leisten können, diesen Auftrag zu verlieren? Ich hoffe für dich, dass du eine sehr gute Erklärung für dein Nicht-Erscheinen hast, sonst ...«

Sandra erfuhr nicht mehr, was sonst passieren würde, denn genau an dieser Stelle machte ihr Akku schlapp.

Das war nicht gut. Das war gar nicht gut! Wolfgang musste denken, dass sie einfach aufgelegt hatte, und das war etwas, was er partout nicht ausstehen konnte. Das Handy musste so schnell wie möglich an eine Steckdose, damit sie das aufklären konnte. Zum Glück hatte sie ihren Laptop mitgenommen, sie würde ihre Entwürfe sofort an Wolfgang schicken, sobald sie im Haus war, und dann wäre alles wieder gut.

Sie steckte das tote Handy ein und stapfte in Richtung Nachbarhaus, um den Schlüssel zu holen.

# Kapitel 3

## Pickelgesicht

Den Mann, der nach dem zweiten Klingeln die Tür öffnete, hatte Sandra noch nie zuvor gesehen. Und sie kannte Herrn und Frau Vogler seit ihrer Kindheit, seit ziemlich genau fünfunddreißig Jahren. Herr Vogler war im Alter ihres Vaters, also etwa Mitte sechzig. Das gar nicht so schlecht aussehende Exemplar, das hier vor ihr stand, war aber eher ihre Altersklasse.

Prüfend sah sie aufs Klingelschild. Nein, sie hatte sich nicht im Haus geirrt, hier wohnten noch immer die Voglers. Entweder hatten die Nachbarn einen Haushälter, denn die Schürze mit den großen bunten Blumen, die das schnuckelige Kerlchen sich umgebunden hatte, konnte einen zu dieser Annahme verleiten, oder sie hatte gerade einen Einbrecher bei der Arbeit gestört. Wobei die Schürze ein eher ungewöhnliches Accessoire gewesen wäre. Und ob er dann die Tür geöffnet hätte, bezweifelte sie irgendwie auch.

»Sandra Sommer!«

Der Typ kannte sie?

»Hi«, sagte sie so lässig wie möglich und versuchte sich an einem reizenden Lächeln. Wenn er sie kannte, dann musste sie ihn auch kennen – eigentlich –, aber sie hatte keinen blassen Schimmer.

Er war groß, einiges über eins achtzig. Und schlank. Rotblondes volles Haar, kurz geschnitten, rotblonder Vollbart. *Wer, verdammt, bist du?*

»Frank? Wer ist denn da?« Frau Vogler erschien neben dem Fremden.

*Frank?!?*, hätte Sandra am liebsten laut gerufen. *Der Frank?* Der pummelige, zu klein geratene und schrecklich unsportliche Frank Vogler? Der doofe Nachbarsjunge mit der Zahnspange und den Millionen Sommersprossen? Unmöglich! Aber Frau Vogler musste ihren Sohn ja kennen ...

»Hallo, Frau Vogler, hallo, Frank.«

»Die Sandra! Dass man dich mal wieder zu sehen bekommt. Gut schaust du aus.« Frau Vogler schien sich über ihr Erscheinen zu freuen, Frank eher nicht. Er ließ sich zu keinem Lächeln herab.

»Herrje, was für ein Wetter, komm doch rein!«, lud Frau Vogler sie freundlich ein.

»Ich bringe Ihnen bloß Dreck rein«, wehrte Sandra ab. »Außerdem will ich gar nicht lang stören, ich möchte nur den Schlüssel holen, damit ich drüben reinkomme.« Verlegen sah sie Frank an, der sie mit kühlem Blick musterte.

»Aber deine Eltern sind doch auf einer Kreuzfahrt, was willst du denn so allein da drüben?«

Bitte, bitte, lad mich jetzt nicht zu euch ein, betete Sandra insgeheim. In ihrer Situation allein zu sein, war sicherlich nicht angenehm, aber allemal besser, als mit einem Menschen unter einem Dach sein zu müssen, der einen hasste. Und Frank musste sie hassen, es konnte gar nicht anders sein. Dafür hatte sie gesorgt, jahrelang. Kinder können grausam sein – und sie war eines von diesen grausamen Kindern gewesen. Mit Frank als Opfer.

»Ich hab jede Menge Arbeit dabei, mir wird ganz bestimmt nicht langweilig, Frau Vogler. Und wenn keiner da ist, kann mich auch keiner stören.«

»Du wirst doch aber nicht die Feiertage allein da drüben verbringen wollen? Also das lass ich auf gar keinen Fall zu.

Nicht wahr, Frank, das lassen wir nicht zu! Zum Weihnachtsessen musst du auf jeden Fall rüberkommen.«

Frank äußerte sich nicht dazu. Er drehte sich einfach um und verschwand im Inneren des Hauses, aus dem jetzt ein wunderbarer Duft von Frischgebackenem wehte.

Sandra tippte auf Plätzchen. Und ihr Magen, der heute noch gar nichts bekommen hatte, begann sofort, sich mit einem Rumoren für diese Plätzchen zu interessieren.

»Entschuldige Franks Benehmen, aber er muss demnächst zum Dienst, und wir sind mit den Plätzchen noch nicht fertig. Warte kurz, ich hol den Schlüssel.«

*Pickelgesicht bäckt Plätzchen mit seiner Mama,* hätte die Sandra von früher hämisch gerufen. Oder *Schwermetall-Franky,* wegen der Zahnspange. Oder *Nilpferd-Vogler,* wegen seines Übergewichts. Oder *Feuermelder,* wegen seiner roten Haare. Die Sandra von heute fand es zwar auch ein bisschen seltsam, aber sie würde sich nicht mehr darüber lustig machen. Auf einmal schämte sie sich für ihr Benehmen von damals.

»So, da ist er.« Frau Vogler kam zurück an die Tür und drückte ihr den Schlüssel in die Hand. »Wissen denn deine Eltern, dass du da bist?«

»Ja, ja, natürlich, wir haben gerade telefoniert.«

»Ich dachte, die machen die Kreuzfahrt, weil du und Meike an Weihnachten nicht kommen wolltet?«

»Na ja, bei mir gab es ein paar Veränderungen, und wie gesagt: Ich will hier in Ruhe arbeiten. Danke für den Schlüssel, Frau Vogler, und einen schönen Abend noch! Um Post und Pflanzen kümmere ich mich natürlich! Danke!«

Sandra machte sich davon, bevor die Nachbarin noch irgendeine Einladung zum Abendessen aussprechen konnte. Und den Heiligabend würde sie ganz sicher nicht bei den Voglers verbringen. Lieber würde sie vor Einsamkeit sterben, als Frank noch einmal zu begegnen, geschweige denn einen Abend mit ihm verbringen zu müssen. Denn so, wie es aussah, wohnte er noch bei seinen Eltern. Ein Umstand, der irgendwie befremdlich war, aber hey, jeder sollte sein Leben leben, wie er es leben wollte. Vielleicht war er ja arbeitslos oder einfach ein komischer Kauz. Obwohl, Frau Vogler hatte davon gesprochen, dass er später zum Dienst musste. Arbeit hatte er also.

Sie holte ihr Gepäck aus dem Auto und schleppte es zum Haus. Inzwischen war sie völlig durchgefroren, sie konnte es kaum erwarten, endlich ins Warme zu kommen.

Doch was ihr entgegenschlug, als sie die Diele betrat, war alles andere als Wärme. Nicht einmal lauwarm war es, sondern mindestens genauso kalt wie draußen. Aber ihr Vater hatte ja gesagt, dass sie die Thermostate hochdrehen musste.

Fröstelnd zog sie die schneenassen Stiefel aus und schlüpfte in die viel zu großen braun karierten Filzpantoffeln ihres Vaters. Den Mantel, der von den vielen geschmolzenen Schneeflocken feucht geworden war, ließ sie vorsichtshalber noch an. Der Griff an den Heizkörper in der Diele war ernüchternd: Er war eiskalt. Genauso wie der im Wohnzimmer und der im Esszimmer. Und der im Gästeklo und der in der Küche. Von wegen überschlagen, damit die Rohre nicht einfroren.

Sandra stieg die Treppe in den Keller hinunter, wobei sie beinahe mit den zu großen Schlappen gestürzt wäre.

Im Heizungsraum war es genauso, wie sie es befürchtet hatte: still! Die Heizung war aus.

Mehrmals betätigte sie den Ein-Aus-Schalter, aber nichts tat sich. Die Heizung schwieg.

Sie hätte heulen können. Wie, um alles in der Welt, sollte sie hier die nächsten Tage verbringen? Der große Kamin würde die Temperaturen im Wohnzimmer einigermaßen erträglich machen, aber das würde nicht für das ganze Haus oder zumindest für das Bad und ihr Zimmer im Obergeschoss reichen. Sie müsste ihr Lager im Wohnzimmer aufschlagen, immer darauf bedacht, dass das Feuer nicht ausging. Warmes Wasser hätte sie auch nicht. Und das bei Außentemperaturen um die null Grad. Ganz und gar keine schönen Aussichten!

Missmutig stieg sie wieder nach oben. In der Hoffnung, dass Herr Vogler ihr mit der Heizung helfen konnte, tauschte sie die Pantoffeln wieder gegen die Stiefel. Frierend verließ sie das Haus und folgte den Spuren, die sie selbst in den immer höher werdenden Schnee getreten hatte, hinüber zum Nachbarhaus.

Sie hatte Glück, denn diesmal öffnete ihr Frau Vogler und nicht Frank.

»Entschuldigen Sie, dass ich schon wieder störe, aber die Heizung ist aus, und ich bekomme sie nicht zum Laufen. Vielleicht könnte Ihr Mann ja mal danach sehen?«

»Ach herrje, und das bei dem Wetter! Mein Mann ist allerdings noch in der Singstunde, der kommt erst gegen acht nach Hause.«

Doch bevor Sandra sich bedanken und den Rückweg einschlagen konnte, drehte die gute Frau sich um und rief ins Haus hinein: »Frank? Kommst du mal?«

»Nein, nein, lassen Sie nur. Ich werde schon irgendwie zurechtkommen«, versuchte Sandra abzuwehren, aber da erschien Frank schon in der Tür. Unverändert mit Schürze und unverändert mit einem eindeutig semibegeisterten Gesichtsausdruck.

»Die Heizung bei den Sommers ist ausgefallen. Geh doch bitte mal mit Sandra rüber und sieh nach, was da los ist.«

»Ich muss aber zum Dienst, Mama.«

»Ach, das dauert doch nur ein paar Minuten. Man nennt das Nachbarschaftshilfe. Und wenn du den Fehler nicht findest, rufen wir unseren Heizungsmann an, damit er so schnell wie möglich vorbeikommt.«

»Der wird so kurz vor den Feiertagen nur darauf warten, dass wir ihn anrufen.« Er zog die Schürze aus, drückte sie seiner Mutter in die Hand, tauschte Birkenstocksandalen gegen Boots und angelte sich eine dicke Jacke von der Garderobe.

»Zehn Minuten«, sagte er grantig, als er sich an Sandra vorbeidrückte. Im Gehen schlüpfte er in die Jacke, am Gartentürchen drehte er sich noch mal um. »Worauf wartest du?«

Sandra verabschiedete sich von Frau Vogler und eilte ihm nach. Ein wenig fürchtete sie sich vor dem Moment, wenn sie mit ihm allein im Heizungsraum war. Was sollte sie mit ihm reden? Am besten nichts? Denn so wirklich kommunikativ reagierte er ja nicht auf sie. Was sie ihm ja gar nicht übel nahm, ganz im Gegenteil: Wenn sie er wäre, dann würde sie auch nicht mit sich sprechen. Die Möglichkeit, dass sie sich hier und jetzt ganz normal begegnen konnten, hatte sie vor vielen Jahren mit jeder einzelnen Gemeinheit, die sie ihm angetan hatte, verwirkt.

Kurz vor der Eingangstreppe holte sie ihn ein. Mit dem Schlüssel in der Hand stieg sie neben ihm die Stufen hinauf, und da passierte es: Ihr rechter Fuß rutschte auf der schneebedeckten mittleren Stufe unter ihr weg, sodass sie gehörig ins Straucheln kam. Nur Franks fester Griff, der ihren linken Ellbogen umklammerte, bewahrte sie vor einem Sturz.

»Danke«, sagte sie peinlich berührt.

»Schnee schippen wäre wohl kein Fehler«, brummte er als Antwort.

Mit vor Nervosität, vielleicht auch ein wenig vor Kälte zitternden Fingern schloss sie auf. Sie knipste das Licht an und ging, ohne die Stiefel auszuziehen, ihm voran zur Kellertreppe.

»Hier unten«, sagte sie, weil sie einfach nicht wusste, was sie sagen sollte.

»Der Heizungskeller ist bei euch also unten, das überrascht mich ehrlich gesagt ein wenig.« Seine Stimme troff vor Sarkasmus.

»Bei euch nicht?«, antwortete sie todernst und war selbst überrascht von ihrer Schlagfertig.

Irrte sie sich, oder war da gerade ein kaum sichtbares Grinsen über sein Gesicht gehuscht? Aufgrund des Bartes war das aber nicht eindeutig zu erkennen. Wohl eher nicht, entschied sie, denn sein Blick war genauso kalt wie vorher.

Schnell ging sie die Treppe hinunter und öffnete die schwere Metalltür zum Heizungsraum. »Papa hat gesagt, er hätte die Thermostate auf kleinste Stufe eingestellt, damit nichts einfriert. Er hat also ganz bestimmt die Heizung nicht ausgeschaltet«, plapperte sie unsicher, während Frank alles inspizierte.

Auch auf sein mehrmaliges Betätigen des Ein- und Ausschalters tat sich nichts.

»Hab ich vorhin auch schon probiert«, kommentierte sie diese Aktion, was ihr einen bösen Blick einbrachte, und sie verstummen ließ.

»Hast du die Sicherungen überprüft?«

»Die Sicherungen? Nein.«

Er ging an ihr vorbei in den kleinen Vorraum und öffnete den dort hängenden Sicherungsschrank.

Sandra blieb, wo sie war, in seiner Nähe fühlte sie sich einfach unwohl. Sie konnte es kaum erwarten, bis er wieder draußen und sie allein war. Lieber würde sie frieren, als hier noch längere Zeit mit diesem Menschen zu verbringen, der sie so offensichtlich verachtete.

Es klackte mehrmals laut.

»Schalt die Heizung noch mal ein«, rief Frank.

Was sie sogleich tat, und – o Wunder! – die Heizung sprang tatsächlich an.

»Wie hast du das gemacht?«, fragte sie begeistert, doch der düstere Blick, mit dem er in den Heizungsraum zurückkam, dämpfte die Begeisterung gleich wieder.

»Zwei Sicherungen waren draußen, und jetzt muss ich los.«

Ohne weitere Worte stieg er nach oben und hinterließ dort, wo er gerade noch gestanden hatte, zwei nasse Stellen auf dem hellgrauen Fliesenboden.

»Danke!«, rief Sandra und lief ihm hinterher. Als sie oben ankam, hatte er schon die Haustür geöffnet.

Nach einem kaum verständlichen »Schon gut!« trat er nach draußen und ging davon, ohne sich noch einmal umzudrehen.

Ungeachtet der kalten Luft, die durch die offene Haustür hereinwehte, sah Sandra ihm nach, bis sie ihn durch den dichten Vorhang aus herabfallenden Schneeflocken nicht mehr ausmachen konnte.

*Nachbarsjunge Frank* war kein Junge mehr – genauso wie sie kein Mädchen mehr war. Über fünfzehn Jahre, genauer gesagt seit der Abiturfeier, hatte sie ihn nicht mehr gesehen. Wie sie war er aus dem Elternhaus und der Enge der kleinen Stadt geflohen. Die Eltern hatten über die Jahre hinweg immer wieder von ihm und anderen Klassenkameraden erzählt, was die so machten. Wirklich zugehört hatte sie nie. Es hatte sie einfach nicht interessiert – sie war ja kein Teil dieser Gemeinschaft mehr. Jetzt erinnerte sie sich vage daran, dass ihr Vater irgendwann einmal schwer beeindruckt erzählt hatte, dass Frank Medizin studieren würde. Ein Medizinstudium hätte ihm für seine älteste Tochter auch gut gefallen. Besser als Grafikdesign, wofür sie sich entschieden hatte. Direkt ausgesprochen hatte er es nie, aber Sandra wusste das. Es sind ja nicht nur die Eltern, die ihre Kinder ausgesprochen gut kennen – auch Kinder kennen ihre Eltern nach so vielen Jahren ein bisschen.

Na, dachte sie, soweit hatte Frank es dann ja wohl doch nicht gebracht, wenn er wieder zurück im zutiefst provinziellen Markingen war und, wie es aussah, bei den Eltern wohnte und mit Mama Plätzchen backte.

Tja, und als dann Meike einen Studienplatz für Medizin

bekommen hatte, war ihr Vater der glücklichste Mann der Welt gewesen.

Meike, warum musste sie jetzt ausgerechnet an ihre blöde kleine Schwester denken? Die kleine Schwester, die das Licht der Welt erblickte, als Sandra schon acht war. Das Nesthäkchen, das niemand mehr gebraucht hätte, sie selbst am allerwenigsten. Die ätzende kleine Schwester, auf die sie immer Rücksicht nehmen musste, die von Anfang an mehr durfte als sie selbst. Die immer alles besser machte als sie. Die immer ordentlicher war als sie. Die immer bessere Noten nach Hause gebracht hatte als sie. Die schneller rennen und länger tauchen konnte. Meike, die schon mit zehn Monaten gelaufen war, sie selbst erst nach ihrem ersten Geburtstag. Meike, die genau das studierte, was sich Sandras Vater für seine Älteste gewünscht hat. Meike, die immer alles richtig machte, die jetzt gerade zu einem Jahr Auslandsstudium in London war, in *ihrem* heiß geliebten London, und die demnächst fertige Ärztin sein würde. Die verfluchte kleine Schwester, die wahrscheinlich absichtlich alles anders und alles besser machte als sie selbst. Die verhasste kleine Schwester mit einer glänzenden Zukunft als Ärztin, die nicht wie sie vor den Trümmern ihres Lebens stand.

Mit Schwung stieß sie sich von der kalten Haustür ab, an der sie gelehnt hatte, und schloss sie. Sie zog den Mantel enger um sich, was aber nicht gegen das Frieren half. Schnell ging sie von Zimmer zu Zimmer und drehte die Thermostate bis zum Anschlag auf. Aber sie machte sich nichts vor: So schnell würde es im Haus nicht warm werden.

# Kapitel 4

## Ebbe im Kühlschrank

Ihr Hunger meldete sich wieder, also inspizierte sie den Kühlschrank. Die Inventur war ernüchternd: Bis auf ein angebrochenes Glas Essiggurken, ein Glas mit grünen und eines mit schwarzen Oliven und zwei verschiedene Sorten Senf herrschte gähnende Leere. Sie entschied sich für die grünen Oliven. Mit einer Gabel bewaffnet setzte sich damit an den Küchentisch und verleibte sich ein paar der eiskalten Dinger ein.

Als Erstes müsste sie wohl einkaufen gehen.

Nein! Als Erstes musste sie das Handy laden und ihren Chef anrufen!

Sie schraubte das Glas zu und suchte das Ladekabel in ihrer Reisetasche. Als sie es endlich gefunden hatte, steckte sie den Stecker in die Steckdose. Es dauerte einige Zeit, bis der Akku so weit geladen war, dass sie telefonieren konnte. Nachdem sie tief eingeatmet und sich Mut zugesprochen hatte, wählte sie Wolfgangs Nummer.

Nach einer gefühlten Ewigkeit, als sie schon fast aufgeben wollte, meldete er sich mit einem gebellten »Sandra!«. Das klang alles andere als freundlich.

»Der Akku war leer«, sagte sie schnell, bevor er Anlauf nehmen und wieder losschimpfen konnte. Sie stellte auf Lautsprecher und lehnte das Handy ans Olivenglas. »Und ich bin erst jetzt wieder an eine Steckdose gekommen, sorry. Meine Entwürfe sind so weit fertig, ich kann sie dir noch heute Abend mailen.«

»Mailen? Bring sie einfach vorbei, vor neun komme ich heute nicht aus dem Büro. Dann können wir sie gleich durchsprechen und notfalls noch Änderungen vornehmen.«

»Geht nicht, ich bin nicht in München.«

»Nicht in München? Wo, verdammt, bist du dann?« Wolfgang wurde sofort wieder lauter.

»Bei meinen Eltern.«

»Bei deinen Eltern?« Seine Stimme überschlug sich jetzt beinahe. »Bist du denn von allen guten Geistern verlassen? Wir stecken mitten in einer überlebenswichtigen Kampagne, und du fährst zu deinen Eltern?«

»Ein Notfall ...«, log sie ins Blaue hinein. »Meiner Mutter geht es nicht gut ...«

»Geht es nicht gut? Hörst du dir eigentlich selbst zu? Nur weil es deiner Mutter nicht gut geht, kannst du uns doch nicht einfach sitzen lassen!«

»Herzinfarkt«, vertiefte sie ihre Lüge. »Ist das schlecht genug?« Diese Frage hatte sie sich einfach nicht verkneifen können. Dass Wolfgang geschäftlich und kollegial über Leichen ging, das war ihr bewusst, aber sie würde ihn ganz bestimmt nicht über die (imaginäre) Leiche ihrer Mutter gehen lassen!

Kurz herrschte Stille im Büro am anderen Ende in München. »Ähm, das ist natürlich schlimm. Was meinst du, wann du wieder hier sein kannst?«

»Keine Ahnung. Aber ich werde von hier aus arbeiten. Meine Eltern haben WLAN, wir können also auch jederzeit Video-Konferenzen abhalten.«

»Herz und sein Gefolge rücken morgen Nachmittag wieder an und wollen Ergebnisse sehen – schaffst du das?«

Sandra sah Friedhelm Herz, den Chef der Gebäckfabrik, genau vor sich: mindestens zwanzig Kilo zu dick, permanent schwitzend, ungesunde Gesichtsröte, unter der Nase ein akkurat gezwirbelter Kaiser-Wilhelm-Schnauzbart, der bei jedem Wort, das er sprach, auf und ab wippte. Und eine fettige Halbglatze, die das Deckenlicht spiegelte ... Der Kerl war ihr auf den ersten schwammigen Händedruck unsympathisch gewesen. Aber er war nun mal ihr Auftraggeber, sie musste ihn ja nicht heiraten. Und so hatte sie sich wirklich in den letzten Wochen bemüht, ihn doch irgendwie nett zu finden. Was sie jedoch nicht geschafft hatte. Und das lag weniger an seinem Aussehen und Schwitzen als an seinem Benehmen. Er hielt die Mitarbeiter der Agentur, die mit seiner Werbekampagne zu tun hatten, für seine Leibeigenen und behandelte sie auch so. Mit seinen permanenten Änderungswünschen blockierte er nicht nur seit Wochen die ganze Agentur, sie mussten auch Tag und Nacht erreichbar sein und immerzu geänderte Entwürfe erneut ändern. Inzwischen ging er nicht nur ihr, die permanent mit ihm zu tun hatte, gehörig auf die Nerven. Und das Wort *Herz-Kekse* löste inzwischen Aversionen bei ihr aus. Friedhelm Herz bestand auf diesem blödsinnigen Namen, ja, er fand ihn sogar ausgesprochen geistreich. Dabei war keine seiner Gebäcksorten in Herzform, was wenigstens ein wenig Sinn gegeben hätte. Erschwerend kam hinzu, dass seine Kekse – vor allem die mit Vollkornmehl – nicht schmeckten. Umso grandioser musste die Werbung für das Gebäck werden, damit die Leute es trotzdem kauften. Ihre besten Ideen hatte Friedhelm Herz aber schon in den Wind geschlagen.

»Wie gesagt, ich schicke dir gleich alles rüber. Sieh es dir an, und morgen früh telefonieren wir dann.«

»Okay.« Ihr Chef hörte sich jetzt tatsächlich entspannt an. »Dann wollen wir mal hoffen, dass wir das noch vor Weihnachten über die Bühne bekommen. Ich kann das Wort Kekse nämlich langsam nicht mehr hören.« Mit diesen Worten beendete er das Gespräch.

Apropos Kekse: Ihre Mutter hatte doch sicherlich Plätzchen gebacken! Ihre Mutter backte schließlich jedes Jahr schon Wochen vor dem ersten Advent bergeweise Plätzchen. Wenn sie schon nichts Essbares im Kühlschrank gefunden hatte, so ein paar herrlich süße Spitzbuben oder Vanillekipferl würden sie jetzt auch glücklich machen.

Erneut ging sie in den Keller, diesmal war aber die Speisekammer ihr Ziel. Ganz oben auf dem Regal standen die großen Keksdosen mit den weihnachtlichen Motiven, die sie aus ihrer Kindheit nur zu gut kannte, in Reih und Glied. In der hohen blauen, auf der lustige Schneemänner Schlitten fuhren, waren schon immer die Vanillekipferl gelagert worden. Sie musste sich strecken, um an sie heranzukommen. Umso größer war die Enttäuschung, als sie sie anhob und merkte, dass sie leicht und somit leer war. Genauso wie die ganzen anderen Dosen. Keine Lebkuchen, keine Spitzbuben, keine Kokosmakronen. Das würde das erste Weihnachten ihres Lebens ohne Plätzchen von ihrer Mutter sein und überhaupt das beschissenste Weihnachten ihres Lebens.

Sie sah noch kurz in den Heizungsraum, wo zumindest die Heizung wieder brav ihren Dienst tat. Erfrieren würde sie also nicht mehr, nur verhungern.

Wieder in der Küche angekommen, gönnte sie sich noch ein paar Oliven. Dann trug sie ihr Gepäck hinauf in ihr ehemaliges Zimmer, an dessen Tür noch immer das aus FIMO selbst geformte ovale Schild mit ihrem Namen hing. An der Tür zu Meikes früherem Zimmer war ein ähnliches Schild angebracht, nur eben mit Meike darauf. Die doch recht kindlich ungelenk wirkenden Schildchen waren das Einzige, was die gründliche Renovierung ihrer Zimmer überlebt hatte. Weil sie sie damals mit Sekundenkleber mitten auf das Türblatt geklebt hatte. Die Schilder waren quasi untrennbar mit den Türen verbunden – ohne bleibenden Schaden am Holz würde man sie wohl nicht entfernen können. Nur allzu gut konnte sie sich an den Krach erinnern, den es mit den Eltern gegeben hatte, als die die leere Klebertube gefunden hatten.

Sandra stellte die Reisetasche auf den Stuhl vor dem kleinen alten Weichholztisch am Fenster und drehte die Heizung auf fünf. Die Tasche war schnell ausgepackt und der Inhalt in den Schrank geräumt. Weit würde sie mit den paar Klamotten nicht kommen.

Dann nahm sie ihren Laptop aus der wattierten Tasche und klappte ihn auf. Fünf Minuten später waren die neuen Entwürfe verschickt. Sie wollte aber keinesfalls darauf warten, dass Wolfgang sich bei ihr meldete und sich dazu äußerte, denn irgendwas hätte er sicherlich wieder daran auszusetzen. Darum konnte sie sich später kümmern, jetzt musste sie erst einmal dafür sorgen, dass sie an etwas Essbares kam.

Sie brachte den Kulturbeutel rüber ins Bad, drehte auch hier den Heizkörper auf und betrachtet sich im Spiegel. Blass, die Haare zerzaust. Müde sah sie aus. Und traurig.

*Danke, Paul, du Arsch!*

Vor der Tür zu Meikes Zimmer blieb sie stehen und betrachtete das Namensschild. Als sie das gebastelt hatte, war sie acht oder neun gewesen und die Schwester noch sehr klein. Wahrscheinlich hatte sie sie zu dem Zeitpunkt noch gemocht. Was sich jedoch bald geändert hatte. Dann nämlich, als der unausgesprochene Wettkampf zwischen ihnen begonnen hatte. Und da war es nicht nur darum gegangen, wer seine Stereoanlage lauter aufdrehen konnte.

An der Wand zwischen den beiden Kinderzimmertüren hingen jede Menge Fotos. Fotos von ihr und Meike als Kinder. Am Strand in Italien, beim Wandern im Pfälzer Wald, beim Spielen, beim Ponyreiten, mit Zahnlücken und Schultüten. Irgendwann mal hatte sie gezählt, wen die Eltern öfter fotografiert hatten – sie oder Meike. Als Liebesbarometer quasi: Wer öfter auf einem Foto verewigt wurde, der wurde auch mehr geliebt.

Das Ergebnis hatte sie längst vergessen, und obwohl sie wusste, dass das Quatsch war, konnte sie nur schwer dem Impuls widerstehen, die Bilder gleich noch einmal zu zählen.

Sandra warf einen letzten Blick in ihr ehemaliges Zimmer, in dem seit ihrem Auszug die seltenen Gäste ihrer Eltern untergebracht wurden, und natürlich sie selbst, wenn sie denn mal da war. Wirklich zu Hause fühlte sie sich darin eigentlich nicht mehr - mehr wie ein Gast. Meikes Zimmer war es ähnlich ergangen, da hatte die Mutter ein Nähzimmer eingerichtet. Nur Meikes Bett war geblieben.

Auf einmal konnte Sandra die Stille des Hauses nicht mehr ertragen. Oder waren es die Erinnerungen, die hinter jedem Bild und aus jeder Ecke hervorkrochen und ihr ihr eigenes Versagen aufzeigten? Fünfunddreißig, mit gescheiterter Beziehung und in Kürze ohne Dach über dem Kopf – wenn Meike das wüsste, wäre es ihr ganz persönlicher Feiertag!

Nachdem Sandra den Heizkörper im Wohnzimmer kontrolliert und festgestellt hatte, dass er tatsächlich warm wurde, beschloss sie, in die Stadt zu gehen. Nicht nur, um der Leere des Hauses zu entfliehen, sondern vor allem, um zumindest das Nötigste einzukaufen. Und später dann, wenn sie zurückkäme, wäre alles wunderbar warm. Vielleicht würde sie dann das tun, was sie schon lang nicht mehr gemacht hatte: in aller Ruhe etwas Leckeres kochen. Sie war zwar nicht unbedingt das, was man eine begnadete Köchin nannte, aber Paul hatte sich nie beschwert. Auch nicht, wenn es nichts Frischgekochtes, sondern etwas Fertiges vom Italiener oder Chinesen gegeben hatte, dass ihr auf dem Heimweg vom Büro zugeflogen war.

Paul ... da war er wieder in ihren Gedanken, und sofort wurde ihr Herz schwer. Was er jetzt wohl machte? Stand er eventuell gerade mit der anderen in der Küche? Vielleicht konnte die ja besser kochen als sie? Liebe ging ja bekanntlich durch den Magen.

Und sie? Egal, ob sie sich später hier etwas in die Pfanne hauen, in einem Restaurant essen oder sich einen Döner holen würde – sie würde es allein tun müssen. Und das verschlug ihr erst einmal gehörig den Appetit.

Als sie die Haustür öffnete, kam ein Schwall Schnee hereingeweht. Noch immer fielen große Flocken vom Himmel, ihr Auto hatte inzwischen eine dicke Schneehaube bekommen. Sie beschloss, den Wagen stehen zu lassen und zu Fuß zu gehen. Allerdings war sie so gar nicht auf das winterliche Wetter eingestellt, für ihre Flucht hatte sie weder Handschuhe noch eine Mütze, geschweige denn einen Schal eingepackt.

Mit einem breitkrempigen Hut ihres Vaters auf dem Kopf und einem selbst gestrickten, sehr bunten Dreieckstuch ihrer Mutter um Hals und Schultern gewickelt trat sie vor die Tür. Tief sog sie die frische Winterluft ein. Hier draußen war es genauso kalt wie im Haus, aber es war vom Gefühl her allemal besser als da drinnen. Auf einmal hatte sie das unbändige Bedürfnis, sich zu bewegen, einfach zu laufen, bis ihr endlich wieder warm wurde. Bis die Heizung das Haus einigermaßen aufgewärmt hatte, dass man sich ohne Mantel darin aufhalten konnte, würde es sowieso ein wenig dauern.

Den ganzen Tag war es nicht richtig hell geworden, und jetzt, kurz nach halb sechs, war es stockdunkel. Ab heute, sprach Sandra sich selbst Mut zu, würden die Tage endlich wieder länger werden. Minutenweise zwar nur, aber Ende Januar würde man es schon merken.

Entschlossen zog sie die Haustür hinter sich zu und marschierte mit tief in den Manteltaschen vergrabenen Händen an den weihnachtlich beleuchteten Häusern und den mit Lichterketten umwickelten Bäumen der Nachbarschaft vorbei in Richtung City. Wobei das Wort City im Vergleich zu München eine gewaltige Übertreibung war. Mit seinen etwa fünfzehntausend Einwohnern war Markingen der Inbegriff einer provinziellen Kleinstadt. Bis auf die Schuhfabrik, die tatsächlich noch immer existierte, und das Sägewerk am Ortsrand, gab es hier weder Industrie noch irgendwelche

Firmen, nur Einzelhandelsgeschäfte und ein paar Handwerksbetriebe. Größere Arbeitgeber waren ansonsten ein in die Jahre gekommenes Hotel mit Restaurant und das Kreiskrankenhaus. In dem mich Papa nur zu gern als Stationsärztin oder Chefchirurgin gesehen hätte, fügte sie in Gedanken hinzu. Mit einem gut verdienenden Ehemann und einer Schar wunderbarer Kinderlein, ganz nahe bei den stolzen Großeltern.

Ein höhnisches Schnauben entfuhr Sandra, nur mit Mühe konnte sie die aufsteigenden Tränen zurückhalten. Nicht einmal den überaus gern gesehenen potenziellen Schwiegersohn, der – welch ein glücklicher Zufall! – ein erfolgreicher Kinderarzt mit eigener Praxis in München war, hatte sie halten können.

Ob Meike wohl nach dem Studium den Wunsch der Eltern, nach Markingen zurückzukommen und hier in der kleinen Klinik zu arbeiten, erfüllen würde? Würde sie von London, einer pulsierenden Metropole, zurück in ein Provinzkrankenhaus am Ende der zivilisierten Welt ziehen? Wenn, dann ganz bestimmt nur, um ihr eins auszuwischen: »Ätsch, große Schwester, ich bin es, die Mama und Papa glücklich macht!«

»Dann mach doch!«, zischte Sandra trotzig.

Zornig setzte sie Fuß vor Fuß. Sollte Meike doch hierher zurückkommen und in diesem langweiligen Kaff versauern. Ja, sie hatte im Moment keinen Mann, aber irgendwann würde sie sich auch wieder verlieben, würde vielleicht sogar heiraten und ein oder zwei Kinder bekommen. Vielleicht war es ihr ja vergönnt, ihre Eltern vor Meike zu Oma und Opa zu machen. Die kleine Schwester war sicherlich nicht so doof, kurz nach dem finalen Examen ihren gerade frisch erworbenen Arztkittel gegen eine Küchenschürze und Windeln einzutauschen. Allerdings wusste sie nicht einmal, ob Meike überhaupt einen Freund hatte. Eigentlich wusste sie nichts von ihr, außer dass sie Medizin studierte. Zuletzt gesehen hatten sie sich vor einem Jahr, nämlich an Weihnachten. Und da war sie mächtig genervt gewesen von dem Schwadronieren ihrer Schwester über das Studium, die langen Nächte am Schreibtisch oder im Krankenhaus und den tollen Chefarzt, der angeblich einen Narren an ihr gefressen hatte und sie so wunderbar bei allem unterstützte. Und natürlich genervt von der Tatsache, dass ausgerechnet Meike für ein Jahr nach London gehen und dort studieren würde.

Sie telefonierten nie – Sandra hatte nicht einmal ihre aktuelle Nummer in ihrem Handy gespeichert. Ihre Schwester interessierte sie einfach nicht. Schon gar nicht ihre ewigen Erfolge. Und ja, bestimmt hatte Meike sich den tollen und natürlich wahnsinnig gut aussehenden Chefarzt längst geangelt – vielleicht war sie ja schon mit ihm verheiratet –, aber auch das wollte Sandra gar nicht wissen.

Und bis es so weit war, dass Sandra ihr verletztes Herz wieder öffnen würde, hatte sie erst einmal die Nase gestrichen voll von Männern und dem Thema Liebe.

Sie blieb stehen, schloss die Augen und hielt das Gesicht in den Himmel. Jede Schneeflocke, die aus dem nachtschwarzen Himmel über ihr herunterschwebte und auf ihre Haut traf, fühlte sich an wie ein kurzer, eiskalter Stich.

Ein wunderbarer Gedanke kam ihr in den Sinn und zauberte ein Lächeln auf ihr Gesicht: Wann, wenn nicht jetzt, könnte sie selbst nach London ziehen und sich dort eine Arbeit suchen? Es gab schließlich nichts, was sie hier in Deutschland hielt. Ihre Eltern, ja, aber die Strecke von London nach Markingen war keine Weltreise. Und da sie sich eh so schnell wie möglich eine Wohnung suchen musste, warum dann nicht gleich den Schritt wagen und ganz neu anfangen?

Abrupt blieb sie stehen, drehte sich um und sah zurück. Jeder Schritt, den sie von ihrem Elternhaus im Westring bis hierher gegangen war, hatte gut sichtbare Abdrücke in der weißen Pracht hinterlassen. Und die Flocken tanzten weiter durch den frühen Abend, legten sich sanft auf kahle Bäume, Sträucher, Dächer und die Straße. Schon bald würde nichts mehr darauf hindeuten, dass Sandra hier entlanggegangen war.

Sie erreichte die Straße, die zum Herzen Markingens, zum Marktplatz, führte, auf dem bestimmt auch in diesem Jahre der überschaubare Weihnachtsmarkt aufgebaut war. Wie seit ihrer frühesten Kindheit waren die großen Lichtersterne in regelmäßigen Abständen über der Einkaufsstraße angebracht. Für die kindliche Sandra war dieser Schmuck immer der Inbegriff von Weihnachten gewesen. Und zusammen mit dem Schnee kam in ihr jetzt tatsächlich ein ähnliches Gefühl auf.

Beinahe fröhlich schlenderte sie an den beleuchteten und weihnachtlich geschmückten Schaufenstern der Geschäfte vorbei. Viele der ihr vertrauten Läden waren nicht mehr da. Dort, wo es früher Haushaltswaren gegeben hatte, konnte man jetzt Bastelsachen kaufen, und die Änderungsschneiderei, wo ihre Mutter einst ihre durchgewetzten Jeans hatte flicken lassen, war einem Thai-Massage-Salon gewichen. Am meisten vermisste sie den Spielwarenladen, wo sie sich als Kinder vor allem zur Weihnachtszeit die Nasen an der Scheibe platt gedrückt hatten, um die Eisenbahn bewundern zu können, die auf einer winterlichen Miniaturanlage ihre Runden um das wirklich angesagte Spielzeug, wie die farbenfrohen flauschigen *Furbys*, die singen, sprechen und sogar leuchten konnten, oder die pastellfarbene *My little Pony*-Herde, drehte. Aus diesem von allen Kindern geliebten Geschäft waren zwei geworden: ein moderner Friseur und ein Hundesalon.

Wie praktisch, dachte Sandra im Weitergehen amüsiert: Wenn in einem Laden alles besetzt war, konnte man einfach eine Tür weitergehen und sich dort hübsch machen lassen.

Den Handarbeitsladen, in dem sie als Zweitklässlerin die Wolle für die erste Strickarbeit ihres Lebens gekauft hatte, gab es aber noch. Der völlig schief geratene hellbraune Teddybär, den sie im damals noch üblichen Handarbeitsunterricht mit ungelenker Nadel fabriziert hatte, saß noch heute in ihrem Büro im Regal. Laden und Schaufenster sahen noch genauso aus wie damals. Sandra hätte schwören können, dass der grausliche handgehäkelte Pullunder in Altrosa, der im Fenster hing und wohl zum Eintreten und Wollkauf verlocken sollte, schon vor zwanzig Jahren dort ausgestellt gewesen war.

Unversehens stand sie vor einem Laden, der vor ein paar Jahren noch nicht da gewesen war. Vor dem Laden, der Schuld daran trug, dass das Haus ihrer Eltern verlassen und kalt, dass der Kühlschrank leer war. Der Laden, dem sie es zu verdanken hatte, dass sie Weihnachten zum ersten Mal in ihrem Leben ganz allein verbringen musste. In dessen Schaufenster hing ein riesiges Plakat, das mit einem schneeweißen Luxusdampfer, inmitten unnatürlich blauen Wassers, vor einem menschenleeren Palmenstrand, für eine Karibikkreuzfahrt warb: Das hier war das Reisebüro, in dem ihre Eltern mit an Sicherheit grenzender Wahrscheinlichkeit Sandras Einsamkeit besiegelt hatten.

Nach einem letzten beleidigten Blick auf die sonnenbeschienene Strandidylle stapfte sie weiter. Andererseits hatten die beiden sich das verdient. Ja, sie gönnte es ihnen von ganzem Herzen. Aber musste das ausgerechnet über Weihnachten sein? Oder war es eine Art Flucht der beiden? Flucht vor dem leeren, töchterlosen Haus an den Feiertagen?

Es war viel los auf der Marktstraße. Kein Wunder, so kurz vor Weihnachten wurden schnell noch die letzten Geschenke besorgt, die Vorräte für die Feiertage mussten aufgefüllt werden.

In der Hoffnung, ein bekanntes Gesicht zu entdecken, schaute Sandra sich jeden einzelnen Vorbeieilenden genau an, sah in jedes Gesicht. Aber es waren alles wildfremde Menschen.

Andererseits wusste sie, dass die meisten, die damals mit ihr Abi gemacht hatten, genau wie sie nicht hiergeblieben waren. In alle Winde hatte es die früheren Schulkollegen verstreut. Es war also blöd zu erwarten, auf Bekannte zu treffen. Sechzehn Jahre waren seither vergangen, wahrscheinlich würde sie die, die nicht weggegangen oder irgendwann zurückgekommen waren, nicht einmal mehr erkennen. Genau wie Frank – auf der Straße wäre sie glatt an ihm vorbeigegangen.

Dort, wo sie neunzehn Jahre ihres Lebens verbracht hatte, war sie eine Fremde geworden. Und in München? Da war sie, bis auf eine Handvoll Freunde und Kollegen, eine Fremde geblieben. Niemand würde sie also vermissen, geschweige denn ihr nachweinen, wenn sie tatsächlich nach England auswandern sollte.

Ganz schön traurig, überlegte sie im Weitergehen. Genau wie auf diesem Gehsteig im Schneetreiben hatte sie in ihrem früheren Leben kaum Spuren hinterlassen.

# *Kapitel 5*

## Der Duft der Kindheit

Niedergeschlagen wechselte sie die Straßenseite. Irgendwo dort drüben war früher eine Bäckerei gewesen, Bäckerei Burger, ganz klein, sodass nur wenige Kunden auf einmal hineingepasst hatten. Als Kind hatte sie sich sehr gern dort aufgehalten, hatte den Duft nach frischem Brot und Gebäck und den Anblick von Regalen voller leckerer Sachen geliebt. Mit ihrer Mutter war sie regelmäßig dort zum Einkaufen gewesen, hatte jedes Mal eine süße Kleinigkeit vom Bäcker geschenkt bekommen. Und dann später, als sie schon so groß war, dass sie allein in der Stadt hatte »einkaufen« gehen dürfen, hatte sie einen Großteil ihres Taschengeldes dort gelassen. Für weiße Mäuse, kleine Kirschlutscher, Gummischlangen oder Schaumerdbeeren. 10 Pfennige – den Euro hatte es damals ja noch nicht gegeben –, hatten die einzeln abgezählte Süßigkeiten gekostet.

Sandra erinnerte sich noch an die dreieckigen Papiertüten. Mit diesem süßen Schatz war sie dann stolz aus der Ladentür getreten, über der es immer leise gebimmelt hatte, wenn sie geöffnet wurde. Lang gehalten hatte der Inhalt der Tüte nie, aber ein paar Tage später konnte man ja wieder mit einem Zehnerle oder, wenn es richtig gut lief, mit einem 50-Pfennig-Stück in der Kinderfaust zurückkommen, um neue Köstlichkeiten einzukaufen.

Als sie älter geworden war, hatten es ihr dann die Nougattaler angetan – zwei untertassengroße Mürbeteigkekse, gefüllt mit Nougatcreme und einem hellen Nussguss. Sie konnte das überaus köstliche Gebäck genau vor sich sehen, konnte es beinahe schmecken – nie wieder hatte sie seit ihrem Wegzug so etwas Köstliches gegessen. Dabei hatte sie manchmal sogar dabei helfen dürfen, den Guss drüberzugeben. Natürlich nur, wenn nicht viel los gewesen war. Genauso einen hätte sie jetzt am liebsten vernascht. Gegen ihre Traurigkeit und weil sie Hunger hatte.

Aber den Bäcker gab es sicherlich nicht mehr, genauso wenig wie den Spielwarenladen. Wahrscheinlich musste sie sich mit einem Döner begnügen, denn Döner-Buden gab es überall.

Und dann stand sie vor einer Bäckerei. Klein war sie, nur ein Schaufenster und eine Ladentür breit; ein paar Brote lagen wie zufällig hingeworfen auf einem dunkelroten Samttuch in der Auslage neben einer mit roten Marzipanrosen verzierten Hochzeitstorte, die Sandra aber bei näherem Hinsehen als Attrappe erkannte.

*Bäckerei Burger* stand noch immer in goldenen Lettern auf dem oberen Teil des Schaufensters und auf dem Glas der Eingangstür.

Voll freudiger Erwartung stieg sie die zwei Stufen hoch und öffnete die altmodische Glastür, wobei es, genau wie in ihrer Erinnerung, leise über ihr klingelte. Wie früher blieb sie kurz in der Tür stehen und sah sich um. Atmete den Duft ein, der tatsächlich noch der gleiche war wie damals. Dann machte sie einen großen Schritt hinein in den Laden, und mit demselben leisen Klingeln fiel die Tür hinter ihr zu.

»Bin gleich bei Ihnen«, kam eine Stimme von irgendwo hinter der Theke. Von früher wusste sie noch, dass da die Backstube war.

Die Kuchenvitrine zu ihrer Linken war schon in ihrer Kindheit altmodisch gewesen. Hinter ihrem schützenden

Glas standen verschiedene, sehr verlockend aussehende Kuchen. Obendrauf drängten sich kleine Cellophantütchen mit Spitzbuben, Vanillekipferl und anderen Weihnachtsköstlichkeiten. In den Holzregalen an der hinteren Wand lagen nur noch wenige Brote, die Brötchenkörbe darunter waren bereits leer.

Alles in allem sah es tatsächlich noch immer so aus wie in ihrer Kindheit. Ein unerwartetes Glücksgefühl erfasste Sandra, denn es fühlte sich an wie Nach-Hause-Kommen.

»So, da bin ich. Was kann ich für Sie tun?«

Ein nicht eben großer, alter Mann in klein karierter Bäckerhose und weißer Kochjacke stand auf einmal hinter der Theke. Überall an seiner Kleidung hing Mehl, auch an seiner Nasenspitze.

Das war Ewald Burger, Sandra erkannte ihn sofort. Sogar die Nickelbrille war noch die gleiche, nur die Gläser schienen um einiges dicker geworden zu sein. Aber war das möglich? Müsste der Mann nicht schon um die siebzig und somit längst in Rente sein? Und war er früher nicht viel größer gewesen? War er durch das Alter so sehr geschrumpft oder wirkte er nur viel kleiner, weil sie selbst jetzt kein Kind mehr und somit größer war?

Ein strahlendes Lächeln erhellte sein altersfaltiges Gesicht. »Wenn das nicht die kleine Sandra aus dem Westring ist. Wie groß und erwachsen du geworden bist! Ich darf doch noch du sagen?«

Sandra nickte nur. Sie fühlte genau die Ehrfurcht, die sie auch als Kind verspürt hatte, wenn sie in diesem Laden war. Ehrfurcht vor dem Künstler, der all die fantastischen Backwaren zaubern konnte.

Mit einem lausbubenhaften Zwinkern griff der gealterte Zauberer in die Vitrine mit den verlockenden Leckereien und hielt ihr einen Nougattaler hin. »Weißt du noch?«

Nur zu gern nahm sie ihm das Gebäck ab und betrachtete es von allen Seiten. Mit geschlossenen Augen inhalierte sie den Duft von Butterkeks und Nougat, dann biss sie genussvoll hinein. »O ja, ich weiß noch«, sagte sie zutiefst glücklich und mit vollem Mund. »Dass Sie sich daran noch erinnern«, fügte sie um einiges verständlicher hinzu, als sie den Bissen runtergeschluckt hatte.

»Aber natürlich, du warst schließlich die Hauptabnehmerin meiner Nougattaler.«

»Unglaublich, die schmecken noch genauso fantastisch wie in meiner Erinnerung«, stellte Sandra nach einem weiteren Bissen fest.

»Das ist ja auch noch dasselbe Rezept wie früher.« Seine wasserblauen Augen leuchteten vor Freude, als er das sagte. »Ich bin gerade dabei, Nachschub zu backen. Wenn du Lust hast, kannst du mit nach hinten kommen und mir helfen ... so wie früher.« Sein Strahlen erlosch plötzlich. »Aber du bist ja bei deinen Eltern zu Besuch, bestimmt mit Mann und Kindern, da hast du sicherlich Besseres zu tun, als einem alten Mann in der Backstube Gesellschaft zu leisten.«

»Gern«, sagte Sandra spontan. Schließlich hatte sie, außer ein bisschen einzukaufen, nichts zu tun. »Meine Eltern schippern gerade durch die Karibik, ich bin kinderloser Single. Ich habe also alle Zeit der Welt!«

Seine Augen funkelten wieder unternehmungslustig. »Na, dann komm!«

Mit dem leckersten Keks der Welt in der eiskalten Hand umrundete Sandra die Verkaufstheke und folgte ihm nach hinten und mitten hinein ins Schlaraffenland.

Die Backstube war kleiner, als sie es in Erinnerung hatte. Es gab zwei große Backöfen mit mehreren Einschubluken und einen in die Jahre gekommenen Gastro-E-Herd mit sechs Platten. Auf einer der Platten stand in einem dampfenden Wasserbad eine Schüssel mit hellbraunem Inhalt. In den Regalen an den Wänden stapelten sich nicht gerade ordentlich Backformen, Tortenbleche, Töpfe und Metallschüsseln. Davor stand ein hoher Regalwagen aus Edelstahl, in dessen

Einschüben so einige Bleche darauf warteten, mit den ungebackenen Teigteilen in den heißen Ofen geschoben zu werden. Den meisten Platz nahm ein langer Holztisch in der Mitte des Raumes ein, der eigentlich wie eine große Werkbank aussah. An einem Ende war die Arbeitsfläche voller Mehl, mittendrin lag ein großer Teigklumpen neben einem Nudelholz und einem großen runden, an den Rändern gewellten Ausstecher. Am anderen Ende stapelten sich schon gefüllte, aber noch nicht mit Guss bestrichene Nougattaler.

Es duftete nach frisch gebackenen Plätzchen und Nougat. Und es war warm, wunderbar warm.

»Als Kind war es für mich das Schönste, hier mithelfen zu dürfen.«

»Ehrlich? Zu mir kommen noch heute regelmäßig Schulklassen, um zuzusehen, was ein Bäcker so macht. Ich lass sie dann auch immer ein bisschen mithelfen. Auch wenn es sehr eng wird hier drin. Wer weiß, vielleicht gefällt es einem der Kinder ja so gut bei mir, dass es selbst Bäcker werden will? Gib mir deinen Mantel, Sandra.«

Sie nahm Hut und Wolltuch ab und schälte sich aus dem Mantel. Eifrig nahm Ewald Burger die Sachen entgegen und brachte sie in einen Nebenraum.

»Wasch dir bitte die Hände«, forderte er sie auf und deutete zu einem Waschbecken in der Ecke.

Als sie das erledigt hatte, reichte er ihr eine weiße Schürze, auf deren Latz der Schriftzug vom Schaufenster mit goldenem Stickgarn aufgestickt war. So eine Schürze hatte Frau Burger immer im Laden getragen.

»Und jetzt?«, fragte Sandra gespannt, als sie hineingeschlüpft war und sich die Bändel hinten zu einer Schleife gebunden hatte.

»Jetzt glasierst du die Nougattaler. So, wie du es früher auch immer gemacht hast.«

»Ob ich das noch kann?«

»Natürlich kannst du das noch, das ist doch kein Hexenwerk.«

»Vielleicht können Sie mir ja noch mal zeigen, wie es genau geht?«

Er führte sie an den Arbeitstisch, wo die fertig gefüllten Kekse auf ihre Vollendung warteten. Unter der Tischplatte, die von den vielen Arbeitsvorgängen, die seit Jahrzehnten daran stattgefunden hatten, so einige Narben aufwies, zog er einen Drehhocker hervor.

»Bitte, nimm Platz!«

Sandra setzte sich brav und drehte sich ein paarmal um sich selbst. Dabei knabberte sie weiter an ihrem Nougattaler und beobachtete Ewald Burger, wie er den Herd ausschaltete, den Topf mit dem Guss von der Platte nahm und zu ihr rüberbrachte. Dann schob er ihr einen Stapel mit Pergamentpapier belegte Bleche hin und nahm einen breiten Pinsel zur Hand.

»Das ist Haselnuss-Guss«, erklärte er, als er den Pinsel tief in die hellbraune leicht zähflüssige Masse tauchte. »Während meiner Lehre vor knapp sechzig Jahren habe ich es wie folgt gelernt: Der Guss heißt Guss, weil man ihn gießt. Wäre er dafür gedacht, dass man ihn mit dem Pinsel aufstreicht, hieße er Streich. Nichtsdestotrotz nehmen wir diesen Pinsel und tauchen ihn tief in die Schüssel ein. Dann tupfen wir den geschmolzenen Guss großzügig auf den oberen Keks, verteilen ihn gleichmäßig bis zu den Rändern, lassen ihn ein wenig abtropfen und legen den fertig glasierten Taler zum Trocknen auf ein Blech.«

Äußerst geschickt machte er es an drei Talern vor, dann übergab er den Pinsel an Sandra. »Und jetzt du.«

Beim ersten Keks sah man die Pinselstriche, sodass Ewald Burger eingriff und mit einer neuen Schicht Guss korrigierte. Keks Nummer zwei war schon um vieles besser, und der dritte war dann perfekt.

Als das erste Blech dicht an dicht mit frisch glasierten

Nougattalern voll war, überließ er Sandra ihrer Arbeit, nahm am anderen Ende des Tisches das Nudelholz und rollte den Teigklumpen zu einer großen dünnen Platte aus. Immer wieder strich er zwischendurch mit der flachen Hand über den Teig.

»Der Teig muss genau vier Millimeter dick sein«, erklärte er dabei. »Ist er dünner ausgerollt, dann zerbrechen die Kekse beim Bestreichen mit dem Nougat. Ist er zu dick, dann werden die Taler am Ende zu hoch, sie werden trockener und bröseliger und schmecken nicht mehr so gut. Vier Millimeter sind perfekt.«

Mit dem großen runden Ausstecher stach er in einer unglaublichen Geschwindigkeit einen Taler nach dem anderen aus und legte sie dicht nebeneinander auf ein mit Backpapier ausgelegtes Blech.

»Sie haben ja gar nicht nachgemessen, woher wissen Sie, wann es genau vier Millimeter sind?«, wunderte sich Sandra.

»Das fühle ich, wenn ich über den ausgerollten Teig streiche.«

»Das kann man fühlen?«

Ewald Burger lachte amüsiert. »Glaub mir, wenn du mal so viele Jahre wie ich Plätzchenteig ausgerollt hast, dann fühlst du das auch.« Er schob das frisch belegte Blech mit drei weiteren von den vorbereiteten Blechen aus dem Regalwagen in den Backofen und stach dann weitere Taler aus.

»Und wie wissen Sie, wann das Blech wieder aus dem Ofen raus muss?«, fragte Sandra, die sich wunderte, dass er keine Uhr stellte. Ihre Mutter backte immer mit einem Küchenwecker, und trotzdem waren ihr immer mal wieder ein paar Bleche zu dunkel geworden.

»Das fühle ich auch … Es ist fast so, als würde ich die Kekse rufen hören«, erklärte er, als er ihren zweifelnden Blick sah. »Wie bei Frau Holle, da ruft das Brot auch, dass es aus dem Ofen geholt werden muss. Ungefähr so ist es bei mir mit den Plätzchen. Mit dem Brot übrigens auch. Das macht wohl die jahrzehntelange Erfahrung.«

Tatsächlich zog er die Bleche wenige Minuten später aus dem Ofen, und ein Keks war so perfekt gebacken wie der andere.

Als er die nächsten Bleche in den Ofen geschoben hatte, bimmelte die Ladenglocke.

»Kundschaft«, sagte er vergnügt und verschwand nach draußen.

Sandra hielt mit dem Glasieren inne und sah sorgenvoll zum Ofen hinüber. Sie konnte hören, dass Ewald Burger sich mit jemandem unterhielt, verstehen konnte sie aber nichts. Was, wenn er zu lange im Laden brauchte und die Plätzchen verbrannten? Er verließ sich doch hoffentlich nicht auf sie? Ausgerechnet auf sie, die mit Kochen und auch mit Backen nicht viel am Hut und somit keinerlei Erfahrung hatte? Abgesehen von den wenigen Stunden, die sie als kleines Mädchen hier verbracht hatte.

Als sie gerade aufstehen wollte, um in den Ofen zu sehen, erklang erneut das Bimmeln des Türglöckchens, und gleich darauf war der Bäcker wieder in der Backstube. Zielstrebig ging er zum Ofen und holte die Bleche heraus. Auch diese Kekse waren perfekt gebacken.

Erleichtert glasierte Sandra weiter.

»Du machst das gut, was man als Kind lernt, verliert sich offensichtlich nicht so schnell«, lobte er nach einem kurzen Blick zu ihr. »Ich könnte öfter so eine Hilfe gebrauchen.« Er schob die letzten Bleche in den Ofen. Dann kratzte er mit einem Spachtel Mehl und Teigreste zusammen und wischte seinen Arbeitsplatz mit einem feuchten Lappen sauber.

»Was ist mit Ihrer Frau?«

Er hielt inne und sah sie traurig an. »Meine Frau? Sie ist vor acht Jahren gestorben.«

Erschrocken ließ Sandra den Pinsel sinken. »Oh, das tut mir leid, das wusste ich nicht.«

»Sie war sehr krank, und am Ende war es eine Erlösung für sie.«

Einige Zeit lang arbeiteten sie schweigend. Sandra wusste einfach nicht, was sie sagen sollte.

Während sie weiterpinselte, wog er Mehl, Zucker und einige andere Zutaten ab und gab alles in eine große Emailschüssel. Dann ging er kurz in den Nebenraum und kam mit einer Stange Butter und einer Palette mit Eiern zurück. Ohne in ein Rezept zu schauen, schlug er einige Eier in die Schüssel. Zuletzt packte er die Butter aus, schnitt sie in kleine Stücke und gab sie dazu.

Als sie den letzten gefüllten Taler glasiert hatte, legte sie den Pinsel ab. »Fertig«, verkündete sie nicht ohne Stolz.

Ewald Burger sah sie fragend an. »Wenn du Lust hast, kannst du noch die frisch gebackenen mit Nougat füllen.«

»Wenn ich das hinbekomme?«

»Wer so gut glasieren kann, kann auch füllen.« Er stellte das Wasserbad zurück auf den Herd und brachte ihr dafür ein großes Glas Nougatcreme. Dann drückte er ihr ein Messer mit breiter Klinge in die Hand.

»Einfach eintauchen und etwa zwei Millimeter dick auf die Oberfläche eines Kekses streichen. Dann einen zweiten Keks daraufsetzen, fertig. Das ist ganz einfach.«

Also nahm Sandra einen der abgekühlten Kekse von einem Blech, tauchte das Messer wie geheißen in das von der Wärme der Backstube wunderbar weich gewordene Nussnougat und strich es dann ungelenk auf einen Keks ... der zerbrach.

»Oh, sorry!«

»Das passiert schon mal, ist nicht schlimm. Leg die unteren Kekse am besten auf die Arbeitsplatte, dann bleiben sie beim Bestreichen heil.«

Und so wuchsen die Stapel mit gefüllten Talern rasch an, ohne dass es zu einem weiteren Keksunglück kam.

Ewald Burger knete in der Zeit mit hochgekrempelten Ärmeln die Zutaten in der Schüssel zu einem großen Batzen Teig. Mit einer haushaltsüblichen Teigmenge hatte das wenig zu tun.

»Sie machen das hier also alles allein?«, traute sie sich endlich zu fragen.

»Normalerweise habe ich eine Verkäuferin, die Marlies, sie arbeitet schon seit Jahren bei mir.«

»Und wo ist sie heute?«

Er zuckte hilflos mit den Schultern. »Sie musste eher gehen – ihrer Mutter geht es nicht gut. Verdacht auf Schlaganfall.«

Quasi wie bei mir, dachte Sandra angesichts der Lüge, die sie ihrem Chef aufgetischt hatte.

»Aber das Backen ... das schaffen Sie allein? Brot, Brötchen, Kuchen, Torten, Weihnachtsgebäck?«

»So sieht's aus.«

»Warum gehen Sie nicht einfach in Rente und genießen Ihr Leben?«

»Weil es diese Bäckerei schon seit drei Generationen gibt, und ich es einfach nicht übers Herz bringe, sie zu schließen. Ich wüsste auch gar nicht, was ich dann den ganzen Tag lang treiben sollte.«

»Haben Sie denn keine Hobbys?« Sandra musste an ihre Eltern denken. »Reisen zum Beispiel?«

»Reisen? Ja, früher wäre ich gern gereist, aber da hatten wir ja das Geschäft. Und jetzt allein durch die Weltgeschichte fahren? Nein, das ist nichts für mich. Außerdem ist mein Beruf mein Hobby. Ja, ich liebe meine Arbeit und den Kontakt mit meiner Kundschaft.«

Mit einem Messer teilte er den Teig in zwei noch immer beeindruckend große Teile und wickelte sie in Klarsichtfolie ein.

»Was gibt das?«

»Cappuccino-Hörnchen, meine Kunden lieben diese Plätzchen. Der Teig muss jetzt über Nacht durchkühlen.«

»Das sah richtig anstrengend aus – haben Sie keine Maschine, mit der Sie den Teig kneten können?«

»Doch, hab ich, aber ich will den Teig fühlen. Nur wenn ich ihn mit meinen Händen knete, spüre ich, ob seine Konsistenz richtig ist oder ob zum Beispiel noch Mehl fehlt, weil die Eier ein bisschen größer waren als beim letzten Mal.«

»Wird Ihnen das nicht irgendwann zu viel? Vielleicht sollten Sie jemanden einstellen, der Ihnen hilft?«, schlug Sandra vor. »Einen Lehrling oder zumindest eine Aushilfe.«

»Okay, wann fängst du an?«

»Ich? Oje, an mir hätten Sie keine Freude.« Sie leckte einen Klecks Nougat von ihrem rechten kleinen Finger ab und ließ ihn sich auf der Zunge zergehen. »Außerdem hab ich ja schon einen Job, und der gefällt mir ausgesprochen gut.«

»Das ist schön. Was machst du?«

»Ich arbeite als Werbedesignerin in einer großen Agentur in München.«

»Werbedesignerin also. Das heißt, du lässt dir für irgendwelche Produkte schlaue Sätze einfallen, die man dann im Radio und im Fernsehen hört?«

»Ja, so in etwa. Dazu kommen Werbekampagnen, die ich plane und begleite, Plakatentwürfe, das Schreiben von Drehbüchern für Werbefilme, die Dreharbeiten selbst und so weiter und so fort. Ist echt spannend. Im Moment arbeite ich zum Beispiel an einer neuen Werbestrategie für eine Gebäckfirma. Herz-Kekse, kennen Sie die?«

Kritisch kräuselte er die buschigen, beinahe weißen Augenbrauen. »Hast du die schon mal probiert?«

»Ja klar, ich muss das Produkt schließlich kennen, das ich bewerben will.«

»Und die lieblos gemachten Dinger vom Fließband schmecken dir?«

»Darauf kommt es gar nicht an, Herr Burger. Es ist einfach ein lukrativer Auftrag für die Agentur, und wir sind bestrebt, die bestmögliche Werbung dafür zu entwickeln.« Kaum hatte sie das gesagt, musste sie an ihr Handy denken, das im Haus der Eltern am Strom hing. Weit weg von ihr. Was sie unerreichbar für ihren Chef machte, der vielleicht schon wieder irgendwelche Änderungswünsche hatte.

Ungläubig sah Ewald Burger sie an. »Du würdest also auch Werbung für Müll machen, nur weil es ein lukrativer Auftrag ist?«

»Na ja, für Müll natürlich nicht.«

»Aber genau das ist dieses Gebäck der Firma Herz: schlicht und ergreifend Müll. Sieh dir doch nur mal die Zutatenlisten auf den Packungen an. Zum Beispiel bei deren sogenanntem Buttergebäck: Wasser, Emulgatoren, pflanzliche Fette, natürliche Aromen ... Natürliche Aromen, wenn ich so was schon lese! Und pflanzliche Fette ... Wo, bitte schön, soll denn da der Buttergeschmack herkommen? Mach Butter in deinen Plätzchenteig, dann hast du deine natürlichen Aromen. Und was hat Wasser in einem Butterplätzchen verloren? Nichts, absolut nichts!« Er schimpfte sich regelrecht in Rage.

Erst als Sandra zu lachen anfing, beruhigte er sich wieder. »Sie haben ja vollkommen recht: Die Kekse sind nicht gerade der Knaller. Aber es ist ein wichtiger Auftrag. Und meinem Chef ist es völlig egal, ob die Kekse schmecken oder nicht – er will einfach nach Beendigung des Auftrages die Kohle auf seinem Konto haben. Ein Anwalt muss ja auch nicht an die Unschuld seines Mandanten glauben, um ihn vertreten zu können.«

»Und du hast kein schlechtes Gewissen dabei, wenn du mit deiner gezielt eingesetzten Werbung für ein minderwertiges Produkt die armen Menschen da draußen dazu überredest, dieses Zeug mit ihrem mühsam verdienten Geld zu kaufen?«

»Ehrlich gesagt nein. Wenn es ihnen nicht schmeckt, müssen sie es ja nicht wieder kaufen. Aber viele Menschen scheinen ja mit den Keksen zufrieden zu sein, die Firma Herz ist immerhin seit einigen Jahren Marktführer.«

# Kapitel 6

## Mist, schon acht Uhr!

Mitten im Plädoyer für ihre Arbeit sprang Sandra vom Hocker auf. »Apropos kaufen – ich muss noch in den Supermarkt. Deswegen bin ich ja eigentlich in die Stadt gegangen. Bei meinen Eltern gibt es nämlich nichts Essbares im Haus. Wie spät ist es denn?«

»Gleich acht, das schaffst du nicht mehr.«

»Acht? Mist, was mach ich denn jetzt?« In München gäbe es um diese Uhrzeit noch jede Menge Einkaufsmöglichkeiten in Spätis, hier in der Provinz sah es etwas anders aus, das wusste sie.

»Ich bin hier eh fertig. Lass uns nach oben gehen und zusammen essen. Du bist herzlich eingeladen.«

Sie hatte nur ein paar Oliven und einen Nougattaler im Magen – wenn sie irgendwie die Nacht überstehen wollte, blieb ihr wohl nichts anderes übrig.

»Wollen Sie nicht lieber Ihre Ruhe haben?«

»Ich habe doch immer meine Ruhe, umso mehr würde ich mich freuen, wenn ich mal nicht allein essen müsste.«

»Ich will aber keine Umstände machen. Außerdem bin ich vorhin an einer Dönerbude vorbeigekommen.«

»Nichts da, sei mein Gast. Du würdest einem alten Mann damit eine große Freude machen.«

Wirklich Lust, sich im Gehen oder Stehen hastig einen

Döner einzuverleiben, hatte sie nicht. Und die Vorstellung, in ein stilles, einsames Haus gehen zu müssen, war ehrlich gesagt auch nicht verlockend. Sandra gab sich also geschlagen und nahm die Einladung dankend an.

Er nahm ihr die Schürze ab und hängte sie an den Regalwagen. Dann ging er ihr voraus in den Nebenraum.

»Und der Laden? Wollen Sie nicht abschließen?«

»Längst geschehen. Hab ich vorhin nach der letzten Kundin schon gemacht. Kommst du?«

Ein komischer Geruch empfing Sandra, als sie die Backstube verließ.

»Was riecht hier so?«

»Du meinst sicher den Sauerteig.« Vor einem hohen Metallschrank mit Glastür, hinter der sie aber nichts erkennen konnte, blieb er stehen. Er öffnete die Tür und zeigte auf eine große Plastikwanne, die ganz unten stand. »Das ist ein Gärschrank. Wenn ich in ein paar Stunden wieder runterkomme, ist der Teig so weit, dass ich die Brote formen kann. Alles mit der Hand. Die Brötchenteige mache ich in der großen Teigknetmaschine, die in der Backstube steht. Um sieben öffne ich, da muss dann alles fertig sein.«

»Das heißt, in ein paar Stunden sind Sie schon wieder hier unten?«

»Kurz nach drei.« Er schaltete überall das Licht aus und im Treppenhaus an.

»Kurz nach drei? Das würde mich umbringen.« Sandra folgte ihm über eine ausgetretene Holztreppe ins obere Stockwerk.

»Man gewöhnt sich an alles. Ich mach das jetzt schon so lang, mein Körper weiß gar nicht mehr, wie spätes Aufstehen geht.« Er öffnete die Wohnungstür und zwinkerte ihr zu. »Und in meinem Alter braucht man sowieso nicht mehr so viel Schlaf.«

In der Wohnung war es angenehm warm. Herr Burger führte sie in eine Wohnküche Marke Eiche rustikal, die zwar ganz und gar nicht nach Sandras Geschmack war, aber trotzdem Gemütlichkeit ausstrahlte. Schnell räumte er einen Zeitungshaufen eines Stuhls, damit sie sich setzen konnte.

»Es gibt nichts Besonderes, nur einen Wurstsalat«, sagte er entschuldigend, während er Teller und Besteck aus den Küchenschränken holte und auf den Tisch stellte. »Muss ja immer schnell gehen. Aber er ist selbst gemacht – das fertige Zeugs kommt mir nicht ins Haus. Ich möchte gar nicht wissen, was die da so alles reinmischen.« Er drückte Sandra Teller und Besteck in die Hand, und sie brachte es zum Tisch.

»Wir haben vorhin darüber gesprochen, warum Sie niemanden einstellen«, hakte sie dort ein, wo er ihr die Antwort noch schuldig war. »Wäre es mit einem Lehrling nicht viel einfacher für Sie?«

»Ich habe es versucht, aber niemanden gefunden. Wer von den jungen Leuten will schon Bäcker werden? Und dann noch die Arbeitszeiten – die Jugend von heute will am Wochenende lieber bis drei Uhr ausgehen, als um drei Uhr mit der Arbeit anzufangen.«

»Haben Sie nicht einen Sohn?« Sandra erinnerte sich vage an einen dunkelhaarigen Jungen, den sie früher auf dem Schulhof und gelegentlich auch im Laden gesehen hatte. Er musste ein paar Jahre älter sein als sie.

»Ja, Thomas. Warum fragst du?«

»Will er nicht die Bäckerei übernehmen?«

»Thomas interessiert sich leider nicht für meinen Laden. Er ist Künstler. Fotograf, um genau zu sein. Im Moment ist er für ein Reisemagazin in Japan unterwegs.«

»Aber an Weihnachten kommt er doch zu Ihnen?« Sandra nahm ihm die Gläser ab, die er ihr reichte, und stellte sie neben die Teller.

»Nein, das schafft er nicht. Er wird wohl erst Ende Januar nach Deutschland zurückkommen. Ich werde Weihnachten also wieder allein verbringen – letztes Jahr war er um diese

Zeit in Mexiko. Aber das ist schon in Ordnung. Was soll er denn hier? Ich bin ein langweiliger alter Mann, und wirklich etwas zu bieten hat Markingen für die Jugend ja nun auch nicht. Da ist Japan schon aufregender.« Mit sicherer Hand schnitt er einige Scheiben von seinem selbst gebackenen Brot ab und legte sie in einen Brotkorb.

»Genau das hab ich auch gedacht, nämlich dass London aufregender ist als das verschlafene Markingen. Und was ist jetzt? Ich bin hier.«

Er gab ihr das geschnittene Brot und öffnete den Kühlschrank. »Wein oder Bier?«

»Bier«, entschied Sandra spontan. Obwohl sie hier in einer Weingegend hatte großwerden dürfen, war sie in München schnell zur Biertrinkerin geworden.

»Gute Wahl.« Er kam mit zwei Flaschen Bier zum Tisch und setzte sich. Mit einem lauten Plopp öffnete er eine der Bügelflaschen und schenkte die Gläser voll.

»Und warum bist du nun hier und nicht in London?« Er hob sein Glas und prostete ihr zu.

»Das ist eine lange Geschichte«, sagte Sandra ausweichend. Die letzten Stunden waren so schön gewesen, so normal und vor allem schmerzfrei, sie wollte das jetzt nicht mit einem Gespräch über Paul zerstören.

»Ich habe Zeit.« Er zwinkerte ihr zu und trank.

Unentschlossen drehte Sandra das Glas in ihren Fingern. »Der, mit dem ich Weihnachten in London verbringen wollte, hat mich verlassen. Heute Morgen, um genau zu sein«, erzählte sie dann doch. Mit einem großen Schluck Bier spülte sie die aufkommende Traurigkeit hinunter.

»So kurz vor Weihnachten? Das ist nicht die feine Art.«

»Es wäre auch zu jedem anderen Zeitpunkt nicht nett gewesen«, sagte sie bitter. »Wir waren einige Jahre zusammen, und ich bin eigentlich davon ausgegangen, dass wir heiraten. Ehrlich gesagt dachte ich, dass er mir in London einen Heiratsantrag machen würde.«

Und da waren sie wieder, die Tränen, ob sie wollte oder nicht. Die Vorstellung, dass Paul eventuell gerade dabei war, seine Koffer zu packen, um morgen – auf der Rechnung, die sie vor drei Wochen in seiner Jacketttasche gefunden hatte, war der 22. Dezember als Abreisedatum eingetragen –, mit einer anderen Frau in ihre Lieblingsstadt zu fliegen, war einfach unerträglich.

Unbeholfen tätschelte Ewald Burger ihre Hand. »Es wird alles wieder gut, kleine Sandra.«

Sie musste unwillkürlich über seine Worte lächeln. In einer ihrer Jeanstaschen fand sie ein zerknülltes Papiertaschentuch, in das sie sich geräuschvoll schnäuzte. Sie lehnte sich zurück und atmete tief durch. »Ja, bestimmt ... irgendwann. Wenn ich mein Leben neu sortiert habe und mir dieser Mann egal geworden ist.«

»Wenn du mich fragst: Er ist ein Idiot. Und jetzt iss ordentlich, essen ist gut für die Nerven.«

# Kapitel 7

## Ein bisschen Weihnachten

Mit vollem Magen trat Sandra eine Stunde später aus der Bäckerei. Das Glöckchen über der Ladentür läutete noch einmal zum Abschied, als der Bäcker die Tür hinter ihr schloss. In der weißen Papiertüte, die an ihrem Arm baumelte, befanden sich ein Laib Brot und ein Stück Butter – milde Gaben, die Ewald Burger ihr beim Abschied noch in die Hand gedrückt hatte, damit sie am nächsten Morgen ordentlich frühstücken konnte.

Seit sie vor ein paar Stunden den Laden betreten hatte, hatte sich die Umgebung in eine wahre Winterwunderwelt verwandelt. Mindestens zehn Zentimeter Schnee waren gefallen, und noch immer tanzten zarte Flöckchen durch die kalte Winterluft. Der Winterräumdienst hatte seine Pflicht vor nicht allzu langer Zeit erfüllt, denn die Straße schlängelte sich wie ein schwarzes Band zwischen den Häusern hindurch.

Vorsichtig einen Fuß vor den anderen setzend, folgte sie diesem Band aus der Innenstadt hinaus in Richtung Westsiedlung. Es war kein leichtes Unterfangen, denn die Gehsteige waren von den Anwohnern nicht durchgängig geräumt worden. Und je weiter sie sich vom Zentrum entfernte, desto weniger waren die Markinger ihrer Räumpflicht nachgekommen. Nicht nur einmal konnte sie sich gerade noch an einem Zaun festhalten, um nicht auszurutschen und der Länge nach hinzufallen.

Menschen begegneten ihr jetzt nicht mehr. Alle waren glücklich zu Hause in ihren warmen Stuben, nur ab und an fuhr ein Auto an ihr vorbei. In München hätte sie jetzt im Dunkeln, so allein auf der Straße, in manchen Gegenden ein ungutes Gefühl gehabt, aber hier war sie sicher. Trotzdem beschleunigte sie ihre Schritte und war froh, als sie in den Westring einbog.

Hier war die Straße nicht geräumt worden, ein Umstand, den ihr Vater jedes Jahr aufs Neue bemängelte. Aber so war es nun mal: Die Seitenstraßen wurden vom städtischen Räumdienst nicht bedient. Für die Gehsteige waren eh die Anwohner zuständig. Und die waren hier, wo keine Wohnblöcke, sondern Einfamilienhäuser standen, schon fleißig mit Besen und Schneeschieber tätig gewesen, das erkannte sie an den Schneebergen, die sich am Rand des Fußwegs häuften. Trotzdem hatte sich schon wieder eine dünne Schicht Schnee auf den Gehwegen angesammelt, in der Sandra ihre Schuhabdrücke hinterließ.

Nur vor dem Haus ihrer Eltern war die Schneefläche unberührt. Das war definitiv jetzt ihr Job. Wirklich begeistert war Sandra nicht von der Vorstellung, jetzt am späten Abend noch Schnee zu schippen. Auf dem Weg hierher hatte sie es sich so schön vorgestellt, dass sie gleich nach dem Nachhausekommen den Kamin anheizen, einen leckeren Tee kochen und es sich dann damit vor dem knisternden Feuer gemütlich machen würde. Das musste leider warten.

Nur mit Mühe konnte sie das Gartentor aufdrücken, so hoch lag die weiße Pracht jetzt auf dem Weg zum Haus. Kurz bevor sie unter der Überdachung des Eingangs ankam, sprang der Bewegungsmelder an und tauchte in einem Umkreis von drei Metern alles in sanftes Licht. Der Schneeschieber, der sonst im Winter immer einsatzbereit neben der Haustür stand, tat es natürlich heute nicht. Ihr Vater hatte ihn ja noch nicht gebraucht, und somit befand er sich noch in seinem Sommerdomizil, dem Schuppen im hintersten Teil des Gartens. Also hängte sie die Tüte an die Türklinke und trat aus dem geschützten Eingang wieder nach draußen. Nach fünf Schritten erlosch das Licht, und sie stand erst einmal im Stockdunklen, bis sich ihre Augen an die Umgebung gewöhnt hatten. Vorsichtig tastete sie sich ums Haus herum. Das Licht, das von den wenigen Sternen und einer schmalen Mondsichel zu ihr nach unten fiel, wurde vom Schnee bläulich reflektiert, der Garten wirkte dadurch beinahe unwirklich. Dazu die Stille, die sich mit dem Schnee auf die Welt gelegt hatte – ein bisschen unheimlich fand Sandra das schon, so ganz allein. Schritt für Schritt arbeitete sie sich durch den Schnee, der jetzt schon bis zur Mitte ihrer Waden reichte. Wenn das so weiterging, wäre sie in Kürze eingeschneit.

Der Schlüssel zum Schuppen hing wie immer an einem Nagel neben der Tür. Warum ihr Vater ihn nicht gleich im Schloss stecken ließ, fragte sie sich nicht zum ersten Mal. Der Schließmechanismus war noch schwergängiger als sonst, was wohl an der Kälte lag. Als die Tür dann endlich aufschwang, verfluchte sie sich, dass sie ihr Handy nicht einstecken hatte. Dann hätte sie jetzt nämlich die Taschenlampe aktivieren und ganz einfach den Lichtschalter finden können, ohne blind im Dunkeln danach tasten zu müssen.

Aber sie war zu faul, nach drinnen zu gehen und ihr Handy oder eine Taschenlampe zu holen. Und so passierte genau das, was sie befürchtet hatte: Sie griff zielsicher in ein klebriges Spinnennetz. Mit einem spitzen Schrei zog sie die Hand zurück. Beim nächsten Versuch hatte sie mehr Glück, sie traf genau den Schalter, und das Licht ging an. Ohne sich groß umzusehen – sie wusste schließlich genau, dass dieses Häuschen ein wahres Spinnenparadies war –, nahm sie den Schneeschieber, der glücklicherweise gleich vorn an den zusammengeklappten Gartenstühlen lehnte. Die dicke schwarze Spinne, die direkt unter dem Lichtschalter eifrig damit beschäftigt war, ihr Netz zu reparieren, versuchte sie zu ignorieren, als sie das Licht mit spitzem Finger wieder ausschaltete. Erleichtert schloss sie die Tür.

Als Kind hatte sie ihrem Vater öfter mal beim Schneeschippen geholfen – wenn man die Hilfe einer Fünf- oder Siebenjährigen überhaupt als Hilfe bezeichnen konnte. Ansonsten hatte sie nie etwas mit Schneeräumen und irgendwelchen Straßenkehrdiensten zu tun gehabt. Jetzt kam sie ordentlich ins Schwitzen, schon nach der Hälfte des zu räumenden Gehsteigs taten ihr Rücken und Arme weh. Und als sie dann endlich damit fertig war, war sie fix und alle. Und eines war ihr klar: Morgen würde sie einen Muskelkater haben, der sich gewaschen hatte.

Erschöpft stellte sie den Schieber neben die Haustür und klopfte sich den Schnee vom Mantel. Aber sie war auch sehr zufrieden mit sich.

Immerhin hatte sie heute hocherhobenen Hauptes eine Trennung hinter sich gebracht und einem netten Bäcker geholfen. Sie hatte Plätzchen dekoriert und Schnee geschippt. Bis auf die verfluchte Trennung war es eigentlich ein guter Tag gewesen. Etwas knisterte in ihrer Manteltasche, als sie dort nach dem Hausschlüssel suchte. Es war ein Päckchen mit Plätzchen, wie sie bei Ewald Burger im Laden auf der Kuchenvitrine gestanden hatten. Er hatte es ihr unbemerkt in die Tasche gesteckt.

Lächelnd schloss sie auf.

Und noch etwas hatte sie heute geschafft, nämlich dass es im Haus jetzt nicht mehr kalt war. Das merkte sie sofort, als sie die Tür öffnete und ihr mollig warme Luft entgegenströmte.

Die schneenassen Stiefel streifte sie, wie sie es schon als Kind immer gemacht hatte, vor der Tür ab und stellte sie auf den Flickenteppich vor dem Schuhschrank. Nachdem sie den Mantel an die Garderobe gehängt hatte und in Papas Hausschlappen geschlüpft war, sah sie sich die Plätzchen genauer an. Buttergebäck – wahrscheinlich wollte der alte Bäcker ihren Gaumen erleben lassen, wie *echte* Butterplätzchen zu schmecken hatten.

Sie brachte die Plätzchen und die Tüte, aus der es wunderbar nach frischem Brot duftete, in die Küche. Obwohl sie gerade gegessen hatte, konnte sie der Verlockung nicht widerstehen. Mit dem Brotmesser säbelte sie den Kanten ab und biss gleich so hinein. Es schmeckte köstlich. Den Rest wollte sie mit der Butter bestreichen, die Ewald Burger ihr mitgegeben hatte, was sich aber nicht so einfach darstellte, da diese durch die Kälte draußen nicht wirklich streichfähig war. Also schnitt sie schiefe und viel zu dicke Scheiben von dem Butterblock ab, legte sie auf das ebenfalls recht klobige Stück Brot und aß alles genussvoll auf. Dann packte sie das Brot in die große Plastikdose, die im Fach unter der ausklappbaren Brotmaschine stand, in der auch ihre Mutter immer das Brot aufbewahrte.

Und was jetzt, fragte sie sich, als sie die Brösel von der Arbeitsfläche wischte. Sollte sie gleich ins Bett gehen?

Sie entschied sich gegen diese Option und stattdessen dafür, mal den Weinkeller ihrer Eltern in Augenschein zu nehmen. Nach einem Gläschen Rotwein schlief es sich ihrer Erfahrung nach immer besser.

Mit Papas Hausschlappen an den Füßen stieg sie in den Keller hinunter. Im Vorratskeller stand sie dann vor einer schwerwiegenden Entscheidung: Rot- oder Weißwein? Oder doch lieber einen Rosé? Ihre Wahl fiel letztendlich auf einen halbtrockenen Dornfelder, weil Rotwein ihrer Meinung einfach perfekt zum Winter passte. Vor dem großen Vorratsregal blieb sie noch einmal stehen. In Ermangelung von Wurst oder Käse würde sich eine der selbst gekochten Marmeladen ihrer Mutter ganz bestimmt gut auf Ewald Burgers Brot machen. Da sie sich nicht zwischen Wassermelone-Limette und

Feige-Rotwein entscheiden konnte, nahm sie einfach beide mit nach oben.

Mit einem gut gefüllten Weinglas setzte sie sich vor den Fernseher und zappte von vorn bis hinten durch die Sender. An einem amerikanischen Weihnachtsfilm, wie sie jedes Jahr bis zum Abwinken auf einem der Privatsender liefen, blieb sie letztendlich hängen. Eine vor Schmalz triefende Liebesgeschichte in schrecklich kitschiger Weihnachtsdeko war jetzt genau das Richtige für ihr angeknackstes Herz.

Eine halbe Stunde später war der Film zu Ende, und sie saß heulend in der Ecke der Couch. Das Glück der Verliebten im Film und das vorhersehbare Happy End ließen sie ihren Kummer wieder ganz frisch fühlen. Verdammt, sie wollte auch geliebt werden! Von Paul! Er war seit so vielen Jahren der Mann an ihrer Seite gewesen, einen anderen konnte sie sich nicht vorstellen. *Wollte* sie sich nicht vorstellen.

Aber am Ende würde ihr nichts anderes übrig bleiben, als das Ende zu akzeptieren. Und sie würde sich eine Wohnung suchen müssen. Am besten, sie fing gleich damit an.

Wild entschlossen rappelte sie sich noch einmal hoch und holte ihren Laptop aus dem Zimmer.

Hoffnungsvoll öffnete sie die erste Immobilienseite. Sie scrollte durch die Angebote. Die Münchener Innenstadt und die angrenzenden Stadtteile schieden schon mal aus, das würde sie sich nicht leisten können. Weiter draußen wurde es sicherlich günstiger, und schließlich fuhr ja überall die U-Bahn. Eine Dreizimmerwohnung in Aubing-Lochhausen-Langwied weckte ihr Interesse. Bis in die Agentur würde sie etwa vierzig Minuten brauchen – und abends dann wieder zurück. Puh. Die letzten Jahre war es jeweils nur eine Viertelstunde gewesen. 87 Quadratmeter, da könnte sie sich sogar separat ein Büro einrichten. Der Mietpreis haute sie dann aber fast vom Sofa: 2035,- Euro Kaltmiete. Da verdiente sie gerade mal ein paar Hunderter mehr, und das brutto! Da half auch ein großer Schluck Wein nicht. Schweren Herzens verabschiedete sie sich von der wunderschönen Wohnung und reduzierte den Suchmodus auf zwei Zimmer. Sie wurde schnell fündig: ebenfalls in Aubing,

73 Quadratmeter, 1680,- Euro kalt. Auch das würde schwierig werden. Für eine Einzimmerwohnung mit 31 Quadratmetern, allerdings in Laim, wollten die Wucherer immer noch 1240,- Euro haben. Das würde sie sich nie im Leben leisten können – nicht mal mit einem zusätzlichen Wochenendjob in der Gastronomie. Und da waren sie wieder, die Tränen. Nie zuvor hatte sie sich so unglücklich, so ungeliebt und in dieser Welt so verloren gefühlt wie in diesem Moment.

Aus reiner Neugier gab sie Markingen in ImmoScout ein. Als Erstes stolperte sie über eine Vierzimmerwohnung mit 110 Quadratmetern für 950,- Euro! Sie wischte sich die tränennassen Augen, aber die Sicht veränderte sich nicht, auch nicht der Preis.

Frustriert klappte sie den Rechner zu. Trotzdem würde sie niemals wieder nach Markingen ziehen, auch wenn sie sich für ihr Gehalt hier gleich zwei Vierzimmerwohnungen mieten könnte.

Schniefend trank sie Schluck um Schluck von dem wunderbar süffigen Wein und wälzte sich regelrecht in ihrem Kummer.

Nie, nie wieder würde sie sich verlieben können, dessen war sie sich ganz sicher. Kein anderer Mann würde es je schaffen, ihr Herz zu erobern, sie würde allein alt werden, und, viel schlimmer noch, als alte Jungfer sterben – und das wahrscheinlich unter eine Brücke in München.

Das Glas war viel zu schnell leer. Also ging sie in die Küche und schenkte großzügig nach. Alkohol war zwar keine Lösung, das wusste sie, aber mit einem kleinen Trallala war erfahrungsgemäß alles besser zu ertragen. Bis zum nächsten Morgen zumindest, denn mit dem Nachlassen der Wirkung des Alkohols kam nicht nur der Kummer wieder, meist gesellte sich auch noch ein fieser Kater dazu.

Als sie sich wieder auf die Couch setzte, lief schon der nächste Weihnachtsfilm. Und da kam ihr eine wunderbare Idee: Sie wollte auch Weihnachten feiern, wenigstens ein bisschen. Sie wollte Weihnachtsschmuck. Genauso, wie die im Fernsehen ihn hatten, üppig und bunt.

Entschlossen ging sie erneut hinunter in den Keller. In dem kleinen Raum neben der Waschküche gab es ein deckenhohes Regal voller Kisten mit über Jahrzehnte hinweg gesammeltem Weihnachtsschmuck. Eine nach der anderen schleppte sie nach oben, wobei sie sich vor jedem erneuten Abstieg erst einmal einen Schluck Wein gönnte.

Als die letzte Schachtel mit Christbaumkugeln im Wohnzimmer stand, hatte sie mehr als einen Schwips. Nichtsdestotrotz goss sie sich den Rest Wein aus der Flasche ins Glas und sondierte die weihnachtlichen Schätze. Über die lila Phase ihrer Mutter bis hin zu Gold und Silber war alles vertreten. Anscheinend hatte sie nie etwas weggeworfen.

Mit der pieksenden Girlande aus unechten Tannenzweigen als Stola um den Hals – und während sich im Fernsehen zwei viel zu gut aussehende Protagonisten zielsicher auf das nächste Happy End zubewegten –, begann sie, das Zimmer zu schmücken.

Immer wieder klingelte etwas im Hintergrund. Als sie endlich registrierte, dass das nicht zum Film gehörte, sondern dass es sich um ihr Smartphone handelte, war es allerdings zu spät – der Anrufer hatte aufgegeben. Sie fand das Telefon nach kurzer Suche in der Küche. 23:43 Uhr, verriet ihr das Display. Und dass der letzte Anrufer ihr Chef gewesen war. Nach mehreren vorangegangenen Anrufen von ihm in ihrer Abwesenheit.

»Hast du um diese Uhrzeit nichts Besseres zu tun, als

mich anzurufen?«, fragte sie laut und mit schwerer Zunge in die leere Küche hinein.

Wahrscheinlich machte der Herz-Keks-Heini wieder Probleme, und wahrscheinlich musste sie morgen die ganze Kampagne wieder umkrempeln. Und wahrscheinlich war es gut, dass sie zu spät ans Handy gegangen war, denn so betrunken hätte sie ihrem Chef eventuell Sachen an den Kopf geworfen, die sie in ein paar Stunden und bei klarem Kopf bereut hätte.

Sie hielt ihr Telefon noch in der Hand, als es erneut klingelte. Vor Schreck hätte sie es beinahe fallen lassen. Aber es war nicht ihr Chef, der es noch einmal versuchte, sondern Paul.

Der hatte anscheinend auch nichts Besseres zu tun. Sollte er als frisch Verliebter um diese Uhrzeit nicht an seiner neuen Flamme rumschrauben?

Ihr Finger schwebte kurz über dem grünen Punkt, den sie nur berühren müsste, um das Gespräch anzunehmen. Doch dann entschied sie sich für den roten Punkt und drückte das Gespräch damit weg. Nein, sie mochte betrunken sein, aber darauf würde sie nicht hereinfallen: auf ihre eigene blödsinnige Hoffnung, dass er doch weiter mit ihr zusammen sein wollte.

Wahrscheinlich rief er nur an, um zu fragen, wo sein Reisepass war. Den konnte er gern suchen, bis er schwarz wurde.

Hach, freute sie sich, so ein bisschen Alkohol hatte dann gelegentlich doch therapeutische Wirkung – denn ihr Chef war ihr noch nie so schnurzpiepegal gewesen wie jetzt. Und Paul? Pah, der erst recht!

# Kapitel 8

## Schlaf wird völlig überbewertet

Das Klingeln ihres Handys ließ Sandra aus dem Schlaf hochschrecken. Wenn Handys mitten in der Nacht klingelten, dann hatte das normalerweise nichts Gutes zu bedeuten.

Im ersten Moment wusste sie überhaupt nicht, wo sie war. Auf jeden Fall war es warm. Sehr warm, die Luft war viel zu trocken, sie konnte kaum atmen. Und sie lag in einem Bett. Zu Hause in ihrem Bett offensichtlich nicht, denn dann wäre das Zimmer größer und das Fenster auf der anderen Seite gewesen.

Sie angelte sich das Telefon vom Nachttisch.

»Ja?«, meldete sie sich verschlafen.

»Hallo, Liebes, wir wollten nur mal hören, wie es euch so allein im großen Haus geht«, flötete ihr ihre schrecklich muntere Mutter ins Ohr.

»Mama?«

Langsam sickerten verschiedene Erkenntnisse in ihr viel zu früh gewecktes Hirn – vorneweg, dass sie sich im Bett ihres Kinderzimmers befand, was sie einigermaßen beruhigte. Dann noch, dass sie am gestrigen Tag aus München hierher geflohen war, weil Paul … Nein, diesen Gedanken wollte sie nicht weiterdenken! Und dass sie vor dem Zu-Bett-Gehen Wein getrunken hatte. Viel Wein. *Zu viel* Wein.

Die Zeitanzeige auf dem Display verriet ihr, dass es 2:55

Uhr war. Da es vor dem Fenster stockdunkel war, kombinierte sie, dass es sich dabei nicht um den Nachmittag handelte.

»Na, was habt ihr denn heute noch so getrieben? Ihr wart doch hoffentlich einkaufen? Der Kühlschrank ist ja leer. Aber in der Gefriertruhe findest du auch jede Menge, auch schon Fertiges – kurz vor unserer Abreise hab ich noch die restlichen Kartoffeln zu Kartoffelsuppe verarbeitet und portionsweise eingefroren. Pälzer Grumbeersupp, die mag Paul doch so gern. Ihr werdet also nicht verhungern. Und Brot und Brötchen sind auch in der Truhe, ganz rechts, aber die findest du schon.«

Ihre Mutter ging also davon aus, dass Paul dabei war. Logisch. Woher sollte sie auch wissen, dass sie jetzt ohne diesen altgewohnten zukünftigen Schwiegersohn auskommen musste. Irgendwann, in einem ruhigen Moment, würde sie es ihren Eltern sagen müssen.

Aber abgesehen davon, dass das Thema Paul das letzte war, über das sie jetzt sprechen wollte, wollte sie einfach nur weiterschlafen.

»Mama, können wir das ein andermal besprechen?«

»Ich mach mir doch nur Sorgen.«

»Mama, es ist drei Uhr morgens. Könntest du dir vielleicht in fünf oder sechs Stunden Sorgen machen?« Oder besser noch in acht Stunden, fügte sie in Gedanken hinzu.

»Drei Uhr? Ach herrje, hier ist ja eine ganz andere Zeit, daran habe ich gar nicht gedacht. Hab ich dich geweckt?«

*Soll das ein Witz sein?*

»Hast du«, sagte Sandra, begleitet von einem lauten Gähnen.

»Dann schlaf schnell weiter, und wir sprechen dann morgen. Liebe Grüße von Papa ... natürlich auch an Paul. Gute Nacht!«

Mit einem unverständlichen Grummeln beendete Sandra das Telefonat und legte das Handy weg.

Doch statt schnell wieder einzuschlafen, musste sie aufs Klo. Ohne Licht anzumachen und die Augen zu öffnen, tastete sie sich hinüber ins Bad. Einen Weg, den sie nach den zwanzig Jahren, die sie hier als Kind und Jugendliche verbracht hatte, noch immer blind fand. Auch wenn die Schritte dank der Menge Rotwein nicht ganz so geradlinig waren. Morgen würde sie einen Kater haben, garantiert.

Auch in dem kleinen Bad war es unerträglich warm. Im Dunkeln drehte sie den Thermostat am Heizkörper, den sie wie all die anderen im Haus am Nachmittag volle Pulle aufgedreht hatte, etwas zurück. So mollig warm, wie es hier war, wäre sie beinahe auf dem Klo eingeschlafen. Hastig trank sie ein paar Schlucke Wasser, dann tastete sie sich zurück in ihr Zimmer.

Bevor sie ins Bett kroch, drehte sie den Temperaturregler auf null und kippte das Fenster – sie hasste es, im Warmen schlafen zu müssen. Ein Punkt, in dem Paul und sie sich nie einig waren. *Gewesen waren*, verbesserte sie sich, denn ab sofort konnte sie ohne Verhandlungen über eine ausgeschaltete Heizung und ein gekipptes Fenster schlafen gehen. So gesehen hatte eine Trennung dann doch auch gute Seiten, dachte sie gähnend.

Endlich wieder unter der Bettdecke wartete sie vergeblich auf den ersehnten Schlaf. Das Gespräch mit ihrer Mutter hatte das Gedankenkarussell auf Touren gebracht. Was Paul wohl gerade machte? Ob er auch gerade wach im Bett lag und an sie dachte? Ob er genoss, endlich bei geschlossenem Fenster schlafen zu können? Oder schlief er um diese Uhrzeit tief und fest? Und in welchem Bett? Im Bett bei der Neuen oder etwa in seinem, also dann ja in ihrem, also in dem Bett, das sie vor ein paar Jahren zusammen mit Paul ausgesucht hatte und in dem sie sich so oft geliebt hatten? Der Gedanke, dass er mit der anderen in ihrem gemeinsamen Bett liegen und womöglich gerade mit diesem Miststück darin Sex haben könnte, war unerträglich. Noch unerträglicher war die Tatsache, dass es ihm im Gegensatz zu ihr gut ging, er war ja frisch verliebt und glücklich.

Als die Tränen kamen, überlegte sie kurz, ob sie sich noch eine Flasche Wein aufmachen und damit ihren Kummer hinunterspülen sollte – vorhin hatte das schließlich auch für ein, zwei Stunden funktioniert. Dann entschied sie sich aber dagegen. Wegen diesem Arsch von Mann würde sie nicht in die Alkoholsucht abstürzen.

Sie stand dann aber doch noch einmal auf, aber nur, weil sie Klopapier brauchte, um sich die Nase zu putzen. Wieder im Bett wälzte sie sich von einer Seite auf die andere. Dass Ewald Burger jetzt auch wach und in seiner Backstube war, war nicht wirklich ein Trost.

Gegen vier Uhr schlief sie dann doch endlich wieder ein.

Knapp vier Stunden später wiederholte sich das Ganze: Sandra schreckte aus dem Tiefschlaf hoch, weil das Telefon klingelte. Vor dem Fenster war es noch immer dunkel, nur wusste sie diesmal genau, wo sie war. Anrufer war aber zur Abwechslung nicht ihre Mutter, sondern ihr Chef. Dummerweise hatte sie nicht aufs Display gesehen, sonst wäre sie nämlich nicht drangegangen.

Jetzt war es zu spät.

»Wie sieht's aus?«, fragte Wolfgang ohne jegliches Wort der Begrüßung.

»Dir auch einen wunderschönen guten Morgen, Chef.« Sandra brachte kaum die Augen auf, sie konnte gerade mal die Uhrzeit auf dem Handy erkennen: 07:10 Uhr.

»Wie geht es deiner Mutter?«

»Meiner Mutter?« Wieso fragte er nach ihrer Mutter? Noch nie hatte er sich für das Leben und schon gar nicht für die Angehörigen seiner Angestellten interessiert.

»Geht es ihr besser?«

»Besser? O ja, ihr geht es tatsächlich besser, danke der

Nachfrage.« Beinahe wäre sie über ihre eigene Herzinfarkt-Lüge gestolpert!

»Dann kannst du dich ja ins Auto schwingen und auf dem schnellsten Weg zurück nach München kommen.«

Das klang jetzt aber in Sandras Ohren nicht wie eine Frage oder ein Vorschlag, sondern eher wie ein Befehl. Und zum ersten Mal verspürte sie so etwas wie Auflehnung. Wolfgang mochte ihr Chef sein, ja, aber sie war nicht seine Sklavin, die sofort hüpfte, wenn er »Spring!« sagte.

»Das geht nicht, ich muss mich um meinen Vater kümmern. Abgesehen davon, dass ihn die ganze Sache mit Mama sehr mitgenommen hat, ist er gar nicht in der Lage, sich selbst zu versorgen. Ich kann ihn unmöglich allein lassen.« *Sorry, Papa, dass ich dich gerade zum Tattergreis gemacht habe,* schickte sie in Gedanken in Richtung Karibik.

»Gibt es da nicht Pflegedienste, die so was übernehmen?«

Du willst meinen Vater einer unterbezahlten Angestellten eines Pflegedienstes überlassen, dachte Sandra empört. Einer wahrscheinlich völlig überarbeiteten Person, die vielleicht unfreundlich ist und, wie man ja weiß, viel zu wenig Zeit für jeden einzelnen Klienten hat? Das kommt ja gar nicht in die Tüte!

»Bis ich das angeleiert habe …«, gab sie ausweichend zu bedenken.

»Du hast recht, das würde dauern. Dann bleib einfach dort und konzentrier dich voll und ganz auf die Herz-Kekse.«

»Klar, wenn es der Zustand meines Vaters zulässt«, konnte sie sich nicht verkneifen.

»Schick mir so schnell wie möglich deine neuen Entwürfe, damit Herr Herz endlich zufrieden ist.«

»Neue Entwürfe? Die hab ich dir doch gestern geschickt.«

»Hast du denn meine Nachrichten nicht abgehört? Herz gefallen die letzten Vorschläge schon ganz gut, aber …«

»Aber?«, unterbrach Sandra, Böses ahnend.

»Aber eben in anderen Farben. Hab ich dir doch alles als Sprachnachrichten geschickt.«

Sprachnachrichten, die Sandra noch nicht abgehört hatte.

»Die Sprachnachrichten, ja. Ähm, da bin ich ehrlich gesagt nicht ganz schlau daraus geworden. Könntest du einfach mal kurz zusammenfassen, was ich ändern soll?«

»Herr Herz will das jetzt alles pompöser, üppiger.«

»Am besten mit Samt, Brokat, Hermelin und Krönchen?«, spottete Sandra.

»Genau. Und mit viel Gold. Auch die Kekspackungen sollen golden sein«, kam die todernste Antwort.

Miese Billigkekse in hochherrschaftlicher Verpackung – von mir aus, dachte Sandra. »Wie wäre es mit einer Reliefprägung.«

»Ja, gute Idee. Ich sehe, du verstehst, was er will. Um zwölf kommt er ins Büro, du hast also genügend Zeit, die Änderungen vorzunehmen. Kann ich mich darauf verlassen?«

»Na klar, ich mach mich gleich dran«, sagte sie brav. Wenn ich Schnee geschippt und eingekauft habe, ergänzte sie im Geiste, aber da hatte ihr Chef das Gespräch schon ohne Gruß beendet.

Müde sank sie ins Kissen. Anscheinend hatten sich ihre Mitmenschen abgesprochen, sie auf gar keinen Fall schlafen zu lassen. Allen Verschwörungen zum Trotz döste sie wieder ein. Aber leider nicht lang: Kurz vor acht weckte sie das laute Kratzen eines Schneeschiebers auf Asphalt. Und bevor sie wieder an Paul und ihren Kummer denken konnte, quälte sie sich mit bleischweren Beinen und Armen aus dem Bett. Wie erwartet spürte sie dank der Schneeräumaktion in der letzten Nacht Muskelpartien in ihrem Körper, von denen sie gar nicht gewusst hatte, dass es sie gab.

Und das Zimmer war jetzt eiskalt. Fröstelnd trat sie ans Fenster und sah hinaus. Trüb war es, der Himmel zeigte sich düster und verhangen mit mittelgrauen Wolken, die Sonne würde es heute schwer haben, wenn sie es denn überhaupt schaffen sollte, durch die dicken Wolkenschichten zu kommen. In der Nacht hatte es noch etwas geschneit, aber nicht so viel, dass sie sich gleich ans Gehsteigräumen machen musste. Jetzt zumindest fiel kein Schnee.

Nicht sonderlich motiviert schlürfte sie ins Bad. Die Frau, die sie dort aus dem Spiegel heraus anstarrte, sah ganz schön zerknittert aus. Die Gute sollte mehr schlafen, dachte Sandra, während sie ihre Haare zu einem lockeren Dutt hochsteckte. Entgegen allen Befürchtungen hatte sie trotz des Zuviels an Alkohol keine Kopfschmerzen. Sie putzte sich die Zähne und klatschte sich einen großzügigen Batzen Tagescreme ins Gesicht. Mit ihrer viel zu großen Strickjacke über dem rot-grün-karierten Flanellschlafanzug, den sie sich extra für die Weihnachtszeit gekauft hatte, ging sie nach unten.

Als sie im Wohnzimmer die Rollos hochgezogen hatte und sich umsah, umgab sie das pure Chaos: Leere Kartons und bergeweise Einpackpapier häuften sich auf der Couch und auf dem Boden, und überall lag und stand Weihnachtsschmuck herum. Dazu eine leere Weinflasche und ein Glas mit einem Restschluck Rotwein.

Im ersten Moment dachte sie, dass Einbrecher hier ihr Unwesen getrieben hatten, doch dann fiel ihr ein, dass sie selbst für diese Unordnung verantwortlich war. Nur war sie mittendrin plötzlich zu müde gewesen – oder zu betrunken –, um ihr Werk zu vollenden. Nur gut, dass ihre Mutter das nicht sehen konnte.

Sie nahm Flasche und Glas mit in die Küche und zog auch hier den Rollladen hoch. Die Aussicht nach draußen war unverändert grau-trüb und nicht sehr verlockend, aber passend zu ihrer Stimmung. Wild entschlossen, das Beste aus dem Tag zu machen, füllte sie erst einmal die Kaffeemaschine mit Wasser und Kaffeepulver und einschaltete sie ein. Während die Maschine zischend Kaffee in die Glaskanne spuckte und sich wunderbarster Kaffeeduft im Haus verbreitete, widmete sie sich noch einmal dem Weihnachtsschmuck. Jetzt, im nüchternen Zustand betrachtet, mutete der wilde Stil- und Farbmix ganz schön schräg an. Aber es war immerhin weihnachtlicher als zuvor.

Um gegen die erdrückende Stille im Haus anzukämpfen, drückte sie mehrere Knöpfe an der Stereoanlage, bis das Radioteil endlich Töne in Form von fröhlichem Geplauder der Moderatoren durch die Boxen auf der Schrankwand schickte. Als das nächste Lied gespielt wurde – Michael Bublés *It's beginning to Look a Lot Like Christmas* –, drehte sie so laut auf, dass die Gläser im Vitrinenteil im Takt dazu vibrierten. Ja, das konnte sie bestätigen: Das Wohnzimmer fing tatsächlich an, gehörig nach Weihnachten auszusehen!

Fröhlich summend, gelegentlich begleitet von spontanen Tanzeinlagen, verteilte sie eisern alles, was noch in den Kartons schlummerte. Sie hängte in Ermangelung eines Weihnachtsbaums Christbaumkugeln an die Vorhangstangen, an den Kronleuchter, die Lampe über dem Tisch in der Essecke und an Äste und Zweige der Zimmerpflanzen, wickelte Lichterketten um die Möbel und den Gummibaum.

Als die leeren Kartons und Schachteln im Keller verstaut waren, lümmelte sie sich mit einer großen Tasse mit wunderbar dampfendem Kaffee in die Couchecke und betrachtete ihr Werk. Wirklich schön war es nicht, musste sie feststellen, aber selten. Trotzdem sah es verdammt nach Weihnachten aus, und für ihr allererstes Weihnachten, das sie allein verbringen würde, war es genau richtig.

Der Hunger trieb sie schließlich in die Küche. Mit dem großen Brotmesser schnitt sie zwei schrecklich krumme und viel zu dicke Scheiben von Ewald Burgers Brot herunter. Großzügig strich sie Butter und Marmelade darauf.

Als das Moderator-Duo freudig verkündete, dass gleich der absolute und weltweit am meisten gehörte Weihnachtsklassiker durch den Äther geschickt werden würde, ließ Sandra alles stehen und liegen und hechtete ins Wohnzimmer, um gerade noch rechtzeitig dem Radio den Saft abzudrehen. *Last Christmas* war jetzt das Allerletzte, was sie hören wollte. Nicht weil ihr Herz letztes Jahr an Weihnachten weggegeben worden war, sondern dieses Jahr – gestern, um genau zu sein. Eine Tatsache, mit der sie doch erstaunlich gut zurechtkam, wie sie fand. Sie brauchte keinen Paul, um glücklich zu sein. Sie brauchte überhaupt keinen Kerl. Aber besungen werden musste ihr Liebesschicksal nun wirklich nicht.

Trotzig stapfte sie in die Küche. Im Stehen trank sie ihre zweite Tasse Kaffee, aß Marmeladenbrot und sah zum Haus der Voglers rüber, genau in dem Moment, als Frank dort aus der Tür trat.

Ihren letzten männerfeindlichen Gedanken zum Trotz musste sie sich eingestehen, dass er sich zu einem recht ansehnlichen Mann gemausert hatte. Nichts erinnerte mehr an den pummeligen, pickeligen Jungen von früher. Mit energischen, kraftvollen Schritten und wehenden Mantelschößen lief er den Weg zur Straße hin. Bestimmt trieb er Sport, diagnostizierte Sandra. Handball vielleicht oder Basketball. Tennis traute sie ihm auch zu. Oder Segeln.

Wie er jetzt wohl war, fragte sie sich. Als Erwachsener, als Arzt … als Liebhaber?

Als hätte er ihre Gedanken gehört, sah er zu ihr herüber, ihre Augen trafen sich irgendwo über der verschneiten hüfthohen Ligusterhecke, die als Grenze zwischen den Grundstücken gepflanzt worden war.

Derart ertappt schoss ihr heiße Röte ins Gesicht. Reflexartig hob sie die Hand mit der Kaffeetasse zum Gruß, worauf sein Blick noch düsterer wurde, als er es eh schon war. Ohne Reaktion verschwand er aus ihrem Blickfeld. Bei ihm hatte sie es definitiv verschissen, daran gab es keinen Zweifel. Aber nicht nur er hatte sich verändert, auch sie war nicht mehr der blöde, gemeine Teenager von früher, der selbst so schrecklich unsicher gewesen war. Er musste sie nur neu kennenlernen, dann würde er schon merken, dass sie eigentlich ganz nett war. Vielleicht sollte sie ja doch die Einladung seiner Mutter zum Weihnachtsessen annehmen?

So, wie er aussah, und noch dazu als Arzt, war er aber sicherlich schon vergeben – Krankenschwestern und Medizinstudentinnen warfen sich solch attraktiven Ärzten doch bekannterweise scharenweise an den Hals. Wie ihre Schwester Meike, an der angeblich der Chefarzt einen solchen Narren gefressen hatte.

Nein, an Meike wollte sie jetzt genauso wenig denken wie an Paul. Auch nicht an ihren Job, aber sie hatte es Wolfgang versprochen, die Entwürfe noch einmal zu überarbeiten. Also packte sie das Brot und die Marmeladengläser weg, wischte die Arbeitsfläche ordentlich sauber und ging hoch in ihr Zimmer, um ihren Laptop zu holen.

Als sie ihn auf den Küchentisch gestellt und aufgeklappt hatte und noch einmal nach draußen sah – in der leisen Hoffnung, einen weiteren Blick auf Frank werfen zu können –, musste sie feststellen, dass es wieder zu schneien angefangen hatte. In ihre Strickjacke gewickelt, setzte sie sich auf einen der Küchenstühle und zwang sich zur Konzentration. Inzwischen hasste sie diesen Auftrag, aber genau damit verdiente sie Geld. Und Geld würde sie mehr denn je brauchen …

Nach zwei Stunden intensiver Arbeit, zwei Telefonaten mit ihrem Chef und zwei weiteren Tassen Kaffee tat ihr der Rücken weh. Als sie aufstand und sich genussvoll reckte und streckte, fiel ihr Blick in den Garten. Und der zeigte ihr, dass es nicht nur Zeit war, sich anzuziehen, sondern auch zum Schneeschippen, denn in den letzten beiden Stunden hatte es ordentlich runtergeschneit, ohne dass sie es bemerkt hatte. Jetzt machten der Himmel zwar eine Pause, aber auf dem

Weg vom Haus zur Straße lagen mindestens fünf Zentimeter Neuschnee. Sogar die Sonne hatte den Weg durch die grauen Wolken geschafft und lud unmissverständlich dazu ein, nach draußen zu gehen.

Sie klickte auf »Senden«, und schon war die komplett überarbeitete Werbekampagne in Gold und mit Krönchen auf dem Weg nach München ins Büro ihres Chefs. Zufrieden klappte sie den Laptop zu und ging hoch ins Bad.

# Kapitel 9

## Schneefrau am Morgen ...

Eine halbe Stunde später trat sie frisch gewaschen und warm eingemummelt vor die Haustür. Die Sonne schien noch immer, ihre Strahlen wurden von den Schneekristallen gespiegelt, überall funkelte es, als hätte jemand großzügig geschliffene Diamanten verstreut. Die Luft war frisch und klar, sprich: Es war ein fantastischer Tag. Sandra schnappte sich den Schneeschieber und machte sich ans Werk.

»Wer bist denn du?«

Eine kindliche Stimme ließ sie mitten im Schippen innehalten.

Am Gartentor stand ein etwa fünfjähriges Mädchen ganz in Rosa, das sie kritisch musterte. Die rabenschwarzen Zöpfe baumelten unter der hellrosa Bommelmütze hervor. Die Kleine hatte eindeutig einen asiatischen Elternteil.

Schon leicht in Schweiß geraten stützte sich Sandra auf den Stiel der Schneeschaufel. Eine kleine Verschnaufpause kam ihr gerade recht.

»Ich heiße Sandra. Und du?«

»Mai.«

»Hallo, Mai. Du heißt fast so wie meine Schwester, die heißt Meike.«

»Ich heiße wie der Monat«, sagte die Kleine unbeeindruckt. »Was machst du denn im Garten von Tante Elli?«

»Elli ist meine Mama, ich bin hier zu Besuch.«

»Aber Tante Elli ist im Urlaub.«

Was du nicht sagst, hätte Sandra am liebsten geantwortet. Anscheinend wusste die ganze Welt über den Urlaub ihrer Eltern Bescheid, nur sie nicht.

»Das ist richtig, aber davon hatte ich keine Ahnung, als ich hergefahren bin.«

»Hast du denn kein Telefon?«

»Ein Telefon? Natürlich habe ich ein Telefon.«

»Dann telefonierst du wohl nicht mit deiner Mama?«

»Doch, ich telefoniere manchmal mit meiner Mama. Was stellst du denn für komische Fragen?« Langsam kam sie sich vor wie bei einem Verhör.

»Na, wenn du mit deiner Mama telefoniert hättest, dann hätte sie dir doch gesagt, dass sie in den Urlaub fährt, oder?«

»Hat sie wohl vergessen«, brummte Sandra.

»Dann bist du jetzt ganz allein in Tante Ellis Haus?«

»Ja, ganz allein.«

Die Augen des Mädchens weiteten sich. »Hast du da keine Angst?«

»Nein.« Wenn man eine ganze Flasche Wein trinkt, hat Angst keine Chance, dachte Sandra im Stillen.

»Also ich hätte Angst.«

»Ich bin eben schon groß, und große Leute haben nicht so leicht Angst.«

»Wenn ich bei meiner Oma bin, kann ich ja auch dich besuchen, wenn du magst. Dann bist du nicht so allein.«

Auch wenn Sandra die kleine Göre und ihre endlose Fragerei als anstrengend empfand, war sie nun doch gerührt. »Das wäre sehr nett von dir.«

»Hast du Kakao?«

»Ähm, da müsste ich erst mal nachschauen. Aber ich gehe später einkaufen, da kann ich Milch und Kakao besorgen.«

»Und Kekse?«

»Kekse hab ich keine, aber da kann ich auch welche kaufen.«

Mai verdrehte theatralisch die Augen. »Kekse kauft man doch nicht, die bäckt man selbst. Bäckst du denn keine Kekse?«

»Dafür hab ich im Moment keine Zeit, ich muss sehr viel arbeiten. Aber ich kenne einen tollen Bäcker hier in der Stadt, der bäckt die tollsten Plätzchen überhaupt.«

»Meinst du den Herrn Burger?«

»Genau den. Ich war sogar gestern bei ihm in der Backstube und habe ihm geholfen.«

»Nicht wahr«, sagte Mai zutiefst ehrfürchtig.

»Doch. Ich habe ganz viele Nougattaler gefüllt und mit Guss bestrichen.«

Die Kleine hüpfte begeistert durch den Schnee und klatschte in die behandschuhten Hände. »Nougattaler, oh, die mag ich!«

»Wäre es also in Ordnung, wenn ich davon ein paar mitbringe?«

»Das wäre sehr in Ordnung«, willigte Mai großzügig ein.

»Und was ist mit dir? Hast du schon Plätzchen gebacken?«

»Na klar, mit meiner Oma. Gestern. Lauter Herzen mit bunten Zuckerstreuseln drauf. Ich hab aber schon fast alle aufgegessen.«

Sandra setzte den Schneeschieber wieder an und befreite die wenigen übrigen Meter vom Schnee. Jetzt stand sie direkt bei Mai an der Gartentür und begutachtet ihr Werk.

»Wo wohnst du denn sonst?«, wurde Mai nicht müde, ihr Löcher in den Bauch zu fragen.

»In München.«

»Ist es da schöner als hier?«

»Schöner nicht unbedingt, halt anders.«

»Also, ich finde es hier sehr schön. Ich bin froh, dass wir

hergezogen sind. Warum bist du nicht hiergeblieben, wenn doch deine Mama hier wohnt?«

»Weil ich in München studiert und danach dort eine Arbeit gefunden habe.«

»Und was machst du jetzt mit dem ganzen Schnee?«, wechselte Mai abrupt das Thema.

Sandra betrachtete die Haufen links und rechts des Weges. Sie hatte keine Ahnung, worauf die Kleine hinauswollte. »Ich denke, den lass ich einfach so liegen.«

»Wir könnten einen Schneemann bauen. Ich hätte gerade Zeit.«

Den letzten Schneemann hatte Sandra vor etwa hundert Jahren gebaut. Sie öffnete das Gartentürchen und machte eine einladende Bewegung mit der Hand. »Bauen wir einen Schneemann.«

Strahlend hüpfte Mai herein und begann sofort mit der Arbeit. Geschickt formte sie aus dem beiseitegeräumten Schnee eine große Kugel, legte sie an den Rand der unberührten Schneefläche auf dem Rasen und rollte sie kreuz und quer herum, wobei sie immer größer wurde.

»Hey, du machst das richtig gut.«

»Mit Schneemannbauen hab ich eben Erfahrung.«

Lachend half Sandra ihr, die inzwischen medizinballgroße Kugel weiterzurollen. Als sie die Größe eines Sitzballs hatte, ließen sie sie in der Mitte der Fläche liegen.

»Das ist ein richtig toller unterer Bauch«, stellte Mai fachmännisch fest. »Der gestern war nicht so schön groß.«

»Du hast gestern schon einen Schneemann gebaut?«

»Ja klar, mit meinem Papa, aber da war noch zu wenig Schnee da.«

Mai formte einen weiteren Schneeball und rollte ihn durch den Schnee auf der anderen Seite des Weges.

»Hast du einen Mann?«, fragte sie, ohne ihre Arbeit zu unterbrechen.

Sandra musste bei dieser Frage schlucken. »Nein«, presste sie hervor.

»Echt?« Mai richtete sich auf und sah Sandra überrascht an. »Das ist aber komisch.«

»Was ist daran komisch?«

»Weil Männer nette Frauen mögen. Und du bist echt nett.«

»Danke. Du bist auch nett. Und woher weißt du, dass Männer nette Frauen mögen?«

»Das sagt mein Papa immer.«

»Aha. Und, hat dein Papa eine nette Frau?«

»Nein, mein Papa ist Witwer. Weißt du, was ein Witwer ist? Das ist ein Mann, wenn seine Frau stirbt.«

Schockiert sah Sandra das Kind an. »Oh, das tut mir leid. Dann hast du keine Mama mehr?«

»Ist schon lang her«, sagte Mai mit altkluger Miene und rollte die Schneekugel noch ein Stück weiter. »Da war ich noch ganz klein, ein paar Monate oder so. Deswegen sind wir ja hierhergezogen. Weil Oma und Opa hier sind und sich um mich kümmern können, wenn Papa arbeiten muss. Kannst du den mal rübertragen?«

Wie betäubt hob Sandra den Oberkörper des Schneemanns hoch und setzte ihn auf das um einiges größere Unterteil.

»Und jetzt noch den Kopf«, bestimmte Mai. Weil der Schnee vor dem Haus jetzt aufgebraucht war, mussten sie die Kugel ein Stück ums Haus herumrollen. Kurz darauf saß dann auch der Kopf auf dem Rumpf. Der Schneemann war fast so groß wie Sandra.

»Mai? Mai, wo treibst du dich denn wieder rum? Essen ist fertig!«, rief jemand aus der näheren Nachbarschaft.

»Oh, das ist meine Oma.« Mai war eindeutig nicht erfreut darüber. »Jetzt kann ich dir nicht mehr helfen, du musst allein weitermachen. Er braucht noch einen Hut und einen Schal, kannst du das alles besorgen?«

Sandra nickte, hob die Schippe auf und begleitete Mai zum Tor. »Das krieg ich hin.«

»Tschühüss«, sagte die Kleine und rannte los.

Sandra sah, wie sie nur ein Gartentürchen weiter das Grundstück der Voglers betrat. Kurz bevor sie durch die Haustür verschwand, winkte sie ihr noch einmal zu. »Und Augen und eine Nase!«, rief sie, dann war sie im Nachbarhaus verschwunden.

Wenn Mais Oma Frau Vogler ist, dann muss Frank ihr Vater sein, kombinierte Sandra. Er war also mit einer Asiatin zusammen ... gewesen. Womöglich im Urlaub *kennengelernt*, dachte ihr früheres gemeines Ich. Ihr erwachsenes Ich schämte sich für diesen Gedanken und nahm ihn sofort zurück. Und er war Witwer, also Single, wenn er nicht eine Freundin hatte. Was sie irritierte, war, dass ihre Eltern nichts davon erzählt hatten. Oder hatte sie nur nicht zugehört, weil es sie generell nicht interessierte, was die Nachbarschaft von früher so trieb? Und Frank im Einzelnen hatte sie ja so was von nicht auf dem Schirm gehabt. Sie würde Mai also beim nächsten Treffen genauso ausquetschen, wie Mai es gerade mit ihr getan hatte.

Den Gehsteig räumte sie eher flüchtig, eine schieberbreite Rinne musste genügen.

Auf dem Weg zum Haus blieb sie kurz beim Schneemann stehen. Hut und Schal, das hatte Mai befohlen. Und Augen und Nase. Aber musste es denn ein *Schneemann* sein, wie jeder ihn hatte? Einen schneemanntypischen schwarzen Zylinder hatte ihr Vater eh nicht, das wusste sie. Und ihre Mutter würde sie killen, wenn sie einen der guten WMF-Töpfe entführte. Der Strohhut mit der breiten Krempe auf der Hutablage der Garderobe kam ihr in den Sinn – das würde sie ihr sicherlich verzeihen.

Als Sandra vor der Garderobe stand und den Hut herunterholte, blieb ihr Blick an dem kunterbunten gehäkelten

Schultertuch hängen, das sie gestern selbst getragen hatte. Auch das nahm sie mit nach draußen.

Und so wurde aus dem Schneemann eine Schneefrau.

Fehlten nur noch die Augen und die Nase. Die große Fichte im hinteren Garten fiel ihr ein, die hatte doch so wunderbare längliche Zapfen, und ihr Vater sammelte die immer zum Verfeuern im Kamin. Also bahnte sie sich ihren Weg durch den doch jetzt recht hohen Schnee zum Schuppen, wo Papa sie in einem großen Korb zum Trocknen aufbewahrte. Als sie die Schuppentür schloss, entdeckte sie unter dem vorgezogenen Dach den Trog mit den Sukkulenten. Darin steckten ein paar Schaschlikspieße, die ihre Mutter mit einigen Schneckenhäusern gekrönt hatte. Sie suchte sich ein paar dunklere Häuser aus und stapfte zurück in den Vorgarten.

Die Schneckenhäuser drückte sie als Blusenknöpfe in die Oberkörperkugel. Der Zapfen als Nase verlieh der Schneefrau sofort eine gewisse Persönlichkeit – wenn auch eine etwas hochnäsige. Nur die Augen und ein Mund fehlten jetzt noch. Aber die mussten warten, jetzt wollte Sandra erst einmal einkaufen gehen und auf dem Rückweg noch bei Herrn Burger vorbeischauen. Für einen leckeren Nougattaler und einen kurzen Plausch. Und ein paar Nougattaler für Mai. Genau, die durfte sie nicht vergessen!

Schnell ging sie ins Haus, um ihr Geld zu holen. Auf der Suche nach einer Stoff-Einkaufstasche fand sie in einer der Schubladen des Dielenschränkchens eine uralte, riesengroße Sonnenbrille. Probehalber setzte sie sich das wirklich hässliche Teil auf die Nase und begutachtete sich im Spiegel. Von ihrem Gesicht war nicht mehr viel zu sehen, sie sah aus wie eine Stubenfliege. Ihre Mutter hatte diese Brille vor vielen, vielen Jahren während eines ihrer Italienurlaube erstanden. In Jesolo, Sandra musste etwa zwölf gewesen sein. Und sie konnte sich sogar noch genau an den Laden in Strandnähe erinnern – den mit den wunderschön bunten, aufblasbaren

Gummitieren und Luftmatratzen, Strandhandtüchern, Badeanzügen und massenweise Strandspielzeug. Papa hatte eine neue Badehose erstanden, weil seine alte aus unerfindlichen Gründen nicht im Koffer gewesen war; Meike war mit so einem Plastikteil aus dem Laden gekommen, in das man oben Sand reinfüllte, der dann, durch mehrere Schaufelräder transportiert, wieder unten rauskam; sie selbst hatte sich eine Taucherbrille ausgesucht, mit der sie den Rest des Urlaubs in Strandnähe rumgetaucht war, ohne irgendetwas Interessantes zu sehen zu bekommen. Und Mama, die hatte sich diese Sonnenbrille gekauft, die damals modern und somit todschick war. Es gab jede Menge Fotos von diesem Urlaub, auf denen ihre Mutter die Brille trug. Ein bisschen fremd hatte sie damit ausgesehen und ein bisschen wie Hildegard Knef oder Greta Garbo.

Jetzt bekam die Schneefrau genau diese Brille verpasst – wie Greta Garbo sah sie zwar nicht damit aus, aber das Ding passte perfekt zu ihrer hoch getragenen Nase.

Als das vollbracht war, konnte Sandra endlich in die Stadt gehen.

# Kapitel 10

## Hallo, Herr Doktor!

Sie hätte das Auto nehmen sollen. Diese Überlegung kam jetzt aber mehr als zu spät, denn Sandra stand bereits im Supermarkt an der Kasse und das mit einem viel zu vollen Einkaufswagen. Und es war auch zu spät, einen Teil der Sachen zurückzubringen, denn gerade rückte die Schlange um einen Kunden auf, und sie war an der Reihe, ihre Einkäufe aufs Band zu legen. Wurst, Käse, Nutella, diverse Süßigkeiten und Knabbersachen, drei Päckchen Butter, gemahlene Haselnüsse, Milch und Kakao. Wurst und Käse für die ganz normale Ernährung. Nutella, Süßes und Knabbersachen für die Nerven. Butter und Nüsse, weil sie gestern bei Ewald Burger Appetit bekommen hatte und eventuell in den nächsten Tagen Mamas Vanillekipferl backen wollte. Und vorsichtshalber den Kakao, weil sie es versäumt hatte, vor dem Weggehen zu kontrollieren, ob ihre Eltern welchen für Mai im Haus hatten. Nur falls die Kleine tatsächlich auf einen Besuch zu ihr herüberkäme. Und noch dazu eine tiefrote, recht lange Peperoni, weil die sie in der Gemüseabteilung so angelacht hatte und sich garantiert wunderbar bei der Schneefrau als Mund machen würde.

Die beiden Plastiktüten platzten beinahe, und beim Tragen kugelte sie sich fast die Schultern aus. Sie war froh, dass sie sowieso vorgehabt hatte, Ewald Burger zu besuchen. Bei ihm würde sie sich ausruhen und neue Kraft für den Rest des Weges schöpfen können.

Ächzend schleppte sie die Taschen über die mehr oder weniger gut geräumten Stufen zur Bäckerei hoch. Über ihr bimmelte es verheißungsvoll. Sie ging hinter die Theke und stellte ihre Einkäufe, geschützt vor den Blicken hereinkommender Kundschaft, dort ab.

»Herr Burger?«, rief sie nach hinten. »Ich bin's, Sandra. Wo sind Sie denn?«

»In der Backstubb«, kam die Antwort aus ebendieser.

Irrte sich Sandra oder hörte sich das anders an als gestern? Weit entfernt von fröhlich, eher gedämpft?

Sie hatte sich nicht getäuscht: Der Bäcker saß wie ein Häufchen Elend am Arbeitstisch und sah sie unglücklich an. Vor ihm lag der Teig, den er am Abend zuvor für die Cappuccino-Hörnchen gemacht hatte. Eine dicke Scheibe war davon abgeschnitten, anscheinend hatte er eben mit dem Formen der Hörnchen angefangen. Sie kam also gerade richtig, um sich von ihm zeigen zu lassen, wie man perfekte Kipferl hinbekam.

Aber Ewald Burger sah nicht so als, als würde ihm die Arbeit Spaß machen.

»Ist was passiert?«, fragte sie besorgt.

Als Antwort hob er die rechte Hand, die mit einem Verband umwickelt war, der nicht so aussah, als wäre da ein Fachmann oder eine Fachfrau am Werk gewesen.

»Gestürzt, als ich den Schnee von der Treppe geräumt habe.«

»Oje! Waren Sie schon beim Arzt?«

»Nein, das ging nicht, ich musste doch den Laden aufsperren.«

»Tut es sehr weh?«

Er nickte und wischte sich hektisch die aufkommenden Tränen aus den Augen.

»Dann gehen wir jetzt«, sagte Sandra bestimmt.

»Und der Laden?« Er sah sie verzweifelt an.

»Den machen wir zu, und wenn wir zurück sind, machen wir ihn wieder auf. Verkaufen kann ich im Notfall auch. Wo haben Sie Ihre Jacke?«

»Nebenan, auf der Gefriertruhe, aber ...«

»Nix, aber. Wir gehen jetzt zum Arzt.« Nach einem Blick auf die große Uhr an der Wand, die ihr anzeigte, dass jetzt wahrscheinlich jede Arztpraxis Mittagspause hatte, änderte sie das Ziel: »Oder am besten gleich ins Krankenhaus in die Notaufnahme.«

Dass der Ton, in dem sie das sagte, keine Widerrede duldete, schien Ewald Burger klar zu sein, denn er stand ohne weitere Einwände von seinem Hocker auf.

Sandra sah auf seine Schuhe, weiße Plastik-Clogs. »Hatten Sie *die* etwa zum Schneeschippen an?«

Er nickte verlegen.

»Kein Wunder!«, war alles, was sie dazu sagte. »Wo haben Sie ein paar wintertaugliche Schuhe?«

»Oben, gleich unter der Garderobe, aber ...«

Sandra ließ ihn jedoch nicht ausreden, da sie eh kein Argument gegen einen Arztbesuch gelten lassen würde.

Schnell ging sie die Treppe hoch und holte seine Boots. Wieder unten angekommen half sie ihm in die Schuhe und band ihm die Schnürsenkel zu.

»Der Teig. Er muss wieder gekühlt werden.«

Sandra wickelte ihn in die Frischhaltefolie und legte ihn zwischen zwei weitere große Teigklumpen in den Kühlschrank.

»Und die Kundschaft?«, versuchte er, noch einmal aufzubegehren, schlüpfte aber nach kurzem Zögern brav in die Ärmel des Parkas, den Sandra ihm hinhielt.

»Ihren Kunden schreiben wir einen Zettel und hängen ihn an die Tür. Wo finde ich Papier und Stift?«

»Im Laden, aber ...«

Ohne den Rest des Satzes abzuwarten, ließ Sandra ihn stehen. Sie fand zwar auf die Schnelle kein Blatt Papier, aber das recycelte hellgraue Einwickelpapier für Brot tat es auch. In einer Schublade unter der Kasse lag neben allem Möglichen ein schwarzer Marker, mit dem schrieb sie in dicken Großbuchstaben *BIN GLEICH WIEDER DA!* auf den Papierbogen. Und dort, wo der Marker gelegen hatte, befand sich auch eine Rolle Klebeband.

»Ich weiß nicht so recht ...« Herr Burger war neben sie getreten, als sie das Schild von innen an die Glastür klebte.

»Aber ich weiß es. Ihre Kundschaft hat garantiert Verständnis dafür, dass wir Ihre Hand untersuchen lassen. Und jetzt rufe ich ein Taxi.«

Er hatte aufgegeben und stand mit hängenden Schultern in seinem Laden, während sie die Nummer des Taxiunternehmens wählte.

»Jetzt schauen Sie doch nicht so bedröppelt, Herr Burger«, sagte Sandra, als sie seinen traurigen Blick bemerkte. »Es ist doch nicht für immer. Also los, hinten raus oder hier vorn?«

»Vorn. Der Schlüssel liegt in der Schublade ...«

»... unter der Kasse«, vollendete Sandra den Satz, denn sie hatte den Schlüsselbund auf ihrer Suche nach einem Stift dort liegen sehen.

Als sie ihn geholt hatte und die Tür mit dem altgewohnten Bimmeln öffnete, fuhr das Taxi vor.

»Na, das nenn ich mal ein perfektes Timing.« Mit sanfter Gewalt schob sie Ewald Burger nach draußen. »Aber bitte, Vorsicht auf den Stufen! Die andere Hand brauchen Sie noch.«

Sie hakte sich bei ihm ein und half ihm die Treppe hinunter. Dann schloss sie von außen ab und ging Arm in Arm mit ihm zum wartenden Taxi.

Wenig später stiegen sie vor dem kleinen Krankenhaus aus. Sandra führte Ewald Burger durch den gläsernen Windfang. Kaffeeduft und Stimmengewirr aus der Cafeteria zur Linken schlugen ihnen entgegen, als sich die zweite Glastür vor ihnen automatisch öffnete. Menschen in Jogginghosen und Bademänteln saßen neben Leuten in normaler Straßenkleidung um kleine Bistrotische. Hier versuchten Patienten und ihre Besucher, den tristen Krankenzimmern wenigstens für kurze Zeit zu entfliehen.

Die Anmeldung gleich rechts im Foyer war nicht besetzt. *Komme gleich wieder*, stand auf einem Schild an der Glasscheibe.

Da Sandra nicht wusste, wie lang dieses »Gleich« dauern würde, schob sie Ewald Burger sanft weiter in das Innenleben der Klinik hinein.

Links, nach dem Kiosk, ging es zu den Stationen und Zimmern, daran konnte sie sich dank eines entfernten Blinddarms vor etwa zwanzig Jahren und eines gebrochenen und daraufhin operierten Handgelenks nur ein paar Monate später vage erinnern. Also führte sie Herrn Burger nach rechts in einen langen hellen Gang. Irgendwo würden sie schon jemanden finden, der ihnen den Weg in die Notaufnahme zeigen würde.

Am Ende des Gangs tauchte ein Mann in Weiß auf, verschwand aber sofort, und ohne Notiz von ihnen zu nehmen, um die nächste Ecke.

»Hallo, Herr Doktor«, rief Sandra ihm nach. Sie ließ Herrn Burgers Ellenbogen los und eilte dem Arzt nach. An der Ecke angekommen, hinter der er gerade verschwunden war, stieß sie beinahe mit ihm zusammen. »Herr Doktor …«, sagte sie erleichtert, hielt dann aber mitten im Satz inne.

»Du schon wieder? Verfolgst du mich?« Er sah sie unter zusammengezogenen Augenbrauen grantig an.

»Frank, du bist es …« Sie spürte unangenehm, wie sie rot wurde. Im dicken Mantel war es aber auch viel zu warm hier drin, versuchte sie sich selbst zu beschwichtigen. »Ähm, nein, natürlich verfolge ich dich nicht, ich bin rein zufällig hier. Und vielleicht kannst du mir ja helfen?«

»Falls du schwanger bist, gern«, sagte er mit kühlem Blick.

»Schwanger? Ähm, nein, ich bin nicht schwanger.«

»Auch kein anderes gynäkologisches Problem?«

»Nein, auch nicht«, antwortete Sandra irritiert.

»Tja, sorry, dann bist du bei mir an der falschen Adresse, ich bin nämlich Frauenarzt. Und jetzt muss ich weiter.« Er drehte sich zum Gehen um.

Mit offenem Mund stand Sandra da. Dieser blöde Arsch wollte sie tatsächlich einfach hier stehen lassen!

»Hey, du Blödmann«, rief sie ihm nicht gerade leise nach. »Es geht hier nicht um dich oder mich oder irgendwelche Animositäten, die es zwischen uns gibt. Herr Burger ist gestürzt, und wir suchen die Notfallambulanz.«

Er drehte sich um und kam zu ihr zurück. »Blödmann?«, hakte er mit einer steil nach oben gezogenen Augenbraue leise – sehr leise –, aber umso bedrohlicher nach.

»Ja, Blödmann. Das liegt doch alles Jahre zurück, Frank. Ich war als Teenager vielleicht nicht immer nett zu dir ...«

»›Nicht nett‹, so nennst du das also?«, unterbrach er sie.

»Okay, ich war fies, gemein, ekelhaft, böse ... Herrgott, wir waren fast noch Kinder!«, fauchte sie.

»Das ist deine Entschuldigung? Dass wir Kinder waren? Ich war als Jugendlicher aber trotzdem nicht so ein Miststück wie du. Ich habe nie absichtlich andere gequält und erniedrigt. Muss wohl am Charakter liegen. Und jetzt lass mich arbeiten!«

Mit wehendem Kittel eilte er davon, wobei seine Gummisohlen auf dem Bodenbelag bei jedem Schritt quietschten.

»Die Notfallambulanz!«, ließ Sandra nicht locker.

»Einfach in die andere Richtung, bis zum Fahrstuhl. Erster Stock«, gab er Auskunft, ohne sich umzudrehen oder seine Schritte zu verlangsamen.

# *Kapitel 11*

## Tante Peter

Zwanzig Minuten saßen sie jetzt schon im Wartezimmer der letztendlich dann doch noch gefundenen Notfallambulanz. Ewald Burgers Daten waren aufgenommen worden, jetzt musste nur noch ein Arzt Zeit für ihn haben. Es gab kaum einen unter den Mitwartenden oder dem vorbeieilenden Klinikpersonal, der den Bäcker nicht kannte und ein paar aufmunternde Worte mit ihm wechselte.

Das war der Vorteil eines Lebens auf dem Land: Man war nicht allein. Die Nachbarn schauten noch nach einem, man kümmerte sich umeinander. Das mochte zum einen natürlich lästig sein – wer hat es schon gern, wenn man unter ständiger Beobachtung stand? Zum anderen war das aber auch sehr beruhigend. Hier würde niemand unbemerkt tagelang tot in seiner Wohnung liegen. Wenn nicht die Nachbarn, dann würde zumindest der Briefträger feststellen, dass etwas nicht stimmte. In München sah das ganz anders aus. Da kam es schon mal vor, dass jemand tage- oder wochenlang tot in der Wohnung vor sich hin verweste.

Da Ewald Burger sich angeregt mit seiner Stuhlnachbarin, einer älteren Dame, die Sandra auch irgendwie bekannt vorkam, unterhielt, widmete sie sich ihrem Handy. Sie hatte es zu Hause auf lautlos gestellt und so mehrere Anrufe verpasst. Mehrere Anrufe von ihrem Chef – sie fragte sich, ob das etwas Gutes oder etwas Schlechtes bedeutete. Sie hatte doch alles nach seinen Wünschen geändert und ihm geschickt. Was konnte er also noch wollen?

Jetzt nicht, entschied sie.

Als sie das Handy gerade in die Manteltasche steckte, vibrierte es in ihrer Hand. Doch es war kein neuer Anrufer, es war noch einmal Wolfgang: Es musste also wirklich wichtig sein.

Mit einem geflüsterten »Ja?« meldete sie sich.

»Ich bin's«, rief ihr Chef ihr umso lauter ins Ohr.

Als ob sie das nicht wüsste!

»Es ist wegen der Entwürfe von heute Morgen.«

Gespannt hielt sie die Luft an. Bitte sag, dass sie in Ordnung sind und ich jetzt entspannt Weihnachten feiern kann, flehte sie ihn lautlos an.

»Sandra? Bist du noch dran?«

»Ja, ich bin noch dran«, sagte sie leise und stand auf. Mit ein paar Schritten entfernte sie sich von den anderen, die sie bis auf Ewald Burger allesamt strafend ansahen.

»Es ist gerade schlecht, ich bin im Krankenhaus«, erklärte sie etwas lauter, als sie vor den Aufzügen stand und niemanden mehr stören konnte.

»Etwas mit deiner Mutter?«

Ihr Chef hörte sich tatsächlich besorgt an. Aber sicherlich nicht wegen ihrer vermeintlich kranken Mutter, sondern wohl eher, weil ihm ihre Arbeitskraft eventuell weiterhin nur eingeschränkt zur Verfügung stehen würde. Es war ja nie anders gewesen: Wolfgang hatte schon immer mindestens hundert Prozent Einsatz von seinen Angestellten gefordert – egal, wie sie sich fühlten, egal, ob Sonntag, Ostern oder Weihnachten. Ja, er zahlte gut, das musste sie zugeben. Aber musste sich dafür ihr gesamtes Leben um ihn und seine Firma drehen? Sogar letztes Jahr auf Bali hatte sie mehrere Abende an einem Auftrag gearbeitet, auf der Veranda ihres Ferienhauses, mit Blick aufs nächtliche Meer unter einem unglaublichen Sternenhimmel. Wirklich romantisch war das aber nicht gewesen, und schon gar kein Urlaub. Es hatte deswegen sogar einen fetten Streit mit Paul gegeben – weil er diese Abende allein an der Bar hatte verbringen müssen und später allein im Bett gelegen war. Damals hatte sie ihre Arbeit voller Überzeugung verteidigt. Sie war sich so wichtig vorgekommen, und verflucht, sie war ja tagsüber für Paul da gewesen – wenn auch immer übermüdet.

Genau jetzt fragte sie sich, ob das immer so weitergehen würde. Sollte sie immer ihr Privatleben hinter ihren Job stellen? Oder besser gesagt: Wollte sie das in Zukunft auch weiterhin tun? Wollen vielleicht nicht – aber müssen, denn sie *musste* Geld verdienen. Und einen neuen Job mit ähnlichem Gehalt zu finden war so einfach auch wieder nicht. Sie würde also durchhalten müssen. Und trotzdem regte sich Widerstand in ihr. Es war zwei Tage vor Heiligabend, viele hatten da längst Urlaub. Und dann war noch ihre Mutter ernsthaft krank ... Na ja, nicht wirklich, aber für ihren Chef, und der scherte sich einen Dreck darum.

»Nein, meiner Mutter geht es den Umständen entsprechend gut.« Was ja nicht gelogen war. Doch dann ritt sie ein Teufelchen: »Ich bin gerade in der Notfallambulanz – mein Vater ist gestürzt und hat sich das Handgelenk gebrochen.« So, jetzt hatte sie auch noch ihren armen Vater zum Invaliden gemacht!

»Oh, das ist ja übel. Ich hoffe, du kannst trotzdem zwischendurch ein paar Änderungen an deinen Entwürfen vornehmen ...«

»Noch mal Änderungen?«, blaffte Sandra ins Telefon.

»Ja, ich weiß, das ist jetzt doof, und es wäre natürlich alles viel einfacher, wenn du hier wärst. Grundsätzlich gefallen Herrn Herz deine letzten Entwürfe, die Krone findet er sogar ausgesprochen toll ...«

»Aber?«, unterbrach sie seine vorgetäuschte Lobhudelei.

»Aber er möchte jetzt für jede Keksorte eine andere

Grundfarbe und eine andere Krone. Du weißt schon, als Wiedererkennungszeichen – Butterkekse in Grün mit Rubinen in einer königlichen Krone, mürbe Kipferl in Rot mit Brillant-Diadem. Oder umgekehrt.«

Auch wenn Sandra keinerlei Lust verspürte, sich noch einmal mit diesen blöden Herz-Keksen zu beschäftigen, war sie doch erleichtert, dass es nur Kleinigkeiten waren, die sie in einer, höchstens zwei Stunden erledigt haben würde.

»Okay, das ist kein Problem. Allerdings weiß ich nicht, wie lange das hier dauert.«

»Soll ich es an Pia weitergeben?«

»Pia?« *Das kann nicht sein Ernst sein!*

»Dann kannst du dich um deine Eltern kümmern, und Pia bekommt das ganz sicher auch hin.«

Er wollte Pia den größten Auftrag des Jahres übergeben? Der Neuen, die erst vor ein paar Monaten zu ihrem Team gestoßen war? Blutjung, frisch von der Uni und von Tuten und Blasen keine Ahnung? Sandra verzog das Gesicht. Na, vielleicht hatte sie ja doch Ahnung davon. Vielleicht hatte Wolfgang, der schon immer auf junge Dinger in kurzen Röcken gestanden hatte, ihr das ja inzwischen beigebracht.

»Ich erledige es heute Abend«, sagte sie und beendete das Gespräch.

Innerlich kochend ging sie zurück ins Wartezimmer, wo jetzt kein Ewald Burger mehr saß. Irritiert sah sie sich um.

»Er wurde zur Untersuchung geholt«, erklärte die ältere Frau, die mit einer Hand einladend auf den frei gewordenen Stuhl klopfte. »Da können wir ein wenig plaudern.«

Nach Plaudern war Sandra eigentlich nicht, aber sie setzte sich brav auf den angebotenen Platz.

»Sie erinnern sich wohl nicht mehr an mich?« Die hellgrauen Augen der Frau funkelten amüsiert.

So sehr Sandra auch in ihrem Gedächtnis kramte, sie hatte keine Ahnung, wer da neben ihr saß.

»Sollte ich Sie denn kennen?«

Die Frau lachte vergnügt, und an der Art des Lachens glaubte Sandra dann doch etwas Vertrautes zu erkennen. Aber wirklich weiter half ihr das nicht.

»Gerda Peter«, stellte die andere sich vor.

Doch bei Sandra klingelte nichts.

»Tante Peter ... vielleicht sagt dir ... ähm ... Ihnen das ja mehr?«

»Tante Peter!« Natürlich! Das freundliche Gesicht, dieses ausgelassene Lachen – das war ihre heiß geliebte Kindergärtnerin! Sogar die Frisur, eine kunstvoll gedrehte Rolle am Hinterkopf, war noch die gleiche – nur nicht mehr in Dunkelblond, sondern jetzt in Hellgrau. Erfreut griff Sandra nach ihrer Hand und drückte sie stürmisch. »Wie geht es Ihnen?«

»Nun, ich sitze zwar im Wartezimmer der Ambulanz, aber mir geht es gut. Wieder, muss man sagen. Ich habe vorletzte Woche ein paar Gallensteine rausbekommen und bin zur Nachsorge hier. Aber erzähl mir von dir, liebe Sandra. Ich darf doch noch Du sagen?«

»Aber ja, natürlich dürfen Sie mich duzen, das ist doch Ehrensache.«

»Also, Sandra, was machst du? Was ist aus dem kleinen Mädchen geworden, das am liebsten gemalt und gezeichnet hat?«

Bei der Erinnerung an die Zeit in Tante Peters Raupen-Gruppe musste Sandra unwillkürlich grinsen. Jeden Moment, den sie nicht mit etwas anderem beschäftigt war, hatte sie in der Malecke verbracht. Irgendwelche Buntstiftstummel oder Wachsmalkreide-Reste waren immer in ihren Hosentaschen oder in dem überaus praktischen Latz ihrer geliebten Jeans-Latzhose gesteckt. Und sie hatte nicht nur auf Papier gemalt.

»Das kleine Mädchen malt und zeichnet noch immer – ich bin Grafikdesignerin in einer Werbeagentur.«

»Ach, das freut mich zu hören. Du warst zwar noch sehr jung, aber ein gewisses Talent war damals schon zu erkennen. Wenn ich nur an die Puppenecke denke ...« Sie zwinkerte ihr spitzbübisch zu.

O ja, die Puppenecke! Sandra dachte an den Ärger, der damals über sie hereingebrochen war. Dabei hatte sie in allerbester Absicht gehandelt. Alle Wände im Kindergarten waren in den Sommerferien frisch gestrichen worden und natürlich auch die in den Räumen der Raupen-Gruppe. Und in ihren Kinderaugen hatte das alles sehr nüchtern und überhaupt nicht schön ausgesehen. Nach einem Nachmittag in besagter Puppenecke – einem herrlich sonnigen Nachmittag, den die anderen Kinder aus der Gruppe allesamt draußen beim Spielen und Toben verbracht hatten –, war sie mit allem, was die Malecke so hergegeben hatte, einer der tristen hellgelben Wände zu Leibe gerückt. Als der Kindergartentag dann zu Ende war und die ersten ihrer Freundinnen und Freunde abgeholt wurden, war auch sie fertig mit ihrem Werk und zutiefst zufrieden mit dem Ergebnis. Nur zu gut konnte sie sich an Tante Peters entsetztes, gar nicht mehr freundliches Gesicht erinnern. Sie war von ihrer überbordenden Kreativität eindeutig nicht begeistert gewesen.

»Das war eine wunderschöne Blumenwiese, die du da gemalt hattest«, sagte Gerda Peter jetzt, etwa dreißig Jahre später.

»Ach ja? Damals haben Sie das definitiv anders kommuniziert.«

»Die frisch gestrichenen Wände – ich war zugegebenermaßen geschockt. Ganz abgesehen von den Kosten und dem Arbeitsaufwand. Wir Kindergärtnerinnen haben nämlich trotz Ferien zwei Wochen bei der Renovierung helfen müssen. Und dann das.« Amüsiert sah sie Sandra an.

»Meine Eltern mussten, glaube ich, eine Strafe bezahlen.«

»Na ja, ein paar Mark für neue Farbe, das war doch eher symbolisch«, warf Gerda Peter ein.

»... und ich bekam ein paar Wochen nichts Süßes. Also für mich war das alles andere als symbolisch.«

Tröstend tätschelte Gerda Peter Sandras rechte Hand. »Du scheinst es ja zum Glück ohne tiefere psychische Schäden überstanden zu haben.«

»Wer weiß …?« Sandra wiegte gespielt ernst den Kopf. Obwohl: Ein guter Psychologe könnte sicherlich eine direkte Verbindung zwischen diesem frühkindlichen Puppenecken-Trauma und ihrer grandios gescheiterten Beziehung diagnostizieren.

»Die Blumenwiese gibt es übrigens immer noch«, unterbrach Gerda Peter ihre durch die Erinnerung an Paul dunkler werdenden Gedanken.

Es gab sie noch, die großen und kleinen bunten Blumen, die Bienen und Käfer, die große Sonne und die hellblauen Wölkchen, denen sie fröhliche Gesichter gemalt hatte! »Wie das? Sie sollte doch in den nächsten Sommerferien überstrichen werden – meine Eltern haben schließlich dafür bezahlt!«

»Ich wollte sie behalten. Alle Kinder, die nach dir kamen, haben sie geliebt, vor allem die lächelnden Schmetterlinge. Und bei späteren Renovierungsarbeiten wurde immer drumherum gestrichen.«

»Dann werden wir wohl das zu Unrecht eingeforderte Strafgeld einklagen – mit Zins und Zinseszins ist das sicherlich ein hübsches Sümmchen.«

Sandra konnte Gerda Peters prüfendem Blick allerdings nicht standhalten und musste lachen.

»Aber anschauen würde ich es mir gern noch mal. Meinen Sie, das wäre möglich?«

»Ganz bestimmt. Ich bin zwar schon ein paar Jährchen im Ruhestand, aber ich kenne die jetzige Leiterin sehr gut, und die wird begeistert sein, die Künstlerin persönlich kennenzulernen.«

Von irgendwo am Ende des Gangs näherte sich ein leises Quietschen. Dann kam ein Rollstuhl in Sicht, in dem Ewald

Burger saß. Eine Krankenschwester schob ihn. Das Gesicht des Bäckers strahlte alles andere als Zufriedenheit aus.

Sandra stand auf und ging ihnen entgegen.

# Kapitel 12

## Vater und Tochter

»Sie sind Herrn Burgers Tochter?«, erkundigte sich die Schwester, als sie bei ihnen ankam.

Sandra bedachte den Bäcker mit einem überraschten Blick, den er mit heftigem Nicken quittierte.

»Meine Tochter ist für ein paar Wochen hier und kümmert sich ganz hervorragend um mich«, sagte er eifrig und sah sie eindringlich an.

»Ähm, ja, so ist es«, stammelte Sandra in völliger Unkenntnis darüber, was diese Lüge sollte.

Ohne weiter zu fragen oder ihre Identität zu prüfen, drückte die Schwester Sandra ein paar Blätter Papier in die Hand. »Dann können Sie ja mit Ihrem Vater runter zum Röntgen fahren. Und wenn Sie die Aufnahmen haben, kommen Sie wieder hierher. Der Oberarzt wird sie sich ansehen und entscheiden, wie es weitergeht.« Ohne Gruß drehte sie sich um und strebte wieder dem Ende des Gangs zu.

Sandra schob Ewald Burger zurück zum Wartezimmer.

»Tochter?«, sagte sie leise.

Kurz zuvor hatte sie ihrem Vater eine gebrochene Hand angedichtet, jetzt wurde ihr im Gegenzug ein anderer Vater mit einer ebensolchen Verletzung geliefert. Und dann noch der imaginäre Herzinfarkt ihrer Mutter – dabei hatte Lügen bisher nicht zu Sandras Kernkompetenzen gezählt.

»Die haben da drinnen tatsächlich darüber geredet, mich vorübergehend in einem Pflegeheim unterzubringen«, empörte er sich. »Weil ich mich in nächster Zeit angeblich nicht allein versorgen kann. Es ist doch nur eine Hand, da brauche ich doch kein Pflegeheim! Pfft, ich weiß genau, wie so was endet: Einmal da drin, dann kommt man nicht mehr raus. Aber nicht mit mir!«

Die Schwester von gerade eben überholte sie und nickte ihnen zu.

»Aber, Papa, reg dich doch nicht so auf«, sagte Sandra lauter als nötig.

Ewald Burger verrenkte sich beinahe den Hals, um sie dankbar angrinsen zu können.

»Außerdem würdest du als Nicht-Angehörige keine Auskunft über mein Befinden bekommen, falls es doch etwas Schlimmeres sein sollte.«

Sandra hielt abrupt an und stellte sich mit verschränkten Armen vor ihn. »Könnte es denn etwas Schlimmeres sein?«

»Na ja«, druckste er herum. »Das Handgelenk ... es könnte ... gebrochen sein ...«

Sandra sah seine Hand mitsamt Unterarm schon im dicken Gips. In diesem Falle wäre der normale Alltag tatsächlich nicht so einfach für ihn, ganz zu schweigen von der Bäckerei.

»Jetzt lassen wir das erst mal röntgen, und dann sehen wir weiter«, sagte sie gespielt zuversichtlich.

Gerda Peter war aufgestanden und zu ihnen gekommen.

»Was ist?«, erkundigte sie sich mit besorgtem Gesicht.

»Nichts ist, alles halb so schlimm«, grummelte Ewald Burger. »Und jetzt fahr, die warten beim Röntgen sicher schon auf uns.«

Hilflos hob Sandra die Schultern und schob den Rollstuhl in Richtung Fahrstuhl. »Vielleicht gebrochen«, raunte sie ihrer ehemaligen Kindergärtnerin im Vorbeigehen zu.

Die Aufzugtür öffnete sich, ein junger Mann mit notdürftig verbundenem Fuß humpelte aus der Kabine heraus, und Sandra schob Herrn Burger hinein.

»Vielleicht kann Ihr Sohn ja kommen?« Sie drückte auf den untersten Knopf, neben dem ein Schild mit *Radiologie* angebracht war.

»Aus Japan? Da müsste er ja seine Arbeit unterbrechen!« Er schüttelte heftig den Kopf. »Nein, nein, auf gar keinen Fall. Thomas wird von dieser Sache hier nichts erfahren – versprich mir das!«

»Aber er wird doch sicher wissen wollen, wie es seinem Vater geht?«

»Ich bin wohlauf, es ist nur die Hand. Deswegen werde ich ihn ganz bestimmt nicht anrufen und beunruhigen.«

Mit einem kleinen Ruck kam der Aufzug zum Stehen, die Tür schob sich zur Seite und gab den Blick frei auf einen weiteren hell gestrichenen Gang. Sandra folgte der Beschilderung und landete nach zweimal Abbiegen im Wartezimmer der Röntgenabteilung.

»Versprich mir das!«, wiederholte Ewald Burger eindringlich.

»Ich hab ja seine Nummer gar nicht«, sagte Sandra wahrheitsgetreu. Aber die müsste ja rauszufinden sein, dachte sie für sich. Denn wenn der schlimmste Fall eintreten und die Hand des Bäckers gebrochen sein sollte, dann musste er davon erfahren.

»Versprich es!«, insistierte Ewald Burger, nachdem sie seine Unterlagen bei der Anmeldung abgegeben hatte.

»Ja, ich verspreche es«, gab sie schließlich nach. »Aber wenn wir ihn hier brauchen sollten, verfällt dieses Versprechen.«

Ewald Burger konnte ihr keine Antwort mehr geben, denn er wurde von einem Pfleger abgeholt und durch eine Tür weggeschoben.

Sie holte ihr Handy aus der Manteltasche, doch bevor sie

sich irgendwelchen neuen Nachrichten widmen konnte, schneite Gerda Peter ins Wartezimmer.

»Müssen Sie auch geröntgt werden?«

»Nein, ich bin nur hier, weil ich mir Sorgen um Herrn Burger mache. Was wird denn, wenn er tatsächlich einen Bruch hat?«

»Darüber habe ich mir auch schon Gedanken gemacht.«

»Ein älterer Mann, alleinstehend und dann noch mit Handicap ...«

Sandras Handy unterbrach Gerda Peter mit einem viel zu lauten Klingeln.

»Entschuldigung, ich hatte gerade lauter gestellt.« Sie wollte das Gespräch wegdrücken, sah dann aber, dass es ihre Mutter war. »Meine Eltern, ich geh mal schnell ran. Hallo, Mama!« Mit ein paar Schritten war sie außer Hörweite.

»So, meine Süße, jetzt müsste die Uhrzeit bei dir aber passen«, sprudelte ihre Mutter munter los.

»Die Uhrzeit ist perfekt, die Umstände jedoch nicht – ich bin gerade im Krankenhaus ...«

»Was?«, kam ein entsetzter Aufschrei direkt in Sandras Ohr. »Was machst du denn im Krankenhaus? Ist dir was passiert? Hans, komm schnell, Sandra ist im Krankenhaus!«

Bevor Sandra etwas erklären konnte, hörte sie lautes Geraschel und gleich darauf die aufgeregte Stimme ihres Vaters: »Um Himmels willen, was ist denn passiert?«

»Nichts ist passiert ...«

Ihr Vater ließ sie nicht ausreden, sondern teilte seiner besseren Hälfte sofort mit, dass nichts passiert sei.

»Und warum bist du dann im Krankenhaus?«, rief ihre Mutter aus dem Abseits.

»Es ist nicht wegen mir ...«, versuchte Sandra weiter zu erklären.

»Es ist nicht wegen ihr«, vermittelte ihr Vater weiter.

»Nicht wegen ihr? Dann frag sie, weswegen dann«, forderte die Mutter von hinten.

»Papa, so kommen wir nicht weiter«, sagte Sandra leicht genervt. Ein kurzer Blick zu Gerda Peter hinüber verriet ihr, dass Ewald Burger noch nicht zurückgekommen war. »Stell doch bitte mal auf Lautsprecher, dann könnt ihr beide hören, was ich sage.«

»Hans, was hat sie gesagt?«, quakte ihre Mutter wieder dazwischen.

»Ich soll auf Lautsprecher stellen«, gab er das Gesagte weiter.

»Moment«, hörte Sandra wie aus weiter Ferne.

»So, jetzt hab ich auf Lautsprecher gestellt, wir können dich jetzt beide hören.«

Erleichtert atmete Sandra auf. In natura waren ihre Eltern definitiv nicht so anstrengend wie am Telefon.

»Ich bin mit Herrn Burger im Krankenhaus«, konnte sie endlich berichten, ohne unterbrochen zu werden. »Er ist heute Morgen beim Schneekehren gestürzt und hat sich die Hand verletzt.«

»Unser Bäcker Burger?«, fragte der Vater nach.

»Genau der.«

»Und was hast du mit ihm zu schaffen?«, wunderte sich ihre Mutter.

Nach kurzem Überlegen entschied Sandra sich für die kurze Version. »Ich kam gerade bei der Bäckerei vorbei und bin sofort mit ihm hergefahren. Momentan ist er beim Röntgen. Und ich muss jetzt Schluss machen ...«

»Oje, was wird dann aus seinem Laden?«, hörte sie ihre Mutter fragen. »Er hat doch eh schon mit der Bäckereifiliale im Supermarkt zu kämpfen. Wenn er ein paar Wochen zumachen muss, dann verliert er auch noch die letzte Kundschaft. Und ob die dann wiederkommt?«

»Der Ewald hat das Rentenalter doch eh schon überschritten«, gab ihr Vater zu bedenken. »Er sollte den Laden einfach dichtmachen und endlich in den wohlverdienten Ruhestand gehen.«

Sag das mal Herrn Burger, dachte Sandra bei sich.

»Ich rufe euch später an, wenn ich mehr weiß. Tschüss.«

»Grüße ihn ganz lieb von uns«, war das Letzte, was Sandra noch hörte, dann war das Gespräch beendet.

Sie setzte sich wieder zu Gerda Peter.

»Wie geht es deinen Eltern? Ich hab sie schon länger nicht gesehen.«

»Prächtig, würde ich sagen: Sie schippern derzeit mit einem Kreuzfahrtschiff durch die Karibik.«

»Hach, das war auch immer ein Traum von mir – als mein Mann noch lebte, ging es immer in die Berge.«

»Und jetzt?«

»Allein? Ach nein, da bin ich zu feige. Und wahrscheinlich bin ich jetzt eh viel zu alt dafür.«

Sandra musterte sie genauer. Ja, die Haare waren inzwischen fast weiß und die Haut um einiges faltiger, aber trotzdem wirkte Tante Peter noch sehr fit auf sie. »Zu alt? Sie sind doch nicht alt!«

»Einundsiebzig.« Weiter kam Gerda Peter nicht, da Sandras Handy erneut klingelte.

Mit einem gemurmelten »Entschuldigung« nahm sie es aus der Tasche. Bestimmt war ihren Eltern noch etwas eingefallen, was sie ihr erzählen wollten. Oder ihr Chef, der sie mit noch mehr Änderungswünschen nerven wollte.

Doch auf dem Display war ein ganz anderer Name zu lesen: *Paul.*

Ihr Herz setzte zwei, drei Schläge aus, bevor es in ihrer Brust zu galoppieren begann. Was er wohl wollte? Sich entschuldigen? Oder nur fragen, wo seine Reisetasche verstaut war, die er heute packen wollte, um mit der Neuen nach London zu fliegen? Müssten sie nicht längst unterwegs sein?

Entschlossen drückte sie das Gespräch weg. Egal, was er auch von ihr wollte – hier war nicht der geeignete Ort, um mit ihm zu sprechen. Und auch nicht der richtige Moment, denn so wie ihr Herz Purzelbäume schlug, war sie noch nicht gefestigt genug, um sich mit ihm auseinanderzusetzen. Sie versenkte das Handy tief in ihrer Manteltasche und atmete durch.

»Was Unangenehmes?«, frage Gerda Peter besorgt.

»Sehr unangenehm.« Sandra versuchte ein Lächeln, das aber mehr als schief geriet.

»Wenn du jemanden zum Reden brauchst, ich kann gut zuhören.«

Sandra schüttelte den Kopf. Sie wollte gern reden, aber ganz sicher nicht über Paul und ihr verkorkstes Liebesleben. Ganz im Gegenteil, sie wollte nicht mal mehr daran denken. Nicht an Paul, nicht an die unschöne Trennung, nicht an München, nicht an ihre gemeinsame Wohnung. Denn dann tat ihr Herz weh. »Wo waren wir stehen geblieben?«, lenkte sie deswegen wenig geschickt ab.

»Bei Herrn Burger, dass er jetzt Hilfe braucht. Was meinst du, kann ich mich ein bisschen um ihn kümmern, ohne ihm zu nahe zu treten?«

Genau das hatte Sandra sich auch schon überlegt, war aber ehrlich gesagt vor dieser Aufgabe zurückgeschreckt. Sie wusste ja auch gar nicht, wie lange sie noch hierbleiben würde – ganz sicher nicht so lang, bis Ewald Burger wieder gesund war. Aber wenn Tante Peter und sie sich das teilen würden, dann müsste das doch hinhauen.

»Ich koche eh jeden Tag, da kann ich ihn mitversorgen. Und seine Wäsche kann ich auch mitmachen und ab und an mal bei ihm durchputzen«, zählte Gerda Peter auf, als ob sie Sandra noch davon überzeugen müsste.

»Das wäre toll. Ich kann auch einiges übernehmen, solang ich hier bin. Aber was wird aus der Backstube?«

Diese Frage blieb erst einmal unbeantwortet, denn die Tür, hinter der Ewald Burger verschwunden war, öffnete sich, und er wurde wieder herausgeschoben. In der gesunden Hand hielt er einen Umschlag aus Pappe in der Größe von zwei aneinandergelegten Visitenkarten.

»Da drin sollen die Röntgenaufnahmen sein«, mokierte er sich und hielt die medizinischen Unterlagen in Miniformat hoch. »Röntgenaufnahmen, nicht zu fassen. Früher waren die riesengroß, jetzt passen die in einen winzigen Umschlag, und man kann sie sich auf dem eigenen Computer ansehen!« Erst jetzt bemerkte er Gerda Peter. »Was machen Sie denn hier?«

»Ich wollte Sandra nur ein bisschen Gesellschaft leisten, sie war bei mir im Kindergarten, müssen Sie wissen.«

»Das wundert mich nicht, Frau Peter, welcher junge Mensch aus Markingen war nicht bei Ihnen im Kindergarten?«

»So hab ich das noch gar nicht gesehen, lieber Herr Burger«, sagte sie lächelnd. »Was ist mit Ihrer Hand? Haben Sie schon was erfahren?«

»Noch nicht. Ich muss die Aufnahmen oben abgeben, dann schaut sie sich ein Arzt an. Was hoffentlich nicht so lang dauert, denn ich muss unbedingt in den Laden.«

»Ihre Gesundheit ist jetzt erst einmal wichtiger.« Sandra schob ihn den Gang entlang zum Aufzug.

»Ich weiß auch gar nicht, warum ich in diesem blöden Ding sitzen muss – ich hab mir die Hand verletzt, die Füße sind völlig in Ordnung.«

»Wahrscheinlich macht man sich hier Sorgen um Ihren Kreislauf ... Also ich wäre froh, wenn mich jemand durch die Gegend schieben würde«, versuchte Sandra, ihn aufzumuntern. »Genießen Sie doch einfach die Fahrt.«

»Gut, dann tauschen wir.« Ewald Burger machte Anstalten, aus dem Stuhl auszusteigen, als sie vor dem Lift anhielt.

*Lieber Gott, mach, dass seine Hand in Ordnung ist,* schickte Sandra ein Stoßgebet gen Himmel. Denn wenn nicht, dann wäre dieser Mann ganz sicher kein angenehmer und vor allem kein geduldiger Patient.

»Okay, tauschen wir«, sagte sie und trat zur Seite. Nach einem Blick auf seine beschädigte Hand fügte sie zweifelnd hinzu: »Ich weiß nur nicht, wie Sie mich mit einer Hand schieben wollen.«

Ergeben sank er in den dunkelblauen Kunststoffsitz zurück. Kritisch sah er von Gerda Peter zu Sandra. »Irgendwie habe ich das Gefühl, das Ganze macht euch auch noch Spaß.«

Der Aufzug kam mit einem lauten Ping an, die Tür öffnete sich, und Sandra schob den genervten Patienten in die Kabine hinein.

Als Letzte stieg Gerda Peter zu und drückte auf den Knopf mit der Eins.

»Und was ist bei Ihnen herausgekommen, Frau Peter?«, knurrte Ewald Burger.

»Noch nichts, ich habe die Untersuchung noch vor mir.«

Er sah zu ihr hoch, er wirkte gerührt. »Sie haben also Ihren Platz im Wartezimmer für mich aufgegeben?«

»Da sehen Sie mal, wie ich mich um Sie sorge!« Lächelnd legte sie ihm die Hand auf die Schulter. »Ich will doch wissen, ob ich demnächst mein Brot woanders holen muss.«

»Ah, Ihre Sorge dreht sich demnach mehr um Ihr Brot als um mich«, sagte er säuerlich.

Ob seine Enttäuschung gespielt war oder echt, war Sandra nicht ganz klar.

Aber da kamen sie auch schon im ersten Stock an. Sandra gab die Röntgenaufnahmen an der Anmeldung ab, parkte den Rollstuhl dann am Ende der Stuhlreihe und setzte sich auf einen freien Platz neben Gerda Peter, ein Stückchen weg von Ewald Burger.

»Was wir vorhin besprochen haben ... Es bleibt doch dabei?«, flüsterte Gerda Peter ihr nach einem prüfenden Blick auf Herrn Burger zu. Der war jedoch in ein Gespräch mit einem Mann in seinem Alter vertieft, der ein geschientes Bein weit in den Raum innerhalb des Stuhlkreises streckte.

»Aber ja – allein komme ich mit diesem schlecht gelaunten Patienten sicher nicht klar. Da bedarf es auf jeden Fall mehrerer starker Hände.«

Ihre Unterhaltung wurde jedoch unterbrochen, als Gerda Peter zur Untersuchung gerufen wurde.

Keine fünf Minuten später war Ewald Burger an der Reihe.

»Kommst du mit rein?«, fragte er Sandra.

»Als Tochter muss ich ja wohl«, willigte sie ein und schob ihn in eines der Behandlungszimmer.

Es dauerte noch einmal einige Minuten, bis ein Arzt kam. Nach kurzer Begrüßung setzte er sich an den Computer, tippte auf der Tastatur herum und vertiefte sich dann in die Schwarz-Weiß-Aufnahmen auf dem Bildschirm.

»Tja nun ...«, sagte er schließlich, stieß sich mit den Füßen am Boden ab und rollte mit seinem Hocker direkt vor Ewald Burgers Rollstuhl.

War das nun ein besorgtes »Tja nun« oder ein eher erfreutes, fragte sich Sandra. Sie hielt die Luft an und war mindestens so gespannt wie der Patient. Die nächsten Worte würden darüber entscheiden, was mit Ewald Burger und seiner Bäckerei passieren würde.

»Zuerst einmal: Auf den ersten Blick sah es schlimmer aus, als es letztendlich ist. Es ist kein Bruch ...«

Sandra und Ewald Burger atmeten gleichzeitig hörbar aus.

»Freuen Sie sich nicht zu früh. Es ist eine schwere Prellung, die auch für die Schmerzen verantwortlich ist. Und hier ...«, er zückte einen Kugelschreiber aus der Brusttasche seines schneeweißen Kittels, rollte zurück zum Schreibtisch und tippte mit der Spitze des Schreibgerätes auf eine Stelle auf dem Bildschirm, »haben wir einen kleinen Haarriss.«

Sandra stand von der Liege auf, auf der sie Platz genommen hatte, und trat an den Monitor. Sie sah die einzelnen knöcherigen Glieder der Finger und der Mittelhand, das Handgelenk und einen Teil von Elle und Speiche. Die Stiftspitze zeigte auf das Handgelenk. Aber so etwas wie einen

Haarriss konnte sie, auch wenn sie sich noch so anstrengte, nicht erkennen.

»Und was bedeutet das?«

»Keine OP und keinen Gips.«

Auf Ewald Burgers Gesicht machte sich Erleichterung breit.

»Aber: Die Hand muss geschont werden, jede Bewegung kann die falsche sein und den Riss vergrößern. Sie bekommen gleich einen Verband und eine Handgelenk-Orthese, die Sie auch nachts nicht ablegen dürfen. Erst einmal für zwei Wochen, dann kommen Sie noch mal vorbei, und wir sehen weiter.«

»Zwei Wochen?«, sagte Ewald Burger schockiert.

»Minimum, Herr Burger. Alles Gute!« Der Arzt stand auf, klopfte ihm aufmunternd auf die Schulter und verließ den Raum.

»Wie sieht denn so eine Orthese aus?« Ewald Burger sah Sandra unglücklich an. »Kann ich damit arbeiten?«

Sie lachte ihn freundlich an. »Was von ›Die Hand muss geschont werden!‹ haben Sie nicht verstanden, lieber Bäckermeister?«

»Aber mein Geschäft, meine Kunden – ich kann doch nicht einfach zu machen! Und das auch noch so kurz vor Weihnachten. Ich habe Bestellungen ... und Plätzchenteige im Kühlschrank, die verarbeitet werden müssen. Wie stellt sich der gute Herr Doktor das bloß vor?«

Sandra sagte erst einmal nichts dazu.

»Pah, der hat gut reden. Der kriegt sein Gehalt ja weiter, wenn er krank ist, ich aber nicht. Wenn ich nichts verkaufe, verdiene ich auch nichts, ganz zu schweigen von den ganzen Zutaten, die schlecht werden und die ich dann wegschmeißen muss. Wenn ich zumache, holen sich meine Kunden dann wochenlang ihr Brot in der Supermarkt-Bäckerei, und am Ende belieben Sie dann dort hängen. Nur über meine Leiche mache ich die Backstube zu.«

»Aber mit einer Hand, wie soll das gehen?«, fragte Sandra vorsichtig.

»Das wird schon irgendwie funktionieren. Ich hab schließlich jede Menge Maschinen«, sagte er trotzig. »Außerdem kann ich das Sortiment kurzzeitig verkleinern. Aber schließen? Nie und nimmer!«

Allein der Gedanke, dass die Bäckerei Burger zumachen und dann eventuell nie wieder öffnen würde, machte Sandra traurig. Der Lieblingsladen ihrer Kindheit musste erhalten bleiben, solang es ging. Allein die Stunden, die sie zuletzt in der wunderbar duftenden Backstube verbracht hatte, Stunden, in denen sie so gut wie gar nicht an Paul und ihr Liebesdesaster hatte denken müssen ... Sie musste sich etwas einfallen lassen.

Eine Krankenschwester platzte in ihre Gedanken und begrüßte sie. In der Hand hielt sie ein seltsames Gestell, das wohl die angekündigte Orthese war.

Mit einem fröhlichen »Hallo, Herr Burger, was haben Sie denn angestellt?« begrüßte sie ihn.

Ewald Burger stellte sein Gebrodel ein und sah sie fragend an.

»Ich bin's, die Lisa. Lisa Pfaffmann. Ich hab immer weiße Mäuse und Gummischlangen bei Ihnen gekauft, als ich noch zur Schule ging. Ist aber schon 'ne Weile her.«

Noch jemand, der sein Taschengeld in der Bäckerei Burger gelassen hatte, dachte Sandra amüsiert.

Jetzt stahl sich doch ein kleines Lächeln auf das grantig verzogene Gesicht von Herrn Burger. »Ah, die Lisa. Wo hast du denn deine Zöpfe gelassen?«

Schwester Lisa zog ein paar Kunststoff-Schuber auf und suchte das Verbandsmaterial zusammen.

»Ich bin jetzt zwanzig, da trägt man keine Zöpfe mehr.« Sie rollte den Hocker wieder vor den Patienten, setzte sich darauf, nahm seine verletzte Hand und legte sie sich auf den Schoß. Dann entfernte sie die Verpackung von der Verbandsrolle und wickelte gekonnt die elastische Binde um seine Finger und das Handgelenk.

»Und wer ist Ihre Begleitung?«

»Sandra, Sandra Sommer. Ich gehöre zu der Generation, die vor Ihnen Geld für Süßes bei Herrn Burger gelassen hat.«

Lisa sah von ihrer Arbeit hoch. »Die Sandra Sommer, die die Blumenwiese im Kindergarten gemalt hat?«

»Genau die.«

»Ich war in der Raupen-Gruppe und habe das Bild geliebt. Besonders die Sonne, die sah nämlich genauso freundlich aus wie Tante Peter, unsere Kindergärtnerin.«

»Tante Peter war vorhin auch hier«, sagte Sandra geschmeichelt.

»Ja, ich habe bei ihr gerade die letzten Fäden entfernt.« Sie hatte fertig gewickelt und klebte die Enden der Binde mit zwei braunen Pflasterstreifen fest.

»Und jetzt die Orthese, Herr Burger.« Geschickt schob sie seine bandagierte Hand in das Gestell und passte es an. »So, das war's schon. Wenn es irgendwo scheuern oder drücken sollte, dann können Sie das *hier* regulieren.« Sie zeigte auf die Kunststoffgelenke links und rechts. »Natürlich auch enger stellen. Ihre Hand ist jetzt noch geschwollen, und wenn die Schwellung nachlässt, müssen sie die Orthese anpassen, um perfekten Halt zu haben. Damit können Sie dann auch duschen – aber dabei bitte nicht stürzen, sonst sehen wir uns gleich wieder.«

Sie stand auf und räumte Schere und Müll auf. Zum Abschied nahm sie Ewald Burgers gesunde Hand und drückte sie.

»Und jetzt die Hand schonen, dann ist bald alles wieder gut.« In der geöffneten Tür drehte sie sich noch einmal um und zwinkerte ihm zu. »Ich komm dann mal wieder vorbei und hole mir ein paar weiße Mäuse bei Ihnen.«

Misstrauisch beäugte Ewald Burger das Gestell an seiner Hand. Vergeblich versuchte er, sie zu bewegen.

»Ich glaub's ja nicht. Wie soll ich damit Brotteig kneten, Brötchen formen oder Plätzchenteig ausrollen?«

»Das sollen Sie ja eben *nicht* tun.«

Sandra hatte sich dahingehend schon etwas ganz anderes überlegt. Sie drehte den Rollstuhl um und schob den vor sich hin jammernden Bäcker hinaus auf den Gang und in Richtung Wartebereich.

Dort stand Gerda Peter neben einem traurig aussehenden Ficus benjamina und wartete auf sie.

»Und?«, erkundigte sie sich besorgt.

Sandra stoppte direkt vor ihr.

»Mist, alles Mist«, polterte Ewald Burger los und stemmte sich einhändig aus dem Stuhl.

Sandra wollte ihn zurückhalten, aber er schüttelte ihre Hand ab.

»Lass mich, ich will nicht mehr da drinsitzen«, fauchte er und zerrte seinen Parka von der Lehne des fahrbaren Untersatzes, was aber nicht gleich gelang. »Ich bin doch nicht invalide. Ich soll die Hand schonen, von den Füßen hat keiner was gesagt.«

»Oh.« Gerda Peter sah ihm nach, wie er zum Aufzug stapfte.

»Nicht gebrochen, aber auch nicht einsatzbereit«, erklärte Sandra mit wenigen Worten. »Das wird alles andere als einfach«, ergänzte sie, als sie den Rollstuhl zur Anmeldung zurückgebracht hatte.

Gerda Peter hakte sich bei ihr ein, gemeinsam folgten sie dem schlecht gelaunten Bäcker.

»Gut, dass wir schon einen Plan B haben, nicht wahr?«, flüsterte ihre ehemalige Kindergärtnerin, als sie um die Ecke bogen und ihn vor dem Aufzug stehen sahen.

Einen noch recht unausgegorenen Plan B, musste Sandra

sich eingestehen. »Wenn er sich überhaupt darauf einlässt«, unkte sie.

Zu dritt bestiegen sie den Aufzug und fuhren nach unten.

# Kapitel 13

## Plan B

Mit Gerda Peters kleinem gelbem Twingo fuhren sie zur Bäckerei. Während der Fahrt sah Ewald Burger missmutig aus dem Seitenfenster und sprach kein Wort. Die Frauen passten sich seinem Schweigen an. Sandra war auch viel zu sehr mit den Gedanken beschäftigt, die ihr durch den Kopf jagten.

Vor dem Laden angekommen bedankte sich Ewald Burger und stieg aus. Als Sandra ihm folgte, musterte er sie verwundert.

»Was willst du denn noch?«

Sie übergab ihm den Schlüsselbund, den sie sich nach dem überstürzten Verlassen der Bäckerei eingesteckt hatte. »Ich will meine Einkäufe holen, die ich vorhin hinter Ihrer Theke abgestellt habe.«

»Aber nur kurz«, sagte er mürrisch und steckte den Schlüssel ins Schloss. »Ich muss mich nämlich schonen«, ergänzte er sarkastisch.

Nicht eben freundlich sah er Gerda Peter an, die ein paar Meter weiter geparkt hatte und sich nun zu ihnen gesellte.

»Was soll das jetzt werden?«

»Wir wollen mit Ihnen reden«, sagte Sandra nach einem kurzen Blickwechsel mit ihrer ehemaligen Kindergärtnerin.

»Wir haben da nämlich eine Idee«, ergänzte diese.

»Eine Idee?« Argwöhnisch sah er von einer zur anderen.

Sandra zog den Mantel enger. Nasenspitze und Ohren taten von der Kälte weh.

»Aber dazu sollten wir reingehen – es ist nämlich äußerst ungemütlich hier draußen.«

Noch einmal sah er die beiden Frauen prüfend an, dann hob er ergeben die Schultern und schloss auf. Die Glocke bimmelte einladend über der sich öffnenden Ladentür.

»Nach euch.« Gentlemanlike trat er zur Seite.

Sandra ließ Gerda Peter den Vortritt, dann betrat sie endlich die wunderbar warme Bäckerei. Sie inhalierte den Duft nach frischem Brot, der ihr auf der Stelle Mut machte für das, was sie gleich sagen würde.

»Kaffee?«, sagte Gerda Peter neben ihr. »Ich denke, wir haben uns eine schöne Tasse verdient. Dabei lässt sich sowieso besser reden«. Sie streifte den Mantel ab und hängte ihn sich über den Arm. Voller Tatendrang blickte sie sich um. »Wo finde ich die Kaffeemaschine?«

»So was hab ich nicht, ich brühe meinen Kaffee ganz altmodisch mit der Hand auf«, brummte Ewald Burger. Als er sich von Sandra aus der Jacke helfen ließ, sah er zutiefst misstrauisch aus der Wäsche.

»Wunderbar, dann sind Sie genauso altmodisch wie ich. Handgebrüht schmeckt doch viel besser als aus so einer Maschine. Zeigen Sie mir, wo ich alles finde?« Gerda Peter drückte Sandra den Mantel in die Hände.

Und dann stand Sandra allein im Laden.

Als ihr Blick auf die Nougattaler fiel, die sie tags zuvor gefüllt und glasiert hatte, erfüllte sie das mit einer gehörigen Portion Stolz. Doch da war noch so viel mehr, was der Laden anzubieten hatte!

Die Regale waren noch gut gefüllt mit verschiedenen Brotsorten – sechs an der Zahl. Die Körbe mit den Brötchen waren auch noch ausreichend bestückt. Sie zählte fünf Sorten. Und dann die süßen Sachen: drei große Bleche, eins mit Streuselkuchen, eins mit Rahmkuchen, eins mit Linzer

Schnitten, aber alle schon zur Hälfte verkauft; ein fast kompletter Marmor-Kranzkuchen und ein Drittel Schoko-Gugelhupf; dann die Tüten mit den Keksen und einige Stollen und die großen Taler, die wie riesige Spitzbuben aussahen. Sie musste verrückt sein, dass sie auch nur daran dachte ...

Hinter ihr öffnete sich die Tür, das Ladenglöckchen bimmelte fröhlich, und ein Schwall eiskalter Luft wehte herein.

Und mit der kalten Luft wehte Ex-Nilpferd-Franks Mutter herein.

»Na endlich, ich dachte schon, ich muss mein Brot im Supermarkt holen. Ah, Sandra, du bist das. Du weißt also auch noch, wo es das beste Brot zu kaufen gibt.« Sie sah an der Kasse vorbei in Richtung Backstube. »Wartest du schon länger?«

»Ähm, nein.« Nervös suchte Sandra einen Ablageort für die Jacken, die sie noch immer im Arm hielt, fand aber nichts Geeignetes. Und wenn sie die Klamotten loshätte, was würde sie dann machen? Aber so angestrengt sie auch nach hinten lauschte, auf der Treppe zum ersten Stock tat sich nichts. Der Herr Bäcker schien es nicht für nötig zu befinden, nach seiner frisch eingetroffenen Kundschaft zu sehen.

»Wir sind gerade aus dem Krankenhaus zurück. Moment ...« Sie ging in den Nebenraum und hängte dort Ewald Burgers Parka und Gerda Peters Mantel an den Haken. Und ihren gleich dazu. Ein hoffnungsvoller Blick zur Treppe blieb ergebnislos: Kein Ewald Burger kam, um ihr zu helfen. Aber schließlich hatte sie die total bekloppte Idee, die Bäckerei irgendwie am Laufen zu halten. Und da konnte sie gleich mit dem Verkaufen anfangen. Also atmete sie tief durch und ging in den Verkaufsraum zurück.

»So, Frau Vogler, jetzt kann's losgehen«, sagte sie so zuversichtlich wie möglich, als sie hinter die Theke trat. »Was darf es sein?«

»Du als Bäckereiverkäuferin?«, wunderte sich Frau Vogler. »Was ist mit Herrn Burger? Du sagtest was von Krankenhaus?«

»Er ist heute Vormittag beim Schneekehren gestürzt und hat sich die Hand verletzt. Ich helfe ihm nur ein bisschen.«

»Ach herrje, und das ausgerechnet im Weihnachtsgeschäft. Er hat doch sicherlich jede Menge Bestellungen?«

Bestellungen? Das auch noch! Sandra kamen noch mehr Zweifel an ihrem Vorhaben. Aber sie lächelte unbeirrt.

»Dann nehme ich vorsichtshalber statt einem Brot gleich zwei mit und friere eins ein. Und noch zehn gemischte Brötchen.«

Das Bestellte einzutüten, war kein Problem. Doch beim Kassieren kam Sandra ins Schwitzen. Die Brotpreise standen auf Schildern am Regal, bei den Brötchen fehlten sie aber. Und wie die Kasse funktionierte, wusste sie natürlich auch nicht.

Und da tauchte dann endlich Ewald Burger auf, der sie erlöste und diesen Part übernahm.

»Das hast du gar nicht schlecht gemacht«, lobte er sie, als Frau Vogler nach kurzem Geplauder und den besten Genesungswünschen die Ladentür hinter sich geschlossen hatte.

»Sie müssen mir zeigen, wie das mit der Kasse geht. Und es müssen überall Preise dran«, sagte Sandra.

»Wozu?«, fragte er nach einem Schnauben. »Ich werde heute noch so viel wie möglich verkaufen, und das war es dann erst einmal. Du hast den Arzt doch gehört.«

»Genau darüber wollen wir ja mit Ihnen sprechen.« Gerda Peter erschien mit einem Tablett, auf dem drei dampfende Tassen standen. »Wo wollen wir das machen? Hier an der Theke oder hinten am Tisch in der Backstube?«

»Hinten«, bestimmte Ewald Burger und ging voran.

Gerda Peter folgte mit dem Kaffee und Sandra mit ihren Einkaufstaschen, die noch immer als wunderbare Stolperfallen hinter der Theke standen.

»Also …«, setzte Gerda Peter an, als sie und Sandra auf den beiden Hockern Platz genommen hatten.

Ewald Burger zog es vor, stehen zu bleiben.

»Wenn ihr mir jetzt sagen wollt, dass ich den Vorschlag, vorübergehend ins Pflege- oder Altenheim zu gehen, annehmen soll, dann könnt ihr gleich verschwinden«, unterbrach er angriffslustig.

»Davon kann doch gar keine Rede sein«, versicherte Sandra. »Ganz im Gegenteil.«

»Da bin ich ja mal gespannt.«

»Tante Peter und ich haben uns Gedanken gemacht, wie man Sie am besten versorgen könnte …«

»Also doch Pflegeheim, hab ich's doch gewusst!«

»Mann, Herr Burger, jetzt quaken Sie doch nicht andauernd dazwischen, hören Sie doch einfach mal zu!«, sagte Gerda Peter, ganz die strenge Kindergärtnerin.

»Tante Peter würde sich um den Haushalt kümmern …«

»… und ich könnte auch im Verkauf helfen – als Rentnerin habe ich genügend Zeit.«

»Verkauf? Und was wollen Sie verkaufen?« Er hob die geschiente Hand hoch. »Ich falle ja bekanntlich aus.«

Das Türglöckchen bimmelte nebenan.

Ewald Burger stellte seine Tasse so schwungvoll auf dem Arbeitstisch ab, dass ihr Inhalt überschwappte.

Während er draußen laut plaudernd eine Kundin bediente, wischte Sandra die große dunkelbraune Pfütze weg.

»Er hat recht, Sandra: Was soll ich verkaufen? Die Regale sind fast leer.«

Sandra setzte sich wieder und umfasste mit beiden Händen die heiße Tasse. Wirklich warm war es nicht in der Backstube, wenn die Öfen nicht liefen.

Nebenan bimmelte es wieder.

»Genau da komme ich ins Spiel«, sagte Sandra gerade, als Ewald Burger zurückkam.

»Wo kommst du ins Spiel?«, fragte er grantig.

Sandra zögerte. Wenn sie es jetzt laut sagen würde, was ihr seit dem Krankenhaus durch den Kopf ging, dann war es in der Welt. Zwei Menschen würden es hören, und sie könnte es nicht mal schnell wieder zurücknehmen.

Sie nippte an dem heißen Kaffee, holte tief Luft, und dann sprach sie es tatsächlich aus: »Ich übernehme die Backstube und das Backen.« So, jetzt war es gesagt. Was daraus gemacht wurde, lag ab sofort ganz allein an Ewald Burger.

Der sagte erst einmal nichts. Er sah sie nur ungläubig an, dann lachte er. »Soll das ein Witz sein?«

»Nein, ich meine das vollkommen ernst.«

»Du bist Grafikdesignerin, keine Bäckerin. Wie soll das gehen?«

»Sie sind doch da – Sie können mir alles zeigen und mir helfen. Sie sagten vorhin selbst, dass sie genügend Maschinen haben, die die Arbeit erleichtern. Und Sie sagten auch, dass man das Sortiment verkleinern könnte …«

Er sah sie skeptisch an. »Mit einer Hand kann ich nicht viel helfen.«

»Das mag sein, aber zusammen haben wir drei Hände.«

Zuerst sah er Gerda Peter prüfend an, dann wieder Sandra.

»Das ist also euer Plan?«

»Ja, das ist unser Plan!«, bestätigte sie nach einem kurzen Blickwechsel mit ihrer früheren Kindergärtnerin.

Und kaum, dass sie das gesagt hatte, wurde ihr klar, dass das eine Schnapsidee war. Sie hatte anderes zu tun. Der Herz-Keks-Auftrag musste endlich zu einem Ende gebracht werden, wenn sie ihren Job nicht verlieren wollte. Nicht zu vergessen die Trennung von Paul. Sie musste schnellsten zurück nach München und sich eine Wohnung suchen und nicht hier am Arsch der Welt Brot und Kuchen backen!

Ewald Burger schwieg. Man sah ihm an, dass es in seinem Kopf ratterte.

Als Sandra schon beinahe erleichtert zu dem Schluss kam,

dass er nicht auf diesen eventuell doch etwas zu ambitionierten Plan eingehen würde, erhellte ein Lächeln sein Gesicht, das die letzten Stunden so sorgenvoll düster gewesen war.

»Das könnte klappen«, sagte er schließlich.

Sandra glaubte, sich verhört zu haben. Er hatte nicht rigoros abgelehnt, wie sie insgeheim erhofft hatte. Wenn er jetzt tatsächlich zustimmen würde, dann hätte sie zu ihren eh schon bestehenden Problemen noch ein fettes Problem mehr: Dann müsste sie hierbleiben, bis er seinen Laden und die Backstube wieder selbst wuppen könnte, und das konnte dauern.

Bitte, bitte, sag nein, flehte sie im Stillen.

Diesen Gefallen tat er ihr aber nicht. Ganz im Gegenteil. »Das könnte wirklich klappen!«, wiederholte er. Er wirkte wie elektrisiert. »Es sind nur noch zwei Tage bis Heiligabend, eigentlich sogar nur eineinhalb. Über die Feiertage ist der Laden dann erst einmal zu – erst in der Nacht zum 27. Dezember muss wieder gebacken werden. Das heißt, wir hätten dann schon fast eine Woche überstanden. Bis zum 30. Dezember ist das Geschäft erfahrungsgemäß ruhiger, erst für Silvester wird wieder viel vorbestellt und gekauft.« Seine Augen strahlten unternehmungslustig. »Und wenn wir das Sortiment verkleinern ... Ihr habt recht. So ist das tatsächlich zu schaffen!«

Er sah so glücklich aus, dass Sandra es nicht übers Herz gebracht hätte, doch noch einen Rückzieher zu machen. Sie hatte A gesagt, jetzt musste sie B sagen. B wie in Plan B.

Ihr Kaffee war endlich so weit abgekühlt, dass sie einen größeren Schluck nehmen konnte, ohne sich die Zunge zu verbrühen. Der Geschmack war irgendwie tröstlich. Sie würde also bleiben und für ein paar Wochen Bäckerin spielen. Man sollte ja öfter mal was Neues ausprobieren, das würde den Horizont erweitern. Das hatte sie zumindest mal irgendwo gelesen. »Okay, wann legen wir los?«

»Sofort. Die letzten Plätzchen müssen gebacken und verziert werden, dann brauchen wir noch drei Blechkuchen für morgen und die Brot- und Brötchenteige müssen vorbereitet werden, damit wir sie heute Nacht backen können. Zwei Torten werden morgen Vormittag abgeholt, die wollen noch gefüllt werden. Und dann ...«

Dann bimmelte es erneut im Laden, und er verschwand, um seine Kundschaft zu bedienen.

»Sandra? Ist was? Du siehst nicht besonders glücklich aus.« Gerda Peter sah sie besorgt an.

»Eigentlich sollte ich am Computer sitzen und einen dringenden Auftrag zu Ende bringen – mein Chef ist deswegen schon recht ungeduldig. Und dann müsste ich schnellstens mein Leben neu sortieren, das ist nämlich gestern total aus den Fugen geraten. Dafür müsste ich aber in München sein. Und was mache ich? Ich hocke Hunderte Kilometer entfernt von meinem eigentlichen Leben in einer Backstube und will eine Bäckerei retten. Dabei müsste ich erst einmal mich selbst retten.«

»Ach, Sandra. Du weißt schon, dass das Leben manchmal Umwege geht? Egal, was man macht, wofür man sich entscheidet, es hat immer Auswirkungen – auf andere Menschen genauso wie auf dich selbst und dein Leben. Vielleicht tut dir die Zeit in dieser Backstube weit weg von deinem altgewohnten Leben ja gut? Oft kann man aus der Ferne besser erkennen, was schiefläuft, als aus der Nähe. Ich finde es jedenfalls toll von dir, dass du Herrn Burger in dieser Notsituation helfen willst.«

Sandra schnaubte höhnisch. »Ich weiß genau, was schiefgelaufen ist, das habe ich gestern aus nächster Nähe erkannt: Mein Freund, mit dem ich die letzten acht Jahre verbracht habe, den ich geliebt habe, dem ich vertraut habe und von dem ich mir ganz sicher war, dass er der richtige zum Heiraten und Familie-Gründen ist, hat sich überraschend anders orientiert.«

»Das tut mir leid. Aber du bist nach Markingen gekommen ... Warum? Doch sicherlich, um Abstand zu bekommen, oder? Um aus der Ferne auf das Geschehene zu schauen.«

»Ach was, ich musste einfach raus aus der Wohnung, weg von Paul. Und ich wusste nicht, wohin.«

Gerda Peter lachte vergnügt. »Aber du wusstest doch ganz genau, wohin. Deswegen bist du hier. Und wenn du Herrn Burger hilfst ... Wer weiß, vielleicht hilfst du ja auch dir damit?«

»Sie hören sich an wie eine dieser dubiosen Wahrsagerinnen aus dem Nachtprogramm im Fernsehen«, sagte Sandra grinsend.

»Das hat nichts mit Wahrsagerei zu tun, sondern mit Lebenserfahrung.«

Ein Handy klingelte irgendwo in dem Jackenberg an der Wand, Sandra erkannte den Ton. Sie hätte es ja klingeln lassen, bis der Anrufer aufgab, aber Gerda Peter sah sie auffordernd an.

»Willst du nicht rangehen?«

Wollte sie eigentlich nicht. Was, wenn es wieder Paul war?

Widerwillig stand sie auf und suchte das Handy, in der Hoffnung, es würde kurz vorher verstummen.

Aber irgendwie hatte sie heute mit ihren Wünschen und Hoffnungen Pech: Es klingelte weiter.

Erleichtert sah sie, dass es nicht Paul war, der da anrief.

»Mein Chef«, sagte sie entschuldigend und nahm das Gespräch an. »Wolfgang, ich ...«

»Sandra, verdammt, wo bleiben die Entwürfe?«, blaffte er ihr ohne Umschweife und Höflichkeitsfloskeln ins Ohr.

Sie widerstand dem unbändigen Drang, das Gespräch einfach ohne Antwort zu beenden. »Hallo, Wolfgang, nett, dass du anrufst«, flötete sie stattdessen übertrieben freundlich. »Meinem Vater geht es etwas besser, aber ich bin noch mit ihm im Krankenhaus«, log sie.

Gerda Peters rechte Augenbraue hob sich fragend.

»Sobald wir zu Hause sind, mache ich mich an die Arbeit. Du bekommst alles noch heute, versprochen. Hab ich dich jemals enttäuscht?« Eine, höchstens zwei Stunden würde sie für die Überarbeitung brauchen, überschlug sie im Geiste. Und dann würde sie diesen Auftrag endlich von der Backe haben. Hoffentlich!

»Ich wünsche mir für dich, dass dem auch so ist. Hier brennt nämlich die Bude; unser lieber Herr Herz hat gedroht, uns den Auftrag zu entziehen, wenn nicht endlich geeignete Entwürfe von dir kommen.«

Dass sie schon mehrmals wunderschöne Entwürfe hatte ändern müssen, davon sprach er natürlich nicht. Und verdammt, warum musste das jetzt noch vor Weihnachten sein? Die Kampagne mit den neuen Keksverpackungen startete erst um Ostern herum. Hatte dieser unangenehme Keks-Typ vor den Weihnachtstagen nichts Besseres zu tun, als ihr das Leben zur Hölle zu machen? Aber natürlich sagte sie das nicht laut, denn auch in ihrer Branche war der Kunde König. Und Wolfgang war der Letzte, den sie verärgern wollte.

»Er bekommt seine Entwürfe ... noch heute. Und jetzt muss ich Schluss machen. Tschüss.« Sie beendete das Gespräch, bevor er etwas antworten konnte, und stellte das Telefon stumm.

»Du bist also noch im Krankenhaus?«, sagte Gerda Peter spöttisch.

»Wenn ich ihm erzählt hätte, wo ich bin und was ich in den nächsten Wochen vorhabe, wäre er wahrscheinlich wutschnaubend durchs Telefon gekommen, um mich auf der Stelle persönlich zu entlassen. Das mit den Entwürfen mache ich später, wenn ich daheim bin, und dann hab ich den Kopf frei, um fröhlich Brot zu backen.«

Sie ließ das Handy wieder in ihrem Mantel verschwinden.

Ewald Burger kam zurück in die Backstube, und im Vergleich zu den letzten Stunden sah er sehr zufrieden aus.

»Dann wollen wir mal«, sagte er unternehmungslustig. »Sandra, ich geh kurz hoch und hole dir eine frische Bäckerjacke.«

Er verschwand in den Nebenraum.

Schwerfällig stand Sandra von ihrem Hocker auf und ging zum Waschbecken. »Jetzt wird es ernst«, sagte sie hörbar unterbegeistert. Und eine Frage kreiste in ihrem Kopf: *Worauf habe ich mich da bloß eingelassen?*

Mit einem blütenweißen Kittel in den Händen kam Ewald Burger zurück. »Das ist einer von meinen Prachtstücken, als ich noch keinen Altherrenbauch hatte. Der müsste dir eigentlich passen.«

Sandra schlüpfte hinein, und bis auf die ein wenig zu langen Arme passte er tatsächlich.

# Kapitel 14

## Cappuccino-Hörnchen mal sechshundert

Sandra krempelte die Ärmel mehrmals hoch. Dann ging sie hinüber zum Waschbecken, denn eines hatte sie ja inzwischen schon gelernt: Bevor man mit der Arbeit begann, musste man sich die Hände waschen.

Gerda Peter erkannte, dass der gemütliche Teil vorbei war, und brachte die leeren Tassen nach oben. Ewald Burger verschwand noch einmal in den Nebenraum.

Sandra hörte die Tür des großen Kühlschranks klappen, dann erschien er mit zwei in Folie eingewickelten hellbraunen Teigklumpen. An den kleinen schwarzen Schokostückchen erkannte sie den Teig sofort.

»Cappuccino-Hörnchen?«

»Genau.« Er legte die Klumpen auf den Tisch und ging ebenfalls zum Waschbecken.

»Daraus werden etwa sechshundert Stück«, erzählte er, während er sich, stark gehandicapt durch die Orthese, gründlich die Hände reinigte und mit dem graublauen Handtuch abtrocknete. »Etwa fünfundsiebzig Tüten à hundert Gramm.«

Er trat an den Tisch und wickelte die erste Teigkugel mit der heilen Hand umständlich aus. Genau im richtigen Augenblick kam Gerda Peter von oben, um ihm dabei zu helfen.

»Sechshundert?«, frage Sandra erschrocken. Wie sollte sie

das schaffen? So ungeübt wie sie war, würde sie bestimmt bis in die Nacht hinein dafür brauchen.

»Sechshundert«, bestätigte er. »Mit drei Händen geht das ratzfatz, hast du selbst gesagt.«

Voller Zweifel sah Sandra zu, wie er ein großes Messer von der Magnetleiste an der Wand nahm. Damit schnitt er eine dicke Scheibe von einem der Teigbrocken ab, den Gerda Peter für ihn festhielt. Diese Scheibe schnitt er in schmale Streifen.

»Liebe Frau Peter, könnten Sie mir etwas Mehl auf die Platte geben?« Er deutete auf eine hohe Blechdose, die am oberen Ende des Tisches stand.

Wie gewünscht, öffnete sie die Dose und schüttete mit einer kleinen Metallschaufel ein Häufchen Mehl auf die Arbeitsplatte.

Mit der gesunden Hand verstrich er etwas davon als dünne Schicht auf der Arbeitsplatte, dann rollte er äußerst geschickt aus einem der Teigstreifen eine dünne Teigrolle. Die teilte er in gleich große kurze Stücke. Er nahm eines davon und hielt es Sandra vor die Nase.

»Und jetzt kommt das Entscheidende: Dieses Teigstück musst du jetzt mit einer Hand – mit nicht zu viel, aber auch nicht zu wenig Druck, also sehr liebevoll – zu einem Würstchen rollen. Und zwar so, dass die Enden schmaler sind als der Bauch.« Er demonstrierte es ihr an dem auserwählten Stück Teig. Und obwohl er es ihrer Meinung nach einfach nur hin- und herrollte, lag da plötzlich ein Würstchen mit etwas dickerem Bauch und schmalen, abgerundeten Enden. Mithilfe der lädierten Hand bog er es zu einem perfekten Kipferl und schob es beiseite. So entstanden in unglaublicher Geschwindigkeit neun weitere völlig identische Hörnchen.

»Und jetzt du.« Er trat zur Seite und machte Platz für Sandra.

Unsicher nahm sie einen Teigstreifen und formte ihn auf

der bemehlten Arbeitsfläche zu einer überraschend gleichmäßigen Rolle.

»Dünner«, befahl Ewald Burger.

Also rollte sie weiter, bis er mit dem Ergebnis zufrieden war. Dann schnitt sie mit dem Messer ein paar Stücke ab. Fragend sah sie ihn an.

»Ein bisschen kleiner«, kam die Antwort. Er nahm ihr das Messer ab und entfernte an jedem der Stücke etwa einen Millimeter Teig.

»Sie sollen ja alle gleich groß werden«, erklärte er. »Ich denke, nach fünfhundert Hörnchen hast da das drin.«

Er ging zu einem der Regalwagen und holte ein großes, mit Backpapier ausgelegtes Blech. Die fertigen, von ihm perfekt geformten Hörnchen, legte er ordentlich, in Reih und Glied, darauf. Auf der riesigen leeren Fläche sahen sie noch sehr verloren aus.

Die Ladentür bimmelte.

»Soll ich? Ich stehe hier ja bloß rum.«

Er wischte sich die Hand an einem Handtuch ab. »Liebe Frau Peter, das wäre nett. Ich mache nur schnell die Öfen an und komme dann nach. Sandra weiß ja jetzt, was sie zu tun hat.«

O ja, Sandra wusste, was sie zu tun hatte!

Als sie allein in der Backstube war, formte sie zaghaft das erste Teigwürstchen, das aber viel zu dünn wurde. Schnell machte sie daraus eine Kugel und startete einen neuen Versuch. Aber sie bekam ums Verrecken kein Würstchen hin, das auch nur annähernd so aussah wie die des Bäckers. Nach dem fünften Versuch war der Teig durch die Wärme ihrer Hände viel zu weich und sehr klebrig geworden. Unglücklich drehte sie die unbrauchbar gewordene Teigkugel zwischen den Fingern und überlegte, wo sie sie entsorgen konnte, ohne dass Ewald Burger sie fand.

Sie hörte Stimmen und Lachen aus dem Verkaufsraum und wünschte sich sehnlichst dorthin. Dann erklang wieder die Ladenglocke – der Kunde ging, gleich würde der Bäcker wieder hier sein. Kurz entschlossen steckte sie sich das unbrauchbar gewordene Stück Teig in den Mund – und tschüss. Sie war überrascht, wie gut der Teig schmeckte, nicht zu süß und wunderbar nach Kaffee. Aber sie widerstand der Versuchung, sich gleich noch ein Stück abzuschneiden und es zu vernaschen.

Schon als Kind hatte sie rohen Plätzchen- und auch Kuchenteig geliebt – viel mehr als das fertige Gebäck. Damals hatte sie sich gefragt, warum man ihn überhaupt backen musste, wenn er ihr doch im Rohzustand viel besser schmeckte. Ihre Mutter hatte beim gemeinsamen Backen oft geschimpft, weil immer mehr Teig in ihrem Magen als auf dem Blech gelandet war.

Auch das nächste Hörnchen wollte ihr einfach nicht gelingen, und so folgte es seinem missglückten Vorgänger in den Mund. Worüber Sandra nicht unglücklich war. Aber öfter durfte sie das nicht machen, denn dann würde ihr schlecht werden.

Das nächste Würstchen gelang schon besser, wenngleich die Enden etwas spitz gerieten. Und so formte sie tapfer Kipferl um Kipferl. Ab und an wanderte ein misslungenes Teil in ihren Mund, aber je mehr sie formte, desto schöner wurden sie. Auch wenn jedes anders aussah, war sie doch mächtig stolz, als das erste Blech voll belegt war. Allerdings fragte sie sich, ob man die Dinger später verkaufen konnte. Denn wenn sie ehrlich war, dann sahen sie allesamt so aus, als ob Kindergartenkinder sie geformt hätten.

Trotzdem war sie froh, dass Ewald Burger vorn im Laden blieb. Seine Anwesenheit hätte sie nur nervös gemacht.

Bei Blech Nummer zwei hatten die Dinger schon etwas mehr Ähnlichkeit mit den Hörnchen des Bäckers, und das Rollen und Formen ging ihr viel besser von der Hand.

Als sie das dritte Blech belegt hatte, war sie mehr als zufrieden. Ewald Burger hatte recht gehabt: Nach ein paar Hundert Hörnchen konnte sie es.

Als irgendwo hinter ihr das Telefon klingelte, kam er zurück in die Backstube.

Beim Durchqueren des Raumes warf er einen prüfenden Blick auf ihre Arbeit, verschwand dann aber im Nebenraum.

»Bäckerei Burger, guten Tag.«

Während Sandra ein Kipferl nach dem anderen formte, versuchte sie zu erlauschen, was der Anrufer wollte. Was ihr jedoch nicht gelang, da der Bäcker mehr zuhörte, als sprach. Womöglich eine Bestellung.

»Da kann man halt nichts machen. Ich wünsche Ihnen und Ihrer Mutter alles Gute«, hörte sie ihn schließlich sagen.

»Das war Marlies, sie hat gerade gekündigt«, sagte er, als er sich neben sie stellte. »Meine Verkäuferin«, erklärte er auf Sandras fragenden Blick hin. »Der Verdacht auf Schlaganfall bei ihrer Mutter hat sich leider bestätigt. Sie wird sich um sie kümmern müssen.«

Gerda Peter stand in der Tür zum Laden und hatte alles mitgehört.

»Den Verkauf kann ich gern übernehmen«, schlug sie vor.

»Aber nein, das kann ich nicht von Ihnen verlangen«, wehrte er ab.

»Sie verlangen doch nichts – ich biete es Ihnen ja an. Ich bin schließlich Rentnerin und habe jede Menge Zeit. Muss ja nicht für immer sein, nur so lang, bis Sie wieder jemanden haben. Die Kasse haben Sie mir ja gerade erklärt – wenn wir jetzt noch überall die Preise dranschreiben, bekomme ich das sicher allein hin. Dann haben Sie eine Sorge weniger und können hier ungestört mit Sandra arbeiten.«

Tränen der Rührung traten dem alten Bäcker in die Augen. Sichtlich verlegen nahm er die Brille ab und versuchte mit eineinhalb Händen, die Gläser zu polieren. Umständlich setzte er das Nasenfahrrad wieder auf und sah die beiden Frauen mit betretener Miene an.

»Ich weiß gar nicht, was ich sagen soll. Ich ... ich bin überwältigt. All die Jahre war ich ein einsamer Einzelkämpfer, und jetzt sind da gleich zwei Menschen, die mir helfen wollen. Warum macht ihr das? Ihr habt doch sicher viel wichtigere Dinge zu erledigen. Besonders du, Sandra ...«

»Ach, passt schon.« Ebenfalls gerührt winkte Sandra ab. Um ihm nicht in die Augen sehen zu müssen, formte sie weiter Cappuccino-Hörnchen.

»Bist du dir da ganz sicher? Du hast einen wichtigen Auftrag, den du erledigen musst – ich will auf gar keinen Fall, dass du Ärger mit deinem Chef bekommst. Und dann die Sache mit deinem Freund; das musst du unbedingt klären. Und jetzt verplemperst du hier in meiner Backstube deine Zeit.«

»Da gibt es nichts mehr zu klären, Herr Burger. Ich bin wieder Single und kann mit meiner Zeit anfangen, was ich will. Zum Beispiel in einer Backstube stehen und Tausende Kipferl drehen.«

»Sechshundert, meine Liebe.« Erst jetzt widmete er dem zur Hälfte belegten Blech auf dem Arbeitstisch seine Aufmerksamkeit. Nach eingehender Überprüfung sagte er mit anerkennendem Kopfnicken: »Die sehen gut aus. Sehr gut sogar. Du bist ein Naturtalent.«

»Sie haben die beiden ersten Bleche noch nicht gesehen.« Sandra zeigte auf das Rollregal hinter ihm. »Die werden Sie wohl nicht verkaufen können.«

Er streckte sich und nahm das Blech heraus, das sie extra ganz oben eingeschoben hatte, weil er die nicht sonderlich schönen Hörnchen nicht gleich entdecken sollte.

Grinsend wiegte er den Kopf und sagte dann: »Die spenden wir. Im Haus der Familie findet an Heiligabend die Weihnachtsfeier für einsame Markinger statt – die freuen sich.«

Das nicht eben preiswürdige Gebäck schob er nicht zurück ins Regal, sondern in den inzwischen heißen Ofen, genauso wie die beiden anderen fertig belegten Bleche.

Neben der Mehldose standen mehrere ei-förmige Küchenwecker in verschiedenen Farben. Einen dunkelroten zog er auf und stellte die Zeit ein. »Damit sie dir nicht verbrennen: zehn Minuten! Die Hörnchen müssen hellbraun sein, die Unterseite und die Spitzen ein klein wenig dunkler. Wenn sie fertig sind, muss man sie aus dem Ofen holen und samt Backpapier vom Blech ziehen, sonst backen sie auf dem heißen Metall nach und werden unten zu dunkel. Dann werden sie trocken und etwas zu hart«, erklärte er und stellte das Wecker-Ei neben dem inzwischen ordentlich geschrumpften Plätzchenteig ab.

Ein leises Tickern erfüllte den Raum.

Dann wandte es sich an Gerda Peter. »Und Sie, meine Liebe, Sie wollen auch Ihre Zeit für mich alten Krauter opfern? Und das auch noch so kurz vor Weihnachten?«

»Was heißt opfern, ich sehe es als ein kleines Abenteuer. Und als einen Ausbruch aus der Rentnerroutine. Außerdem kann ich Sandra und Sie doch nicht hängen lassen.« Sie trat zu ihm und legte ihm eine Hand auf den Arm. »Ich mache das sehr gern. Und da ich allein lebe und keine Kinder habe, ist mir Weihnachten nicht so wichtig. Ehrlich gesagt freue ich mich auf die Tage mit euch beiden.«

Nicht anders erging es Sandra: Sie hatte zwar eine gehörige Portion Schiss vor der vor ihr liegenden Aufgabe, aber letztendlich freute sie sich auch darauf. Weihnachten allein im leeren Elternhaus, ihrem Weltschmerz ausgeliefert – das wäre kaum zu ertragen. Okay, den ersten Feiertag musste sie irgendwie allein überstehen, aber am zweiten ging es dann nachts schon wieder in die Backstube.

Während sie ein Hörnchen nach dem anderen formte und dabei immer schneller wurde, kam ihr eine wunderbare Idee: Sie würde ein Weihnachtsessen kochen. An Heiligenabend! Und Tante Peter und ihren Lieblingsbäcker dazu einladen. Ihre einst so sehr geliebte Kindergärtnerin hatte gerade gesagt, dass sie allein war. Und dass Ewald Burger niemanden zum Feiern hatte, das wusste sie seit gestern. Sie würde etwas Feines zubereiten, zwei oder mehr Gänge, und sie drei würden einen entspannten und fröhlichen Weihnachtsabend miteinander verbringen. Und sie würde nicht ein einziges Mal an Paul denken, der vielleicht zur selben Zeit im fernen England einer anderen einen Heiratsantrag machte.

»Haben Sie beide am Weihnachtsabend schon was vor?«, fragte sie deshalb spontan und beinahe feierlich.

Synchron schüttelten Gerda Peter und Ewald Burger die Köpfe.

»Dann sind Sie hiermit zum Weihnachtsessen bei mir eingeladen. Abendgarderobe erwünscht.« Sie hatte zwar nichts dergleichen dabei, aber ihr würde schon etwas einfallen. Vielleicht gab ja Mamas Kleiderschrank etwas Passendes her.

Gerda Peter sah Ewald Burger an und errötete leicht. »Also ich würde sehr gern kommen.«

Aufgrund dieses Blickes war Sandra schlagartig klar, dass ihre ehemalige Kindergärtnerin nicht so ganz uneigennützig hier war und ihre Hilfe anbot: Sie hatte eindeutig ein Auge auf den Bäcker geworfen, wenn nicht sogar beide Augen! Wie süß war das denn?

»Das ist sehr nett von dir, Sandra, aber hast du nicht schon genug Arbeit hier bei mir?«, gab Ewald Burger zu bedenken.

»Gut möglich, aber ich würde den Weihnachtsabend lieber mit zwei netten Menschen verbringen als allein. Also, was ist?«

»Nun, wenn du darauf bestehst ...«, druckste der Bäcker herum.

»Und wie ich darauf bestehe! Wann schließen wir an Heiligabend?« Sie hatte tatsächlich *wir* gesagt!

»Dreizehn Uhr.«

Das müsste zeitlich reichen, um ein Weihnachtsessen auf

die Beine zu stellen, befand Sandra nach kurzem Nachdenken.

»Dann um sechs bei mir, Westring 48. Ich freue mich.«

Der erste Teigklumpen war verarbeitet. Halbzeit. Sie wickelte den zweiten aus.

Erneut bimmelte es im Laden, und Ewald Burger eilte zu seiner Kundschaft.

»Das ist eine wunderbare Idee mit dem gemeinsamen Weihnachtsessen, liebe Sandra«, sagte Gerda Peter. »Ich kann gern etwas dazu beisteuern, ein Dessert zum Beispiel.«

»Nichts da. Ich lade ein, also koche ich auch.« Sie hatte zwar noch keine Ahnung, was, und wirklich viel Zeit war auch nicht mehr, um ein Menü zusammenzustellen, aber irgendwie würde das schon hinhauen. Allerdings taugte das, was sie heute eingekauft hatte, nicht für ein Festessen. Sie musste morgen also noch einmal in den Supermarkt, da führte kein Weg dran vorbei.

»Wenn du meinst. Falls du es dir aber anders überlegst, sag mir Bescheid. Ich gehe mal nach nebenan in den Laden, damit ich ein bisschen üben kann.«

Es begann zu duften. Genussvoll atmetet Sandra ein – nichts roch so gut wie frisch gebackene Plätzchen. Ein Blick auf den Wecker sagte ihr jedoch, dass es noch drei Minuten bis zum Klingeln waren. Trotzdem stand sie auf, öffnete eine Ofenluke und sah hinein. In Reih und Glied lagen die Hörnchen vor ihr, allesamt hellbraun – kein Wunder, der Teig war ja auch hellbraun. Das Gebäck auf den beiden anderen Blechen sah genauso aus. Waren die Dinger schon fertig, obwohl der Wecker noch nicht geklingelt hatte? Sie war hin- und hergerissen, ob sie die Bleche herausziehen sollte.

Vorsichtig angelte sie sich ein Kipferl vom Blech, verbrannte sich dabei die Finger und ließ es beinahe auf den gefliesten Boden fallen. Es war ganz weich und zerbrach in ihrer Hand in drei Teile. Die Unterseite war noch sehr hell.

Daraus folgerte sie, dass sie ein paar Minuten mehr brauchten.

Nach gründlichem Pusten vernaschte sie eines der Teile. Der rohe Teig hatte ja schon vorzüglich geschmeckt, gebacken war er der Hammer. Kein Wunder, dass die Kundschaft die Dinger liebte.

Bis zum Weckerklingeln formte sie Hörnchen um Hörnchen. Der Teigklumpen schrumpfte, die nächsten beiden Bleche waren bereit zum Backen.

Und dann war es so weit, und obwohl sie darauf gewartet hatte, schreckte sie bei dem schrillen Klingelton zusammen. Sie sprang auf, nahm die dicken Stoffhandschuhe vom Haken neben dem Ofen und holte das erste Blech aus dem Ofen. Genau, wie Ewald Burger gesagt hatte, zog sie das Backpapier mitsamt den Keksen auf die Fläche des Arbeitstisches. Mit den anderen Blechen machte sie es auch so, im Gegenzug schob sie die nächsten rohen Plätzchen in den Ofen. Den roten Wecker stellte sie auf zehn Minuten ein.

Als sie zufrieden ihr gar nicht so übel aussehendes Gebäck betrachtete, kam Ewald Burger zurück.

»Hast du …?« Mitten im Satz brach er ab, als er sah, dass sie die Bleche herausgeholt hatte. Er nahm ein Hörnchen vom Blech und kontrollierte die Unterseite.

»Perfekt«, diagnostizierte er und zerbrach es. »Siehst du? Außen knusprig, innen etwas weicher – genau so müssen sie sein.« Er kostete und nickte anerkennend. »Den Kipferl-Test hast du mit Bravour bestanden.« Er deutete auf den Rest Teig. »Und schnell bist du auch, hätte ich nicht gedacht.«

Sandra hätte vor Stolz platzen können. Er war zufrieden mit ihr – den Rest würde sie dann sicherlich auch schaffen.

Im Laden ging das Glöckchen, aber der Bäcker eilte nicht etwa hinaus, um seiner frisch angelernten Verkäuferin beizustehen. Nein, er blieb, und so konnte Sandra ihre Freude über den gelungenen Start nicht genießen. Im Gegenteil, der Dämpfer kam auf dem Fuß.

»Aber freu dich nicht zu früh, meine Liebe, das kann schließlich jede Hausfrau. Die Kunst ist es, viele Dinge gleichzeitig zu machen: Hörnchen formen, nebenbei mehrere Kuchen aufs Blech oder in die Form bringen und alles backen, ohne dass etwas verbrennt. Zwischendurch Brotteige vorbereiten, Hefeteig ansetzen und notfalls mit im Laden helfen, ohne dabei den Überblick zu verlieren. Nicht zu vergessen: der Schokoguss ...« Mit schnellen Schritten ging er in den Nebenraum und kam mit einem durchsichtigen Plastiksack zurück, den er ihr demonstrativ unter die Nase hielt. »Das sind Schokodrops oder auch Schokolinsen, die müssen im Wasserbad langsam geschmolzen werden, ohne dass das Ganze zu heiß wird und dadurch verklumpt. Damit werden die Cappuccino-Hörnchen verziert. Hol mir bitte mal eine mittelgroße Metallschüssel aus dem Regal.«

Sie tat wie geheißen, nicht ohne schnell auf den Küchenwecker zu sehen. Noch drei Minuten, dann waren die nächsten Hörnchen fertig.

»Bitte zur Hälfte mit den Drops füllen«, wies Ewald Burger sie an.

Mit der Schüssel schöpfte sie die gewünschte Menge Schokolade heraus und verschloss den Sack wieder.

»Jetzt Wasser in den Topf auf dem Herd – es darf nicht zu wenig sein, sonst steht die Schüssel nicht weit genug im heißen Wasser, und es dauert ewig, bis sie schmilzt. Es darf aber auch nicht zu viel sein, sonst wird es von der Schüssel verdrängt und läuft über. Wenn man Pech hat, auch in die Schokolade, die wird dann unbrauchbar. Und das Wasser soll auch nicht zu heiß werden.«

Mit dem Topf, in dem tags zuvor schon der Haselnuss-Guss für die Nougattaler geschmolzen worden war, und der Schüssel mit den Schokodrops ging Sandra zum Waschbecken. Nach mehrmaligem Hin- und Herschütten stimmte die

Wassermenge im Topf. Als sie die Herdplatte auf die angegebene sehr niedrige Temperatur eingestellt hatte, klingelte der Wecker.

Schnell holte sie das fertige Gebäck aus der Ofenhitze und zog es sofort vom Blech. Auch diese Hörnchen waren perfekt geworden, stellte sie zufrieden fest.

»Tja, und jetzt müssten die nächsten Bleche in den Ofen, um keine Energie zu verschwenden«, sagte Ewald Burger ernst. »Aber die sind leider noch nicht fertig.«

Pure Panik ergriff Sandra. Das, was sie die letzte knappe Stunde gemacht hatte, worauf sie so stolz gewesen war, war lächerlich gewesen gegen das, was sie tatsächlich schaffen musste. Sie war schlagartig dem Weglaufen näher als dem Bleiben.

»Du siehst, die Arbeit in der Backstube ist wie eine Choreografie – wie ein Uhrwerk, bei dem jedes Zahnrädchen ins andere greifen muss, damit am Ende das ganze Sortiment dabei rauskommt und nicht zu viel Ausschuss produziert wird. Aber keine Angst, für die Choreografie bin ich zuständig.«

Wahrscheinlich sollte der letzte Satz sie trösten, aber das funktionierte nicht wirklich. Ihr Blick wanderte von dem Teigklumpen, der noch in gleichmäßige Kipferl verwandelt werden musste, zu der Schokolade in der Schüssel, die an den Rändern schon zu schmelzen begann.

»Mach du in Ruhe die Hörnchen fertig. Wenn die im Ofen sind, verzierst du die bereits gebackenen. Ich wiege inzwischen die Zutaten für den Winter-Streuselkuchen ab. Der ist dann ganz schnell auf dem Blech.«

Sandra nickte und machte sich an die Arbeit. Sie stand nur einmal auf, als er sie bat, die Stange Butter auszupacken und die benötigte Menge mit einem großen Messer abzuschneiden. Dabei musste sie feststellen, dass es in einer Backstube nicht nur um perfektes Zeitmanagement ging, sondern dass man auch Kraft brauchte.

Als sie das letzte perfekt geformte Cappuccino-Hörnchen aufs Blech legte, atmete sie hörbar auf. Nacken und Schultern taten von der ungewohnten Arbeit weh. Aber es war keine Zeit zum Ausruhen, denn die Schokolade war geschmolzen.

Nachdem sie ihren Arbeitsplatz gründlich gesäubert hatte, ging es sofort ans Verzieren, sprich: Ein Hörnchen nach dem anderen wurde mit den Spitzen in die Schokolade getaucht, kurz am Schüsselrand abgestrichen und dann auf mit Butterbrotpapier ausgelegte Bleche zum Trocknen gelegt. Etwa sechshundert Mal. Zwischendurch assistierte sie Ewald Burger mit dem Streuselteig, den er zwar nicht kneten, aber dann doch einhändig und ganz allein auf einem großen Obstkuchenblech verteilen konnte. Auch den Rührteig, den die Maschine für ihn cremig schlug, konnte er allein zubereiten, nur beim Aufbringen auf den Streuselboden musste Sandra ihm helfen, da er für die große Rührschüssel zwei gesunde Hände gebraucht hätte.

Nachdem er den letzten Streuselteig darübergekrümelt hatte, schob Sandra das Blech in den Ofen. Bald darauf standen ihre Hörnchen fix und fertig schokoliert in einem Rollregal im Nebenraum zum Trocknen. Und Ewald Burger war schon mit dem nächsten Kuchen beschäftigt.

Draußen im Laden bimmelte es immerzu, Gerda Peter kam in der ganzen Zeit nicht einmal zu ihnen, um nach dem Rechten zu sehen. Es schien also zu laufen, und das freute Sandra.

# Kapitel 15

## Feierabend?

»War das jetzt trotz allem ein guter Tag für Sie?«, fragte Sandra, als sie kurz nach sechs die letzte große Schüssel abtrocknete. Drei Kuchen backten im Ofen ihrer Vollendung entgegen, der Sauerteig war »gefüttert« und für die Nacht vorbereitet, der Arbeitstisch war sauber.

Sie hatte das Gefühl, unendlich viel geschafft zu haben. Ein Hauch von Feierabend lag in der Luft.

»Fertig«, sagte sie dann auch, als die Schüssel wieder an ihrem Platz im Regal stand. *Endlich!*

Nach diesen intensiven Stunden in der Backstube war sie körperlich völlig platt, nicht zum ersten Mal musste sie gähnen. Es war noch lächerlich früh am Tag, aber sie hörte ihr Bett rufen. Nach nichts sehnte sie sich im Moment mehr, als ihren Kopf aufs Kissen legen und die Augen schließen zu können. Sie musste nur ein paar Meter nach Hause laufen, sich ausziehen, Zähne putzen und unter die Decke schlüpfen …

Aber dann fiel ihr ihr Chef ein und ihr Versprechen, heute noch die Entwürfe zu überarbeiten und ihm zu schicken. Ihr Bett musste also noch ein wenig warten. Seufzend hängte sie das Geschirrtuch an den Haken.

»Grundsätzlich bin ich zufrieden.« Ewald Burger nahm die Brille ab und rieb sich mit geschlossenen Augen die Nasenwurzel. »Der Verkauf war trotz der verlorenen Mittagsstunden letztendlich doch noch gut. In der Backstube ging auch noch was. Ohne eure Hilfe wäre das gar nicht möglich gewesen, wofür ich euch unendlich dankbar bin.« Er setzte die Brille wieder auf und sah sie ernst an.

Wirklich glücklich wirkte er aber nicht, fand Sandra.

»Warum freuen Sie sich dann nicht wenigstens ein bisschen? Wir haben doch so viel gemacht!«

Er druckste kurz herum. »Na ja, wir hätten noch die beiden Torten fertig machen müssen ...«

Also doch kein Feierabend, dachte Sandra enttäuscht.

»Gut, dann machen wir die halt jetzt noch«, schlug sie wenig begeistert vor.

»Danke für dein lieb gemeintes Angebot, aber dafür ist die Backstube jetzt zu warm – Sahne und Creme würden uns davonlaufen. Wir werden das heute Nacht machen müssen, gleich als Erstes, bevor die Öfen laufen. Wir werden wohl etwas eher anfangen als sonst, um zwei müsste genügen.«

Zwei Uhr in der Nacht!

Sandra sah auf die Uhr an der Wand und überschlug grob, wie viel Schlaf sie in etwa bekäme. Sieben Stunden, wenn sie jetzt Feierabend machen und gleich nach Hause gehen würde ... und keine Entwürfe mehr überarbeitet werden müssten. Das war mehr, als sie manchmal in ihrem normalen Leben hatte. Mit der Arbeit für ihren Chef käme sie auf etwa sechs Stunden, was zwischendurch auch noch machbar war. Sie konnte ja dann gleich nach der Nachtarbeit ins Bett gehen und sich ausschlafen.

»Zwei Uhr, okay, das bekomme ich hin.« Ob sie allerdings eine beziehungsweise zwei Torten hinbekäme, das bezweifelte sie. Mit Torten hatte sie nicht viel am Hut. Essen ja, aber selbst machen? Never! Wenn überhaupt, dann hatte es bei ihr in der Vergangenheit mal einen schnellen Rührkuchen gegeben, und das auch nur alle Schaltjahre. Ihr fehlte also jegliche Übung in Torten-Angelegenheiten. Und ob sie die nötige Geschicklichkeit für filigranes Zuckerwerk hatte, das bezweifelte sie sehr. Aber das war letztendlich Ewald Burgers Problem. Sie würde ihr Bestes geben. Und wer weiß, mit etwas Glück würde er ihr heute Nacht dank der unausweichlichen Tortenkatastrophe – denn genau darin würde es enden – Backstubenverbot geben?

Aber jetzt wollte sie erst einmal nach Hause. Sie hatte genug von Kuchen- und Plätzchenduft. Einen nach dem anderen öffnete sie die Knöpfe ihrer Kochjacke.

Aber Feierabend war anscheinend noch nicht, denn Ewald Burger war erneut nach nebenan gegangen und stellte jetzt einen Putzeimer samt Lappen vor sie auf den Boden. Den Schrubber, den er in der Hand hielt, streckte er ihr einladend entgegen. »Feierabend ist erst, wenn alles sauber ist.«

»Echt jetzt?« Backen, ja, aber von Boden-Schrubben war nie die Rede gewesen. Widerstrebend nahm sie das Putzwerkzeug. Von allen Hausarbeiten gehörte Putzen definitiv nicht zu ihren bevorzugten Tätigkeiten.

»Ich würde es ja selbst machen, aber ...« Er hob entschuldigend die geschiente Hand.

»Kann ich das nicht morgen früh machen? Nach dem Backen heute Nacht wird es sich doch sicherlich viel mehr lohnen«, versuchte sie, die leidige Tätigkeit in die Zukunft zu verschieben.

Doch der Bäcker schüttelte den Kopf. »Das saubere Hinterlassen des Arbeitsplatzes gehört nun mal dazu. Wir wollen doch heute Nacht in eine saubere Backstube kommen, ohne ein Knirschen unter den Füßen, ohne Rutschgefahr auf dem mehligen Boden.«

So gesehen wollte Sandra zum jetzigen Zeitpunkt lieber gar nicht mehr in diese Backstube zurückkommen – ob nun mit sauberem oder mehlbestäubtem Boden. Ehrlich gesagt genügte ihr der fast überstandene erste Ausflug ins Bäckerleben vollauf – auf eine Zugabe würde sie locker verzichten können. Aber Aufgeben kam nicht in die Tüte, sie hatte es schließlich versprochen.

Missmutig ging sie zum Waschbecken und ließ heißes Wasser in den Eimer laufen.

»Und was gestern Abend? Nachdem wir die Nougattaler fertig gemacht hatten? Da sind wir doch auch ohne Saubermachen hoch zum Abendessen gegangen.«

»Da habe ich durchgewischt, als du weg warst«, sagte Ewald Burger sanft lächelnd. »Einfach ein bisschen Wasser auf dem Boden verteilen und mit dem Schrubber gründlich drübergehen«, erklärte er, als er Neutralseife in den Eimer gab, und deutet auf ein Gerät aus Metall, das neben dem Becken stand. Es sah wie ein Besen aus, hatte aber statt der Borsten eine breite Gummilippe. »Dann mit dem Abzieher in den Bodenablauf schieben. Mit dem Lappen gehst du dann zum Schluss noch in die Ecken – fertig.«

»Fertig«, wiederholte Sandra und verzog das Gesicht. Mit dem Eimer ging sie durch den Raum und verteilte großzügig das Putzwasser.

»Rutschgefahr«, erinnerte Ewald Burger, der ihr mit kritischem Blick dabei zusah.

Sandra ignorierte seine Worte und rückte dem zugegebenermaßen doch recht verklebten Boden mit dem Schrubber zu Leibe. Nach den ersten beiden Quadratmetern lief ihr der Schweiß.

»Wir müssen dir unbedingt ein paar geeignete Arbeitsschuhe besorgen«, bemerkte er, wobei er sie nicht aus den Augen ließ.

Sie unterbrach ihre Arbeit, stützte sich auf den Schrubberstiel und sagte zutiefst spöttisch: »Solche, wie Sie sie heute anhatten? Na, dann kann ja überhaupt nichts passieren!«

»Touché, meine Liebe. Morgen früh darfst du übrigens auch wieder durchwischen.«

»Wenn das jetzt aufmunternd gemeint sein sollte, dann

hat es das Ziel verfehlt«, grummelte sie und schrubbte weiter.

Mit einem fröhlichen Lachen verschwand der Bäcker in den Laden.

Während sie den Boden weiterbearbeitete, konnte sie ihn und Gerda Peter nebenan reden und lachen hören. Na, wenigstens die beiden hatten Spaß!

Als sie wenig später fertig war und den Lappen ausspülte, kamen die beiden zu ihr in die blitzblanke Backstube. Sie sahen sehr zufrieden aus.

»Wir sind fast ausverkauft!«, verkündete Ewald Burger strahlend und schwärmte: »Gerda ist eine begnadete Verkäuferin!«

Gerda? Prüfend sah Sandra die beiden an. Vor zwei Stunden war es noch »Frau Peter« gewesen. Sie fragte sich, ob sie etwas verpasst hatte. Waren sich die beiden beim Brotverkaufen etwa nähergekommen? Oder hatte sie sich nur verhört?

Als er ihren Blick bemerkte, errötete er jedoch leicht. »Du warst natürlich auch ganz wunderbar, liebe Sandra. Ich danke euch beiden von ganzem Herzen, und ich hoffe, dass ich das irgendwann mal wiedergutmachen kann.«

»Das hoff ich auch«, sagte Sandra nicht ganz ernst gemeint. Erleichtert, dass sie jetzt endlich mit der Arbeit fertig waren, zog sie den Kittel aus und warf ihn über einen der Hocker.

»Und ich brutzle uns jetzt was zu essen, ihr habt doch sicherlich Hunger?«, schlug Gerda Peter vor und sah dabei den Bäcker an. »Sie haben doch hoffentlich was im Kühlschrank?«

Falscher Alarm, dachte Sandra beinahe ein wenig enttäuscht. Die beiden waren doch noch beim Sie.

»Seid mir nicht böse, aber ich bin raus«, sagte sie und holte ihren Mantel und ihre Einkäufe aus dem Nebenraum.

»Erstens bin ich müde ... und dann muss ich noch was für meinen Chef erledigen. Wir sehen uns also später.«

Ewald Burger nickte. »Zwei Uhr.«

»Zwei Uhr«, bestätigte sie nicht sonderlich begeistert, schlüpfte in den Mantel und wickelte sich den Schal um den Hals. »Tschüss, Tante Peter.«

»Ich bring dich raus.« Der Bäcker eilte ihr voraus in den Laden und schloss die Tür für sie auf.

»Wie haben dir eigentlich die Butterplätzchen geschmeckt?«, fragte er, als sie an ihm vorbeiging.

»Die waren ein Gedicht«, schwärmte Sandra.

»Besser als dieser Fabrikmüll, für den du Werbung machst?«

»Natürlich, gar kein Vergleich. Aber wenn Sie solche großen Mengen herstellen müssten, würden Sie auch auf Maschinen und Fließbänder umstellen, oder?«

»Stimmt, das wäre unumgänglich. Aber ich würde trotzdem weiter anständige Zutaten verwenden und nicht irgendwelchen unnatürlichen Kram. Echte Butter, echter Zucker, echte Eier und echte Nüsse brauchen keine chemischen Aromastoffe.«

Auf der obersten Stufe blieb Sandra noch einmal stehen. »Kann ich noch zwei Nougattaler für meine kleine Nachbarin mitnehmen?« Sie wollte schließlich gewappnet sein, falls Mai tatsächlich mal zu ihr zu Besuch kommen sollte.

Wortlos ging Ewald Burger zur Theke, steckte zwei der Taler in eine Papiertüte und legte diese auf ihre Einkäufe.

Sandra bedankte sich und trat hinaus ins Dunkle. Hinter ihr machte Ewald Burger die Glastür zu. Sie hörte, wie sich der Schlüssel im Schloss drehte, kurz darauf erlosch das Licht im Laden.

Es war ein kalter Abend, tief atmetet sie die frische Luft ein. Dichte Atemwolken entwichen ihren Lippen, schwebten kurz vor ihrem Gesicht und lösten sich dann in nichts auf. Und obwohl es schon dunkel war, herrschte geschäftiges

Treiben auf der Straße. Menschen, die schnell vor Ladenschluss noch ihre Einkäufe erledigten; Autos, die in beide Richtungen fuhren und ihre Insassen zu den Geschäften oder aber auch nach Hause zu ihren Familien brachten. Die Weihnachtsbeleuchtung, die über allem im Wind leicht schaukelte, tauchte alles in adventliche Stimmung. Einige Zeit sah Sandra dem munteren Treiben zu, dann setzte sie sich in Bewegung. Auf sie wartete niemand, der sie empfangen, der sich über ihr Heimkommen freuen würde. Auf sie warteten ein stilles Haus und die blöden Entwürfe, die sie inzwischen regelrecht hasste.

# Kapitel 16

## Eiskalte Einbrecher

Etwas traf sanft ihre Nase. Sandra blieb stehen und hielt ihr Gesicht in den dunklen Winterhimmel, aus dem nun wieder dicke Schneeflocken fielen. Oft war der Schnee in ihrer Kindheit erst im Januar gekommen, aber auch da war er ihr willkommen gewesen. Es hatte nichts Schöneres gegeben als Schlittenfahren und Schlittschuhlaufen auf dem kleinen Fischweiher, wenn er endlich zugefroren war.

Und jetzt? Jetzt dachte sie schon ans nächste Schneeschippen – dass sie eigentlich gar nicht gebrauchen konnte.

Langsam ging sie weiter.

Ob es in München wohl auch schneite, fragte sie sich. Und wenn, dann würde die weiße Pracht erfahrungsgemäß nicht lang liegen bleiben. Und wie sah es gerade in London aus, überlegte sie, während sie einen Schritt vor den anderen setzte und die Taschen gefühlt schwerer und schwerer wurden. Man hatte ja immer mal wieder gehört, dass der Flughafen dort wegen ungeahnter Schneemengen geschlossen worden war. Vielleicht hatte Paul heute deswegen gar nicht mit seiner Neuen rüberfliegen können. Das würde ihm recht geschehen, ja, sie würde ihm das von Herzen gönnen. London war ihre Traumstadt, nicht seine. Von diesem Gedanken beflügelt schritt sie energisch weiter aus. Was sie betraf, hätte sein Flieger auch gern abstürzen können, sie würde dem miesen Kerl keine Träne nachweinen.

Völlig im Gegensatz zu diesen bösen Wünschen flossen auf einmal heiße Tränen über ihre Wange. Ja, sie war wütend auf ihn, hasste ihn für das, was er ihr angetan hatte, aber ... irgendwo in ihrem Herzen liebte sie ihn auch noch. Man konnte schließlich nicht einfach per Knopfdruck aufhören zu lieben, bloß weil der andere einen nicht mehr in seinem Leben haben wollte. Aber sie würde darüber hinwegkommen. Irgendwann würde der beschissene Schmerz nachlassen. Und auch die Wut. Und irgendwann würde sie sich neu verlieben, und Paul würde Geschichte sein.

Sie hatte den Stadtkern hinter sich gelassen und bog in den Westring ein. Hier war niemand auf der Straße, nur vereinzelt fuhr ein Auto, das seine Reifenabdrücke in die zarte neue Schneedecke drückte. Im Vorbeigehen konnte Sandra dort, wo die Rollos noch nicht heruntergelassen worden waren, in die Wohnungen sehen. Sie hatte das von jeher geliebt. Wie oft war sie mit Paul Hand in Hand durch Münchens Vororte spaziert und hatte durch die erhellten Fenster in das Leben anderer Leute geschaut. Nicht voyeuristisch, nein, nur neugierig, wie die anderen eingerichtet waren, ob sie es gemütlich hatten oder eher nicht. Tatsächlich stand in den Nachbarhäusern schon der eine oder andere Weihnachtsbaum, etwas, was ihr Vater traditionsmäßig immer erst am Morgen von Heiligabend erledigt hatte. Er hatte ihn aufgestellt, Meike und sie hatten ihn geschmückt. Und Mama? Die hatte eigentlich immer gemeckert, denn den Baum hatte er immer auf den allerletzten Drücker besorgt – oft erst an Heiligabend selbst. Meist ein mitleiderregendes Modell, das kein anderer hatte haben wollen ... einen Restposten. Doch egal, wie schief und mickrig diese Bäume auch immer gewesen waren, geschmückt sahen sie einer wie der andere immer ganz wunderbar aus. Und wahrscheinlich war sie, Sandra, die Einzige im Hause Sommer, die stolz auf ihren Vater gewesen war, weil er diese Bäume gerettet und ihnen eine angenehme Weihnachtszeit in einem warmen Wohnzimmer in Gesellschaft ihrer Familie ermöglicht hatte.

Gleich hatte sie es geschafft. Nur noch ein paar Hundert Meter bis zur übernächsten Straßenlaterne. Und auch wenn die Griffe der Einkaufstüten schmerzhaft in ihre Handflächen schnitten, tat der kurze Spaziergang Wunder. Ihre Müdigkeit war wie weggeblasen. Das war gut, so konnte sie sich gleich konzentriert an die Überarbeitung der Entwürfe machen und würde dann hoffentlich vor den Feiertagen nichts mehr von ihrem Chef hören.

Als sie am Haus der Voglers vorbeiging und schon die Umrisse ihres Elternhauses ausmachen konnte, blieb sie erschrocken stehen: Da war etwas im dunklen Vorgarten. Ihr Herz begann, wie wild zu schlagen: Da war JEMAND im dunklen Vorgarten! Das Licht der Laterne an der Ecke schaffte es nicht, die Person so weit zu beleuchten, dass sie sie besser erkennen konnte.

Ein Einbrecher, schoss es ihr durch den Kopf. Einbrecher waren spezialisiert auf Häuser, deren Bewohner im Urlaub waren. Und das war womöglich ein Einbrecher, der mit dem Reisebüro zusammenarbeitete und so aus erster Hand von kurzzeitig leer stehenden Häusern erfuhr. Ein Einbrecher, der sie, wenn er in der Nacht gekommen wäre, im Schlaf überrascht und eventuell niedergeschlagen, wenn nicht gar umgebracht hätte ... Aber man las in der Zeitung ja auch immer wieder, dass Einbrecher besonders im Herbst und Winter mit der früher einsetzenden Dunkelheit schon am späten Nachmittag ihr Unwesen trieben. So gesehen hatte sie also noch einmal Glück gehabt.

Ihre Gedanken überschlugen sich. Sollte sie schreien und um Hilfe rufen, um die Person zu verscheuchen, bevor irgendein Fenster eingeschlagen oder die Haustür beschädigt wurde? Oder besser gleich die Polizei rufen? Letzteres erschien ihr am besten. Sie stellte die Taschen ab und nestelte mit zitternden Fingern ihr Handy aus der Manteltasche. Die ersten beiden Zahlen des Notrufes hatte sie schon getippt, als ein Auto an ihr vorbeifuhr. Der Bewegungsmelder im Eingang ihres Zuhauses reagierte sofort, die Lampe über der Haustür sprang an. Und sie warf auch einen spärlichen Teil des Lichts in den Vorgarten.

Und da stand er, der ... Nein, es war die Schneefrau! Kein Einbrecher. Sandra wusste nicht, ob sie vor Erleichterung lachen oder weinen sollte.

Allein die Vorstellung, sie hätte tatsächlich bei der Polizei angerufen, ließ sie dann doch schmunzeln. Die herbeigeeilten Beamten hätten bei der Verhaftung des vermeintlichen Verbrechers nicht schlecht gestaunt. Und ihr Ruf hier in Markingen wäre nachhaltig zerstört gewesen.

Sie schleppte die Taschen die letzten paar Meter am Zaun entlang und durch den Vorgarten zur Haustür. Vorbei an der mundlosen Schneefrau, die sie mahnend ansah. Oder war es doch eher spöttisch? So ohne Mund war das nicht eindeutig zu erkennen.

Um das zu ändern, schloss Sandra auf, zog die Schuhe aus und brachte die Einkäufe in die Küche. Sie musste beide Tüten leer räumen, bis sie endlich die knallrote Peperoni fand. Sie schaltete das Außenlicht an, befand dann aber, dass das nicht genügend Helligkeit spendete. In der obersten Schublade entdeckte sie eine kleine Taschenlampe – ein Hoch auf ihren Vater, der an mehreren Stellen im Haus funktionstüchtige Taschenlampen deponiert hatte. Für den Notfall! Falls mal der Strom ausfiel.

Dann schlüpfte sie in seine grünen Kunststoff-Gartencrocs, die neben dem Fußabstreifer standen, schaltete die Taschenlampe an und ging, ungeachtet der Tatsache, dass ihr von allen Seiten Schnee in die Schuhe fiel, hinaus zu der Schneefrau.

»So, meine Liebe, hier kommt dein Mund«, sagte sie, als sie vor der eiskalten Figur stand. »Wehe, wenn du irgendjemandem was von dem vermeintlichen Einbrecher erzählst. Dann komme ich morgen mit dem Föhn und mach dich alle.«

Sie drückte die Peperoni in das Schneegesicht und betrachtete ihr Werk. Beide Enden zeigten nach unten, was dem Gesicht mit der großen Sonnenbrille einen spöttischen Ausdruck gab.

»Ja, spotte du nur, ich sage nur Föhn.« Sandra entfernte die Peperoni und brachte sie andersherum an. Jetzt war es ein freundliches, lippenstiftrotes Lächeln, mit dem die Schneefrau sie ansah.

Das leise Quietschen des Gartentürchens ließ sie innehalten. Eine kleine, dunkle Gestalt näherte sich über den Weg. Gleich darauf stand Mai neben ihr.

»Mit wem redest du denn?«

»Mit unserer Schneefrau.«

»Aber die kann doch gar nicht reden.«

Das hoffe ich doch, dachte Sandra. »Kennst du Schneemann Olaf?«

»Den von der Eiskönigin? Klar kenn ich den.«

»Der kann reden.«

»Aber der ist doch nicht echt, der ist nur gezeichnet«, belehrte Mai sie altklug.

»Bist du da ganz sicher?«

Die Kleine schwieg und betrachtete die Schneefrau skeptisch.

»Hat sie dir denn geantwortet?«, fragte sie mit gesenkter Stimme.

»Nein, bisher nicht. Aber sie hat ja gerade erst ihren Mund bekommen, wahrscheinlich muss sie das Sprechen noch üben.«

»Überhaupt: Warum hast du denn aus unserem Schneemann eine Schneefrau gemacht?«

»Emanzipation«, antwortete Sandra spontan. »Es gibt schon viel zu viele Schneemänner auf der Welt.«

»Dann ist unsere Schneefrau eine Emanzin?«

Überrascht sah Sandra Mai an. »Du meinst eine Emanz*e*. Sag bloß, du weißt, was eine Emanze ist?«

»Nö. Aber ich finde, Emanze ist ein schönes Wort. Genauso schön wie Gummibärchen oder Schmusedecke. Hast du auch Lieblingswörter?«

»Urlaub, das ist mein Lieblingswort«, sagte Sandra und musste unwillkürlich daran denken, dass sie keinen Urlaub hatte und gleich noch an den Rechner musste, um ihren Job zu behalten. Und später in die Backstube, um Ewald Burgers Job zu erhalten.

»Stimmt, das ist auch ein schönes Wort. Denn wenn Papa Urlaub hat, dann hat er ganz viel Zeit für mich. Ferien ist auch ein tolles Wort. Und Weihnachten.«

»Und Geschenke«, ergänzte Sandra und zwinkerte Mai zu.

Als wäre das ihr Stichwort gewesen, zog Mai eine kleine Blechdose mit Weihnachtsdekor aus ihrer Jackentasche.

»Die sind für dich.«

Sandra nahm die Dose entgegen, öffnete vorsichtig den Deckel und leuchtete mit der Taschenlampe hinein. Drei mit dickem rosa Zuckerguss überzogene und mit Unmengen Liebesperlen beklebte Kekse in Herzform auf ungeschickt zusammengefaltetem Küchenpapier kamen zum Vorschein.

»Die sind aber schön! Hast du die gebacken?«, fragt sie gerührt.

Mai nickt heftig. »Mit meiner Oma. Es sind die letzten, die anderen hab ich schon aufgefuttert. Rosa ist meine Lieblingsfarbe.«

»Was du nicht sagst!« Sandra klemmte sich die Taschenlampe zwischen die Zähne, holte einen Keks heraus und betrachtete ihn eingehend im Licht. Allein vom Anschauen bekam sie einen Zuckerschock.

Mai ließ sie dabei nicht aus den Augen. Dem begehrlichen Blick nach zu urteilen, mit dem sie das quietschrosa Gebäck ansah, hatte sie sich schwer damit getan, es zu verschenken.

»Die sind wunderschön, und ich freue mich sehr über dein Geschenk«, nuschelte Sandra mit der Taschenlampe im Mund. Sie legte das Plätzchen zurück in die Dose und schloss den Deckel. Mit taschenlampenfreiem Mund sagte sie: »Aber wenn es die letzten Plätzchen sind, dann solltest du sie selbst essen.«

Mai kämpfte sichtlich mit sich, doch dann schüttelte sie energisch den Kopf. »Nein, das sind jetzt deine. Morgen backe ich mit meiner Oma noch mal neue.«

»Ich habe übrigens auch etwas für dich, komm schnell mit rein.« Sandra schenkte der Schneefrau einen letzten Blick, dann ging sie zurück zum Haus. Auf dem Weg dorthin schob Mai ihre kleine und wunderbar warme rechte Hand in ihre eiskalte linke. Bei dieser vertrauensvollen Geste wurde ihr warm ums Herz.

»Mai, wo bist du? Abendessen.« Das war Frau Vogler, die nach ihrer Enkelin rief.

»Ich bin noch bei Sandra, ich komm gleich«, plärrte Mai mit ihrer hohen Mädchenstimme zurück.

»Warte hier!« Vor der Haustür streifte Sandra die Gartenschuhe ab und ging strumpfsockig ins Haus. Mit der Tüte von der Bäckerei Burger kam sie zurück und überreichte diese feierlich an ihre kleine Freundin.

Neugierig nestelte Mai an der Tüte herum. »Was ist da drin?«

»Nougattaler, auch selbst gebacken.«

»Echt? Die vom Herrn Burger?«

»Genau, die, die ich gefüllt und verziert habe. Und heute hab ich noch Cappuccino-Hörnchen geformt, gebacken und in Schokolade getaucht.«

»Bist du denn Bäckerin?«

»Nein, Grafikdesignerin, aber ich helfe dem Herrn Burger ein bisschen.« Ein bisschen war gut, dachte sie, heute Nacht übernehme ich quasi die ganze Backstube.

»Was macht denn eine Grafikdisei... Wie heißt das?«

»Designerin«, ergänzte Sandra. »Im Großen und Ganzen male ich den ganzen Tag.«

Mai machte große Augen. »Und dafür bekommst du Geld?«

»Ja, dafür bekomme ich Geld.«

»Dann kannst du richtig gut malen?«

»Ich denke schon.«

»Auch Einhörner? Ich liiieeebe Einhörner!«

»Müsste ich hinbekommen.«

»Mai, wir warten!«, kam es nachdrücklich vom Nachbarhaus.

»Ich komme, Oma!« Mit einem Winken machte Mai kehrt und rannte über den Weg zum Gartentürchen.

Es quietschte kurz, dann sah Sandra ihren Schatten den Zaun entlangrennen und hinter der Hecke zum Nachbargrundstück verschwinden.

# Kapitel 17

## Rosa Einhörner

Sie räumte ihre Einkäufe weg, auch die Zutaten, die sie für die Vanillekipferl besorgt hatte. Heute hatte sie so viele Kipferl geformt, dass sie das ganz sicher nicht auch noch zu Hause machen würde. Im Stehen aß sie schnell zwei sehr dick geratene Brotscheiben mit ordentlich Butter, Wurst und Käse und verspeiste dazu die letzten grünen Oliven.

Derart gestärkt setzte sie sich im viel zu weiten Jogginganzug ihres Vaters auf die Couch vor das prasselnde Kaminfeuer und nahm ihren aufgeklappten Laptop auf den Schoß. Vor ihr auf dem Couchtisch standen eine frisch entkorkte Flasche Dornfelder und ein halb gefülltes Weinglas – damit gedachte sie, sich die Arbeit schönzutrinken.

Sie hatte die letzten Mails ihres Chefs gelesen und kam jetzt zu dem Schluss, dass sie dafür wohl eine zweite Flasche brauchen würde. Denn was er ihr geschrieben hatte, war nicht eben aufbauend: Sie sollte noch einmal völlig neue Entwürfe machen – ohne die Kronen, die dem Herz-Fuzzi einen Tag zuvor noch so gut gefallen hatten, mit ganz anderen Farben und anderen Schriftzügen. Sie sollte quasi alles von hässlich auf extrem hässlich umarbeiten. Das würde länger dauern, als sie gedacht hatte – sie sah ihre Schlafstunden dahinschwinden.

Nach einem großen Schluck Wein legte sie los. Sie entfernte die Kronen und fand, dass jetzt etwas im Gesamtbild fehlte. Ein Firmenlogo wäre ein praktischer Ersatz gewesen, aber das gab es derzeit noch nicht. Also stellte sie den Rechner neben sich und griff zu Block und Stift. Rasch skizzierte sie verschiedene Herzen – mal dick und rund, mal schmal und verzerrt – und versuchte, den Firmennamen damit zu kombinieren.

Zehn Entwürfe und eine Stunde später hatte sie zwar ein recht ansprechendes Logo, aber mit ihrer eigentlichen Arbeit war sie keinen Bleistiftstrich weitergekommen. Seufzend übertrug sie das Logo in den Rechner und stellte zufrieden fest, dass es sich gut anstelle der Kronen machte. Dann spielte sie mit den Farben für den Hintergrund und mit den Schriftarten, die ihr Programm hergab.

Mitten in die Arbeit hinein klingelte ihr Handy.

»Ja«, meldete sie sich, ohne aufs Display gesehen zu haben.

»Was ist los, Sandra? Ich warte auf die Entwürfe«, blaffte ihr Chef sie an.

»Bin dran und gleich fertig. Ich hab gerade ein tolles Logo entworfen – glaub mir, Wolfgang, das wird unserem Keks-König gefallen.«

»Logo? Was denn für ein Logo? Davon war nie die Rede, Herr Herz hat das nicht bestellt!«

»Er wird es lieben, vertrau mir«, flötete sie überfreundlich ins Telefon. Eine halbe Flasche Wein machte einen wunderbar sanft, stellte sie entspannt fest.

»Dir vertrauen? Seit zwei Tagen muss ich dir hinterhertelefonieren, weil du deiner Arbeit nicht die nötige Priorität angedeihen lässt. Hundertmal hab ich heute versucht, dich zu erreichen, aber du gehst ja nicht ran. Wenn ich dich dann doch mal an der Strippe habe, vertröstest du mich. Und du sprichst von Vertrauen? Wir werden mit diesem Auftrag so was von auf die Schnauze fallen, wenn du nicht endlich in die Gänge kommst, mein Fräulein!«

Sandra hatte das Telefon ein Stück vom Ohr genommen, weil er recht laut geworden war. Bei »mein Fräulein« musste sie kichern. Das hatte ihr Vater früher auch immer gesagt, wenn er mit ihr geschimpft hatte.

»Hab ich irgendwas Lustiges von mir gegeben?«, kam prompt die wütende Frage von ihrem Chef.

»Ich bin fast fertig, in einer halben Stunde hast du alles. Gute Nacht.« Ohne auf eine Antwort zu warten, beendete sie das Gespräch und legte das Handy neben sich auf die Couch.

Keine Minute später klingelte es erneut.

*Wolfgang!*

Sandra ging tunlichst nicht dran.

»Du kannst mich mal«, murmelte sie vor sich hin und widmete sich wieder ihrer Arbeit.

Ein »Ping« verriet ihr, dass eine Nachricht eingegangen war. Eine WhatsApp von Wolfgang.

Einige Zeit arbeitete sie weiter, dann ließ ihr die Neugier, was er geschrieben hatte, keine Ruhe mehr.

*Mach das nie wieder! Wenn du noch einmal mitten im Gespräch auflegst, fliegst du raus!*

Na und, dachte sie seltsam unbeeindruckt. Wenn ich schon nicht nach London fliegen darf, dann fliege ich eben aus dem Job. Und wenn sie ihn jetzt am Telefon gehabt hätte, dann hätte sie ihm das genauso gesagt. Vielleicht war es ganz gut, dass sie ihn nicht am Telefon hatte. So war sie wenigstens noch nicht arbeitslos.

Um ungestört denken zu können, suchte und fand sie im CD-Regal neben der Stereoanlage die passende Musik: *Best of Rock Christmas.* Sie legte die Scheibe ein und drehte die Lautstärke ordentlich hoch. Wahrscheinlich konnte die Nachbarschaft ihre Musik mithören, aber das war ihr egal. Das war ihr schon als Teenager egal gewesen. Ihren Eltern weniger, die waren oft schreiend ins Zimmer gekommen – schreiend, weil sie sonst nicht gehört hätte, dass sie leiser machen sollte.

Kurz tanzte sie beim ersten Lied mit, dann ließ sie sich auf die Couch plumpsen und nahm den Rechner wieder auf den Schoß. Nach einem großen Schluck vom wirklich köstlichen Wein legte sie los. In der nächsten Stunde arbeitete sie intensiv, nippte nur gelegentlich an ihrem Glas und stand nur einmal auf, um die CD von vorn zu starten.

Als sie fertig war, speicherte sie alles ordentlich ab und stellte den Laptop neben sich. Natürlich hätte sie die Entwürfe gleich an ihren Chef schicken können, aber sie wollte sich lieber noch einmal alles in Ruhe durch den Kopf gehen lassen. Außerdem war er um diese Uhrzeit ganz sicher nicht mehr im Büro, es eilte also nicht. Sie schenkte sich noch einmal nach und beobachtete dann entspannt das verglühende Holz im Kamin. Ein Blick auf die Uhr sagte ihr, dass sie schlafen gehen sollte, wenn sie in ein paar Stunden einigermaßen erholt Bäckerin spielen wollte. Aber um ins Bett zu gehen, war sie noch viel zu wach. Ihr Blick fiel auf die hübsche Dose, die sie von Mai bekommen hatte. Richtige Mädchen-Kekse, dachte sie, als sie den Deckel öffnete und die pinkfarbenen Herzen betrachtete.

Ob sie Einhörner malen könne, hatte die Kleine gefragt. Und schon saß Sandra wieder mit dem Laptop auf dem Schoß da und entwarf in ihrem Zeichenprogramm ein Pferd mit wallender Mähne, kräftigem Schweif und freundlichem Gesicht. Zuletzt verpasste sie ihm ein Horn auf die Stirn und kolorierte das niedliche Tier in verschiedenen Rosatönen. Da daneben noch Platz war, zeichnete sie noch eine kleine Prinzessin, die wie Mai aussah. Und sie malte der Prinzessin noch einen Keks in Herzform in die Hand, der genauso pink glasiert und mit Liebesperlen verziert war wie Mais Plätzchen. Dieses Bild würde ihrer kleinen Freundin ganz bestimmt gefallen.

Zuletzt verpasste sie dem Tier noch eine Kette mit einem Herz-Anhänger – besser gesagt mit dem Herz-Logo, das sie gerade für die Keks-Kampagne entworfen hatte und das Wolfgang nicht haben wollte. Zufrieden klappte sie den Rechner zu und trank den letzten Schluck Wein. Wenn sie so weitermachte, wäre der Weinkeller ihres Vaters bald leer. Aber immerhin hatte sie jetzt die richtige Bettschwere.

Nachdem sie sich ausgiebig gestreckt hatte, stand sie auf und brachte ihr Leergut in die Küche. Als sie zurück ins Wohnzimmer kam und ihren Computer auf dem Couchtisch stehen sah, fiel ihr siedend heiß ein, dass sie die Entwürfe noch an Wolfgang rausschicken musste. Also klappte sie den Rechner wieder auf, aktivierte das E-Mail-Programm und schrieb: *Lieber Wolfgang, hier die neuesten Entwürfe. Ich hoffe, der Herz-Keks-Mann ist diesmal endlich zufrieden. Gruß, Sandra.*

Dann hängte sie die Datei an und setzte Friedhelm Herz als zweiten Empfänger ins CC. Mit dem Cursor suchte sie den Senden-Button, wartete einen kurzen Moment und schickte die Mail dann mit einem Klick an Chef und Auftraggeber raus.

Zufrieden löschte sie das Licht und ging nach oben.

Ihr Handy surrte und pingte noch ein paarmal, aber das ignorierte sie. Lächerliche vier Stunden Schlaf lagen vor ihr, und sie wollte jede einzelne Minute davon nutzen.

# Kapitel 18

## Mitten in der Nacht

Es dauerte einige Zeit, bis das Weckerklingeln ihres Handys in ihr nach Schlaf lechzendes Unterbewusstsein vordringen konnte. Todunglücklich schaltete sie die Nachttischlampe ein und setzte sich auf, damit sie nicht wieder wegdämmern konnte. Sie fragte sich, was einen Menschen dazu treiben konnte, freiwillig Bäcker werden und jede Nacht um diese unmenschliche Uhrzeit aufstehen zu wollen. Okay, sie war so verrückt gewesen, sich darauf einzulassen – aber es war ja nur für kurze Zeit, das würde sie schon irgendwie durchstehen. Aber die Vorstellung, das ein ganzes Arbeitsleben lang tun zu müssen, war gruselig. Sie war eher der Spät-ins-Bett-gehen-und-morgens-länger-schlafen-Typ. Ihr war klar, dass diese Zeit in der Backstube ihren wunderbar eingependelten Biorhythmus völlig über den Haufen werfen würde. Bäcker war definitiv das Allerallerletzte, was sie sich jemals als Beruf ausgesucht hätte.

Unter ihrer Decke war es so wunderbar warm und kuschelig – sie hatte null Bock auf die Kälte jenseits des Fensters, hinter dem es stockdunkel war. Trotzdem schlug sie die Bettdecke zurück und schwang die Beine in die unangenehme Kühle ihres Zimmers. Gähnend schlüpfte sie in die Hausschuhe ihres Vaters und schlurfte hinüber ins Bad.

Die Frau, die sie verschlafen und völlig verstrubbelt aus

dem Spiegel heraus ansah, kam ihr nicht einmal annähernd bekannt vor.

Beim Zähneputzen wäre sie beinahe im Stehen eingeschlafen. Erst als sie sich zwei Handvoll kaltes Wasser ins Gesicht geworfen hatte, wurden die Schlitze ihrer Augen etwas größer. Nach einer minimalen Katzenwäsche schlüpfte sie wie betäubt in ihre Kleider vom Vortag. Sie konnte gar nicht aufhören zu gähnen. Flüchtig bürstete sie ihr schulterlanges Haar und band es zu einem Pferdeschwanz hoch. Schön war anders, aber in der Backstube war niemand, dem sie gefallen musste.

Der Gedanke, dass sie gleich durch die eiskalte Nacht marschieren sollte, war alles andere als angenehm. Sie ging nach unten, das Thermometer in der Küche verriet ihr, dass draußen minus acht Grad auf sie warteten. Ob es weitergeschneit hatte, konnte sie wegen der Dunkelheit vor dem Fenster nicht sehen. Da sie keine Zeit mehr hatte, sich einen Kaffee zu kochen, trank sie den kalten Rest vom Vortag, der noch in ihrer Tasse war. Hunger hatte sie keinen, aber so ganz ohne was im Magen wollte sie dann doch nicht los. Zwei von Mais rosa Keksen kamen ihr da gerade recht.

Die Stille, in die sie eintauchte, als sie aus der Haustür trat, war beinahe greifbar. Das gab es in München nicht – zu keiner Uhrzeit.

Entschlossen zog sie die Tür hinter sich zu. Sie blieb auf dem Eingangspodest stehen, bis das Licht mangels weiterer Bewegungen mit einem leisen Klicken ausging. Kurz ließ sie die Stimmung der Winternacht auf sich wirken, dann schloss sie die Knöpfe ihres Mantels, wickelte sich den Schal um den Hals und stieg mit tief in den Manteltaschen vergrabenen Händen die beiden Stufen hinab. Das Licht sprang sofort wieder an und beleuchtete die Winterwelt vor ihren Füßen. Zum Glück war nicht so viel neuer Schnee gefallen, dass sie die weiße Pracht hätte wegkehren müssen. Unter ihren Schuhsohlen knirschte es bei jedem Schritt.

Mit leisem Quietschen öffnete sie das Gartentürchen und ging dann den menschenleeren Westring entlang in Richtung Zentrum.

Kein einziges Fenster war erleuchtet, kein Auto fuhr um diese Uhrzeit. Alle durften in ihren warmen Betten liegen und schlafen, nur sie nicht. Und Ewald Burger natürlich auch nicht, aber diese Tatsache tröstete sie nicht wirklich. Er hatte sich diesen Beruf schließlich ausgesucht, sie war dazu gekommen wie die Jungfrau zum Kinde. Ihr Job als Grafikdesignerin war tausendmal besser: anständige Arbeitszeiten, nämlich Gleitzeit, ab und an auch Homeoffice, ein schickes, warmes Büro, nette Kollegen ...

Apropos Kollegen. Sie nestelte ihr Handy hervor, um nachzusehen, ob ihr Chef sich schon gemeldet und sich im besten Fall für ihre ordentliche und vor allem pünktlich abgelieferte Arbeit bedankt hatte.

Da waren sogar jede Menge Nachrichten, musste sie feststellen. Drei davon waren von Paul, die sie ignorierte. Er musste längst in England sein, was zum Henker wollte er also noch von ihr?

Zwei WhatsApp-Nachrichten waren von ihren Eltern. *Hallo, wie geht es Herrn ...?* Mehr konnte sie nicht lesen, ohne die Nachricht zu öffnen. Mist, sie hatte vergessen, ihnen mitzuteilen, was mit Herrn Burger los war.

Von ihrem Chef waren es sogar fünf Nachrichten, die er ihr nach ihrem letzten Telefonat geschickt hatte. Sprachnachrichten. Sie klickte die erste davon an, die, die er geschätzt nach dem Erhalt ihrer Entwürfe aufgesprochen hatte.

*»Bist du wahnsinnig geworden?«*, brüllte seine Stimme in die Stille der Nacht hinein. Hastig regelte Sandra die Lautstärke nach unten. *»Oder hast du gesoffen?«*, kam es jetzt etwas gedämpfter aus dem Lautsprecher.

Erschrocken stoppte sie die Wiedergabe und blieb stehen. Sie fragte sich, welche Laus ihm da über die Leber gelaufen war, dass er sich dermaßen aufregte. Es hörte sich beinahe so an, als bekäme er jeden Moment einen Herzinfarkt. So übel waren ihre neuen Entwürfe doch gar nicht. Schlicht, aber doch irgendwie edel – die mussten sogar ihm gefallen haben. Sicher war dieser Wutanfall für jemand ganz anderen bestimmt gewesen. Sie ließ die Nachricht weiter abspielen.

*»Willst du mich verscheißern?«*, seine Stimme überschlug sich jetzt beinahe. *»Herr Herz wird dir den Kopf abreißen. Und wenn er es nicht macht, dann werde ich das erledigen – mit Genuss sogar. Einhörner und Pink, geht's noch? Du bist gefeuert!«*

Die Nachricht war zu Ende, und es herrschte eine wahre Totenstille. Sandra glaubte, die einzelnen Schneeflocken, die wieder zu rieseln begonnen hatten, auf dem Boden aufkommen zu hören.

Einhörner und Pink? Was redete er denn da? Sie war völlig perplex. Ein Einhorn in Pink hatte sie für Mai gezeichnet, aber davon konnte er doch gar nichts wissen. Es sei denn ... Ihr Herz setzte ein paar Schläge aus, bevor es umso heftiger weiterschlug.

Fuck, hatte sie heute Nacht die falsche Datei rausgeschickt?

Wie gelähmt stand sie da und wusste nicht, was sie jetzt tun sollte. Zurückrennen und schnell die richtige Datei an ihren Chef senden? Damit könnte sie eventuell noch ihren Job retten. Aber dann käme sie zu spät in die Backstube und würde ihren Lieblingsbäckermeister enttäuschen.

Kurze Zeit war sie hin- und hergerissen. Dann setzte sie sich in Bewegung – in normalem Schritttempo und in Richtung Bäckerei.

Aus welchem Grund auch immer war es ihr im Moment wichtiger, ihr Versprechen an Ewald Burger einzuhalten. Wenn sie die Entwürfe wegschickte, wenn sie in ein paar

Stunden aus der Backstube kam, dann wäre das noch vor der Zeit, zu der Wolfgang normalerweise ins Büro kam. Sie würde sich entschuldigen, was von einem launigen Scherz erzählen, und dann wäre hoffentlich alles wieder gut.

Und wenn nicht?

Dann müsste sie sich schnellstens etwas einfallen lassen.

Ein Gutes hatte die Sprachnachricht ihres Chefs dann aber doch: Sie war jetzt hellwach.

# Kapitel 19

## Meister fallen nicht vom Himmel

Mit dem Zwei-Uhr-Läuten der Stadtkirche stand Sandra vor der Bäckerei. Der Laden war dunkel, die Ladentür verschlossen. Aber im Durchgang zur Backstube sah sie einen Lichtschimmer. Ewald Burger war also schon bei der Arbeit.

Sie ging am Haus vorbei und um die Ecke und erreichte die hintere Tür, die nicht verschlossen war und geradewegs in den Nebenraum der Backstube führte.

»Hallo«, rief sie beim Eintreten.

Ewald Burger erschien in der Tür. »Du bist tatsächlich gekommen?«

»Na klar, war doch so ausgemacht.« Sie zog Schal und Mantel aus und tauschte beides gegen den Bäckerkittel, den sie am Abend über den Hocker geworfen hatte.

»Schon, aber ich habe nicht geglaubt, dass du tatsächlich so früh aufstehst ... für mich. Ich meine ...« Seine Stimme versagte.

Sie sah von der doppelreihigen Knopfleiste auf, mit der sie genau wie schon am Nachmittag kämpfte. Wenn sie nicht alles täuschte, funkelten da ein paar Tränen hinter den Brillengläsern.

Sie nahm ihn kurz in den Arm und drückte ihn. »Für einen anderen würde ich es ganz sicher nicht machen. Sie können sich also geehrt fühlen. Wollen wir?«

Sie sah sich in der Backstube um, in der es noch empfindlich kalt war. Was sich jedoch schnell ändern würde, wenn erst einmal die Öfen liefen.

Auf dem sauber geschrubbten Arbeitstisch standen in zwei flachen gelben Bäckerkisten unzählige kleine Tüten in Reih und Glied, gefüllt mit den Cappuccino-Hörnchen, die sie gestern hergestellt hatte, und verschlossen mit dunkelgrünen Schleifen.

»Haben Sie das etwa schon gemacht?«

Er errötete leicht. »Nein, das war Gerda.«

»Ja, ja, die gute Tante Peter. Sie ist sehr nett, nicht wahr?« Sandra zwinkerte ihm vergnügt zu.

Seine Gesichtsröte wurde eine Spur intensiver.

»Dann mal ran an die Arbeit.« Er entfloh dem peinlichen Moment, indem er in den Nebenraum ging. Mit einem schlichten hellen Kuchen auf einer Metallplatte kam er zurück.

»Den musst du zweimal durchschneiden. Die Creme habe ich schon vorbereitet.«

»Sie oder Gerda?«, neckte Sandra, während sie ihre Hände gründlich einseifte.

»Ich«, sagte er knapp. Ohne sie anzusehen, nahm er ein langes Messer von der Magnetleiste.

Schmunzelnd trocknete sie sich die Hände ab. »Finden Sie sie nun nett, oder nicht?«, bohrte sie weiter und trat an den Tisch. Dabei stieß sie mit einem Fuß an etwas, das dort direkt neben dem Hocker stand, auf dem sie ein paar Stunden zuvor gesessen hatte. Es war ein Paar funkelnagelneuer Clogs aus weißem Kunststoff.

»Für mich?« Jetzt war sie an der Reihe, gerührt zu sein.

»Straßenschuhe gehen in der Backstube gar nicht. Die hier sind noch nicht getragen, ich hab immer ein Reservepaar im Haus. Wenn sie dir zu groß sind, dann hätte ich noch ein paar dicke Socken für dich.«

Sandra zog ihre Stiefel aus, schlüpfte in die Clogs und

machte ein paar prüfende Schritte. Er hielt ihr ein Sockenknäuel hin.

Es war ein Paar wunderschöner, bunter selbst gestrickter Strümpfe. Damit passten die Schuhe wie angegossen. Und schön warm waren ihre Füße jetzt auch.

»Schuhe und Socken. Sie haben also doch damit gerechnet, dass ich komme.«

»Na ja, ich hab's gehofft. Doch wenn wir die Zeit weiter vertrödeln, dann bekommen wir nichts geschafft, und du bist dann ganz umsonst so früh aufgestanden.«

Brav stellte Sandra sich zu ihm an den Tisch. »Dann lasset die Spiele beginnen.«

»Die Böden, die du gleich schneiden wirst, sollten alle drei gleich dick sein. Wir fangen oben an.« Er deutete mit der Klinge auf die richtige Stelle. »Einfach das Messer hier ansetzen und leicht einschneiden. Dabei den ganzen Kuchen langsam drehen, bis du wieder zum Anfang dieses Schnittes kommst. Jetzt weiterdrehen und dabei mit dem Messer immer tiefer in den Teig gehen, bis man die Mitte erreicht hat.«

Sandra tat unter seinem kritischen Blick wie geheißen.

»Kann es sein, dass Sie in Tante Peter verknallt sind?«, fragte sie, während sich das Messer immer tiefer in die Kucheninnereien arbeitete.

»Würdest du dich bitte auf das Schneiden konzentrieren?«

Mit einem runden Alublech hob sie den Deckel ab. Der Schnitt war schief geraten, die Böden dadurch auch. Skeptisch sah sie ihn an.

»Kann man mit der Füllung ausgleichen. Mach weiter.«

Der zweite Schnitt gelang besser.

»Merkst du was? Man muss immer bei der Sache sein«, ermahnte er sie.

»Wenn Sie mir endlich verraten würden, ob bei Ihnen und

Tante Peter etwas läuft, dann könnte ich mich sicher besser konzentrieren.«

Er ging schon wieder weg und kam mit einer großen Schüssel zurück. »Ob etwas läuft? Was ist denn das für ein schrecklicher Ausdruck?«

»So sagt man das heutzutage nun mal.«

Mit einem Teigschaber gab er etwas von der hellbraunen Masse aus der Schüssel auf den untersten Tortenboden. »Verstreich du lieber die Creme, anstatt solche blöden Fragen zu stellen.« Er reichte ihr eine Palette.

Vorsichtig und so gleichmäßig wie möglich verteilte sie die Masse. »Sie müssen doch nur Ja oder Nein sagen.«

»Jetzt den zweiten Boden daraufsetzen und leicht andrücken«, befahl er ihr.

Als der Boden an seinem Platz saß, gab er noch mal etwas von der Creme darauf.

Dabei fiel ein Klecks daneben, den Sandra mit dem Finger aufnahm und in den Mund steckte. »Hmm, ist das lecker, was ist das?«

»Mokkacreme – also Buttercreme mit Kaffeegeschmack«, verriet er, als der Deckel auf der zweiten Cremeschicht saß. »Und jetzt musst du die Torte rundherum mit Creme bestreichen. Dabei kann man auch noch wunderbar Ungleichmäßigkeiten verschwinden lassen.«

Eigentlich fand Sandra, dass sie damit der Torte nur neue Ungleichmäßigkeiten verpasste. Aber irgendwann war Ewald Burger dann doch zufrieden damit.

Das Schlimmste kam jedoch erst noch.

»Jetzt füllst du die restliche Creme in diesen Spritzbeutel.« Er schob ihr besagtes Teil hin. »Die passende Tülle ist schon drin.«

»Tülle?«

Er deutete auf das Metallding, das unten aus dem Beutel herausragte. »Das nennt man Tülle. Für die Mokkatorte nehmen wir die große Lochtülle.«

Sandra füllte die Creme um. »Soll ich da jetzt etwa was draufspritzen?«

Er hob seine verletzte Hand. »Wer sonst, meine Liebe?«

»Das kann ich nicht. Da versau ich bestimmt die ganze Torte. Können wir sie nicht so lassen und einfach irgendwas Hübsches drüberstreuen?«

»Meine Mokkatorte bekommt Tuffs.« Er holte einen flachen, großen Teller und stellte ihn vor sie hin. »Darauf kannst du üben.«

Er erklärte ihr, wie sie den Beutel zu halten hatte und wie sie ihn am oberen Ende mit einer Hand zusammendrehen musste. Wie sie ihn mit der anderen Hand führen sollte und wie stark sie drücken musste, damit unten durch die Tülle nicht zu viel, aber auch nicht zu wenig herauskam.

Sie drehte und drückte und verzweifelte, bis der Teller voll mit völlig unterschiedlich aussehenden Cremetuffs war. Kein einziger war wirklich schön geworden.

»Ich kann das nicht, Herr Burger.«

Statt sie zu erlösen, kratzte er die Cremetuffs zurück in die Schüssel und stellte ihr den Teller wieder hin.

»Weiterüben«, sagte er streng. »Es ist noch kein Meister vom Himmel gefallen.«

Sandra spritzte Tuff um Tuff, und siehe da, sie wurden immer besser und vor allem gleichmäßiger. Immer weniger zögerlich presste sie die feine Creme durch die Tülle. Ja, es machte ihr sogar richtig Spaß.

»Und jetzt auf die Torte.«

Das dämpfte ihren Tatendrang enorm. Und als dann alles an Creme wieder im Beutel war, wurde ihr mulmig.

»Jetzt machst du das wie bei deinen letzten Tuffs: Den Beutel immer mit dem gleichen Druck bearbeiten, die Tüllenspitze immer an der gleichen Stelle ansetzen und dann immer mit dem gleichen Schwung aufspritzen …« Abwartend sah er sie an, während sie Angst vor dem ersten Tuff hatte. »Na los, worauf wartest du noch? Die Creme wird in deiner Hand von Minute zu Minute wärmer und dadurch flüssiger. Das wird schon.«

Der erste Tuff war gut, der zweite auch. Der dritte wurde zu breit. Ewald Burger kratzte ihn mit dem Messer von der Torte und ließ sie die Oberfläche wieder glatt streichen. Und irgendwann saßen tatsächlich zwölf wunderschöne kleine Cremeberge auf dem oberen Rand der Torte. Und der letzte, der dicke in der Mitte, wurde Sandras absolutes Meisterwerk. Auf jeden Tuff kam noch eine Schoko-Mokkabohne, dann war es vollbracht.

Sie war rundum glücklich, als das zugegeben wunderbare Teil endlich im Kühlschrank stand. Eine knappe Stunde hatte sie dafür gebraucht.

Natürlich bemerkte sie Ewald Burgers nervösen Blick auf die Wanduhr.

»Ich bin zu langsam, ich weiß.« Sandra war von sich selbst enttäuscht.

»Nein, nein, du machst das gut. Wir schaffen das schon. Die nächste Torte geht schneller. Sie ist schon gefüllt, wir müssen sie nur noch bestreichen und verzieren. Die Sahne dafür ist auch schon geschlagen.«

Das, was er vor ihr abstellte, wurde von einem hohen Tortenring zusammengehalten. Vorsichtig entfernte sie den Metallring, und zum Vorschein kamen eine rote und eine weiße Schicht zwischen dunklen Schokoböden. Ein wohlbekannter Duft stieg Sandra in die Nase.

»Schwarzwälder Kirsch«, diagnostizierte sie. Und sofort hatte sie das Bild einer fertigen Schwarzwälder Kirschtorte vor Augen: rundherum eine glatte Sahneschicht, obendrauf dicke Sahnetuffs – schon wieder! –, mit je einer Kirsche, und Schokoraspel am äußeren Rand.

»Haben Sie die allein gefüllt? Oder hat Gerda Ihnen da auch geholfen?«

»Frau Peter hat mir netterweise zur Seite gestanden.« Er

schob ihr die Schüssel mit der geschlagenen Sahne und eine frische Palette hin.

Wie bei der Mokkatorte gerade geübt trug sie erst auf dem Deckel dick Sahne auf, dann rundherum auf dem Rand.

»Läuft da jetzt was zwischen Ihnen und Tante Peter? Sie haben mir das noch nicht beantwortet.«

»Gibst du denn niemals Ruhe?«

»Nein, niemals, da können Sie meine Eltern fragen.« Diesmal gelang ihr das mit dem Glattstreichen schon viel besser.

»Na ja«, druckste er herum, ohne ihr dabei in die Augen zu sehen. »Ich finde, sie ist eine ausgesprochen nette Dame.« Gleichzeitig versuchte er, den Deckel von einem Plastikeimer runterzubekommen, schaffte es aber nicht.

»Wusst ich's doch, Sie alter Schwerenöter. Ich glaube, sie mag Sie auch.« Sie legte die Palette ab und half ihm mit dem Deckel. Es waren Schokoraspel, von denen sie noch nicht wusste, wie sie sie auf den Tortenrand bekommen sollte.

»Meinst du wirklich?« Jetzt sah er sie doch an. Seine Augen funkelten aufgeregt hinter den Brillengläsern, seine Wangen waren gerötet.

So, wie er strahlte, hatte es ihn voll erwischt.

»Aber ja, ganz bestimmt. Sie sollten auf jeden Fall mal mit ihr ausgehen.«

»Ausgehen, aha.«

»Ja, zum Essen oder ins Kino. Oder zum Tanzen. Was man halt in Ihrem Alter so macht.«

»Keine Ahnung, was man in meinem Alter so macht.« Er klang beinahe verzweifelt.

»Dann fragen Sie Tante Peter einfach, was sie gern machen würde.«

»Mal sehen«, sagte er ausweichend.

»Feigling«, frotzelte Sandra vergnügt.

»Das hat doch nichts mit Feigling zu tun. In meinem Alter ist es nicht mehr so einfach. Ich bin, was das Flirten angeht, ganz aus der Übung.«

»Was soll schon passieren?«

»Ich könnte sie kompromittieren ...«

Sandra musste kichern. Kompromittieren ... Altmodischer ging es nicht.

»Das Schlimmste, das passieren könnte, wäre, dass sie Ihnen einen Korb gibt.«

»Eben. Aber jetzt die Torte.«

Er erklärte ihr genau, wie schräg sie die Torte halten musste, damit die Schokoraspel am Rand hängen blieben, wenn man sie auf den Sahnerand rieseln ließ. Ein paar Stellen musste sie per Hand ausbessern, aber grundsätzlich stellte sie sich recht geschickt dabei an. Fand Sandra zumindest. Dann kamen die Tuffs, die diesmal einwandfrei und vor allem alle beim ersten Mal gelangen. Mit einer kandierten Kirsche auf jedem Sahnetupfer sah das Ganze schon recht lecker aus. Noch ein paar Schokoraspeln in die Mitte des Deckels gestreut, und schon war die Torte fertig. In einer wahren Bestzeit von dreißig Minuten.

# *Kapitel 20*

## Das Bäcker-Einmaleins

»Da haben wir ja schon richtig was geschafft«, freute sich Sandra, als sie ihr Werkzeug spülte und alles an seinen Platz räumte.

»Das waren gerade mal 100,- Euro an Einnahmen«, rechnete er ihr vor, als er mit ihr in den Nebenraum ging. Vor einem der beiden großen Edelstahlschränke mit Glastüren, denen Sandra noch keine Beachtung geschenkt hatte, blieb er stehen. Mit kritischem Blick kontrollierte er den Inhalt durch die Scheibe.

»Da gehen noch die Zutaten und die Steuer weg, viel bleibt also nicht übrig. Deine Arbeitszeit ist da noch gar nicht berücksichtigt, Energie und Raumkosten auch nicht.« Er öffnete die Tür eines Gärschranks, und der unangenehm säuerliche Geruch waberte ihnen entgegen. »Unser Sauerteig ist bereit. In den Schränken herrscht eine kontrollierte Umgebung, sprich die ideale Temperatur und Luftfeuchtigkeit, damit gärende Teige wie der Sauerteig immer gleich gut gelingen.« Er deutete auf eine große Wanne, die ganz unten stand. »Die brauchen wir.«

Da Sandra die Wanne nicht allein tragen konnte und er mit einer Hand keine Hilfe war, zerrte sie sie aus dem Schrank und schob sie einfach über den Boden. Mit drei Händen wuchteten sie sie dann auf den Arbeitstisch.

»Bei den beiden Torten bleibt dann ja fast nichts hängen!«, kam sie auf das vorhergehende Thema zurück. »Und ich dachte immer, so ein Stück Torte im Café ist mit 4,- oder 4,50 Euro völlig überteuert. Das ist ja verrückt. Warum machen Sie das überhaupt, wenn man fast nichts dabei verdient?«

»Weil es so was wie eine Mischkalkulation gibt. Was ich an den Torten wegen des hohen Waren- und Arbeitseinsatzes weniger verdiene, mache ich mit Brot und Brötchen, deren Zutaten billiger sind, und mit der geringeren Arbeitszeit, die zur Herstellung benötigt wird, wieder wett. Außerdem gibt es keinen wunderbareren Job als meinen.«

Sandra war immer noch geschockt. »Wenn dann aber jemand noch Pacht und Angestellte bezahlen muss – das kann ja gar nicht funktionieren.«

»Deshalb sterben die kleinen Bäckereien auch aus – oder es werden fertige Gebäckrohlinge eingekauft, die dann nur noch aufgetaut und aufgebacken werden müssen. Die kosten zwar auch, aber es reduziert die teure Arbeitszeit. Und das benötigte Personal.«

»Und irgendwann gibt es dann überall das Gleiche zu kaufen«, schlussfolgerte sie.

Er sah sie erstaunt an. »Ja, genau, dann schmeckt das Brot von Bäcker A genau wie das Brot von Bäcker B – nämlich genau wie das Zeug der Bäckereiketten. Keine Individualität mehr.«

Er holte eine einfache Küchenwaage aus dem Regal und stellte sie neben die Wanne. Dann trennte er von dem Riesenklumpen mit einem Werkzeug, das wie ein großer Spachtel eines Fliesenlegers aussah, ein handliches Stück ab und legte es auf die Waage. Nachdem er einen kleinen Zipfel abgezupft hatte, weil es zu schwer gewesen war, ließ er es vor Sandra auf den Tisch plumpsen. Für sich schnitt er ein gleich großes Teigstück ab. Er griff in einen Sack mit Roggenmehl und verteilte eine Handvoll davon vor sich und Sandra auf dem Tisch.

»Und jetzt wird geknetet.« Er machte es ihr mit seiner heilen Hand vor. Es sah routiniert und vor allem sehr leicht aus.

Sandra griff in den Teig, der weich und ein wenig klebrig war, was sich aber nicht unangenehm anfühlte. Und er war warm.

»Mit den immer gleichen Bewegungen knetest du so lange Mehl ein, bis der Teig geschmeidig und nicht mehr klebrig ist. Dann beginnt die eigentliche Arbeit: Mit dem Handballen drückst du tief in den Teig hinein, dann arbeitetest du immer von außen zur Mitte hin. Teigrand aufnehmen und in die Mitte einarbeiten.«

Sandra sah genau zu, wie er das mit einer Hand machte, und arbeitete synchron zu ihm.

»Dabei den Teig immer um sich selbst drehen.«

Sie knetete und drehte dabei. Und sie fand Gefallen an dieser Arbeit. Das Schöne daran war, dass es hier nicht um Feinheiten ging, sondern dass sie kraftvoll in den Teig greifen durfte. Im Vergleich zum Tortenverzieren war es eine wunderbar derbe Handarbeit – einfach nur kräftig zulangen und kneten.

Ewald Burger hantierte derweil an einer großen Teigknetmaschine herum, in deren riesig wirkende Rührschüssel aus Edelstahl er, während sie lief, verschiedene Zutaten schüttete.

Das gleichmäßige Geräusch des rotierenden Knethakens erfüllte den Raum. Dann stellte er noch einen schiefen Turm aus mehlbestäubten runden Körben aus Rattan vor ihr ab.

»Merkst du schon was?«, fragte er, als er wieder neben sie trat und sein Stück Roggenteig weiterbearbeitete.

»Was soll ich denn merken?«

»Dass der Teig sich verändert.«

»Er ist jetzt kompakter, aber trotzdem elastisch, und er klebt gar nicht mehr.«

»Dann ist er perfekt. Dreh ihn doch mal um.«

Als sie das tat, lag eine wunderbar runde Teigkugel mit straffer, glatter Oberfläche vor ihr.

»Genau so muss dein Brotteig aussehen. Jetzt legst du die Kugel mit der Rundung in einen der vorbereiteten Gärkörbe.« Er demonstrierte es, indem er den obersten Korb nahm, mit etwas Mehl ausstäubte und sein perfekt geformtes Brot hineinlegte.

»Und jetzt muss es noch mal für eine Stunde in den Gärschrank.«

Sandra trug die beiden Körbe hinüber. Als sie zurückkam, lagen schon die nächsten Teigklumpen auf ihrem und seinem Platz. Mit Elan machte sie sich wieder ans Kneten.

»Wie viele Brote ergibt der Teig?«, wollte sie zwischendurch wissen.

»Etwa dreißig.«

Das bedeutete: dreißigmal kräftig kneten. Und das war nur *eine* Brotsorte! Dabei taten ihr jetzt schon die Hände weh.

»Was kommt danach?«

»Die Milchbrötchen, der Teig ist gerade in der Maschine. Dann das Mischbrot, Baguettes und die Roggen- und Vollkornbrötchen. Alles andere lassen wir vorerst weg.«

»Alles andere?« Für Sandra hörte sich das geplante Sortiment schon nicht machbar an. Dabei arbeiteten sie zu zweit mit drei Händen, anstatt wie sonst Ewald Burger allein und nur mit zweien.

»Laugenbrezen, Körnerstangen, Kastenweißbrot, Croissants …«

»Stopp, Stopp, Stopp – wollen Sie mir jetzt tatsächlich weismachen, dass Sie das alles sonst jeden Tag ganz allein backen?«

»So ist es – gute Organisation ist alles. Wie ich dir gestern schon sagte: Die Arbeit in der Backstube muss funktionieren wie ein Uhrwerk.«

»Tja, und ich bin dann ja wohl das Sandkorn, das dieses Uhrwerk zum Stocken bringt.«

Er tätschelte ihr tröstend auf die Schulter. »Du machst das sehr gut, liebe Sandra. Ohne dich würde das Uhrwerk nämlich gar nicht laufen, das Sandkorn ist meine doofe Hand.«

Einige Zeit kneteten sie schweigend weiter, ein Brot nach dem anderen wanderte zum Gehen in den Gärschrank.

Dann hielt Ewald Burger plötzlich inne und sah sie an. »Hast du das mit deiner Arbeit gestern noch geschafft? Die Entwürfe für diese Müll-Kekse?«

»Ja, das habe ich tatsächlich geschafft.« Was ja nicht gelogen war.

»Und, ist dein Chef jetzt zufrieden?«

»So zufrieden, dass er mich gefeuert hat«, erzählte sie, ohne mit dem Kneten zu pausieren.

»Soll das ein Scherz sein?«

»Nein, das ist purer Ernst. Ich hab ihm aus Versehen eine falsche Datei geschickt, woraufhin er völlig ausgeflippt ist, und – Schwupps! – schon war ich arbeitslos.«

»Ach herrje, das tut mir leid. Kannst du das nicht wieder hinbiegen? Wenn du ihm die richtige Datei schickst?«

Sie legte das fertig geknetete Brot in einen der Körbe und brachte ihn ins Nebenzimmer

»Ja, vielleicht«, sagte sie, als sie zurückkam. Genauso, wie der Bäcker es ihr gezeigt hatte, stach sie die nächste Portion vom vorgegangenen Teig ab, wog sie, korrigierte das Gewicht mit einem kleinen Teigstück nach oben und kehrte damit an ihren Arbeitsplatz zurück. Sofort begann sie mit dem Kneten.

»Vielleicht ist es aber auch an der Zeit, dass ich mir einen neuen Job suche. Neues Single-Leben, neue Wohnung, neuer Job – ein Neuanfang auf der ganzen Linie.«

»Neue Stadt fehlt noch. Komm doch zurück nach Markingen.«

Sandra verdrehte die Augen. »Das wird ganz sicher nicht passieren. Nicht mal, wenn es hier einen Cannabis-Club geben sollte. Ich bin froh, dass ich hier weg bin.«

»Cannabis-Club?«, fragte er irritiert.

»Falls ich zurückkäme, könnte ich das nur unter Drogen ertragen. Unter viel Drogen.«

»Was hast du denn gegen unser hübsches Städtchen?«

»Kaff ist wohl die bessere Bezeichnung. Da könnte ich mir meine Karriere gleich abschminken. Hier ist man doch lebendig begraben.«

»Und wenn du dein eigenes Werbedesign-Büro eröffnest?«, schlug er vor.

»Für wen soll ich hier die Werbung machen? Für die sterbende Schuhindustrie oder das marode Hotel? Lieber Herr Burger, ich bleibe definitiv in München.« *Oder ich gehe nach London.*

»Feigling.« Mit einem süffisanten Lächeln bestäubte er die Innenflächen der restlichen Brotbackkörbe mit Mehl.

»Das ist bei mir doch ganz was anderes als bei Ihnen. Bei Ihnen geht es darum, ob Sie den Rest Ihres Lebens allein bleiben oder doch lieber glücklich und zufrieden mit jemandem zusammen sind.«

»Du willst also nicht glücklich und zufrieden sein?«

»Doch, natürlich, aber ganz sicher werde ich das nicht in Markingen hinkriegen. Alle meine Freunde, alle Klassenkameraden von früher sind weggegangen – es ist also außer meinen Eltern, ein paar Nachbarn, Ihnen und Gerda Peter niemand mehr da, den ich kenne. In meinem Alter schon mal gar nicht. Tut mir leid, das genügt mir nicht zum Glücklich- und Zufriedensein.«

Ganz abgesehen davon, dass sich ihre kleine Schwester über sie totlachen würde. Zu Recht.

»Dann lernst du eben neue Menschen kennen. Der Sohn der Voglers, der ist übrigens auch wieder hergezogen.«

»Frank, ja, ich weiß. Bei ihm ging es aber nicht anders: Witwer mit kleinem Kind und dann Arzt in Fulltime. Ihm blieb ja gar nichts anderes übrig. Das ist bei mir aber anders. Mit meinem Studium kann ich schließlich überall auf der Welt arbeiten.«

»Wenn du meinst.«

»Ja, das meine ich. Außerdem: Was soll man hier in seiner Freizeit unternehmen? Das Kino hat schon vor Jahren zugemacht, und um in irgendein Theater gehen zu können, muss man eine halbe Weltreise machen. Von Kunst und Konzerten ganz zu schweigen. Aber halt – ich könnte natürlich Papas Chor beitreten und *Hoch auf dem gelben Wagen* mitträllern. Da würde ich immerhin den Altersdurchschnitt ein wenig senken.«

»Mach dich nur über unser wunderschönes altes Liedgut lustig, du junge Göre. Du willst also mehr Kultur bei uns? Schon geschehen: Seit zwei Jahren haben wir einen Kulturverein, der die alte Schuhfabrik übernommen hat und ein buntes Programm anbietet. Ausstellungen, Konzerte und auch Theatervorführungen.«

»Mit der Laienspielgruppe Markingen?«, spöttelte sie.

»Eine Laienspielgruppe haben wir noch nicht – die könntest du ja dann gründen, wenn du zurückkommst.«

»Vergessen Sie's.«

»Für Kinder ist es hier doch auch viel schöner als in der Großstadt. Hier können sie noch auf der Straße spielen und gefahrlos durch den Wald streifen.«

»Ich habe aber keine Kinder. Ich habe nicht mal mehr einen festen Freund, schon vergessen?« Zornig schlug sie mit der Faust auf den unschuldigen Brotteig ein.

»Der wird sich schon finden.«

»Mag sein, aber ganz sicher nicht in Markingen, lieber

Herr Burger. Wenn ich überhaupt aus München weggehen sollte, dann ziehe ich nach London.«

»London?«

»Ja, London. Das ist nach München die schönste Stadt der Welt«, sagte Sandra mit schwärmerischem Blick.

Der Teig in der Wanne hatte kontinuierlich abgenommen, jetzt kratzte Ewald Burger die letzten Teigreste zusammen, und Sandra knetete das allerletzte Roggenbrot. Doch bevor sie sich über das Geschaffte freuen konnte, schaltete er die Teigmaschine aus und ließ sie die riesige Metallrührschüssel herausnehmen. Dann rollte er einen Teewagen an den Tisch, auf dem ein viereckiger Edelstahlkasten stand, dem sie bisher keine Beachtung geschenkt hatte. Oben befand sich ein großer Metalltrichter, seitlich ein Bedienfeld mit verschiedenen Knöpfen, und mittig kam etwas aus dem Bauch des Kastens, das aussah wie ein Transportband im Supermarkt, nur in klein und mit blauem Band.

Sandra hatte nicht die blasseste Ahnung, was man damit machen konnte.

»Das ist mein Zauberkasten«, sagte Ewald Burger auf ihren ratlosen Blick hin. »Oben machen wir den Brötchenteig rein, unten kommt er perfekt portioniert raus. Damit könnte ich in einer Stunde bis zu 2000 exakt gleiche Teiglinge herstellen, die ich dann nur noch kurz in Form bringen muss. Wir machen von dieser Sorte aber nur hundertfünfzig Stück.

*Nur hundertfünfzig!*

Während sie den wunderbar lockeren Hefeteig aus der Knetschüssel in den Trichter füllte, holte Herr Burger einen großen Stapel leerer Bleche aus einem der Rollwagen.

Dann programmierte er die Maschine. Sein Zeigefinger schwebte über dem Startknopf. »Bist du bereit?«

Sandra nickte, obwohl sie nicht wusste, was genau da auf sie zukam.

Nachdem er gedrückt hatte, setzte sich im Inneren des

Kastens ein Motor in Gang, und das kleine Transportband kam in Bewegung. Kurz darauf erschien das erste Teigstück in Größe einer Kinderfaust.

Ewald Burger nahm es vom Band, rollte es kurz mit seiner gesunden Hand auf der bemehlten Arbeitsplatte hin und her und legte es dann auf das oberste Backblech. Gerade als er damit fertig war, erschien das nächste Teigstück, das er sofort wie den Vorgänger bearbeitete.

»So kann ich auch allein recht schnell eine größere Menge Brötchen formen. Zu zweit programmiert man einfach eine höhere Geschwindigkeit, und dann flutscht es nur so.«

Er hielt die Maschine an, nahm das zuletzt erschienene Teigstück und machte ihr ganz langsam vor, wie sie es zu rollen hatte. »Nicht drücken, nur ein bisschen rollen und dabei in eine längliche Form bringen. Ganz einfach.« Dann startete er die Maschine erneut. Mit gemischten Gefühlen nahm Sandra den nächsten Teigling, den die Maschine ausspuckte, legte ihn auf die Arbeitsplatte, und kurz darauf hatte sie eine längliche Teigwurst, die der von Ewald Burger sehr ähnlichsah.

»Perfekt«, lobt er sie, während er in derselben Zeit drei Brötchen bearbeitet hatte.

Das nächste Brötchen hatte Sandra um einiges schneller in Form.

Während sie fleißig weiterarbeitete, setzte Ewald Burger die Teigknetmaschine wieder in Gang und gab die Zutaten für die nächste Brötchensorte in eine frische Rührschüssel. Als das erledigt war, schaltete er alle Backöfen ein.

Er kam an den Tisch zurück und kontrollierte, was Sandra inzwischen auf die Bleche gelegt hatte.

»Sehr gut, als ob du nie etwas anderes getan hättest«, lobte er sie. »Und jetzt legen wir einen Zahn zu.« Er tippte auf dem Bedienfeld herum und erhöhte die Auswurfgeschwindigkeit.

Das Wort Fließbandarbeit bekam für Sandra eine ganz neue Bedeutung.

Ewald Burgers Wangen glühten rosig, seine Augen blitzten vor Begeisterung, er war voll in seinem Element. »Macht Spaß, oder?«

Sandra nickte. Das machte tatsächlich Spaß, und vor allem war es beileibe nicht so anstrengend wie Brotteig-Kneten.

Blech um Blech belegten sie, und irgendwann war der Teig im Trichter aufgebraucht.

»Da drin bleiben sie jetzt für eine halbe Stunde«, erklärte er, als Sandra alle Bleche in den Gärschrank gebracht hatte. »Dann werden sie oben leicht eingeritzt, und danach geht es ab in den Backofen. Aber zuerst schieben wir die ersten Roggenbrote ein.«

Sandra brachte ihm die Körbe, deren Inhalt er auf einen Brotschieber aus Metall kippte und dann eines nach dem anderen in die heißen Ofenluken schob. Schon nach wenigen Minuten begann es, wunderbar nach Brot zu duften.

Ohne Pause ging es weiter. Nacheinander stellten sie noch mehr Teige her und formten Roggenbrötchen, Mischbrote, Baguettes und Körnerbrötchen.

Ein kurzes Innehalten gab es jedoch, als Ewald Burger die ersten fertig gebackenen Milchbrötchen aus dem Ofen holte. Beinahe andächtig stand Sandra daneben. Die hatte sie mit ihren Händen geformt! So goldbraun gebacken sahen sie einfach zum Anbeißen aus. Sie rochen so verlockend, dass ihr das Wasser im Munde zusammenlief.

»Na los, nimm dir eins«, sagte Ewald Burger, als ob er ihre Gedanken gelassen hatte. »Der Bäcker muss stets prüfen, ob er alles richtig gemacht hat.«

Vorsichtig angelte sie sich eins vom Blech, wohl wissend, dass es noch sehr heiß war. Mit beiden Händen brach sie es der Länge nach entzwei, heißer Dampf, gepaart mit dem Duft nach sehr frischem Hefeteig, stieg aus dem lockeren, feinporigen Inneren auf. Sandra pustete kurz, dann biss sie hinein. Die Kruste war rösch, das Innenleben zart. Es war perfekt. Noch nie hatte ein Brötchen so köstlich geschmeckt.

Und schon ging es weiter.

Zwischendurch sah Sandra immer wieder auf die Uhr – die Zeit verflog. Wundersamerweise war sie überhaupt nicht müde. Und schon bald würde der Laden öffnen.

# Kapitel 21

## Geschafft!

Es war kurz nach sechs Uhr, als ein kalter Windhauch aus dem Nebenraum hereinwehte. Die Tür in den Hof fiel geräuschvoll ins Schloss, und gleich darauf stand Gerda Peter mit kältegeröteter Nase in der Backstube.

»Sie sind zu früh, meine Liebe«, begrüßte Ewald Burger sie. Sein Gesicht zeigte unverhohlene Freude über diesen Umstand.

»Ich weiß, aber ich konnte nicht mehr schlafen. Ich bin extra gelaufen, sonst wäre ich *noch* früher gekommen. Aber ihr habt ja bestimmt etwas für mich zu tun.«

Hastig wischte Ewald Burger sich die Hände an einem Handtuch ab, um ihr gleich darauf galant aus dem Mantel zu helfen. »Sie sehen verfroren aus«, stellte er besorgt fest.

»Es ist bitterkalt da draußen. Zum Glück hat es aber zu schneien aufgehört.«

»Als ich herkam, lag noch kein Neuschnee. Ist es schlimm?« Mit dem Brotschieber holte Sandra nacheinander die fertig gebackenen Mischbrote aus dem Ofen und lagerte sie zum Abkühlen auf dem Arbeitstisch zwischen.

»Schlimm nicht, aber der Weg vor dem Laden und die Treppe müssten gekehrt und gestreut werden. Ich kann das machen, wenn ich mich ein bisschen aufgewärmt habe.« Sie trat an den Tisch und betrachtete die Brote. »Die sehen aber toll aus. Und wie es hier duftet! Ich denke, ihr beiden habt eine Belohnung verdient. Was haltet ihr von einer schönen heißen Tasse Kaffee?«

»O ja, Kaffee!«, wiederholte Sandra das Zauberwort schwärmerisch. »Ich gehe in der Zwischenzeit raus und räume Schnee.« Sie würde einen Teufel tun und das Tante Peter erledigen lassen – ein Verletzter genügte ihr vollkommen. Außerdem war es ihr in der Backstube mittlerweile sehr warm geworden, ein bisschen frische Luft würde ihr guttun.

Da ihr niemand widersprach, tauschte sie ihre Arbeitsschuhe gegen ihre Stiefel und zog den Mantel über. Als sie die Hintertür öffnete und einen letzten Blick in die Backstube warf, sah sie Ewald Burger und Gerda Peter dicht beieinanderstehen. Sie waren so ins Gespräch vertieft, dass keiner von ihnen mehr Notiz von ihr nahm.

Mit einem Lächeln trat Sandra nach draußen. Ihre Lieblingskindergärtnerin und ihr Lieblingsbäcker – was für eine süße Romanze. Niemandem gönnte sie es mehr als diesen beiden. Sie schnappte sich den Schneeschieber und den Besen, die im Hof an die Wand gelehnt auf ihren Einsatz warteten, und ging um das Haus herum zur Straße.

Tante Peter hatte recht, viel Schnee war nicht runtergekommen, aber wenn die ersten Kunden kamen, musste alles geräumt und sturzsicher sein.

Die Treppe war schnell gekehrt, der Gehweg davor war um einiges anstrengender, da der Schnee teilweise schon festgetreten war. Wer sich wohl zu nachtschlafender Zeit hier draußen herumgetrieben hatte, fragte sie sich, während sie Meter für Meter freikratzte. Nachtschwärmer, die in den frühen Morgenstunden nach Hause kamen? In München hatte sie auch gelegentlich zu diesen Nachtschwärmern gehört. Einbrecher womöglich? Automatisch musste sie an die Schneefrau in ihrem Vorgarten denken. Ein Grinsen schlich sich auf ihre Lippen. Und natürlich Zeitungsausträger. Und die, die schon sehr früh zur Arbeit mussten. Ein paar vereinzelte Autos waren auch schon unterwegs – im Schritttempo.

Erst als sie fertig geräumt hatte, arbeitete sich der erste Schneeräumdienst mit rotierendem gelbem Licht durch die Straße.

Hinter ihr ging das Licht in der Bäckerei an. Kurz beobachtete sie Gerda Peter und Ewald Burger, wie sie die ersten Backwaren in die Regale räumten. Immer wieder verschwanden sie nach hinten in die Backstube, um gleich darauf mit noch mehr Ware zurückzukommen.

Sie hatten es geschafft, der Laden lief weiter. Und sie fand, dass sie sich eigentlich gar nicht so arg dumm angestellt hatte.

Gerade lachten die beiden jenseits der Schaufensterscheibe. Ewald Burger, der alte Schwerenöter, schien einen Scherz gemacht zu haben. Es war schön zu sehen, wie er dank Gerda Peters Anwesenheit aufblühte.

Es duftete nach frischem Gebäck und nach Kaffee, als sie in die wunderbar warme Backstube zurückkam. Schon beim Schuhwechsel im Nebenraum entdeckte sie die einladend dampfende Tasse auf ihrem Arbeitsplatz. Vorsichtig nippte sie an dem heißen Gebräu. Wie gut das tat!

Ewald Burger kam zu ihr, und gemeinsam holten sie die Baguettes aus der Ofenhitze. Wie die Orgelpfeifen lagen sie auf den Blechen, auf denen sie noch ein wenig auskühlen durften, bevor sie im Verkaufsraum auf Käufer warteten.

Ewald Burger betrachtete die Weißbrote mindestens genauso andächtig wie Sandra.

»Das war wirklich ganz tolle Arbeit, die du da abgeliefert hast, Respekt. Kaum zu glauben, dass du eine blutige Anfängerin bist. Liebe Sandra, du hast jede Menge Talent.«

»Der Anfänger ist immer nur so gut wie der, der ihn anleitet«, sagte sie gerührt.

»Nein, nein, das hat gar nichts mit mir zu tun. Du verfügst über eine schnelle Auffassungsgabe. Alles, was ich dir gesagt habe, hast du sofort umsetzen können. Du hast Geschick und außerdem Geduld – und die braucht man reichlich, wenn man sechshundert Cappuccino-Hörnchen drehen oder Hunderte Brötchen formen muss. Ich bin sehr stolz auf dich und vor allem sehr dankbar. Ohne dich könnte ich den Laden heute nicht aufschließen.«

»Es war mir eine Ehre und eine Freude.« Das mit der Freude war nicht gelogen, denn so anstrengend diese Nacht auch war – und wenn man das frühe Aufstehen nicht mit in die Rechnung einbezog –, dann hatte sie nicht nur viel gelernt, sondern auch wirklich viel Spaß an der Arbeit gehabt. Auch wenn sie jetzt noch die Backstube putzen musste.

Und dann ertönte das erste Bimmeln der Ladentürglocke. Sandras Herz machte einen kleinen Salto und klopfte dann schneller. Gleich würde jemand etwas kaufen, das sie mit *ihren* Händen geknetet und geformt hatte!

Ewald Burger ging hinaus und hielt einen kleinen Plausch mit dem frühen Kunden – einem Mann, wie Sandra hören konnte. Neugierig stellte sie sich in den Durchgang, um auch ja nichts von dieser Transaktion zu verpassen.

Der Kunde orderte ein Roggenbrot, das Gerda Peter in einen der grauen Papierbögen wickelte und auf die gläserne Theke legte. Und dann erklang ein leises Klicken, das waren Gerda Peters Finger, die den Preis auf der Tastatur der Kasse eintippten, dann ein Rattern, mit dem das Geldfach aufsprang. Hin- und Rückgeld wechselten den Besitzer, mit einem »Pling« wurde die Geldschublade wieder geschlossen. Ein paar Abschiedsworte noch, dann wieder die Türbimmel, und schon hatte der erste Kunde des Tages den Laden wieder verlassen.

Ihr allererstes Brot hatte soeben den Besitzer gewechselt.

Mit stolzgeschwellter Brust trank sie ihren Kaffee aus. Dann ließ sie Putzwasser in den Eimer laufen und machte sich daran, den Boden zu schrubben. Und draußen bimmelte immer wieder die Ladenglocke.

Eine Viertelstunde später war es vollbracht. Mit schmerzendem Rücken richtete sie sich auf und schloss kurz die Augen. Aber es war nicht nur der Rücken, sie spürte auch jeden einzelnen Muskel in ihren Oberarmen und den Schultern. Sogar die Finger taten ihr weh. Kein Wunder, sie hatte gerade ein Fünf-Stunden-Bäcker-Intensivtraining absolviert. Schlagartig fühlte sie sich zutiefst erschöpft.

Aber: Sie hatte geschafft! Sie hatte die erste Backnacht überstanden.

Okay, die Arbeit hatte Spaß gemacht, aber würde es das jede einzelne Nacht tun, fragte sie sich. Jede Woche, jeden Monat des Jahres? Immer der gleiche Ablauf, immer das gleiche Sortiment – mit eventuellen saisonalen Abweichungen? Ein Arbeitsleben lang? Eine wirklich gruselige Vorstellung für sie.

Nachdem das schmutzige Wischwasser in den Bodenabfluss verschwunden war und Eimer und Lappen ausgespült und zusammen mit Schrubber und Abzieher aufgeräumt waren, ging sie in den Laden.

»Das ist meine entzückende Aushilfsbäckerin«, stellte Ewald Burger sie der Kundin vor, der Gerda Peter gerade das Geld für zwei Tüten mit Cappuccino-Hörnchen, zwei Baguettes und drei Roggenbrötchen aus der Hand nahm.

»Das wurde aber auch Zeit, Herr Burger, dass Sie sich Hilfe holen. Ich bewundere ja, wie Sie das ganz allein schaffen, aber in Ihrem Alter sollten Sie langsam kürzertreten, wenn nicht sogar den Laden ganz abgeben. Natürlich würden wir alle Ihr wunderbares Gebäck vermissen – aber Sie sollten endlich mal auch an sich denken«, riet die Kundin, die Sandra als ihre Mathematiklehrerin aus der neunten Klasse erkannte.

»Hallo, Frau Eichenlaub«, grüßte sie die inzwischen stark gealterte Frau, die sicher schon im Ruhestand war. Sandra glaubte nicht, dass die Eichenlaub noch wusste, wer sie war, denn in Mathe hatte sie sich eher weniger positiv hervorgetan.

Dementsprechend kritisch kräuselte Irmtraud Eichenlaub dann auch die Augenbrauen unter der dicken Kaninchenfell-Kappe.

Der Funke der Erkenntnis erhellte ihr faltiges Gesicht. »Eines von den Sommer-Mädchen, stimmt's?«

»Genau, und zwar die Sandra.«

»Studiert deine Schwester Meike nicht Medizin?«

Sandra nickte. Sie wunderte sich nicht, dass die alte Dame sich sofort an ihre kleine Schwester erinnerte. Meike war im Gegensatz zu ihr ein Mathegenie und deshalb eine ihrer Lieblingsschülerinnen gewesen.

»Sie hatte ein Einser-Abi, das hatten wir nicht oft an unserer Schule.«

Mein Abiturzeugnis war auch nicht schlecht, hätte Sandra am liebsten gerufen. Aber 1,4 konnten halt nicht gegen Meikes 1,0 anstinken. Meike ... Wie sie diesen Namen inzwischen verabscheute.

»Und du bist also Bäckerin geworden. Ein wirklich schöner Beruf. Und Handwerk hat ja goldenen Boden, wie man so schön sagt.« Die Lehrerin lächelte süßlich.

Wahrscheinlich sollte das nett klingen, aber bei Sandra kam es eher herablassend an. »Ich habe Grafikdesign studiert«, sagte sie deshalb zu ihrer Verteidigung.

»Ach herrje, Grafikdesign ... was Künstlerisches.«

Für Sandra hörte sich das fast so an wie: *Wer nichts wird, wird Grafikdesignerin.*

Normalerweise war sie nicht auf den Mund gefallen, aber jetzt fiel ihr partout keine passende Antwort ein.

Irmtraud Eichenlaub nahm ihre Gebäcktüten von der Theke und legte sie in ihren Einkaufskorb. »Grüßen Sie Ihre Schwester von mir«, sagte sie zum Abschied und verschwand samt altmodischem Pelzmantel und hässlicher Pelzkappe nach draußen.

*Das werde ich ganz sicher nicht tun,* rief Sandra ihr stumm hinterher.

»Blöde Schnepfe«, zischte sie der Ex-Mathelehrerin nach. Mit ein paar wenigen Worten hatte diese blöde Kuh ihren Stolz über das Erreichte mit Füßen getreten.

»Gräm dich nicht«, sagte Gerda Peter. »Das ist sie gar nicht wert. Vielleicht tröstet es dich ja, wenn ich dir sage, dass sie in Markingen keine sonderlich beliebte Person ist.«

»Genau, und ich bin ja auch *nur* Bäcker, du hast wenigstens studiert«, legte Ewald Burger zwinkernd nach.

Die Freude über das, was sie heute zusammen mit Ewald Burger geschaffen hatte, kam aber sofort zurück, als sie vor die Ladentheke trat und die gefüllten Regale betrachtete.

Und wie sie da so stand und auf die frischen Backwaren sah, die *sie* gebacken hatte, erfüllte sie ein seltsames Glücksgefühl. Ja, es war ein anstrengender Job, keine Frage, aber es war ein guter Job. Einer, der andere Leute glücklich machte – sogar diese blöde Kuh von Mathelehrerin –, weil am Ende eines Arbeitstages oder besser gesagt einer Arbeitsnacht wunderbare Köstlichkeiten entstanden. Auf einmal beneidete sie Ewald Burger um diese Aufgabe. Er hatte den Beruf gefunden, der ihn erfüllte. Der ihn glücklich machte und seine Kundschaft gleich mit.

Und sie? Was war mit ihrem Job? Ja, sie zeichnete für ihr Leben gern, aber erfüllte sie das? Erfüllte es sie, Dinge zu zeichnen und zu entwerfen, die Menschen dazu bringen sollten, etwas zu kaufen, was sie vielleicht gar nicht brauchten? Machte es sie glücklich, sich Werbekampagnen für mieses Gebäck aus den Fingern zu saugen – dabei der Lüge immer näher als der Wahrheit? Der Wahrheit, dass Herz-Kekse eigentlich Müll waren und man sie lieber nicht kaufen sollte. Sie produzierte ausgefeilte Hochglanz-Lügen, auf die die arglosen Kunden hereinfallen sollten.

Ewald Burger dagegen produzierte ehrliche Dinge, handgeknetetes Brot mit guten Zutaten. Handgeformte Kipferl mit echter Butter.

Vielleicht war es tatsächlich an der Zeit für einen neuen Job – nicht einfach nur der alte Job in einer neuen Firma, sondern etwas ganz anderes, etwas Neues. Darüber wollte sie sich jetzt aber keine Gedanken machen. Höchstens, wenn der Rausschmiss von heute Morgen nicht umkehrbar sein sollte.

»Braucht ihr mich noch?«

»Nein, geh nach Hause und schlaf ein wenig. Das werde ich auch gleich tun. Vielleicht könntest du am Nachmittag noch mal vorbeikommen, damit wir die Teige vorbereiten können ...?«, fragte er schüchtern.

»Wann soll ich da sein?«

»Gegen vier? Passt dir das?«

»Vier Uhr, geht klar.«

Als der nächste Kunde hereinkam, verschwand sie nach hinten.

Schnell hatte sie die Clogs gegen ihre Stiefel und den Arbeitskittel gegen ihren Mantel getauscht, dann ging sie noch einmal in den Laden, um sich zu verabschieden.

Nach einem letzten Blick auf die herrlichen Backwaren öffnete sie die Tür.

»Halt, dein Frühstück!« Mit raschen Schritten kam Gerda Peter um die Theke herum und drückte ihr eine gefüllte Bäckertüte in die Hand.

»Danke.« Sandra drückte ihr einen dicken Schmatzer auf die Wange.

»Und bring das mit deinem Chef in Ordnung«, rief Ewald Burger ihr noch nach, bevor sie die Ladentür von außen schloss.

# Kapitel 22

## Noch mal Glück gehabt!

Es war noch immer dunkel, als Sandra aus dem Laden trat. Aber die Stadt war jetzt wach: Viele Autos waren unterwegs, und immer wieder kamen ihr Menschen entgegen, die mit hochgeschlagenen Mantelkrägen und tief ins Gesicht gezogenen Mützen und Hüten ohne Gruß an ihr vorbeieilten.

*So kurz vor Weihnachten noch im Arbeitsstress.*

Sie selbst hatte es nicht eilig, sie schlenderte gemütlich die Marktstraße entlang. Ihre Arbeit war erledigt, sie hatte Feierabend, und dieses wunderbare Gefühl wollte sie auskosten.

Als sie in den Westring einbog, war ein glühender Streifen über der Rheinebene zu sehen, das erste Tageslicht tastete sich über den Horizont, um in Kürze die Nacht zu vertreiben.

Falsch, so ganz hatte sie noch nicht Feierabend. Wie Ewald Burger ihr so schön hinterhergerufen hatte: Sie musste schnellstens versuchen, das mit ihrem Chef in Ordnung zu bringen! Automatisch beschleunigte sie die Schritte. Wenn sie Glück hatte, dann war er noch nicht im Büro. Wolfgang war immer einer der Letzten, die die Agentur verließen, aber auch stets einer der Letzten, die sie am Morgen betraten. Dann wäre ihre Mail vor ihm im Büro, und er wäre eventuell angenehm angetan von ihrem Einsatz und würde sich das mit der Kündigung noch mal überlegen.

Zu Hause angekommen, warf sie sofort die Kaffeemaschine an. Während es vielversprechend zischte und der Kaffee schwarz in die Glaskanne tropfte, setzte sie sich mit ihrem Laptop an den Küchentisch. Die Mail an Wolfgang war schnell getippt, und die Datei, die sie anhängte, überprüfte sie diesmal ganz genau.

Was aber, wenn er seine Mails erst später, *viel später* lesen würde? Eventuell zu spät, überlegte sie besorgt.

Sie stand auf, goss sich Kaffee in die schmutzige Tasse vom Vortag und nahm einem Schluck.

Was aber, wenn er ihre Mail vielleicht gar nicht lesen und sofort löschen würde, weil er wütend auf sie war – weil er sie ja gefeuert hatte? Das wäre ausgesprochen doof.

Erheblich verunsichert sah sie auf die Uhr. Am besten war es wohl, wenn sie ihn auf seiner Büronummer anrief und ihm eine kurze Erklärung, besser noch eine dicke Entschuldigung auf den Anrufbeantworter sprach.

Mit Handy und Kaffeetasse bewaffnet ging sie ins Wohnzimmer hinüber und setzte sich mit angezogenen Beinen bequem in die Sofaecke. Sie scrollte durch ihre Kontaktliste, bis sie seine Nummer gefunden hatte. Während ihr Finger über dem grünen Telefonhörer-Zeichen schwebte, überlegte sie, was sie ihm in wenigen Worten sagen wollte. Dann nahm sie einen großen Mutmacher-Schluck von ihrem Kaffee und tippte auf den grünen Hörer.

Das wohlbekannte Tüdeln, wenn die Verbindung hergestellt wurde, erklang. Dann hörte sie es am anderen Ende klingeln. Einmal, zweimal – gleich würde sich der AB einschalten.

»Ja«, bellte ihr eine gereizte Stimme ins Ohr.

Vor Schreck kippte sie die halb gefüllte Tasse um, die braune Brühe ergoss sich über das hellgraue Cordsamt-Sofa ihrer Eltern.

»Wolfgang, du?«, stammelte sie, während sie die Tasse auf dem Couchtisch abstellte und in die Küche hastete.

»Du hast meine Nummer gewählt – wen hast du erwartet?«

Sie riss die unterste Schublade unter dem Kühlschrank auf, schnappte sich die Küchenrolle und eilte damit zurück zur Couch. Mit zwischen Schulter und Ohr geklemmtem Telefon riss sie ein paar Blätter ab und drückte sie auf den erschreckend großen dunklen Fleck. Das Sofa war gerade mal zwei Jahre alt und der ganze Stolz ihrer Mutter. Sie würde sie umbringen, wenn sie das sah.

»Sandra, wolltest du mir was sagen? Wenn nicht, dann lege ich jetzt auf«, blaffte er unfreundlich. »Deine Papiere bekommst du dann im neuen Jahr.«

»Nein, stopp, nicht auflegen«, rief Sandra. Die Küchenrolle brachte außer lauter hässlicher Papierfussel in den Cordrippen nicht viel.

Kapitulierend ließ sie sich in den nicht kontaminierten Sessel fallen. Sie musste sich jetzt unbedingt konzentrieren, um ja nichts falsch zu machen.

»Ich wollte dich ganz bestimmt nicht verscheißern, Wolfgang. Du kennst mich, ich würde mir das niemals erlauben. Das mit dem Einhorn war ein dummes Versehen – es war spät und ich hundemüde, und da hab ich die falsche Datei rausgeschickt.« Sie hatte sehr schnell gesprochen, damit er sie nicht unterbrechen konnte.

Aber er hatte gar nicht versucht, sie zu unterbrechen, und auch jetzt sagte er kein Wort. Dass er sie nicht angeschrien und, viel wichtiger noch, nicht aufgelegt hatte, deutete Sandra mal als ein gutes Zeichen.

»Warum bist du um diese Uhrzeit überhaupt schon im Büro?«, fragte sie deshalb in lockerem Plauderton, in der Hoffnung, schön Wetter zu machen.

»Weil der Herzkeks-Mann Druck macht, sitze ich jetzt selbst an den neuen Entwürfen.«

Ach ja? *Und warum nicht die hübsche kleine Pia,* hätte sie am liebsten gefragt. Aber das verkniff sie sich tunlichst.

»Vielleicht solltest du dir mal ansehen, was ich dir vor ein paar Minuten geschickt habe – keine rosa Einhörner, versprochen. Es sind diesmal die richtigen Entwürfe, und ich glaube, sie sind gut geworden.«

Er sagte nichts dazu, aber aus dem leisen Klicken einer Computertastatur im Hintergrund schloss Sandra, dass er schon dabei war, sich ihre Arbeit anzusehen. Vor Anspannung hielt sie die Luft an. In den nächsten Sekunden würde sich entscheiden, ob sie bei einer der renommiertesten Werbe-Design-Firmen Münchens blieb oder arbeitslos war.

»Hm«, grummelte er nach einer gefühlten Ewigkeit. »Die sehen wirklich nicht schlecht aus. Könnte hinhauen!«

*Nicht schlecht* war bei Wolfgang das Synonym für gut – mehr Lob gab es nie bei ihm.

»Ich bin also nicht gefeuert?«, stellte Sandra die alles entscheidende Frage.

»Na ja, das gestern Abend war schon der Hammer. Zu deiner Information: Friedhelm Herz hat mich mitten in der Nacht total aufgebracht angerufen, weil er deine Aktion auch kein bisschen witzig fand.«

War das jetzt ein Ja oder ein Nein, fragte sie sich bang.

»Nein«, kam endlich die erlösende Antwort aus dem fernen München. »Nein, du bist nicht entlassen. Und das mit Herz kläre ich – er kann ja froh sein, wenn wir seine Kampagne doch noch erfolgreich auf den Weg bringen.«

Wenn sie jetzt im Büro gewesen wäre, wäre sie ihrem Chef wahrscheinlich vor lauter Erleichterung um den Hals gefallen.

Da sie aber weit weg war, kam sie zum Glück um diese peinliche Szene herum.

»Gut, dann ist also alles wie gehabt«, sagte sie so cool wie möglich. »Dann wünsche ich dir schöne Weihnachten. Ich melde mich nach den Feiertagen bei dir, und dann besprechen wir, wie das hier mit meinen Eltern weitergeht und wann ich eventuell zurückkommen kann.«

»Okay, wenn noch was sein sollte, melde ich mich bei dir.« Mit diesen Worten beendete er das Gespräch. Kein *Danke, dass du das mit den Entwürfen doch noch hingekriegt hast*, kein *Dir auch schöne Weihnachten!* oder *Angenehme Feiertage*. Obwohl sie ihm gerade nicht nur Weihnachten, sondern, gelinde gesagt, auch den Arsch gerettet hatte. Er war und blieb einfach ein blöder Sklaventreiber.

Gut, ihr Job war gerettet. Blieb noch der Kaffeefleck auf der Couch, den sie irgendwie wegbekommen musste. Hoffnungsvoll rückte sie ihm mit einer Schüssel heißem Wasser, einem Schuss Spülmittel und einem Schwämmchen zu Leibe.

Ob sie Erfolg mit der Aktion hatte, würde sich herausstellen, wenn der Stoff getrocknet war – jetzt war es einfach nur ein noch viel größerer dunkler Fleck als zuvor. Hätte die Couch nicht einfach dunkelbraun sein können? Dann wäre das bisschen Kaffee gar nicht aufgefallen.

Mit diesem Gedanken ging sie nach oben ins Bad, tauschte Straßenkleidung gegen Schlafanzug und putzte sich die Zähne. Dann ließ sie das Rollo herunter und legte sich ins Bett. Das wunderbare Gefühl, die Backstube gerockt und ihren Job zurückgewonnen zu haben, begleitete sie in den wohlverdienten Schlaf.

# *Kapitel 23*

## Weihnachten ist kaputt!

Sandra stand in einer schnuckeligen kleinen Bäckerei. Der Verkaufsraum war mit Holzregalen ausgestattet, deren Regalböden mit hübschen Spitzenbändern verziert waren. Darin stapelten sich die verlockendsten Leckereien und Brote in Herzform. Mittelpunkt des Ladens war eine wunderschöne verschnörkelte Theke im Jugendstil, hinter deren Scheibe verschiedene rosa Torten mit Herzdeko auf Kunden warteten. Auf dieser Theke standen Körbchen mit unzähligen Gebäcktüten – alle gefüllt mit großen, grellpink glasierten Herzkeksen. Und alles war stimmungsvoll weihnachtlich geschmückt. Außen war auch alles in Holz gehalten, wie bei den historischen Geschäften und Pubs in England oder Irland. Mit einer altmodischen Ladentür mit Sprossenfenstern.

Ein Laden zum Wohlfühlen, und Sandra war unglaublich stolz, dass dieser Traum von einem Laden ihr gehörte.

Über der Ladentür war ein kleines goldenes Glöckchen angebracht, das bei jedem Öffnen der Tür leise bimmelte. Gerade tat es das wieder. Kundschaft, freute sich Sandra. Gleich würde sie etwas von ihren selbst gebackenen Köstlichkeiten verkaufen.

Aber niemand war im Verkaufsraum. Das Glöckchen bimmelte aber unentwegt weiter, obwohl die Ladentür geschlossen war. Etwas stimmte hier nicht ...

Der Wecker ihres Handys klingelte erbarmungslos weiter, bis sie ihn ausschaltete. Das Bild der entzückenden Bäckerei verblasste.

Seufzend kuschelte sie sich in ihre warme Bettdecke und sehnte sich in ihre Traumbäckerei zurück.

Dann öffnete sie die Augen und setzte sich abrupt auf. Jetzt träumte sie schon von diesen blöden Herz-Keksen! Es wurde Zeit, dass dieser nervige Auftrag endlich erledigt war und sie somit nie wieder etwas mit Friedhelm Herz und seinem miesen Gebäck zu tun haben würde.

Gähnend schlug sie die Decke zurück und stieg aus dem Bett. Mit Oberarmen, die wie nach einem übermäßigen Gewichthebetraining schmerzten, zog sie das Rollo hoch.

*Brotbacken verleiht Muckis!*

Vor dem Fenster zeigte sich ein strahlend sonniger Tag. Ein paar freche Spatzen jagten sich durch die Ligusterhecke, nur um sich gleich darauf auf das Vogelhäuschen zu stürzen, das auf dem Grundstück der Nachbarn stand. Dort wurde gepickt und mit den Flügeln geschlagen. Ein großer, prächtig gemusterter Eichelhäher machte dem wilden Treiben mit seinem Erscheinen ein jähes Ende. Er war zu groß, um in das Häuschen zu kommen, aber er blieb keck auf dem Dach sitzen und hielt so seine kleinen Vogelkollegen von der Futterstelle fern.

Wie bei uns Menschen, dachte Sandra und überlegte, ob sie das Fenster öffnen und laut in die Hände klatschen sollte, um den Häher zu vertreiben. Die Großen, Erfolgreichen hockten fett und breit mittendrin, und die Kleinen hatten so gut wie keine Chance, auch was abzubekommen.

Sie ließ den Eichelhäher Eichelhäher sein und ging ins Bad.

Nach einer heißen Dusche fühlten sie und vor allem ihre Arm- und Schultermuskeln sich besser.

Flüchtig machte sie ihr Bett und ging dann nach unten,

um die Kaffeemaschine einzuschalten. Während sich das duftende Lebenselixier durch den Filter kämpfte, kontrollierte sie ihre E-Mails. Von ihrem Chef war nichts Neues im Briefkasten gelandet – was ein Glück. Zufrieden klappte sie den Rechner zu. Vielleicht war Mister Herz-Keks ja endlich zufrieden mit den Entwürfen? Oder arbeitete er einen Tag vor Weihnachten nicht mehr, und die nächsten Änderungswünsche würden dann nach den Feiertagen kommen?

Apropos morgen und Weihnachten: Sie musste sich überlegen, was sie für ihre Gäste kochen wollte. Eine begnadete Köchin war sie nicht, das wusste sie, aber es gab doch ein paar Speisen, die sie immer perfekt hinbekam. Ihre Lasagne zum Beispiel war legendär. Aber sie bezweifelte, dass Lasagne als Weihnachtsessen taugte. Waren da nicht eher Gänsebraten, Rotkraut und Knödel angesagt? Etwas, was sie ganz sicher nicht hinbekäme und wofür sie auch gar nicht die nötige Zeit hätte.

Kartoffelsalat und Wiener Würstchen hatte es in ihrer Kindheit immer gegeben – eben weil Mama mit den ganzen Weihnachtsvorbereitungen keine Zeit für etwas Aufwendigeres gehabt hatte. Nein, verwarf sie diese Idee, Kartoffelsalat war nicht ihr Ding, sie brachte da einfach keinen ordentlichen Geschmack hinein.

Sie entdeckte die Bäckertüte, die sie heute Morgen nach dem Nach-Hause-Kommen achtlos neben den Kühlschrank gelegt und dann vergessen hatte. So wunderbar frisch waren die Brötchen jetzt natürlich nicht mehr.

Neugierig spitzte sie in die Tüte. Gerda Peter hatte ihr von jeder Sorte eines eingepackt. Sie holte sie heraus und legte sie auf einen großen Teller. Gut sahen sie aus, stellte sie glücklich fest. Wie von einem richtigen Bäcker gemacht. Mit dem Brotmesser teilte sie das Roggenbrötchen, das zwar jetzt kalt, aber innen herrlich locker war und verlockend duftete. Sie bestrich beide Hälften dick mit Butter und dann jede mit einer anderen Marmelade. Beim ersten Bissen stöhnte sie wohlig auf und kam nicht umhin festzustellen, dass dieses Brötchen um Welten besser schmeckte als eins vom Discounter.

Mit einer Tasse Kaffee, dem Marmeladenbrötchen, einem Blatt Papier aus Mutters Zettelbox und einem lächerlich kurzen IKEA-Bleistift setzte sie sich an den Tisch.

*Vorspeise* schrieb sie auf. Doppelpunkt.

Was konnte sie als Vorspeise anbieten? Etwas, das schnell ging und nicht viel Aufwand bedeutete. Wenn sie nämlich morgen früh so wie heute nach Hause käme und noch ein wenig schlafen wollte, dann blieb ihr nicht viel Zeit für die Vorbereitung eines großen Weihnachtsmenüs.

Hatte ihre Mutter nicht was von Kartoffelsuppe erzählt, die sie vor der Abreise gekocht und dann eingefroren hatte? Sie schob sich das letzte Stück Brötchen in den Mund und ging kauend in den Keller.

Die Gefriertruhe war brechend voll. Unter den Körben mit eingefrorenem Brot und Gemüse aus dem eigenen Garten fand sie mehrere Plastikdosen, auf deren Aufkleber ihre Mutter mit ihrer schwungvollen Schrift *Kartoffelsuppe* geschrieben hatte.

Damit könnte sie eine ganze Kompanie versorgen, resümierte Sandra und ging wieder nach oben.

Zurück am Küchentisch, schrieb sie *Pälzer Grumbeersupp* auf den Zettel. Sie durfte nur nicht vergessen, sie morgens rauszustellen, damit sie bis zum Abend aufgetaut war.

*Hauptgang* Doppelpunkt.

Überlegend kaute sie auf dem Bleistift herum. Ihre Gedanken landeten wieder bei der Lasagne. Die könnte sie heute schon machen, gleich wenn sie vom Teigvorbereiten aus der Backstube zurückkam. Dann wäre sie morgen Abend schön durchgezogen, und sie müsste sie einfach eine Stunde vor dem Festmahl in die Röhre schieben.

Auf einem zweiten Zettel notierte sie die Zutaten, die sie dafür benötigte.

*Hauptgang* Doppelpunkt *Lasagne.*

Und als Dessert, fragte sie sich. Eis? Sie hatte in der Gefriertruhe eine große Dose Vanilleeis stehen sehen. Und was dazu? Heißes Kompott aus Mamas Einkochvorrat?

Das Spekulatius-Tiramisu fiel ihr ein, welches sie letzten Monat zu einer Einladung mitgebracht hatte. Es war aber nicht nur die Nachspeise, an die sie sich jetzt erinnerte, der ganze Abend war plötzlich wieder präsent. Zu dieser Einladung war sie mit Paul gegangen. Zu einem Zeitpunkt, als alles noch in bester Ordnung war ... oder zumindest zu sein schien. Denn wie sie inzwischen wusste, war Paul zu diesem Zeitpunkt schon lang zweigleisig gefahren ... Dieser verdammte Scheißkerl! Sie musste sich ablenken, also schrieb sie den letzten Punkt ihres Menüs auf.

*Dessert* Doppelpunkt *Spekulatius-Tiramisu.*

Dafür hatte sie einfach Spekulatiuskekse zerbröselt und mit Mandarinen aus der Dose, Quark und Sahne in einer Schüssel vermischt und diese Masse dann abwechselnd mit ganzen Spekulatiuskeksen in eine Auflaufform geschichtet. Ganz simpel, ganz schnell und saulecker.

Schnell schrieb sie den Einkaufszettel fertig, räumte den Teller in die Spüle und trank ihre Tasse leer.

Es klingelte. Ausgerechnet jetzt, wo sie doch gleich wegmusste.

Eine völlig verheulte Mai stand vor der Tür, als sie öffnete.

»Süße, was ist passiert?«

»Weihnachten ist kaputt!«

»Willst du reinkommen und mir erzählen, warum Weihnachten kaputt ist?«

Schniefend und überaus wohlerzogen zog Mai ihre pinken Schneeboots vor der Tür aus und betrat die Diele. Sandra holte die kleinen Stiefelchen rein und stellte sie neben ihre großen, was sie noch kleiner erscheinen ließ.

»Jacke ausziehen oder anlassen?«

Wortlos zerrte die Kleine den Anorak, dessen Reißverschluss sie wohl in der Eile nicht zugemacht hatte, von den Schultern.

Als er an der Garderobe hing, stach er grellpink aus den ansonsten dunklen Kleidungsstücken heraus.

»Kakao?«

Mai nickte stumm und folgte ihr in die Küche, wo sie auf den Stuhl kletterte, auf dem Sandra gerade noch gesessen und ihren Einkaufszettel geschrieben hatte.

»Willst du mal was richtig Schönes sehen?«, fragte Sandra, während sie Milch in einen kleinen Topf füllte und auf die Herdplatte stellte.

Mai schien zu überlegen, ob etwas Schönes zu ihrem Kummer passte.

»Was denn?« Die Neugier hatte gewonnen.

»Komm mit rüber ins Wohnzimmer«, lockte Sandra sie.

Ächzend wie eine alte Frau ließ die Kleine sich vom Stuhl gleiten und ging hinter ihr her ins Wohnzimmer.

Sandra wollte ihr die Weihnachtsdeko zeigen, die ihr noch immer Augenschmerzen bereitete, aber einem kleinen Mädchen sicherlich gefiel.

Mit leuchtenden Augen betrachtete Mai das üppige Schmuckwerk. »Das ist hübsch«, sagte sie aber nur.

»Hübsch? Das ist alles, was dir dazu einfällt? Wenn du mich fragst, ist das weihnachtsphänomenalpompös und nicht einfach nur hübsch.«

»Hast du denn kein Lametta? Oma macht immer Lametta an den Baum, das glänzt so schön.«

Lametta. Nein, Lametta hatte sie keines gefunden. »Dann ist das hier also nur halb weihnachtsphänomenalpompös für dich?«, fragte Sandra enttäuscht.

Mai bestätigte das mit einem fachmännischen Nicken.

Im Geiste schrieb Sandra *Lametta* auf den Einkaufszettel.

Sie kamen gerade rechtzeitig in die Küche, bevor die Milch zu kochen begann. Sandra füllte sie in eine Tasse und gab etwas von dem Kakaopulver dazu, das sie genau für so einen Fall besorgt hatte. Sie stellte das süße Trostgetränk vor Mai auf den Tisch und schenkte sich selbst noch einmal Kaffee ein.

»So, und jetzt will ich ganz genau wissen, warum Weihnachten kaputt ist«, sagte sie, als sie beide saßen.

»Opa muss in der Kirche singen.«

»Aha.« Noch konnte Sandra nicht erkennen, inwiefern dieser Umstand schädlich für Weihnachten sein könnte.

»Zweimal«, ergänzte Mai und pustete ausgiebig in ihren Kakao.

Mit der Kaffeetasse in der Hand betrachtet Sandra das kleine unglückliche Mädchen und wartete geduldig auf weitere erhellende Informationen.

»Und Papa muss arbeiten. Die ganze Nacht.«

Langsam konnte Sandra erahnen, was Mai plagte: Ihr Papa hatte an Heiligenabend Dienst. Inwieweit das Singen des Großvaters mit ihrem Unglück zu tun hatte, musste sie allerdings noch ergründen.

»Weihnachten ist also kaputt, weil dein Papa nicht mit dir feiern kann?«

Mai nickte und löffelte ihren Kakao. »Und Opa auch nicht.«

»Weil er singen muss?«

»Genau. In der Kirche. Zweimal hintereinander. Oma und ich sind am Abend ganz allein. Das ist doch doof. Das Christkind kommt deswegen schon am Nachmittag zu uns, weil Papa und Opa da noch Zeit haben. Das ist auch doof.«

»Und warum ist das doof?«

»Das haben wir früher so gemacht, als ich noch klein war.«

So lang konnte das ja noch gar nicht her sein, musste Sandra unweigerlich denken. Schmunzelnd betrachtet sie das kleine Persönchen.

»Da durfte ich ja noch nicht so lang aufbleiben«, erkläre Mai mit ernstem Gesicht weiter.

»Aha«, bemerkte Sandra erneut, noch immer nicht wissend, wohin das führen würde. »Und das ist jetzt nicht so gut, weil ...?«

»Na, weil es da doch noch hell ist.« Mai verdrehte die Augen. »Nur kleine Kinder feiern die Bescherung am Nachmittag, weil sie halt noch klein sind. Aber ich bin schon groß, ich komme bald in die Schule.«

»Du willst also lieber abends Bescherung haben, weil du schon so groß bist?«, vergewisserte sich Sandra, ob sie das endlich richtig verstanden hatte. Dabei betrachtete sie die kleinen Kinderfüße, die, in eine rosa Strumpfhose verpackt, weit über dem Fußboden baumelten. »Das geht aber nicht, weil dein Opa und dein Papa abends keine Zeit haben.«

Mai versenkte den Löffel in der Tasse, lehnte sich zurück und verschränkte ihre Ärmchen energisch vor der schmalen Kinderbrust. »Genau«, sagte sie schmollend.

»Aber du kannst doch trotzdem länger aufbleiben. Eben weil du schon so groß bist.«

»Ich will aber die Bescherung feiern wie die Großen, nicht wie ein Baby am Nachmittag.«

»Hm, das kann ich sehr gut verstehen. Aber wenn dein Papa doch arbeiten muss, dann geht es halt nicht anders.«

»Aber warum muss er denn arbeiten, wenn das Christkind kommt? Die Papas von meinen Freundinnen arbeiten alle nicht, wenn das Christkind kommt. Das ist doch echt doof, oder?«

»Ja, das ist ganz schön doof«, musste Sandra zugeben. »Aber dein Papa ist Arzt, er hat einen richtig wichtigen Job, und da muss er halt auch mal an Weihnachten arbeiten. Polizisten müssen auch an Weihnachten arbeiten, Feuerwehrleute zum Beispiel oder Krankenwagenfahrer oder Lokführer. Das sind auch alles ganz wichtige Leute.«

»Dann hätte ich lieber, dass mein Papa kein wichtiges Leut ist«, sagte Mai trotzig.

Sandra musste lachen, was Mais düstere Gesichtszüge noch verdüsterte. Doch dann kam ihr eine Idee: »Komm doch morgen Abend mit deiner Oma zu mir rüber. Dann feiern wir zusammen eine tolle Weihnachtsparty.«

Mai sah sie mit kritisch gekräuselten Augenbrauen an. »Was ist denn eine Weihnachtsparty?«

»Na, eine lustige Feier. Mit leckerem Essen, Weihnachtsmusik und netten Gästen – eine Party eben, nur an Weihnachten. Der Herr Burger, der Bäcker mit den leckeren Nougattalern, kommt auch. Und meine frühere Kindergärtnerin, Tante Peter, wird auch da sein. Das wird sicher schön.«

Nachdenklich nagte Mai an ihrer Unterlippe und baumelte dabei munter mit den Beinen. »Mit Bescherung?«, war ihre nächste Frage.

Warum nicht, dachte Sandra. Sie hatte ja das Einhorn für sie. »Mit Bescherung.«

»Da muss ich aber erst die Oma fragen«, sagte Mai nach weiterem Nachdenken.

»Gut, dann rufen wir sie doch gleich mal an.« Sandra stand auf und holte das Telefon aus der Station in der Diele. Die Nummer der Voglers war unter V einprogrammiert. Kurz darauf läutete es am anderen Ende der Leitung.

Sandra übergab den Hörer an Mai.

»Hallo, Oma, können wir morgen auf eine Party gehen? Sandra hat uns eingeladen.« Sie lauschte kurz und reichte den Hörer dann an Sandra weiter.

»Hallo, Frau Vogler«, meldete sie sich.

»Hab ich richtig gehört: Du hast Mai zu einer Party eingeladen?« Die Stimme der Nachbarin klang skeptisch.

»Sie und Mai, ja. Mai hat erzählt, dass Ihr Mann und Frank abends unterwegs sind und sie deswegen sehr traurig ist. Es ist nichts Großes, nur ein Essen und danach geselliges Beisammensitzen. Gerda Peter und Herr Burger werden auch da sein. Ich würde mich sehr freuen, wenn Sie und Mai kämen.« Dabei nickte sie Mai aufmunternd zu.

»Nun ja, das wäre sicherlich nett«, sagte Frau Vogler gedehnt.

Frau Vogler schien zu überlegen. Hier auf dem Land war es nicht Usus, an Heiligabend woanders zu sein als zu Hause. Allenfalls ein Besuch in der Kirche, dann aber schnell wieder heim ins warme Wohnzimmer.

»Gut, wenn Mai das gern machen würde, dann nehme ich die Einladung mit Freuden an.«

Siegreich streckte Sandra den Daumen in die Höhe, worauf Mai vom Stuhl rutschte und »Weih-nachts-par-ty, Weih-nachts-par-ty!« skandierend um den Tisch rannte.

»Um achtzehn Uhr«, rief Sandra ins Telefon, um den Lärm der Kleinen zu übertönen.

Der Tisch wurde langsam voll, stellte Sandra zufrieden fest. Noch zufriedener stellte sie fest, dass Mai nicht mehr traurig, sondern ganz aus dem Häuschen war und über das ganze Gesicht strahlte. Sie war jetzt vor Aufregung nicht mehr zu halten, und so stürmte sie mit fliegenden Füßen und wehender Jacke zurück nach Hause, ohne ihren Kakao leer getrunken zu haben.

Mit Bescherung, hatte sie der Kleinen versprochen – also klappte Sandra, bevor sie in die Stadt ging, den Laptop noch einmal auf und zog die Datei mit dem Einhorn auf einen USB-Stick.

# Kapitel 24

## Sauerteig und Lametta

Auch wenn der Supermarkt mit der Filiale einer großen Bäckereikette für eine kleine Bäckerei wie die von Ewald Burger eine existenzielle Gefahr bedeutete – für Sandra war er gerade heute ein Segen. Sie bekam nämlich alles, was sie brauchte, ohne von einem Laden in den nächsten hetzen zu müssen. Von den Zutaten für die Lasagne und ihr Spekulatius-Tiramisu bis hin zum Weihnachtsgeschenkpapier. Sogar Lametta in Silber und Gold. Und den Ausdruck des Einhorns erledigte der angegliederte Copyshop, wo sie auch den passenden Bilderrahmen dafür bekam. Nur so konnte sie alles erledigen, was sie sich vorgenommen hatte.

Zusammen mit einer anderen Kundin betrat sie die Bäckerei Burger sogar etwas vor der verabredeten Zeit. Die Regale waren fast leer, stellte sie zufrieden fest. Nach einem kurzen Gespräch mit einer strahlenden Gerda Peter schleppte sie ihre Einkäufe nach hinten.

Ewald Burger stand an der Rührmaschine und hob die geschiente Hand zum Gruß.

»Na, ausgeschlafen?«, rief er ihr über das gleichmäßige Brummen des Motors hinweg fröhlich zu.

»Nein, vorher aufgehört.« Sandra entledigte sich der Taschen und ihres Mantels. Schnell war sie in ihren Bäckerkittel und die Arbeitsschuhe geschlüpft.

»Was wird das?«, fragte sie mit einem neugierigen Blick in die Teigschüssel, in der ein sehr dunkler Teig gerührt wurde. Irrte sie sich, oder stieg ihr da der Geruch von Wein in die Nase?

»Glühweinschnitten; was Schnelles. Du kommst gerade recht, um den Teig aufs Blech zu bringen.« Gleich darauf erstarb der Motor, und der Rühreinsatz kam zum Stehen.

Sandra kippte den recht flüssigen Teig auf das dafür vorbereitete Blech und schob es in den heißen Ofen.

»Kommt da noch was drauf?«, erkundigte sie sich, als sie die Schüssel spülte.

»Ein feiner Guss aus Puderzucker, Zimt und Rum – ich hab dir schon alles bereitgestellt. Einfach gut vermischen und schön glatt rühren – der soll dann gleich, wenn das Blech aus dem Ofen kommt, ganz dünn auf den heißen Kuchen.

Ein köstlicher Duft durchströmte die Backstube. Kurz schloss Sandra die Augen und inhalierte das Aroma von Schokolade und Zimt.

Zwei fertige große und etwa zehn kleine Gugelhupfe standen zum Abkühlen auf dem Tisch. Hier war also schon fleißig gearbeitet worden.

»Haben Sie denn nicht geschlafen?«, erkundigte sie sich.

»Doch, natürlich ... bis zwölf. Das genügt mir vollkommen.«

Unter seiner Anleitung rührte Sandra einen glatten Guss. Der war fertig, als ein blauer Eierwecker klingelte und der Kuchen aus dem Ofen geholt werden musste. Mit einem Backpinsel trug sie vorsichtig die Rum-Puderzucker-Mischung auf der noch zarten Oberfläche auf, die durch die Hitze des Kuchens sofort antrocknete.

»Was ist mit deinem Job?«, fragte er, ohne sie dabei aus den Augen zu lassen.

»Alles gut, hab ihn wieder. Meine letzten Entwürfe haben

meinem Chef zum Glück gut gefallen. Vor ihm werde ich erst einmal Ruhe haben – hoffe ich zumindest.«

Der Guss war jetzt auf dem Kuchen verteilt, nicht sonderlich gleichmäßig, wie Sandra fand, aber Ewald Burger äußerte sich nicht dazu. Er legte ein Schneidgitter auf die Oberfläche und drückte es fest in das noch warme Backwerk. Als er das Gitter herauszog, war der Kuchen in achtzehn gleichmäßige Stücke mit klaren Schnittkanten geteilt. Er ließ Sandra das Blech gleich nach vorn in den Laden bringen.

Als sie zurückkam, hatte Ewald Burger schon etwas anderes für sie vorbereitet. Eine große Stange Butter lag auf dem Arbeitstisch, und gerade schaltete er die Teigknetmaschine aus.

»Jetzt sind deine Muckis gefragt«, scherzte er. Er ließ sie einen wunderbar glatten Teigberg aus der Knetschüssel auf die leicht bemehlte Arbeitsfläche kippen und reichte ihr ein großes Nudelholz.

»Den musst du jetzt zu einem großen Rechteck ausrollen.«

Sandra krempelte die Ärmel noch ein Stückchen weiter hoch und begann zu rollen. Als Ewald Burger mit der Dicke des Teigs zufrieden war, ließ er sie die Butter auspacken.

»Die schneidest du jetzt in dünne Scheiben und legst sie dann dicht aneinander, bis die Hälfte des Teigs damit belegt ist.«

Nicht wissend, warum sie das machen sollte und was letztendlich dabei herauskommen würde, säbelte sie mit einem großen Messer Scheiben von dem harten Butterklotz ab und legte sie auf eine Hälfte des Teigs. Dann ließ er sie die freie Teighälfte darüberklappen.

Als das getan war, musste sie das Teigstück wieder ausrollen, bis ein großes Rechteck entstanden war.

»Jetzt klappst du das rechte Drittel des Teigs nach innen und das linke Drittel darüber, und rollst alles wieder zu einem Rechteck aus. Das nennt man die ›einfache Tour‹.«

Wenn das die einfache Tour war, dann hoffte Sandra, dass danach keine weitere Tour kam. Der Schweiß brach ihr bei der Anstrengung aus allen Poren, und die Schulter- und Armmuskeln, die sich inzwischen so schön beruhigt hatten, schmerzten von Neuem. Aber sie arbeitet, ohne zu jammern, tapfer weiter.

Als der Teig wieder als großes Rechteck vor ihr lag, ließ er sie die kurzen Seitenkanten nach innen legen und alles noch einmal mittig zusammenklappen.

»Das ist jetzt die doppelte Tour – und jetzt packen wir erst einmal alles in Folie und lassen es eine halbe Stunde im Kühlschrank durchkühlen. Danach rollen wir den Teig wieder aus, wiederholen die einfache und die doppelte Tour. Dann ist der Teig fertig, und wir lassen ihn dann bis heute Nacht kalt ruhen.«

»Um danach was zu haben?«, fragte Sandra etwas außer Atem.

»Einen wunderbaren Blätterteig. Durch das mehrmalige Ausrollen und Falten entstehen die charakteristischen Schichten, die dann später beim Backen aufgehen und für eine knusprige, blättrige Beschaffenheit sorgen.«

»Ich habe also gerade selbst Blätterteig gemacht?«, vergewisserte sie sich beeindruckt.

»Ja, nach den noch folgenden Touren hast du selbst Blätterteig hergestellt. Und morgen früh machen wir daraus Croissants. Viele machen die zwar mit Plunderteig, aber ich bevorzuge Blätterteig – der ist einfach zarter.«

»Gibt es dafür keine Maschine?« Mit dem Ärmel wischte Sandra sich den Schweiß von der Stirn.

»Natürlich gibt es die, aber für die paar Blätterteigteilchen, die ich hier verkaufe, würde sich die Anschaffung nicht lohnen. Außerdem ist das ein wunderbares Oberarmtraining. Was ist? Sag bloß, du junges Ding bist schon erschöpft?«

Von einer großen Rolle Klarsichtfolie, die neben der Magnetschiene mit den Messern an der Wand hing, riss er ein großes Stück ab.

Sandra überlegte, ob sie flunkern sollte, entschied sich dann aber dagegen. »Ich bin doch nicht erschöpft! Mir tut nur alles weh, und ich habe ein gravierendes Schlafdefizit, weil ich Tag und Nacht in Ihrer Backstube herumhänge. Aber sonst ist alles prächtig.«

Ewald Burger lachte. Er breitete die Folie auf dem Tisch aus und tätschelte ihr dann mitfühlend den Rücken.

»Ja, das Bäckerhandwerk ist nicht ohne. Wobei ich dabei das Handwerk betonen möchte, denn das war es ursprünglich. Als es noch keine Maschinen gab, die einem alles abnahmen.«

Sandra wickelte den gefalteten Blätterteig ein und brachte ihn in den Nebenraum in den Kühlschrank.

»Ein paar Maschinen haben Sie aber auch«, rief sie ihm über die Schulter zu.

»Ja, um mir die Arbeit zu erleichtern. Aber nicht, um sie mir abzunehmen. Teige kneten oder rühren, während ich etwas anderes mache, ist unumgänglich. Der Teigportionierer ist Luxus, das gebe ich zu. Aber ich arbeite hier allein, irgendwie muss ich mein Sortiment ja schaffen.« Es hörte sich beinahe wie eine Entschuldigung an. »Der Rest ist alles Handarbeit. Mein Angebot ist dementsprechend überschaubar. Aber ich hatte jedes Teil mindestens einmal in der Hand, habe es geformt, habe gefühlt, ob der Teig zu weich oder zu trocken ist. Dass das in einer Fabrik, die Backwaren in Massen herstellt, anders ablaufen muss, ist logisch. Umso wertvoller ist jeder kleine Bäcker wie ich, der dieses Handwerk noch versteht und liebt. Ich wäre froh, wenn sich die Jugend wieder mehr für diesen wunderbaren Beruf interessieren würde.«

Seine Augen funkelten vor Begeisterung, seine Wangen glühten, als er so von seiner Arbeit schwärmte.

Sandra beneidete ihn beinahe, dass er so für das brannte,

was er tat. Wie war das eigentlich bei ihr, fragte sie sich, während sie ihren Arbeitsplatz sauber machte. Brannte sie für ihren Job? Ja, sie liebte es, zu zeichnen und kreativ zu sein. Wobei sich diese Kreativität immer an den Wünschen des Auftraggebers und ihres Chefs orientieren musste. Ihre eigenen Ideen ausleben ... das konnte sie dabei nicht.

»So, genug doziert, jetzt arbeiten wir wieder ein bisschen: Wir bereiten noch zusammen den Sauerteig für heute Nacht vor, touren den Blätterteig ein weiteres Mal, und dann kannst du nach Hause gehen und dein Schlafdefizit ausgleichen.« Er zwinkerte ihr spitzbübisch zu.

»Ich könnte einen Kaffee gebrauchen. Ihr auch?«, rief Gerda Peter wenig später fröhlich vom Laden herein. Gleich darauf erschien sie im Durchgang.

Erschrocken sah Ewald Burger sie an. »Ach herrje, liebe Gerda, Sie hab ich ja ganz vergessen. Entschuldigen Sie vielmals, meine Liebe. Ja, machen Sie eine Pause, die haben Sie sich mehr als verdient. Ich habe derweil ein Auge auf den Laden.«

Gerda Peter nickte lächelnd. Sie wirkte kein bisschen erschöpft.

»Ich alter Trottel«, schimpfte er mit sich selbst, als Gerda Peter an ihnen vorbei und in die Wohnung nach oben gegangen war. »Ich lasse die Arme bei mir schuften und kümmere mich dann nicht mal um sie. Es wäre kein Wunder, wenn sie alles hinschmeißt und morgen nicht mehr kommt.«

»Die kommt schon wieder, keine Sorge.« Grinsend sah Sandra dem Knethaken der Rührmaschine zu, wie er Weizenmehl, Roggenmehl mit Wasser und das Anstellgut, sprich den Teil Sauerteig, der beim letzten Backen abgenommen und zur Herstellung des nächsten Sauerteiges aufbewahrt worden war, vermengte.

»Haben Sie sie schon gefragt?«, flüsterte sie ihm zu, als er die Maschine abstellte.

»Was gefragt?«

»Ob sie mit Ihnen ausgehen will.«

Er schüttelte den Kopf. »Es war noch nicht die richtige Gelegenheit.«

»Feigling. Sie hatten in den letzten Stunden jede Menge Gelegenheiten.«

»Was heißt da Feigling? Was, wenn sie gar nicht mit mir ausgehen will?«

»Wenn Sie nicht fragen, werden Sie das nie herausfinden. Soll ich sie darauf ansprechen?«

»Nein!« Er sah sie schockiert an. »Auf gar keinen Fall. Ich mach das schon, irgendwann, wenn der richtige Zeitpunkt gekommen ist. Du hältst dich da gefälligst raus.«

»Okay, wenn Sie meinen.« Sie fand es ausgesprochen witzig, dass sich auch im hohen Alter offensichtlich nichts änderte – nicht das Verliebtsein, nicht die Aufregung, die damit verbunden war, und auch nicht die Angst vor Zurückweisung. Ob sie sich bei ihrem nächsten Mal – wenn es denn überhaupt ein nächstes Mal geben sollte – auch wieder so anstellen würde?

»Allzu lang sollten Sie nicht warten, sonst schnappte Ihnen am Ende noch ein anderer Ihre Gerda vor der Nase weg.«

»Das ist nicht *meine* Gerda«, wehrte er sich schwach.

»Und wenn Sie sich nicht anstrengen, wird es auch nie Ihre Gerda werden.«

Bevor er darauf antworten konnte, kam besagte Gerda mit einem Tablett und drei Kaffeetassen zurück.

»Wollt ihr beiden was Süßes dazu?« Bei dieser Frage sah er nur Tante Peter an.

Sandra hätte was darauf gewettet, dass er sie jetzt um ein Date gebeten hätte, wenn die beiden allein gewesen wären. »Freie Auswahl?«, fragte sie.

Ewald Burger nickte. »Selbstverständlich, bedien dich.«

»Noch wer?« Sie sah in die Runde, bekam aber nur Kopfschütteln zur Antwort.

Im Laden wusste sie sofort, was sie wollte: ein Stück von dem Glühweinkuchen. Aber so schnell wollte sie nicht zurück in die Backstube gehen, sie wollte dem Bäcker genügend Zeit für ein Gespräch unter vier Augen geben.

Während also ihr Kaffee nebenan langsam kalt wurde, verspeiste sie ihr Kuchenstück gleich hinter der Ladentheke. Ihr Wunsch, dass niemand in den Laden kommen und die beiden Turteltauben stören würde, wurde erfüllt.

In der Hoffnung, dass die Zeit für die Frage nach einem Date und eine dazu passende Antwort ausreichend gewesen war, schob sie sich das letzte Stück Kuchen in den Mund und ging wieder in die Backstube. Dort plauderten Ewald Burger und Gerda Peter munter miteinander. Ihrem fragenden Blick wich der Bäcker allerdings aus.

Feigling, wiederholte sie im Stillen für sich.

Nach der Kaffeepause rollte und faltete und rollte und faltete Sandra noch einmal den Blätterteig. Als der dann im Kühlschrank lag, um dort auf seine endgültige Verarbeitung in der Nacht zu warten, war dann auch schon Feierabend.

Während Ewald Burger im Laden bei Gerda Peter war, um Regale und Theke zu reinigen und die Abrechnung zu machen, wischte Sandra die Backstube durch.

Zeitgleich wurden sie fertig.

»Isst du noch mit uns?«, fragte Tante Peter, als Sandra den Kittel und die Clogs abstreifte und ihre Stiefel anzog. »Weißer Käs' mit Pellkartoffeln.«

Sandra war versucht, Ja zu sagen, angemachten Quark hatte sie schon ewig nicht mehr gegessen. Aber sie entschied sich dann doch dagegen. Zum einen wollte sie, dass die beiden ungestört reden und dann hoffentlich ihr erstes Date ausmachen konnten. Zum anderen musste sie die Lasagne für morgen vorbereiten, und da würden ein paar Bissen als Abendessen für sie abfallen. Und sie wollte endlich mal früh ins Bett gehen.

»Danke für die Einladung, aber ich habe für morgen noch viel zu erledigen. Ein andermal gern.«

Sie schlüpfte in ihren Mantel und wickelte sich den Schal um den Hals. Kurz drückte sie die beiden zum Abschied, dann trat sie mit ihren Einkaufstaschen durch die Hintertür nach draußen.

Es war kalt, fühlte sich aber nicht unangenehm an. Der Himmel über ihr war sternenklar, etwas, was man so im dauerbeleuchteten München auch nie zu sehen bekam.

Mit energischen Schritten trat sie den Heimweg an.

# Kapitel 25

## Schwesterherz

Der Dönerladen vier Geschäfte weiter bremste Sandras Wunsch, schnell nach Hause zu kommen, jedoch jäh aus. Sie konnte dem Duft von geröstetem Fleisch einfach nicht widerstehen, und so stand sie unverrichteter Dinge in dem spartanisch eingerichteten und alles andere als gemütlich aussehenden Ladengeschäft und bestellte »Yufka mit allem und scharf«.

In der hintersten Ecke, dort, wo sie die kalte Luft, die durch die offen stehende Eingangstür hereinkam, nicht mehr erreichen konnte, setzte sie sich an einen nackten Resopaltisch. Ein schmuddeliges Glas mit Silberdeckel – Inhalt rote Chiliflocken nebst kleinem Löffel – war die einzige Deko. Mantel und Schal behielt sie an, denn die Raumtemperatur hier drin war alles andere als angenehm. Es war aber allemal besser, als den Yufka draußen, wo es noch kälter war, im Gehen zu verspeisen.

Als sie ihr Essen serviert bekam, biss sie gierig in die warme gefüllte Teigrolle. Der Geschmack war wie erwartet: einfach köstlich. Sie schlang mehr, als sie kaute. Das war ihr erstes warmes Essen seit Tagen.

Und natürlich schaffte sie, was sie immer beim Döner-Essen schaffte: Die Knoblauchsoße tropfte ihr gleich beim zweiten Bissen auf den Mantel und leuchtete weiß und nicht zu übersehen auf dem dunklen Revers. Und obwohl sie wusste, dass das Reiben mit der Serviette alles nur noch schlimmer machen würde, rieb sie instinktiv an dem Fleck herum. Genervt gab sie auf und aß weiter. Apropos Fleck: Wie die Couch wohl aussah? Vielleicht hatte sie ja Glück, und ihr kleines Missgeschick war nicht mehr zu sehen.

Trotz ihres anfänglichen Heißhungers schaffte sie nur den halben Yufka, die andere Hälfte ließ sie sich in ein Stück Alufolie wickeln. Vielleicht würde sie sie später noch essen.

So gestärkt trat sie den Heimweg an. Im Kopf machte sie eine Liste, was sie noch erledigen musste. Als Erstes die Lasagne zubereiten, dann das Dessert. Vielleicht schaffte sie es noch, den Tisch festlich zu decken – mit Mamas gutem Geschirr und den teuren Kristallgläsern. Alles, was sie heute erledigte, musste sie morgen nicht tun.

Sie bog in den Westring ein und summte zum Takt ihrer Schritte *Last Christmas*. Dass sie dabei unweigerlich an Paul, den miesen Verräter, denken musste, empfand sie seltsamerweise nicht mehr als so schlimm. Im Gegenteil, sie fühlte sich gut, wie sie da vor sich hin summend die Zäune entlangging. In schlimmster Not hatte sie Zuflucht gefunden, zwar nicht wie erwartet bei ihren Eltern, sondern völlig unerwartet in einer kleinen Bäckerei. Zwei Fremde waren zu ihren Freunden geworden, und morgen würde sie dank ihnen nicht allein Weihnachten feiern müssen. Dann waren da ja auch noch die süße kleine Mai und ihre Oma. Der Tisch wäre also voll besetzt, und sie würden zusammen Spaß haben.

Beim Elternhaus angekommen, drückte sie die Klinke des Gartentörchens mit dem Fuß herunter. Bestens gelaunt gab sie der Tür einen Tritt, sodass sie mit lautem Knall gegen die Rabatte schlug und die bislang unberührten Schneehäubchen auf den Spitzen der Zaunlatten herabrieselten. Mit dem Fuß schloss sie die Tür auch wieder.

»Hallo, Schneefrau, wie war dein Tag?«, rief sie übermütig, ohne eine Antwort zu erwarten.

»Sandra? Bist du das?«, kam eine Stimme aus dem Dunkeln. Gleichzeitig sprang, durch den Bewegungsmelder aktiviert, die Lampe im Eingang an.

Sandras Herz blieb beinahe stehen, als sie sah, dass da jemand zusammengekauert vor der Haustür saß. Im weiten Mantel, das Gesicht war wegen einer grob gestrickten, tief in die Stirn gezogenen Wollmütze nicht zu erkennen. Auch nicht, ob es sich um Männlein oder Weiblein handelte. Ein Penner, war ihr erster Gedanke. Oder jetzt doch noch ein Einbrecher? Dass diese Gestalt ihren Namen kannte, irritierte sie allerdings.

Erschrocken machte sie einen Schritt zurück. Blitzschnell überlegte sie, ob ihr die Flucht gelingen konnte.

Die Gestalt erhob sich zu ihrer vollen Größe und machte einen unsicheren Schritt in Richtung Weg. »Was machst du denn hier?«

Das Licht über dem Eindringling sprang dank dieser Bewegung endlich an, aber Sandra konnte trotzdem nicht erkennen, wer das war. Aber die Stimme kam ihr bekannt vor.

»Meike?«, fragte sie ungläubig. Was, zum Teufel, machte ihre kleine Schwester hier?

»Kannst du mir mal sagen, was hier los ist? Warum bist du jetzt doch gekommen? Wo sind Mama und Papa? Und wo ist dieser blöde Hausschlüssel? Er war doch immer unter dem zweiten Blumentopf versteckt. Ich bin hier draußen fast erfroren.« Ihre Stimme klang weinerlich.

»Und was machst du hier?«, gab Sandra eine der Fragen zurück.

»Ich wollte Mama und Papa überraschen.«

»Willkommen im Club«, sagte Sandra sarkastisch und ging an ihrer Schwester vorbei zur Tür. Das, worauf Meike gesessen hatte, war ein großer pinkfarbener Hartschalenkoffer. Ihre Schwester hatte anscheinend vor, länger zu bleiben, und sie hatte definitiv mehr zum Anziehen dabei als sie selbst.

Sie schloss auf und ging voran ins Haus. Angenehme Wärme schlug ihr entgegen.

Schniefend packte Meike den Griff des Koffers und zerrte das sehr schwer aussehende Gepäckstück mit lautem Gepolter hinter sich her. Mit einem ungesund klingenden Niesen schloss sie die Tür hinter sich.

Wenn sie sich da draußen auf ihrem Koffer erkältet haben sollte, dann geschah es ihr recht, fand Sandra. Sie wartete nicht, bis Meike ihre Stiefel und den Mantel ausgezogen hatte. Bei Weitem nicht mehr so gut gelaunt brachte sie die Einkäufe in die Küche.

»Wo sind unsere Eltern? Und warum ist das Haus nicht geschmückt? Ihnen ist doch hoffentlich nichts passiert?« Meikes Fragen kamen wie aus dem Maschinengewehr. Noch immer im Mantel, setzte sich auf einen Stuhl und sah Sandra abwartend an. Jetzt zog sie die Mütze ab.

Sandra konnte den Blick nicht von ihrer Schwester abwenden. Sie war zwischen Schock und Bewunderung hin- und hergerissen. Meike hatte schon immer die gleiche brünette Haarfarbe wie sie gehabt, und auch die Haarlänge war bis vor einem Jahr nicht viel anders als bei ihr gewesen. Jetzt jedoch waren ihre Haare raspelkurz und in einem leuchtenden Rot gefärbt, so rot, dass Feuermelder-Frank neidisch werden könnte. Das Schlimme daran war: Es sah saugut aus! Frech und besonders.

Aber die sonst immer so schlanke Meike hatte zugenommen, stellte sie gleich darauf schadenfroh fest. Richtige Pausbacken, die jetzt rot glühten, und ein kleines Doppelkinn hatte sie sich angefressen. Und mit dem dicken Mantel sah sie aus wie eine wandelnde Tonne.

»Sie sind auf Kreuzfahrt«, antwortete Sandra knapp.

»Auf ... Kreuzfahrt?«

Mit vor der Brust verschränkten Armen lehnte Sandra

sich an den Kühlschrank und sah auf die Schwester hinab. »Jetzt sag nicht, dass du das nicht wusstest. Du und Mama, ihr telefoniert doch ständig miteinander.«

»Ja, schon, aber von einer Kreuzfahrt haben sie nichts erzählt. Nur dass du nicht kommst, weil du ...«

Ein Klingeln unterbrach Meike. Sandra zog ihr Handy aus der Hosentasche und kontrollierte das Display.

»Wenn man vom Teufel spricht ... Hallo, Mama«, meldete sie sich.

»Sandra, na endlich«, kam, von lauten Stimmen untermalt, die Stimme ihrer Mutter an ihr Ohr. »Warum meldest du dich denn nicht? Nie gehst du ran, wenn wir anrufen. Wir machen uns Sorgen.«

Nach ihrer Berechnung musste es dort, wo ihre Eltern gerade waren, etwa zwei Uhr Nachmittag sein.

»Hier ist alles gut. Ich war die meiste Zeit in der Backstube, da konnte ich nicht ans Handy gehen.«

»Was machst du in einer Backstube? Ist wirklich alles in Ordnung bei dir?«

»Ja, Mama, es ist alles in Ordnung. Herr Burger kann mit seiner verletzten Hand nicht arbeiten, und deshalb helfe ich ihm, damit er die Bäckerei nicht schließen muss.«

Mit fragend hochgezogenen Augenbrauen hörte Meike zu.

»Aber was sagt Paul dazu, wenn du andauernd bei Herrn Burger bist? Was macht der Arme denn den ganzen Tag?«

Sandra holte tief Luft. Jetzt musste sie es ihr endlich sagen, auch wenn ihre Schwester zuhörte.

»Der arme Paul sagt gar nichts dazu, denn er ist nicht hier.«

»Dann kommt er wohl morgen nach? Ja klar, wie dumm von mir, er kann ja nicht einfach die Praxis zumachen.«

»Paul kommt auch nicht nach, wir haben uns getrennt.«

So, jetzt war es raus.

Vom anderen Ende kam keine Antwort, Sandra hörte nur eine Stimme im Hintergrund, die irgendwelche Anweisungen rief. Im Geiste sah sie sonnenbrandgerötete ältere Menschen an einem Pool ungelenk Aerobic machen.

Und Meike ihr gegenüber formte mit den Lippen ein stummes O. Sandra versuchte, Häme oder Schadenfreude aus ihrem Gesicht zu lesen, konnte aber nichts dergleichen erkennen. Aber das würde sicherlich noch kommen, da machte sie sich nichts vor.

»Oh, Kind, das tut mir ja so leid!« Ihre Mutter hatte ihre Fassung wiedererlangt. »Und wir sind nicht da, um dich zu trösten. Kommst du denn wirklich so ganz allein zurecht?«

»Ich bin nicht allein, eure andere Tochter ist gerade angekommen. Willst du sie mal sprechen?«

Meike machte abwehrende Wedelbewegungen mit den Händen, aber da hatte Sandra schon die Mithörfunktion aktiviert. »Meike, sag Hallo.«

»Hallo, Mama«, begrüßte Meike die Mutter mit säuerlichem Blick.

Sandra fragte sich, was das sollte, sie und Mama waren doch sonst immer ein Herz und eine Seele gewesen.

»Kind, was machst du denn in Markingen? Wir dachten, du musst arbeiten. Wenn wir gewusst hätten, dass ihr beiden doch kommt, wären wir nicht weggefahren!«

»Elli, mit wem redest du denn da?« Das war die Stimme ihres Vaters.

»Stell dir vor, Hans, die Mädels sind bei uns zu Hause ... also in Markingen.«

»Alle beide?« Etwas klirrte, es hörte sich an wie Eiswürfel in einem Glas.

»Hallo, Papa«, begrüßte Sandra den Vater.

»Hallo, Papa«, echote Meike.

»Ich verstehe das nicht ... Ihr hattet doch beide abgesagt?«

»Schlaf weiter, Papa, wir erklären dir das ein andermal.« Sandra verspürte keine Lust, ihre Geschichte lang und breit zu erzählen. Und Meike anscheinend auch nicht.

»Mädels, in der Gefriertruhe ist jede Menge Essen, ich habe vor dem Urlaub noch ...«

»... literweise Grumbeersupp gekocht, ich weiß, Mama«, unterbrach Sandra. Sie wollte dieses leidige Gespräch beenden und endlich herausfinden, warum ihre ach so erfolgreiche Medizinstudentin-Schwester hier hereingeschneit war.

»Lass uns morgen telefonieren. Ich werde zwar viel in der Bäckerei sein, aber Meike ist ja hier. Viel Spaß, ihr beiden!«

»Tschüss, Mama, tschüss, Papa«, rief Meike gekünstelt fröhlich.

Sandra drückte das Gespräch weg und legte das Telefon auf den Tisch.

»So, jetzt kannst du dich gern über meine Trennung von Paul lustig machen«, sagte sie provokant.

Überrascht sah Meike sie an. »Warum sollte ich mich darüber lustig machen? Ich finde es sehr traurig, und es tut mir total leid für dich. Ihr wart so ein schönes Paar. Für mich das Traumpaar schlechthin. Und Mama hatte angedeutet, dass ihr euch an Weihnachten verloben wolltet. Was ist passiert?«

»Wie es eben manchmal so geht.« Sandra stieß sich vom Kühlschrank ab und ging hinüber ins Wohnzimmer. Das Letzte, was sie tun wollte, war, ihr zerrüttetes Liebesleben vor ihrer kleinen Schwester auszubreiten. Damit die dann genüsslich darauf rumtrampeln konnte.

Meike kam ihr nach, blieb dann aber mit einem erstaunten »Boah!!« in der Tür stehen. »Hast du das so geschmückt?«

»Ja, unterstützt von eineinhalb Flaschen Wein.«

Gleich würde Meike über das kitschige Durcheinander spotten, was anderes erwartete Sandra auch nicht. Sie hätte das natürlich wie immer viel besser und viel schöner gemacht.

»Da fehlt Lametta«, war alles, was die kleine Schwester dazu sagte.

Sandra ging noch einmal in die Küche und holte die beiden Packungen Lametta aus der Einkaufstasche.

Mit den Worten »Tu dir keinen Zwang an!« drückte sie sie der Schwester in die Hand.

»Du hast sogar Lametta? Mama wollte das nie, aber ich schon.« Meike trat in den Raum und legte die Packungen auf den Couchtisch. »So herrlich kitschig wollte ich schon immer mal Weihnachten feiern«, sagte sie nach einem gründlichen Rundblick.

Dieser Blick blieb zuletzt an der Couch hängen.

»Was ist denn hier passiert? Warst du das?«

Sandra hoffte, dass der Stoff einfach noch nass war. Sie erkannte aber sofort, dass der Cordsamt völlig trocken war und von einem unschönen kackbraunen Fleck geziert wurde. Nicht mehr ganz so intensiv wie vor der Schrubb-Aktion, aber nicht zu übersehen.

»Mir ist der Kaffee umgekippt«, gestand sie kurz angebunden.

»Mama wird dich umbringen, wenn sie das sieht«, orakelte Meike.

Das wusste Sandra selbst. Dazu brauchte sie keine blöde kleine Schwester, die nichts Besseres zu tun hatte, als auf diesem ebenso blöden Fleck herumzureiten. Wie sie sie kannte, würde sie später gleich bei ihren Eltern in der Karibik anrufen, um zu petzen. »Willst du nicht endlich deinen Mantel ausziehen?«, wechselte sie das Thema. Denn dass Meike wieder gehen würde, musste sie hinsichtlich des großen Koffers wohl leider ausschließen.

Umständlich nestelte Meike an den Knöpfen herum, zögerte noch einmal kurz, als das geschafft war, und streifte dann den Mantel ab.

# Kapitel 26

## Nichte oder Neffe?

Entsetzt starrte Sandra auf Meikes Bauch, über den sich nicht eben vorteilhaft ein grün-weiß-geringeltes Strickkleid spannte. Die kleine Schwester war tatsächlich dick geworden, sehr dick. Plump-dick. Und wenn das in ihrem Bauch kein riesiger Tumor war …

»Du bist schwanger?«, fragte sie geschockt. Der tolle englische Chefarzt, der Meike nach Mutters Erzählungen so überaus gewogen gewesen war, hatte sich offensichtlich sehr persönlich und mit reichlich Nachhilfestunden in Sexualkunde um ihre Schwester gekümmert. Und, das schob sie in Gedanken noch hinterher: Ihre Schwester lieferte tatsächlich vor ihr das heiß ersehnte Enkelchen. Einfach zum Kotzen! Komisch fand sie es allerdings, dass weder Mama noch Papa die Schwangerschaft erwähnt hatten.

Statt einer Antwort brach Meike in Tränen aus. Schluchzend, die Hände vors Gesicht geschlagen, ließ sie sich graziös wie ein Nilpferd auf die Couch plumpsen.

Sandra wusste nicht, was sie sagen, geschweige denn, was sie tun sollte. Wortlos ging sie in die Küche und kam mit einem Glas Rotwein und einem Glas Wasser zurück. Sie brauchte jetzt Alkohol, um mit dieser Tatsache umgehen zu können. Meike musste sehen, wie sie das mit Wasser aus dem Hahn hinbekam.

»Trink«, befahl sie.

Mit einem Ärmel wischte Meike sich die Tränen halbwegs aus dem Gesicht. Folgsam nahm sie das Glas und trank es in einem Zug aus.

»Mehr?«

Mit einem Kopfschütteln stellte Meike das leere Glas auf den Couchtisch.

In einer Hosentasche fand Sandra ein gebrauchtes Papiertaschentuch, ihre Schwester nahm es unbesehen und schnäuzte kräftig hinein.

»Gut.« Sandra setzte sich ihr gegenüber in den Sessel. Nach einem großen Schluck Dornfelder sah sie den Haufen Elend – denn von Häufchen konnte hier nicht mehr die Rede sein –, der schniefend vor sich hinstarrte, abwartend an. »Dann leg mal los.«

»Ich war ja so verliebt. Und so doof ... Ach, Sandra, dir würde so was wahrscheinlich nie passieren.« Nach einem erneuten Naseputzen erzählte sie weiter. »Jason, er war so unglaublich nett und charmant zu mir. Und wie er aussieht, wie ein Filmstar ...«

»Jason ist wer?«, hakte Sandra nach.

»Der Vater meines Kindes.« Etwas leiser fügte sie hinzu: »Der Chefarzt an der Klinik in London ... Ähm ... mein Chef.«

»Ihr habt was miteinander angefangen.« Das war keine Frage, sondern eine Feststellung.

Meike nickte und knetete dabei das Taschentuch mit ihren Fingern. »Er brachte mir so viel bei, und dann gingen wir ein paarmal miteinander aus.«

»Was irgendwann im Bett endete.«

Erneutes Nicken, erneute Tränen, erneutes Schnäuzen. »Und dann war ich schwanger.«

»Als Medizinstudentin müsstest du aber schon wissen, wie das mit der Verhütung funktioniert.«

Waidwund sah Meike sie an. »Klar weiß ich das«, fauchte

sie. »Aber ich dachte, wir würden heiraten«, fuhr sie sehr viel milder fort. »Er hat immer von einem wunderschönen weißen Holzhaus in Brighton erzählt, mit Blick auf den Ärmelkanal, wo wir eines Tages leben würden. Dass wir eine süße kleine Familie gründen würden. Und ich blödes Schaf habe ihm das geglaubt.«

»Lass mich raten: Das hat er anderen auch erzählt?«

»In jedem Semester einer anderen«, bestätigte Meike mit Bitterkeit in der Stimme. »Nach ein paar Wochen hat er dann mit mir Schluss gemacht.«

»Wegen des Kindes?«

Meike schwieg, dann schüttelte sie den Kopf.

»Er weiß gar nichts von der Schwangerschaft?«, fragte Sandra ungläubig.

»Er hat die Beziehung beendet und auch meine Assistenzzeit in der Klinik. Ich wusste nicht weiter und bin nach Deutschland zurückgegangen. Erst nach ein paar Wochen hab ich gemerkt, dass ich schwanger bin.«

Sandra trank den letzten Schluck aus und ließ das Gesagte auf sich wirken. Dann stand sie auf und ging in die Küche, um sich Wein nachzuschenken.

»Du lebst also schon länger wieder hier in Deutschland?«, vergewisserte sie sich, als sie auf ihren Platz im Sessel zurückkehrte. Dann war ihr ganzer Neid auf die in London lebende Schwester völlig umsonst gewesen.

Meike nickte. »Ich war wieder in Würzburg, in meiner alten WG. Na ja, bis heute zumindest.«

»Bis heute?«

»Die haben mich rausgeschmissen, weil ich seit zwei Monaten die Miete nicht zahlen konnte. Ich durfte zuletzt wegen der fortgeschrittenen Schwangerschaft nicht mehr in der Uniklinik arbeiten. Und sieh mich mal an – wer nimmt schon so ein Walross als Bedienung oder was auch immer es an Jobs für Studenten gibt.«

Skeptisch sah Sandra das Nesthäkchen an. »Was sagen Mama und Papa dazu?«

»Sie wissen nichts davon«, sagte Meike nach kurzem Zögern. »Nichts von meinem Rauswurf in London, nicht, dass ich wieder hier bin, und schon gar nichts von dem Kind.«

Das alles konnte Sandra kaum glauben. »Aber warum nicht? Sie hätten dir doch sofort geholfen. Und Mama ist doch ganz scharf auf ein Enkelkind, sie wird ausflippen vor Freude.«

»Ich hab mich zu sehr geschämt. Vor dir, vor Papa ... Er war so stolz darauf, dass ich Medizin studiere ...«

»Sag jetzt nicht, dass du dein Studium ganz geschmissen hast!«

»Nein, hab ich nicht. Noch nicht. Ach, ich weiß nicht, wie ich das hinkriegen könnte. Kind und Studium, wie soll das gehen? Und dann die Arbeit als Ärztin?«

»Irgendwie wird es schon funktionieren. Es funktioniert doch immer irgendwie. Du musst nur wollen. Millionen Frauen vor dir haben das auch geschafft.«

»Du hast leicht reden, bei dir läuft ja alles wie geschmiert!«

Genau, wie geschmiert, dachte Sandra spöttisch. *Ich bin zwar nicht schwanger, aber ich habe genauso wie du kein Dach mehr über dem Kopf.* Vielleicht sollten wir ja beide wieder bei Mama und Papa einziehen? Und wenn wir nicht gestorben sind, dann leben wir dort für immer? Wunderbare Aussichten.

»Wie viele Semester hast du jetzt hinter dir? Sieben? Acht?«

»Neun.«

»Und wie viele musst du noch?«

»Drei oder vier, kommt drauf an ...«

»Noch drei oder vier lächerliche Semester? Und da willst du jetzt aufgeben? Spinnst du? Dann trete ich dir höchstpersönlich in den Allerwertesten, darauf kannst du Gift nehmen!«, echauffierte sich Sandra. Ja, sie war ganz sicher kein Fan ihrer kleinen Schwester, aber so kurz vor dem Ziel aufgeben, das ging gar nicht.

Lachend hob Meike die Hände. »Okay, okay, ich mache weiter, versprochen.«

»Und warum hast du dich vor mir geschämt?«

»Na ja, du warst immer mein großes Vorbild. Ich wollte auch immer so cool und locker sein wie du ... so gut in Sport. Und wie du zeichnen konntest ... Du hast ja keine Ahnung, wie ich dich dafür beneidet habe. Mein Gott, was hab ich mich bei allem angestrengt, um einigermaßen mit meiner tollen Schwester mithalten zu können. Mein größter Wunsch war immer, deine Freundin zu sein. Und jetzt bin ich ungewollt schwanger, mitten im Studium, von einem Typen, der mich nicht mehr will. Der Gedanke, dass du mich wegen meiner Naivität auslachen und verspotten würdest, war unerträglich. Denn dir, das wusste ich ganz genau, wäre so was Blödes nie im Leben passiert.«

So sah Meike das also? Sandra war überrascht.

»Ich dachte immer, du willst einfach nur in allem besser sein als ich. Um mir eins auszuwischen. Um von Mama und Papa mehr gelobt und vor allem mehr geliebt zu werden. Ich hatte immer das Gefühl, dass du mich ausbooten willst.«

»Warst du deswegen immer so eklig zu mir?«

»Na ja, ich war vielleicht nicht immer nett ...«

»Nicht immer nett? Du warst so was von gemein. Einmal hast du sogar einen Rock von mir zerschnitten. Einen Rock, auf den ich so stolz war, weil du den gleichen hattest. Ich wollte doch einfach nur so aussehen wie du.«

An diesen Rock konnte Sandra sich noch sehr gut erinnern. »Und ich wollte auf gar keinen Fall, dass du aussiehst wie ich. Ich wollte dich nicht, ich wollte keine kleine Schwester.« Ich habe dich immer gehasst, dachte sie noch, sagte es aber nicht.

»Mama dachte, ich hätte ihn zerschnitten – das glaubt sie heute noch.«

Sandra schwieg. Sie war Meike gegenüber als Kind und Jugendliche wirklich ein Scheusal gewesen. Frank hatte als weiteres Ziel für ihre Lästereien und kleine Gemeinheiten herhalten müssen, wofür er sie noch immer hasste. Ihre Schwester schien ihr jedoch verziehen zu haben. Würde sie sonst so offen mit ihr über alles reden?

Unverwandt betrachtete sie Meikes prallen Bauch. Er sah aus, als würde er jeden Moment platzen.

»Was wird es denn? Nichte oder Neffe?«

»Nichte.«

»Und wann ist es so weit?«

»Irgendwann Anfang Januar. Und jetzt bist du dran: Wie war das mit dir und Paul? Und mit Herrn Burger und der Backstube?«

»Das ist eine lange Geschichte, eigentlich sind es *zwei* lange Geschichten«, sagte Sandra ausweichend. Sie kämpfte mit sich, ob sie ihre Beziehungsniederlage wirklich mit ihrer Schwester – ausgerechnet mit ihrer blöden kleinen Schwester! – teilen wollte.

»Wie du jetzt weißt, habe ich jede Menge Zeit.«

»Ich hab noch einiges für morgen vorzubereiten. Wir«, sie hatte tatsächlich *wir* gesagt, »haben morgen Abend nämlich Gäste.«

»Aha, und wen?«

»Meinen Lieblingsbäcker, Ewald Burger, und Tante Peter ...«

»Tante Peter aus dem Kindergarten?«, rief Meike erfreut. »Die lebt noch?«

»Genau die, und ja, sie lebt noch. Dann kommen noch Frau Vogler von nebenan und meine kleine Freundin Mai, Frank Voglers Tochter.«

»Frank ist wieder da? Wie sieht er denn jetzt aus? Ich fand ihn früher immer so schnuckelig.«

Irritiert sah Sandra sie an. »Schnuckelig? Frank war immer zu dick, zu rothaarig, zu sommersprossig, zu zahnspangig – er war einfach unmöglich.«

»Ich fand ihn schnuckelig. Er hat sich immer bewegt wie ein Teddybär.«

»Genau, plump und träge wie ein dicker Teddybär«, sagte Sandra lachend und schnappte sich ihr Glas.

»Siehst du? So warst du immer: gemein und niederträchtig. Zu mir, aber noch viel mehr zu Frank. Der arme Kerl musste sich viel von dir gefallen lassen.«

»Er hätte sich ja wehren können.«

»So war er aber nicht, er war einfach nur ein netter Te...«

»Teddybär, ich weiß. Und jetzt gehe ich in die Küche und koche. Wenn du willst, kannst du ja mitkommen.«

Ächzend wälzte Meike sich von der Couch und watschelte dann schwerfällig hinter ihr her.

»Und, wie sieht er jetzt aus?«

»Der Teddybär?«, neckte Sandra.

»Ja, der Teddybär.«

»Jedenfalls nicht mehr wie ein Teddybär. Die Zahnspange ist weg, die vielen Speckrollen auch ...«

»Hör auf, so gemein zu sein«, beschwerte sich Meike.

»Du willst also die Wahrheit.« Aufreizend langsam räumte Sandra die Einkaufstaschen aus und verteilte alles auf der Arbeitsfläche.

»Jetzt mach es doch nicht so spannend!«

»Er sieht gut aus – also besser als früher.«

Meike boxte sie auf den Arm. »Mann, Sandra.«

»Er ist groß, schlank, wirkt sportlich. Wenn da nicht diese roten Haare wären.«

»Ich mag rote Haare, wie du unschwer erkennen kannst. Weißt du überhaupt, dass ich als Teenie total in ihn verschossen war?«

»In den Teddybären?«

»In den Teddybären. Aber er hat mich ignoriert. Vielleicht, weil ich zu jung für ihn war. Vielleicht aber auch, weil er wegen dir immer einen großen Bogen um unser Haus gemacht hat. Was ist das?« Meike roch an der in Alufolie gewickelten Rolle.

»Ein halber Yufka.«

»Kann ich ihn haben? Ich sterbe vor Hunger.«

»Ja, aber der ist jetzt eiskalt, wir könnten ihn kurz in den Ofen ...«

Zu spät, Meike hatte die Alufolie schon zur Hälfte abgerissen und kaute auf dem ersten Bissen herum. Sie stöhnte vor Wonne.

»Um auf Frank zurückzukommen: Der liebe, nette Ex-Teddybär ist Witwer. Und er hasst mich wie die Pest.«

»Wundert dich das?«

»Nein, ehrlich gesagt nicht.«

»Mich auch nicht. Was kochen wir denn?«

»Lasagne.«

»Als Weihnachtsessen?«

Nein, Sandra würde sich nicht zu etwas anderem überreden lassen. Auch wenn Meike sich zuletzt als gar nicht so doof und besserwisserisch dargestellt hatte, jetzt würde sie wahrscheinlich alles nachholen und etwas Geeigneteres als Weihnachtsmahl vorschlagen.

»Tolle Idee. Ich liebe Lasagne!«, nuschelte Meike mit vollem Mund.

»Kannst du die Zwiebeln schneiden?«

»Ich kann perfekt Leichen sezieren ... Natürlich kann ich Zwiebeln schneiden.« Sie steckte sich den letzten Bissen in den Mund und schlang ihn hinunter. Mit lautem Schmatzen schleckte sie sich die Finger ab.

»Dann brauche ich fünf klein gehackte Zwiebeln.« Sandra schob ihr ein Schneidebrett, ein großes Messer und den Beutel mit den Zwiebeln hin. Dann holte sie zwei große Töpfe aus dem Schrank und stellte sie auf den Herd.

Während Meike die Zwiebeln schälte und klein würfelte,

rieb sie die Champignons für die helle Soße mit einem Küchentuch ab und schnitt sie in dünne Scheiben.

»So, große Schwester, was willst du zuerst erzählen? Die Geschichte mit dem Bäcker oder die von Paul?«, fragte Meike. Mit dem Handrücken wischte sie sich ein paar Tränen weg, diesmal heulte sie aber wegen der Zwiebeln.

»Die Geschichte mit dem Bäcker ist keine besondere«, begann Sandra, die weniger persönliche Geschichte zu erzählen. Nebenbei gab sie Öl in beide Töpfe und in einen davon einen Teil der Zwiebeln und die geschnittenen Champignons. »Ich bin vorgestern Abend durch die Stadt spaziert und war überrascht, dass es die Bäckerei Burger noch gibt.«

»Nougattaler!«, schwärmte Meike.

»Du mochtest die auch? Jedenfalls bin ich natürlich reingegangen, und da war tatsächlich noch der Herr Burger. Viel älter natürlich, aber er führt die Bäckerei noch, obwohl er schon weit über siebzig ist. Und er hat mich nach all den Jahren tatsächlich erkannt. Ich durfte mit in die Backstube und ihm helfen, einen ganzen Berg Nougattaler fertig zu machen. Wie früher.«

»Einfach so?«

»Einfach so.« Sie schaltete die Herdplatten ein und kippte die restlichen Zwiebeln in den zweiten Topf. Als diese zu schmurgeln anfingen, gab sie das Hackfleisch dazu.

»Und weiter?«, drängelte Meike.

»Am nächsten Tag ging ich wieder hin. Tja, und da war Herr Burger am Morgen gestürzt, und seine Hand schmerzte.«

Während sie abwechselnd in den beiden Töpfen rührte, erzählte sie in Kurzform, was dann weiter passiert war. Sie wunderte sich selbst darüber, wie vertraut sie sich mit Meike fühlte. Sie konnte sich nicht erinnern, jemals so viel mit ihr gesprochen zu haben.

»Du hast die ganze Nacht Brot und Brötchen gebacken? Krass!« Meike war ehrlich beeindruckt.

»Die *halbe* Nacht. Ich war vorher ganz schön aufgeregt, aber es war toll. Klar, das Aufstehen mitten in der Nacht war die Hölle, und wirklich leicht ist die Arbeit auch nicht, ich spüre jetzt noch jeden Muskel in den Armen, aber es hat tatsächlich jede Menge Spaß gemacht! Und wenn du dann am Morgen in den Regalen liegen siehst, was du alles in den wenigen Stunden geschaffen hast – das ist der pure Wahnsinn. Heute Nacht um drei geht es wieder los.«

Meike hatte sie beim Erzählen nicht aus den Augen gelassen. »Du klingst ja total begeistert – willst du etwa Bäckerin werden?«

»Um Gottes willen, nein! Ja, es hat mir Spaß gemacht, und ich hab auch viel gelernt, aber ich will doch nicht den Rest meines Lebens nachts in einer Backstube stehen müssen. Ich bin doch nicht verrückt.« Sandra gab das Tomatenpüree zum Hackfleisch und mischte ordentlich Gewürze unter. Dann übergab sie den Kochlöffel an ihre Schwester, die eh nichts anderes zu tun hatte, und ließ sie weiterrühren.

»Wenn du meinst ...«

»Warum sagst du das so komisch?«

»Na ja, so, wie du gerade von der Arbeit in der Bäckerei geschwärmt hast und von den Produkten ... Also vielleicht wäre es ja genau das, was dich glücklich macht? An das Aufstehen gewöhnt man sich, ich kann ein Lied davon singen.«

»Daran will ich mich aber nicht gewöhnen. Das ist jetzt eine Ausnahmesituation, ich mache das nur so lang, bis Herrn Burgers Hand wieder in Ordnung ist. Zwei bis drei Wochen – maximal. Dann kehre ich in mein wunderschönes Büro zurück und genieße die Gleitzeit und die Nächte, in denen ich durchschlafen kann, noch mehr als vorher.« Sie bestäubte die angebratenen Pilze mit Mehl, rührte kurz um und goss mit Milch auf.

»Warum machst du in die Lasagne eigentlich Champignons rein?«, wollte Meike wissen.

»Das ist ein Rezept meines Lieblingsitalieners. Magst du etwa keine Pilze?«

»Doch, aber das kenne ich so nicht. Ich bin gespannt.«

Sandra holte die größte Auflaufform aus dem Schrank und legte die fertigen Nudelteig-Platten bereit. Sie schmeckte die Pilz-Béchamelsoße ab und schaltete den Herd aus.

Stöhnend griff Meike sich an den Bauch. »Ich muss mich setzen.«

»Ist alles in Ordnung?«, fragte Sandra besorgt. Eine entbindende Schwester war das Letzte, was sie jetzt brauchte.

»Ja, alles bestens. Ich kann einfach nicht mehr lang stehen. Vielleicht sind es auch Senkwehen.«

»Ist das gut oder schlecht?« Mit dem Thema Schwangerschaft und Entbindung hatte Sandra sich bisher eher weniger beschäftigt.

»Weder noch, es ist ganz normal.« Meikes schmerzverzerrtes Gesicht sagte aber etwas anderes.

»Meine Nichte kommt aber nicht jetzt?«

Meike lachte gequält. »Nein, keine Sorge, bis zum Geburtstermin sind es noch drei Wochen.«

»Und die Kleine weiß das?«

»Ja, ich denke, sie weiß das.« Sie streckte sich und lächelte Sandra an. »Siehst du, schon vorbei.«

»Du könntest jetzt also den Käse reiben, ohne eine Sturzgeburt zu bekommen?«

»Gib her, ich kann's ja mal versuchen.«

Sandra packte das Stück Gouda aus und legte es auf einen Teller. Zusammen mit der Gemüsereibe stellte sie es auf den Tisch. Mit Argusaugen beobachtete sie ihre Schwester, wie sie sich aufsetzte und den Käse in grobe Streifen rieb. Sie fragte sich, was sie tun würde, wenn es doch gleich losginge. Den Notarzt rufen? Versuchen, Frank zu erreichen? Er hatte morgen Nachtdienst, dann hatte er heute Abend eventuell frei, und wenn sie Glück hatte, dann war er mit Mai drüben bei seinen Eltern. Automatisch sah sie durch das Küchenfenster rüber zu den Nachbarn, aber da waren schon sämtliche Rollos runtergelassen.

»Hey, mir geht es gut, ehrlich. Die Kleine kommt erst im neuen Jahr, entspann dich.«

»Wo willst du dein Kind eigentlich zur Welt bringen?«

Meike setzte den Käse ab und sah sie an. »Hier, wenn Mama und Papa mich aufnehmen. Wenn nicht … keine Ahnung. Kann ich dann eventuell bei dir …?«

# Kapitel 27

## Beleidigte Leberwurst

Bei ihr in München? Sandra glaubte, nicht richtig gehört zu haben. Davon abgesehen, dass sie auf gar keinen Fall ihre Schwester bei sich aufnehmen würde – und schon gar nicht mit Kind –, hatte sie ja nicht mal mehr eine Wohnung.

»Mit der Aussicht auf ein Enkelkind werden Mama und Papa dich mit Handkuss aufnehmen, da mach dir mal keine Sorgen. Da oben sind zwei Zimmer frei, und wie gesagt: Mama kann es gar nicht erwarten, endlich Oma zu werden.« Sorgfältig schichtete sie abwechselnd die Soßen, den Käse und die Nudelplatten in die Auflaufform.

»Meinst du?«

»Ja, ich meine. Und wenn du dann noch dein Studium abschließt, dann ist doch alles in bester Ordnung. Vielleicht bekommst du hier in der Klinik ja einen Job?«

Unwillig verzog Meike das Gesicht. »Eigentlich hatte ich nicht vor, in Markingen zu versauern. Und dann auch noch in einem Provinzkrankenhaus arbeiten – da hatte ich ehrlich gesagt andere Pläne.«

»Diese Pläne haben aber sicherlich kein Kind beinhaltet. Ich brauche noch mehr Käse.«

Eifrig schob Meike den Gouda weiter über die Reibe. »Mal ehrlich: Würdest du denn freiwillig hierher zurückkommen?«

Sandra verteilte als letzte Schicht Käse auf der Lasagne. »Nein, niemals«, sagte sie schließlich. »Aber das ist ja auch gar nicht das Thema. Es geht ganz allein um dich.« Aus der Schublade unter dem Kühlschrank holte sie die Rolle Klarsichtfolie heraus, riss ein großes Stück davon ab und spannte es über die Form.

»Aber ich soll? Das ist ja wieder mal typisch! Du lebst ein aufregendes Leben in München, und ich darf hier auf dem Land verkümmern?«

»Ich habe keinen Grund zurückzukommen. Ich habe einen gut bezahlten Job und werde auch ohne Paul ganz gut leben. Außerdem hab ich mir kein Kind machen lassen, aber du! Du wirst unsere Eltern brauchen, wenn du die nächsten Jahre irgendwie überstehen willst.«

Mit einer Schnelligkeit, die Sandra ihr in ihrem Zustand gar nicht zugetraut hätte, sprang Meike von ihrem Stuhl auf.

»Siehst du?«, rief sie zornig. »Genau deswegen habe ich das mit dem Kind bisher verschwiegen. Ich wusste nämlich genau, dass du auf mir herumhacken würdest. Erst hab ich gedacht, du hast dich geändert, weil wir so toll über alles reden konnten. Aber jetzt weiß ich, dass du noch das gleiche miese Biest bist wie früher. Mich wundert nicht, dass Paul nicht mehr mit dir zusammen sein will. Ein Wunder, dass er es überhaupt so lang mit dir ausgehalten hat!« Der Boden bebte, als sie aus der Küche stampfte.

Völlig überrumpelt sah Sandra ihr nach. Sie hörte, wie sie den Koffer über die Fliesen zog und ihn dann schwer schnaufend die Treppe nach oben schleppte.

Sie hätte ihr helfen sollen, schließlich war sie hochschwanger, aber sie ließ sich ganz sicher nicht von dieser kleinen Kröte als mieses Biest beschimpfen. Sollte sie doch sehen, wie sie allein zurechtkam. Dass sie eventuell hierherziehen sollte, war ein wohlgemeinter Rat gewesen und ganz sicher kein Herumhacken.

Wenn Meike schon so doof war und sich schwängern ließ,

dann hatte das eben Konsequenzen. Eine Konsequenz war dann auch, dass sich die eigentlichen Lebenspläne total änderten. Und ihr dann auch noch an den Kopf zu werfen, dass der arme Paul quasi einen Orden verdient hätte, weil er es so lang an ihrer Seite ausgehalten hatte, das war ja wohl die Höhe. Wer, bitte schön, war da jetzt das miese Biest?

Nicht eben zärtlich schob sie die noch viel zu warme Auflaufform in den Kühlschrank. Sie wusste, dass man das nicht tun sollte, aber gerade jetzt war ihr das egal. Sie würde sich morgen wieder um Energiesparmaßnahmen kümmern.

Und weil sie gerade so schön wütend war, füllte sie einen Teil der Spekulatiuskekse, die sie besorgt hatte, in einen Gefrierbeutel und schlug mit dem Fleischklopfer darauf herum, bis sie nur noch kleine Brösel waren. Dabei platzte der Beutel und überall flogen die Brösel herum. Das Zeug knirschte unter ihren Füßen.

*Ein Wunder, dass er es überhaupt so lang mit dir ausgehalten hat* – dieser Satz kreiste unentwegt durch ihren Kopf, während sie die Sauerei halbherzig mit Handfeger und Schaufel aufkehrte. Die Brösel auf der Arbeitsplatte schob sie mit der Hand zu einem Häufchen zusammen. Mit lautem Geklapper zerrte sie die Rührschüsseln aus dem Unterschrank heraus. In der einen schlug sie die Sahne, in der anderen verquirlte sie den Quark mit dem Zucker.

Acht Jahre waren sie und Paul ein Paar gewesen. In diesen acht Jahren hatten sie viele schöne Dinge miteinander erlebt: tolle Reisen, Kurztrips an den Wochenenden, Kino- und Konzertbesuche, fröhliche Abende mit Freunden. Beide liebten sie schöne Dinge, hatten Museen und Kunstausstellungen besucht und die gleichen Bücher und Filme verschlungen.

Sie hatten sich ein gemeinsames Leben aufgebaut, zusammen eine Wohnung, Pauls frisch erstandene Eigentumswohnung, eingerichtet und mit Leben gefüllt. Immer hatten sie dem anderen die nötigen Freiräume gegeben, und jeder für sich hatte, ohne den anderen jemals zu beneiden, Karriere gemacht. Letztendlich hatte sie wohl mehr zurückstecken müssen als er, besonders nach Eröffnung seiner Kinderarztpraxis. In vielen Dingen hatte sie ihm den Rücken freigehalten. Aber das war für sie immer okay, ja, selbstverständlich gewesen. Da war immer noch genügend Zeit für gemeinsame Aktivitäten geblieben. Sie hatten ein harmonisches Miteinander gelebt und so gut wie nie gestritten. Es waren acht schöne Jahre gewesen. Jedenfalls für sie. Hatte er sich anderweitig orientiert, weil er dieses Zusammenleben, weil er *sie* nicht mehr ertrug? Weil sie ihm zu langweilig geworden war? Oder zu fordernd? Oder lag es an ihrem Humor, ihrem Sarkasmus, den er nicht mehr hatte aushalten können? Hatte sie am Ende auch ihn mit ihrer Art verletzt, ohne es gemerkt zu haben?

Sie schnitt sich am Deckel einer Mandarinendose. Fluchend steckte sie den blutenden Daumen in den Mund. Bloß, weil sie sich über ihre doofe Schwester geärgert und nicht aufgepasst hatte. Der Schnitt war zum Glück nicht tief, aber er tat verdammt weh. Sandra umwickelte den Daumen mit einem zusammengelegten Stück Küchenpapier, und so konnte sie weiterarbeiten.

War sie wirklich so ein mieses Biest, wie Meike ihr gerade vorgeworfen hatte? Sie goss den Saft in ein Glas ab, bevor sie den Inhalt der Dosen in ein Sieb kippte. War sie wirklich so unerträglich? Als Freundin, als Lebensgefährtin, als Schwester? Oder lag es doch nur an Meike? War sie durch die Schwangerschaft und den durcheinandergewirbelten Hormonhaushalt gerade einfach nur überempfindlich? Vielleicht war die kleine Schwester aber auch einfach nur die blöde Ziege, für die sie sie immer gehalten hatte? Viel zu verhätschelt von den Eltern, eine verwöhnte Prinzessin, die nur nicht mit Kritik umgehen konnte?

Mit dem Quark ging sie nicht gerade zimperlich um, als

sie die Sahne, die Keksbrösel und die abgetropften Mandarinenscheiben unterhob. Sie war noch immer wütend.

Am besten wäre es, wenn die beleidigte Leberwurst einfach da oben in ihrem Zimmer bleiben würde. Schließlich waren es allein *ihre* Gäste, die den Weihnachtsabend mit ihr verbringen würden. Ihre Freunde, die sie nicht für ein mieses Biest hielten, die sie mochten, wie sie war. Ihre Schwester gehörte da einfach nicht dazu.

Noch besser wäre es, entschied sie, wenn Meike ihren albernen rosa Koffer packen und verschwinden würde.

Schicht für Schicht stapelte sie Quarkmasse und Spekulatiuskekse in eine große Glasschüssel, den Abschluss bildeten ganze aneinandergelegte Kekse. Sie deckte das Tiramisu mit Klarsichtfolie ab und trug es in den kühlen Vorratskeller. Im Gegenzug brachte sie sich eine neue Flasche Wein mit hoch. Oben angekommen, machte sie jedoch sofort wieder kehrt, da ihr die Kartoffelsuppe eingefallen war, die noch in ihrem eiskalten Bett in der Gefriertruhe schlummerte. Die Frage, ob zwei Boxen genügen würden, beantwortete sich selbst, indem sie vorsichtshalber drei mit nach oben nahm und zum langsamen Auftauen in den Kühlschrank stellte.

Da sie mit dem verletzten Finger nichts abwaschen konnte, stapelte sie das schmutzige Geschirr in der Spüle. Morgen, im Laufe des Tages, würde sie sich darum kümmern. Jetzt wollte sie sich einfach ins Wohnzimmer setzen, den Kamin anfeuern, ins Feuer gucken und ein Gläschen Wein trinken. Und ihre blöde Schwester vergessen.

Als das Feuer wenig später munter vor sich hin knisterte, fiel ihr das Einhorn ein, das sie noch für Mai rahmen musste.

Sie holte die Einkaufstüte mit dem aufgerollten Bild, dem breiten dunkelrosa Rahmen und dem Geschenkpapier und legte alles auf den Couchtisch. Dann schaltete sie die Stereoanlage ein und startete die Weihnachts-CD. Mit der Lautstärke sparte sie nicht – die schmollende Meike sollte da oben ruhig hören, dass sie hier unten Spaß hatte.

Summend und immer wieder am Wein nippend packte sie den Rahmen aus der Folie. Nacheinander löste sie die kleinen Metalldreiecke aus der eingefrästen Rille im Holz, die den Rückenkarton im Rahmen hielten. Sie entfernte den Karton und das eingelegte Passepartout und legte dafür das Bild mit dem Einhorn und der Prinzessin auf das Glas. Als der Karton wieder fest eingeklemmt war, drehte sie das Bild um und stellte es auf die Sitzfläche des Sessels. Äußerst zufrieden betrachtete sie ihr Werk.

# Kapitel 28

## Männer sind Schweine!

»Das ist hübsch.«

Sandra zuckte bei Meikes laut gerufenen Worten zusammen, beinahe hätte sie den Rotwein verschüttet. Das wäre der nächste schlecht zu entfernende Fleck in Mamas gepflegtem Wohnzimmer-Universum gewesen. Verdammt, musste die doofe Kuh sie so erschrecken? Warum war sie nicht in ihrem blöden Zimmer geblieben?

Ihren dicken Bauch vor sich herschiebend ging Meike hinüber zur Stereoanlage und drehte die Lautstärke runter.

»Das Bild ist hübsch«, wiederholte sie und wirkte dabei verlegen.

Sandra ignorierte ihre Schwester und kippte das Bild um, sodass jetzt nur noch die graue Hinterseite zu sehen war.

»Darf ich mich zu dir setzen?«, bettelte Meike.

Gelangweilt hob Sandra die Schultern, sie verspürte keinen Appetit auf die Gesellschaft ihrer Schwester. So leicht würde sie es ihr nicht machen, sie würde sie zappeln lassen.

»Ist das Bild mit dem Einhorn für Franks Tochter?«

Sandra grunzte etwas Unfreundliches, ihr war egal, ob Meike das als Ja oder Nein einordnen würde.

Einige Minuten herrschte unangenehmes Schweigen zwischen ihnen. Sandras geheimer Wunsch, die Schwester würde sich in Luft auflösen oder zumindest wieder nach oben gehen, blieb unerfüllt.

»Sorry, Sandra, das vorhin war doof von mir.« Meike sagte das in einer kurzen Pause zwischen zwei Liedern.

»Stimmt«, antwortete Sandra kühl und ohne sie anzusehen.

»Tut mir echt leid, dass ich das mit Paul gesagt habe.«

»Hm.«

»Das war gemein.«

Sandra sah sie nun doch an, ohne jegliche Freundlichkeit im Blick. »Gratuliere, du wolltest doch immer so sein wie ich.«

»Genau *so* wollte ich aber nie sein.«

»Hat dann ja wohl nicht geklappt.« Sandra stellte das Glas ab, stand auf und legte Holz nach.

»Ich wollte dich nicht verletzen, ich ...«

»Hast du auch nicht«, unterbrach Sandra. Auf einmal tat ihr Meike, wie sie da stand und sich mit beiden Händen den überdimensionalen Bauch hielt, leid.

»Ich wollte ...« Meike stutzte. »Was?«

»Du hast mich nicht verletzt, also nicht wirklich. Und setz dich endlich hin, sonst fällt das Baby noch raus.«

Schnaufend ließ Meike sich auf der äußersten Kante der Couch nieder. »Du bist also nicht böse auf mich?«

»Anfangs schon. Aber dann hab ich nachgedacht, irgendwas muss Paul ja von mir entfernt haben, sonst hätte er wohl nichts mit einer anderen Frau angefangen.«

»*Er* hat sich getrennt? Als du Mama vorhin eure Trennung eröffnet hast, hat es sich etwas anders angehört.«

Schweigend sah Sandra ins Feuer.

»Willst du es mir erzählen? Wenn nicht, ist es auch okay ...«

Sandra riss sich von dem lodernden Spektakel im Kamin los und setzte sich wieder auf den Boden. »Vor drei Wochen fand ich in Pauls Jackett die Rechnung eines Reisebüros.

Über zwei Flüge nach London, nebst Buchung eines Doppelzimmers im Tower Hotel. Über Weihnachten.«

Ja, Sandra wollte es endlich jemandem erzählen. Die ganze Geschichte musste aus ihr raus. Sie hatte das Gefühl, dass sie erst dann endgültig damit würde abschließen können.

Geräuschvoll sog Meike die Luft durch die Zähne. »Du hast in seinen Sachen gestöbert?«

»Nein, so war das nicht!«, wehrte sich Sandra. »Er hatte mich gebeten, dieses Jackett in die Reinigung zu bringen, und ich habe nur die Taschen leer machen wollen.«

»Okay, erzähl weiter.«

»Ich habe aber nicht nur diese Rechnung gefunden – auch eine kleine Schachtel.« Sie machte eine dramatische Pause, nippte an ihrem Wein und stellte das Glas zurück auf den Tisch.

»Ein Verlobungsring?«, fragte Meike atemlos.

»Bingo.« Sandra konnte sich ganz genau an diesen Moment erinnern, als ihre Finger auf der Suche nach vergessenem Kleingeld oder Einkaufsbelegen an diesen kleinen Karton stießen. Nichts ahnend hatte sie ihn aus der seidigen Innentasche genommen und sofort erkannt, worum es sich dabei handelte. Sie hatte nicht mal den in Gold geprägten Namenszug des Juweliers auf dem Deckel lesen müssen. Ihr Herz war vor Freude gehüpft. Noch mehr, als sie den Deckel vorsichtig geöffnet und den schlichten Goldring mit den drei kleinen, flach eingearbeiteten Brillanten betrachtet hatte. In Kombination mit der zuvor gefundenen Reisebüro-Quittung gab es damals für sie nur eine einzige mögliche Schlussfolgerung. »Ich war mir so sicher, dass er mich mit dieser Reise in meine Lieblingsstadt überraschen wollte und mir dann dort, noch dazu an Weihnachten, einen Heiratsantrag machen würde. Das war das Romantischste, was ich mir vorstellen konnte.«

»Ist es ja auch«, seufzte Meike dazwischen.

»Deswegen hatte ich Mama und Papa ja schon frühzeitig

abgesagt. Und Mama hatte ich eingeimpft, ja nichts darüber zu Paul zu sagen, falls sie ihn mal am Telefon haben sollte.«

»Mir hat sie auch nichts verraten. Und dann?«

»Ich ließ alles in den Taschen und brachte ein anderes Jackett in die Reinigung.«

»Nein, das meine ich nicht. Wie ging es dann weiter?«

»Nun, ich hatte erst einmal zweieinhalb wundervolle Wochen mit der traumhaften Vorstellung eines höchstromantischen Heiratsantrags im weihnachtlich geschmückten London. Ich zog los und kaufte mir heimlich ein sündhaft teures kleines Schwarzes, ich wollte schließlich auf alles vorbereitet sein und am Abend der Abende nicht in Lumpen dastehen.« Das Kleid, das sie hinter ihren Pullovern versteckt hatte, damit er es nicht schon vorher sehen würde, und dass sie für den morgigen Weihnachtsabend so gut gebrauchen könnte. So musste sie aber auf Mutters spärliche, wahrscheinlich eh zu große Abendgarderobe zurückgreifen – gesetzt den Fall, sie hatte ihre guten Sachen nicht mit auf die Reise genommen, um auf dem Schiff beim Kapitänsdinner glänzen zu können.

»Weiter!«, drängelte Meike.

»Ich war so gespannt, wann er damit rausrücken und mir sagen würde, dass ich meine Koffer packen soll. Aber die Tage vergingen, und er machte nicht einmal die kleinste Andeutung. Ehrlich gesagt wunderte ich mich, dass er das so lang für sich behalten konnte – ich hätte das niemals geschafft. Ich hätte mich irgendwann vor lauter Aufregung verplappert.«

»Und dann?« Meike sah sie aus vor Spannung weit aufgerissenen Augen an.

»Dann kam vor zwei Tagen die Ernüchterung. Nämlich als Paul mir eröffnete, dass nur er seinen Koffer packen würde. Und zwar, weil er vorhatte, mit meiner Nachfolgerin zu verreisen. Ach ja, und dass ich mich doch bitte schnellstmöglich um eine eigene Wohnung kümmern soll.«

»Fuck!«

»Daraufhin habe ich wie in Trance ein paar Sachen in meine Reisetasche geworfen und habe ohne ein Wort, ohne eine Szene zu machen und ohne eine einzige Träne – worauf ich übrigens am meisten stolz bin – die Wohnung verlassen. Ich habe mich in mein Auto gesetzt und bin hierhergefahren, um mich von meinen Erzeugern trösten zu lassen. Die aber nicht da waren, weil sie, wie du ja inzwischen auch weißt, in der Karibik herumschippern. Das war sie dann, meine völlig unromantische Weihnachtsgeschichte.«

»Dieser Schuft!« Meike setzte sich nun doch bequemer hin. »Wie konnte er nur? Männer sind solche Schweine!«

Das konnte Sandra nur bestätigen.

»Und du hast nichts gemerkt?«

»Nada.«

»Hast du eine Ahnung, wie lang er schon mit der anderen ...?«

»Das muss wohl schon einige Zeit gegangen sein – hätte er sonst einen Heiratsantrag geplant?«

»Und mit dir hat er trotzdem noch ...?«

»Ja, wir hatten regelmäßig gar nicht so schlechten Sex. Neu war allerdings, dass er seit dem Sommer zweimal die Woche angeblich mit seinem Praxiskollegen ins Fitnessstudio ging.«

»Na ja, Sex ist ja auch irgendwie Fitness, oder?« Meike kicherte albern.

»Soll ja sehr gut für Herz und Kreislauf sein«, bestätigte Sandra.

»Stimmt, Sex bringt Puls, Blutdruck und die Durchblutung in Schwung. Und er ist gut fürs Immunsystem. Einen gesunden Schlaf fördert er auch«, dozierte Meike mit ernstem Gesicht.

»Hört, hört, was die Frau Doktor alles weiß!«

»Das ist aber längst noch nicht alles.« Die Frau Doktor war jetzt in Fahrt. »Guter Sex ist wie eine Sporteinheit, da werden jede Menge Muskeln trainiert. Kalorien werden dabei auch verbraucht – ist also auch gut für die Figur.«

»Bist du dir da ganz sicher?«, rief Sandra ausgelassen und deutete auf Meikes kugelrunden Bauch. »Bei dir hat das aber anscheinend nicht gewirkt.« Jetzt prustete sie los und ließ sich lachend auf den Rücken fallen.

Erschrocken setzte sie sich gleich wieder auf. Womöglich hatte sie ihre kleine Schwester damit schon wieder verärgert.

Doch die saß japsend und den Bauch haltend auf dem Sofa und kriegte sich gar nicht wieder ein.

»Weißt du, wer sie ist?«, fragte Meike, als sie sich endlich wieder beruhigt hatte.

»Nein, und ich will es auch gar nicht wissen«, sagte Sandra.

»Weil du ihr sonst die Augen auskratzen würdest?«

»Schon möglich. Obwohl sie wahrscheinlich am wenigsten Schuld an der ganzen Sache hat.«

»Dann solltest du Paul die Augen auskratzen«, schlug Meike vor.

»Ach ja? Und wie ist es um das Augenlicht deines untreuen Chefarztes bestellt?«

»Touché, Schwesterherz. Seine blauen Augen funktionieren noch ganz wunderbar.«

»Liebst du Jason noch?«

»Liebst du Paul noch?«

»Ich habe zuerst gefragt.«

»Nein«, kam die Antwort wie aus der Pistole geschossen. Zärtlich streichelte Meike mit ihren Fingern über eine kleine Beule, die sich gerade in Nabelhöhe unter dem Ringelstoff abzeichnete und gleich darauf wieder verschwand.

Fuß oder Ellenbogen ihrer Nichte, vermutete Sandra mit einer großen Portion Rührung. Wahrscheinlich hörte die Kleine da drin alles mit, und wenn sie demnächst schlüpfte, wusste sie genau Bescheid über ihren verantwortungslosen Vater.

»Nach siebenunddreißig Wochen Wut und Verletzt-Sein eher nicht«, erzählte Meike ohne jegliche Verbitterung in der Stimme weiter. »Er ist ein Mistkerl und wird es immer bleiben. Und ich? Ich war einfach zu jung und zu unerfahren, um sein Verführungsschema zu durchschauen. Ich war nur eine weitere kleine dumme Studentin, die sich wie in einem kitschigen Arztroman einen schnuckeligen Doktor angeln wollte. Inzwischen bin ich froh, dass ich ihn los bin.«

So, wie sie das sagte, klang die kleine Schwester sehr erwachsen.

»Aber er ist der Vater, willst du ihn nicht darüber in Kenntnis setzen?«

»Auf so einen Vater kann ich gut verzichten, meine Kleine wohl auch.«

»Aber wenn er von der Schwangerschaft wüsste, vielleicht würde er sich ja kümmern wollen?«

»Ich weiß inzwischen von zwei Abtreibungen, die er großzügig spendiert hat – glaub mir, um mehr hätte er sich ganz sicher auch bei mir nicht gekümmert.«

»Aber er müsste doch zahlen.«

»Das würde einen Vaterschaftstest und Gerichtsverhandlungen inklusive horrender Anwaltskosten bedeuten – und noch mehr Erniedrigungen. Drauf habe ich keinen Bock.«

»Aber es steht dir und der Kleinen doch zu!«

»Nein, das will ich nicht, auch nicht sein Geld.«

»Aber hat er nicht das Recht zu erfahren, dass er demnächst Vater einer Tochter wird?«

»Ach, diese Eigen-Fleisch-und-Blut-Sache wird völlig überbewertet. Ich finde, er hat sein Recht, von seiner Tochter zu erfahren, in dem Moment verwirkt, als er mich absägte und sogar aus der Klinik hinauskomplimentierte.«

»Aber Meike, eines Tages will sie vielleicht wissen, wer ihr Vater ist, hast du daran schon mal gedacht?«

»Dann erzähle ich ihr, dass er tot ist – für mich ist er eh gestorben. Aber weißt du, was?« Sie grinste frech.

Sandra hob nicht wissend die Schultern.

»Er ist hochintelligent und sieht verdammt gut aus, wenn die Kleine also Glück hat, dann hat sie eine gute Portion von seinem Erbgut abbekommen.«

»Ist Charakter genetisch bedingt?«, fragte Sandra, was eigentlich als Scherz gemeint war.

Meike wiegte den Kopf und antwortet fachmännisch ernst: »Gene legen wohl eine Art Grundmuster für die Persönlichkeit, aber das soziale Umfeld, die Erziehung und persönliche Erfahrungen sind mindestens genauso wichtig für die Entwicklung. Keine Sorge, ich werde sie zu einem guten Menschen erziehen.«

Sandra griff nach ihrem Glas und nahm einen großen Schluck. Gedankenverloren drehte sie es in ihrer Hand und beobachtete die dunkelrote Flüssigkeit darin. Was würde sie selbst denn machen, sollte sie in den nächsten Tagen feststellen, dass sie schwanger war, fragte sie sich. Würde sie es Paul sagen? Würde sie ihn, der sie nicht mehr in seinem Leben haben wollte, weiterhin in *ihrem* Leben haben wollen? Als Vater, der Alimente zahlen müsste, dann aber vielleicht auch Zeit mit ihrem Kind beanspruchen würde. Ein Vater, der schon längst eine andere Frau an seiner Seite hatte. Eine Frau, die er eventuell heiraten würde und die dann tage- und ferienweise die Stiefmutter ihres Kindes wäre. Eines Fremdkörpers in deren eigener Familie, eines Störfaktors womöglich für die später geborenen Halbgeschwister. Eine unglückliche Situation für alle Beteiligten und ein ewiges Hin und Her für das Kind. Dazu kam noch der Aspekt, dass sie auf diese Art und Weise endlos mit Paul verbunden wäre. Würde sie das wollen? Nein, das alles würde sie nicht wollen – nicht für sich und nicht für ihr Kind. So unrecht hatte die Schwester also gar nicht mit ihrer Entscheidung, musste sie eingestehen.

»Was ist?«, erkundigte sich Meike, da sie noch immer schwieg.

Sandra trank das Glas aus und sah Meike an. »Ich habe nachgedacht – vielleicht hast du recht, und ist es wirklich für alle Beteiligten besser, wenn der Vater deiner Kleinen außen vor bleibt.«

Ausgelassen klatschte Meike in die Hände und rief laut: »Trommelwirbel! Meine große Schwester gibt mir mal recht.« Ächzend stemmte sie sich aus dem weichen Polster hoch. »Ich muss auch was trinken.«

»Da steht ein Glas Mandarinensaft.«

»Himmel«, kam ein Schrei aus der Küche, »das ist ja ein Schlachtfeld hier. Was hast du nur getrieben? Der ganze Boden knirscht.«

Der gemütliche Teil war anscheinend vorbei. Sandra erhob sich und brachte ihr leeres Glas in die Küche.

»Das mach ich morgen weg, ich hatte vorhin nur keine Lust mehr dazu. Was ich aber noch machen wollte, war, den Esstisch schön zu decken, denn ich weiß nicht, wie das morgen zeitlich hinhaut. Du weißt ja, was Mama immer so schön sagt ...«

»Was gemacht ist, ist gemacht!«, dozierten sie gemeinsam und lachten.

»Mama würde sich sicher freuen, wenn sie wüsste, dass von ihrer Erziehung doch was hängen geblieben ist.« Gähnend sah Sandra auf die Uhr. »Mist, um diese Zeit wollte ich längst im Bett sein, kurz nach zwei klingelt nämlich schon wieder der Wecker.«

»Du ziehst das also wirklich durch?«

»Ich hab es versprochen. Versprochen ist versprochen ...«

»... und wird nicht gebrochen«, beendete Meike den Satz. »Und wie lang, meinst du, musst du da helfen?«

»Im Krankenhaus sprachen sie von erst einmal drei Wochen.«

Ein freudiges Strahlen huschte über Meikes Gesicht. »Dann bist du ja bei der Entbindung noch hier!«

»Eigentlich hoffe ich, dass ich schon eher hier wegkann. Mein Chef ist nämlich jetzt schon sehr unruhig. Er hatte mich tatsächlich schon für ein paar Stunden entlassen.«

»Oh, übel.«

»Sehr übel, ich konnte das gerade noch hinbiegen. Aber ewig hält er nicht still.« Knirschenden Schrittes verließ sie die Küche. »Ich kümmere mich schnell noch um den Tisch.«

»Lass uns das doch zusammen machen«, schlug Meike vor. »Mit Tischdecke oder ohne?«

»Natürlich mit Tischdecke. Mit Tischdecke und allem Pipapo, es ist schließlich ein Weihnachtsessen.«

Zusammen gingen sie ins elterliche Schlafzimmer, wo ihre Mutter in einer Kommode Bett- und Tischwäsche aufbewahrte.

Sie entschieden sich gegen die weiße Damastdecke – Tomatensoße würde sich nämlich gar nicht gut darauf machen – und für die dunkelrote Leinendecke, die extra einmal für Weihnachten gekauft worden war, es aber nach Sandras Erinnerung nie auf den Tisch geschafft hatte. Dieses Jahr würde sie ihren ersten großen Auftritt haben.

Während Sandra die Decke auf dem Tisch ausbreitete und die großen Ess- und Suppenteller von Mamas schlichtem weißem Hochzeitsgeschirr, mit dem feinen Goldrand darauf, verteilte, faltete Meike sechs dunkelgrüne Papierservietten mit weißen Schneeflocken, die sie in einer Schublade der antiken Kommode gefunden hatte, zu kunstvollen Fächern.

Als dann noch die geschliffenen Wein- und Wassergläser und das gute Besteck auf dem Tisch waren, sah er richtig festlich aus. Zwei schwere silberne Kerzenständer vervollständigten das Bild.

»Perfekt«, stellte auch Meike fest. Sie hakte sich bei Sandra ein und drückte ihren Arm.

»Ich finde es sehr schön, dass du da bist«, sagte sie leise.

»Logisch, weil du sonst gar nicht ins Haus gekommen wärst«, neckte Sandra.

»Genau: Wo war der verdammte Schlüssel? Hast du ihn unter dem Topf weggeholt, um dich selbst hier reinzustehlen?«

»Nein, das war Mama. Auf mein Anraten hin ... Ich dachte, man sollte es den Einbrechern nicht so einfach machen. Deshalb stand ich vorgestern genau wie du vorhin vor der verschlossenen Tür.«

»Und wie bist du dann doch reingekommen?«

»Ich bin rüber zu Voglers, da war ein Schlüssel deponiert. Bei der Gelegenheit hab ich übrigens auch deinen Teddybären getroffen.« Sandra gähnte erneut. »Ich muss ins Bett.«

»Geh nur, ich treibe mich noch ein bisschen hier unten rum und mache alles fertig. Ich weiß im Moment eh nicht, wie ich mich hinlegen soll. Ich kann es kaum erwarten, bis endlich dieser Bauch weg ist und ich wieder ganz normal schlafen kann.«

Sandra löste sich von Meike und gab ihr in einer plötzlichen Liebesanwandlung einen Kuss auf die Wange. »Schlaf gut, kleine Schwester.« Dann legte sie eine Hand auf den prall gefüllten Bauch. »Du auch, Nichtchen.«

Nach einem letzten Blick auf die wunderschöne Tafel schnappte sie sich das Einhornbild nebst Geschenkpapier und ging nach oben. Das Weihnachten, das vorgestern noch nach einem totalen Desaster ausgesehen hatte, schien jetzt doch recht schön zu werden.

Bettfertig und im Schlafanzug packte sie schnell noch das Bild in das bunte Papier mit den lustigen Pinguinen. Sie lehnte es an das Bücherregal, in dem nicht nur ein paar ihrer Jugendbücher standen, sondern auch ihr allererstes heiß geliebtes Stofftier: ein hellblauer Frottee-Teddybär, dessen Körper all die flauschigen Frotteeschlingen durch ein Zuviel an Liebe und Waschen komplett eingebüßt hatte. Nur an Armen und Beinen war der Frotteestoff noch als solcher zu erkennen. Mehrmals hatte ihre Mutter seine Nase mit schwarzer Wolle neu aufsticken müssen, auch die meisten Nähte waren von ihr nachgearbeitet worden.

Spontan holte sie ihn aus dem Fach, in dem er seit so vielen Jahren unbenutzt gesessen hatte, und wickelte ihn in ein Stück Pinguin-Papier ein. Ja, er war keine Schönheit mehr, aber vielleicht würde ihre Nichte ihn ja genauso lieben wie sie damals?

Dann löschte sie endlich das Licht, und kaum, dass ihr Kopf auf dem Kissen lag, war sie eingeschlafen.

# Kapitel 29

## Croissants

Als der Wecker klingelte, tat sich Sandra wirklich schwer mit dem Augenöffnen. Vier Stunden Schlaf waren definitiv nicht genug. Völlig neben der Spur schleppte sie sich ins Bad. Nur mit Mühe konnte sie die Lider offen halten, und das, was sie im Spiegel zu sehen bekam, war wirklich nicht dafür geeignet, um sich besser zu fühlen.

Vielleicht hätte eine Dusche gutgetan, aber sie entschied sich dagegen. Später, nahm sie sich vor, wenn sie aus der Backstube kam. Ihre Haare hatten es auch bitter nötig. Aber straff zurückgebunden fiel das gar nicht so auf.

So leise wie möglich ging sie wenige Minuten später nach unten. Sie konnte sich nicht erinnern, jemals so schnell im Bad gewesen zu sein. Beim Zelten vielleicht, aber das lag Jahre, wenn nicht Jahrzehnte zurück.

Ihr ganzer Körper schrie nach Kaffee, und den sollte er schnellsten bekommen. In der Küche schaltete sie das Licht und die Kaffeemaschine ein.

Erst dann merkte sie, dass etwas nicht stimmte: Alles war picobello aufgeräumt. Das dreckige Geschirr, die verkrusteten Töpfe, alles war gespült und in den Schränken verstaut worden. Sogar der Boden war gekehrt, wenn nicht sogar gewischt. Wenn es nicht die Heinzelmännchen waren, dann hatte Meike ein wahres Wunder vollbracht.

Ihren Kaffee trank sie im Stehen und in großen Schlucken.

Bevor sie das Haus verließ, schrieb sie in dicken Buchstaben *DANKE!!!!* auf einen Zettel und legte ihn in die Mitte des kleinen Küchentisches.

Es war kalt, als sie aus dem warmen Haus ins Freie trat. Extrem kalt. Geschneit hatte es zum Glück nicht mehr, wahrscheinlich waren die Temperaturen zu niedrig dafür.

Sie wickelte sich den Schal um Kopf und Hals und zog den Mantel enger. Die Hände steckte sie in die Ärmel, weil die Handschuhe drinnen auf dem Schuhschrank lagen und sie zu faul war, noch einmal aufzuschließen.

»Ich wünsche dir noch eine wunderschöne Nacht«, sagte sie beim Vorbeigehen zur Schneefrau. »Bis später.«

Mit hastigen Schritten strebte sie den Westring entlang dem Zentrum zu.

Keine fünfzehn Minuten später betrat sie die Bäckerei durch den Hintereingang. In die hell erleuchtete Backstube rief sie ein flüchtiges »Guten Morgen«. Von wegen guten Morgen, dachte sie schlecht gelaunt, was konnte an einem Morgen um diese gottlose Uhrzeit schon gut sein! Gähnend hängte sie Schal und Mantel an den Haken.

»Dir auch en guude Morsche, meine Liebe«, kam es fröhlich zurück.

Ewald Burger erschien in der Tür. Er wirkte widerlich munter.

»Da sieht aber jemand müde aus«, stellte er quietschfidel fest.

»War 'ne kurze Nacht.«

»Hast du etwa das Markinger Nachtleben genossen?«

»Meine Schwester stand gestern Abend plötzlich vor der Tür. Wir hatten einiges zu klären ... eigentlich unser ganzes Leben als Geschwister.« Sie tauschte Stiefel gegen Arbeitsclogs und zog den Kittel an. Das Schließen der zweireihigen Kugelknöpfe ging ihr jetzt schon flotter von der Hand.

»Ich habe uns einen Kaffee gemacht, ich hoffe, der weckt dich ein bisschen auf.«

Erst jetzt bemerkte sie den leichten Kaffeeduft, der sich mit dem Geruch von gärendem Sauerteig vermischt hatte.

Eine Tasse hatte sie schon intus, eine zweite würde sicherlich nicht schaden.

Das, womit Ewald Burger einen großen Humpen füllte, war schwarz wie die Nacht. Nicht mal die doppelte Portion Milch schaffte es, das Gebräu wie einen Milchkaffee aussehen zu lassen.

»Espresso«, erklärte er zwinkernd, während er in seine Tasse zwei Löffel Zucker einrührte. Auf die Milch verzichtete er. »Der weckt die müden Geister.«

»Puh, der weckt sogar Tote wieder auf«, stellte Sandra nach dem ersten Schluck fest. »Da ist ein Herzkasper ja vorprogrammiert.«

»Ach was, den trinke ich jeden Morgen, bevor ich nach unten an die Arbeit gehe.« Unternehmungslustig klatschte er in die Hände. »Dann lass uns mal loslegen.«

Das Programm war ähnlich dem der letzten Nacht: Sauerteigbrot, Milchbrötchen, Mischbrot, Baguettes, Roggen- und Vollkornbrötchen.

Statt des Glühweinkuchens gab es ein Blech Mandarinen-Streuselkuchen mit dunklem Streusel- und hellem Rührteig und zusätzlich noch zwei Schokoladen-Kranzkuchen mit dem cremigsten Schokoguss, den Sandra je erlebt hatte.

Und natürlich die Croissants.

Dafür musste sie den Teig portionsweise ausrollen.

Ewald Burger zeigte ihr, wie sie diese Platte mithilfe eines Pizzaschneiders und eines Bäckermeters – einem Lineal extra für Bäcker mit den gängigen Gebäckmaßen, wie sie neu dazulernte – in schmale Dreiecke schneiden konnte. Jedes Dreieck wurde in der Mitte der kurzen Seite ein wenig eingeschnitten – ein kleiner Bäckertrick, den er ihr verriet – und dann von dort aus zur Spitze hin aufgerollt. Bald lagen wunderschöne Hörnchen nebeneinander auf dem Blech. Zuletzt verquirlte sie Ei mit Milch und bestrich die Croissants vorsichtig damit.

Bevor die Dinger in den Ofen kamen, besprühte der Bäcker sie noch mit etwas Wasser aus einer Sprühflasche, die Sandra bisher nur vom Bügeln oder von der Blumenpflege her kannte.

»Geheimtipp, damit sie nicht zu sehr austrocknen«, erklärte er auf ihren fragenden Blick hin.

Dann verschwand das erste Blech im Ofen, und Sandra machte sich ans Formen der nächsten Hörnchen.

Beinahe ehrfürchtig sah sie zwanzig Minuten später zu, wie Ewald Burger das erste Blech aus dem Ofen holte. Wunderschön goldbraun gebackene Croissants lagen da vor ihr.

»Wie vom Bäcker«, stellte sie glücklich fest.

Als sie beide so fasziniert über das Blech gebeugt dastanden, hörten sie Gerda Peter durch die hintere Tür hereinkommen.

»Hallo, ihr beiden«, rief diese zur Begrüßung und trat dann zu ihnen, ohne den Mantel ausgezogen zu haben. »Ist was passiert?«, fragte sie besorgt.

Ewald Burger nahm eines der Hörnchen in die Hand und brach es in der Mitte auseinander. Heißer Dampf und ein köstlicher Duft von geschmolzener Butter und frischem Gebäck stieg aus dem Inneren auf. Augenblicklich begann Sandras Magen begehrlich zu knurren.

»In der Tat: Unsere Jungbäckerin hat ihre ersten perfekten Croissants gebacken.« Er reichte dem Neuankömmling eine Hälfte.

Interessiert roch Gerda Peter daran, pustete ausgiebig und biss dann hinein, wobei ein Teil der feinen Kruste abblätterte und am rauen Wollstoff ihres Mantels hängen blieb.

»Köstlich«, nuschelte sie mit vollem Mund. »Wunderbar, ich hatte noch kein Frühstück.«

Er übergab ihr auch die andere Hälfte.

Mist, dachte Sandra enttäuscht, sie hätte auch zu gern probiert.

Und dann war das kurze Innehalten auch schon vorbei. Das nächste Blech musste aus dem Ofen geholt und – um einiges unangenehmer – der Boden gereinigt werden.

Während Sandra die Fliesen schrubbte und abzog, räumten Ewald Burger und Gerda Peter nebenan fröhlich plaudernd die Regale ein.

Und dann war Sandra fertig. Fix und fertig – im wahrsten Sinne des Wortes. Sie hätte im Stehen einschlafen können.

Schnell tauschte sie Arbeitskleidung gegen Mantel und Schal und ging zu den beiden in den Laden. Dort lag schon eine prall gefüllte Bäckertüte auf dem Tresen, und sie hoffte, dass diesmal auch ein paar Croissants den Weg hineingefunden hatten.

»Soll ich später noch mal vorbeikommen?«

Der Bäcker sah Gerda Peter fragend an. Als sie den Kopf schüttelte, sagte er: »Nein, meine Liebe, wir kommen hier allein zurecht.«

»Dann sehen wir uns heute Abend um sechs Uhr bei mir«, erinnerte Sandra.

»Wir werden da sein. Und jetzt entschuldige mich, ich gehe schnell hoch und mache Gerda einen Kaffee.«

Schwupps, schon war er weg.

»Hier, deine Brötchen.« Gerda Peter nahm die Tüte vom Tresen und reichte sie ihr.

Mit einem raschen Blick in die Backstube vergewisserte sich Sandra, dass er wirklich nicht mehr da war.

»Hat er Sie schon gefragt?« Sie hatte das sehr leise gesagt, damit er sie nicht doch hören konnte.

»Was gefragt?«

»Ob Sie mit ihm ausgehen wollen.«

Gerda Peter errötete leicht. »Nein. Möchte er das denn?«

»Ja, aber er traut sich nicht – er hat Angst, dass Sie ihm einen Korb geben.«

»Da muss er aber gar keine Angst haben«, sagte sie strahlend.

»Okay, dann ist ja alles gut. Und ich hab nichts gesagt ...« Mit einer Hand schloss Gerda Peter pantomimisch ihren Mund ab und warf den imaginären Schlüssel hinter sich. »Vielleicht müssen Sie ja auch ein bisschen nachhelfen. Er ist da eher unerfahren.«

»Du tust ja gerade so, als wäre ich auf diesem Gebiet ein Profi. Weit gefehlt, liebe Sandra. Mein letztes Date hatte ich vor ... lass mich mal nachdenken ... zehn Jahren?«

Das Stöhnen, das Sandra von sich gab, hätte von ihrer Mutter sein können – dieses typische Immer-diese-Kinder-Stöhnen. Augenrollen inbegriffen.

Zum Abschied gab sie Gerda Peter einen geräuschvollen Schmatzer auf die Wange. In der Ladentür drehte sie sich noch einmal um. »Achtzehn Uhr. Meike wird übrigens auch da sein.«

»Ach, wie schön, das freut mich. Ich hab sie ja ewig nicht gesehen.«

Irgendwie freute Sandra das inzwischen auch.

Für den ersten Kunden des Tages, der sie freundlich grüßte, trat sie zur Seite. Mit einem letzten »Tschüss!« zog sie die Tür hinter sich zu und machte sich auf den Heimweg.

Auf halbem Weg spürte sie ihr Handy in der Mantelinnentasche vibrieren.

Ohne ihre Schritte zu verlangsamen, zog sie es hervor. Acht Anrufe in Abwesenheit. Wer von den Leuten, die sie kannte, würde schon so früh versuchen, sie anzurufen? Eigentlich niemand, denn alle wussten, dass sie Langschläferin war. Ihrem Chef traute sie das allerdings zu.

Ein paar Schritte lang überlegte sie, ob sie überhaupt wissen wollte, wer der penetrante Anrufer war. Dann siegte die Neugier, und sie öffnete die Anrufliste.

Ihr Chef war dabei, zweimal. Sechs Anrufe waren von Paul.

Paul? Ihr Herz machte einen unerwarteten Satz in ihrer Brust.

Nun blieb sie doch stehen und starrte auf das Telefon in ihrer Hand. Ein leises Kribbeln durchrieselte ihren Körper. Was würde er ihr wohl sagen, wenn sie ihn jetzt zurückrief? Dass er sie noch liebte und alles ein dummer Irrtum gewesen war? Oder dass er den zweiten Hausschlüssel für die andere bräuchte? Und überhaupt: Heute war Heiligabend. Müsste er nicht schon längst in London sein?

Langsam ging sie weiter.

# *Kapitel 30*

## Liebst du ihn noch?

Leise schloss Sandra die Tür auf, denn sie wollte Meike nicht wecken. So sauber, wie die Küche heute Nacht ausgesehen hatte, konnte sie erst kurz, bevor sie selbst aufgestanden war, ins Bett gegangen sein. Wie viel Schlaf schwangere Frauen brauchten, wusste sie allerdings nicht.

Sie zog die Stiefel aus und hängte den Mantel an den Haken. Kurz strich sie über den Ärmel von Meikes Mantel, der direkt danebenhing. Okay, sie hatte Paul verloren – vielleicht bekam sie ja dafür eine Schwester zu Weihnachten geschenkt? Eine Schwester, mit der sie endlich gut auskäme, die sie nicht mehr hassen musste? Und eine Nichte, fügte sie lächelnd in Gedanken hinzu. Und sie fragte sich, wie es sich wohl anfühlen würde, die winzige Tochter ihrer kleinen Schwester auf dem Arm zu halten. Zum ersten Mal, seit sie denken konnte, fühlten sich die Worte *kleine Schwester* gut an. Irgendwie warm. Vielleicht war es doch gar nicht so schlecht, eine Schwester zu haben – sie musste sich nur noch daran gewöhnen.

Eigentlich wollte sie nur die Tüte in die Küche legen und dann unter ihre warme Bettdecke schlüpfen. Der Plan ging jedoch nicht auf, denn sie hörte Meikes Stimme, unterlegt von Musik. Sie kam aus dem Wohnzimmer. Meike sang, stellte sie bei näherem Hinhören fest, und das mehr schräg als schön.

Vorsichtig öffnete sie die Tür, und da sah sie Dickbauch Meike ungeahnt leichtfüßig zu *Jingle Bells* durchs Zimmer tänzeln. Dabei verteilte sie Lametta.

Mit einem überraschten »Oh!« blieb sie stehen, als sie Sandra entdeckte. »Wie lange stehst du denn da schon?«, fragte sie peinlich berührt.

»Seit *A day or two ago.* Mach nur weiter«, ermunterte sie die Schwester.

Die ließ sich jedoch atemlos auf den Sessel plumpsen. »Ich tanze grottenschlecht, ich hoffe, du erzählst niemandem davon.«

»Das Tanzen war gar nicht so übel, aber der Gesang …«, frotzelte Sandra.

»Ja, im Chor wollte mich keiner, warum nur?«

Sandra trat ins Wohnzimmer und sah sich um. Lametta überall, sogar an den Schlüsseln der Schrankwand.

»Das wird Mai gefallen.«

»Mai?«

»Franks kleine Tochter. Sie hatte schon bemängelt, dass hier kein Lametta hängt.«

Lachend breitete Meike die Arme aus und zeigte damit in die Runde. »Jetzt kann sie sich nicht mehr beschweren.«

»Wow, der Fleck ist weg!« Überrascht trat Sandra an die Couch, um sich das genauer anzusehen. »Wie hast du das geschafft?«

»Gallseife, die Allzweck-Flecken-Waffe. Hatte Mama in der Waschküche. Und der Föhn hat alles schön getrocknet.«

»Danke, kleine Schwester. Das garantiert mir ein Weiterleben und weiterhin Aussichten auf meinen Erbanteil.« Sie hob die Bäckertüte in die Höhe. »Ich hab dir dafür ein paar frische Croissants mitgebracht. Wenn du magst, können wir zusammen frühstücken, bevor ich noch eine Runde schlafen gehe.«

»Ich habe zwar schon ein Marmeladenbrot gegessen, aber dieses Baby hier hat immer Hunger.« Liebevoll tätschelte sie ihren Bauch. Kurz verzog sie schmerzvoll das Gesicht, dann entspannte sie sich wieder. Sie streckte Sandra eine Hand hin, damit sie sie vom Sessel zog. »Manchmal fühle ich mich wie ein Walfisch an Land.«

Butter und Marmelade standen noch auf dem Küchentisch. Schnell stellte Meike noch einen zweiten Teller dazu und holte ein Messer für Sandra aus der Schublade. Sie deutete auf eine alte Meißener Porzellankanne auf der Arbeitsplatte, die ihre Mutter die letzten Jahrzehnte nur als Dekorationsobjekt genutzt hatte. »Ich habe Tee gekocht, magst du eine Tasse?«

»Bei Kamillentee lehne ich dankend ab.«

»Himmel, nein, ich bin schwanger und nicht krank! Rooibos Vanille.«

»Der ist okay.«

Nachdem auch noch eine Tasse mit dampfend Tee neben Sandras Teller stand, setzten sie sich. Neugierig öffnete Meike die Tüte.

»Wie die duften! Hast du die gemacht?«

»Ja, im Schweiße meines Angesichts und mit vollem Muskeleinsatz.« Sie angelte sich ein Croissant und biss genüsslich hinein. Es schmeckte köstlich. Erst nach dem zweiten Bissen ohne Belag strich sie Butter und Marmelade darauf.

Meike tat es ihr gleich.

»Boah, ist das gut! Meine große Schwester kann Croissants backen«, sagte sie überwältigt.

»Meine Lieblingsarbeit wird das aber nicht – davon bekommt man Muskelkater.«

»Du hast übrigens gestern meine Frage nicht beantwortet«, bemerkte Meike, als sie sich bereits dem zweiten Hörnchen widmete.

»Welche Frage?«

»Ob du Paul noch liebst.«

»Genau das habe ich mich auf dem Heimweg auch gefragt. Er hat nämlich ... Moment ...« Sie stand auf und ging noch einmal in die Diele, um das Handy zu holen, das noch im Mantel steckte. »... sechsmal versucht, mich anzurufen«, vervollständigte sie den Satz, als sie wieder saß. Das Telefon legte sie zwischen Butter und Marmelade auf den Tisch.

»Und?« Gespannt sah Meike sie an, sie vergaß sogar das Kauen.

»Nichts und ... er hat sechsmal angerufen. Punkt.«

»Was wollte er denn?«

»Keine Ahnung, er hat keine Nachricht hinterlassen.«

»Du hast ihn also nicht zurückgerufen?«

»Nein.«

Zufrieden lächelnd verschränkte Meike ihre Hände über dem Bauch. »Das ist gut. Lass den Mistkerl zappeln, das hat er mehr als verdient.«

»Was heißt zappeln lassen – ich will ja gar nicht mit ihm sprechen.«

»Dann ist also die Antwort auf meine Frage, ob du ihn noch liebst, ein Nein?«

»Ja ... oder vielleicht ja doch nein ... Ach, ich weiß es nicht!«

»Mal ganz anders gefragt: Wenn Paul jetzt hier zur Tür reinkäme und dir ewige Liebe schwören würde, was würdest du tun?«

Automatisch drehte Sandra sich zur Küchentür um, wo zum Glück kein Paul hereinkam. »Genau das ist das Problem: Ich weiß es nicht. Den ganzen Weg von der Bäckerei hierher habe ich mir genau diese Frage gestellt.«

»Mit welchem Ergebnis?«

»Mein Herz schreit ›Ja!‹, mein Verstand und meine Vernunft sagen etwas leiser: ›Ach nee, lass mal lieber.‹«

»Ging mir bei Jason auch so. Aber das legt sich irgendwann.«

»Natürlich hab ich mich auch Folgendes gefragt: Falls –

also nur falls – Paul wieder mit mir zusammen sein *wollte* …«

»Wofür du ihn natürlich zurückrufen müsstest, um das herauszukriegen«, gab Meike zu bedenken.

»… hätte das überhaupt eine Zukunft? Hätte unsere Beziehung dann nicht einen irreparablen Riss bekommen? Würde ich dann nicht immer befürchten müssen, dass sich das wiederholt? Dass er fremdgeht und irgendwann wieder Schluss macht?«

Schweigend tauchte Sandra den Löffel, der in der Marmelade steckte, noch tiefer hinein, holte ihn wieder heraus und beobachtet, wie der süße Aufstrich zäh vom Löffel zurück ins Glas tropfte.

»Oje, du liebst ihn doch noch. Das ist doof.«

»Natürlich liebe ich ihn noch – tief drin. Und da ist auch noch so ein blöder kleiner Zipfel Hoffnung. Der Rest von mir ist zutiefst enttäuscht und verletzt und will nichts mehr mit ihm zu tun haben.« Sie ließ Marmelade Marmelade sein und sah Meike unsicher an.

Die nickte wissend. »Es müsste einen Knopf geben, mit dem man einfach mal so Gefühle abstellen kann. Gibt es aber nicht.«

Über den Tisch hinweg griff sie nach Sandras Hand. »Die Zeit heilt alle Wunden – so abgedroschen sich das auch anhört, aber es stimmt. Zeit und Vernunft. Und du bist für mich der vernünftigste Mensch auf der Welt. Nach Papa. Ablenkung ist übrigens auch gut.« Sie zwinkerte ihr verschwörerisch zu. »Eine neue Liebe wäre die perfekte Ablenkung.«

Von nichts war Sandra weiter entfernt als von einer neuen Liebe. Dafür müsste sie die alte erst einmal hinter sich lassen. Und dann natürlich auch noch jemanden kennenlernen, der dafür infrage käme.

»Ich habe Angst vor dem Moment, wenn ich Paul wiedersehe. Und das werde ich spätestens dann, wenn ich meinen Kram aus seiner Wohnung holen muss.«

»Ich kann ja mitkommen und aufpassen, dass du keinen Rückfall bekommst. Und wenn er dir zu nahe kommt, ramme ich ihn einfach mit meinem dicken Babybauch.«

Bei dieser Vorstellung musste Sandra lachen. Das Lachen tat gut.

»Wie oft hat er angerufen?«, hakte Meike nach. »Sechsmal? Das scheint ernst zu klingen. Hoffentlich geht es dem Mistkerl richtig schlecht!«

Genau das wünschte Sandra ihm auch.

»Hast du eigentlich schon einen Namen für meine Nichte?«, wechselte sie das Thema.

»Was hältst du von Sandy? Wie ihre Tante, nur in Kurzform.«

Mit dem Messer holte Meike eine großzügige Portion Nutella aus dem Glas. Doch statt die süße Creme auf ein Brötchen oder Croissant zu streichen, steckte sie sie sich pur in den Mund. Vor Genuss stöhnend wiederholte sie das gleich noch einmal.

Sandra verzog das Gesicht, aber nicht wegen der Nougatcreme. »Nein, bitte nicht! Nenn sie nicht Sandy. Ich habe es immer gehasst, wenn du Sandy zu mir gesagt hast.«

»Aber du wolltest doch irgendwann mal nur noch Sandy genannt werden.«

Das stimmte. Mit vierzehn oder fünfzehn. Da hatte sie ihren Vornamen schrecklich langweilig gefunden. Sie wollte keine spießige Landpomeranze namens Sandra sein, sondern viel lieber eine wilde, coole, ausgeflippte Sandy. Doch von Meike hatte sie nie so genannt werden wollen. Wie sie das früher immer ausgesprochen hatte: Säändy ... so lang gezogen. Sie hatte es gehasst.

»Keine Sandy, versprich es mir.«

»Tja, dann muss ich mir etwas anderes einfallen lassen.

Aber Sandra wird der zweite Name sein – ich wünsche mir nämlich, dass du Taufpatin wirst.«

»Ich?« Das verschlug ihr beinahe die Sprache. Mit allem hatte Sandra gerechnet, aber damit nicht. Nicht in hundert Jahren.

»Klar du, wer sonst? Oder willst du etwa nicht?«

»Ähm, doch, natürlich will ich. Ich fühle mich geschmeichelt.«

Und überwältigt. Und zutiefst beschämt. Noch vor zwei Tagen hatte sie ihrer Schwester die Pest an den Hals gewünscht. Schlimmer noch: Am liebsten wäre ihr gewesen, wenn sie niemals auf die Welt gekommen wäre. Und jetzt sollte sie Patentante der Tochter ebendieser Schwester werden?

Bevor Meike die Tränen der Rührung in ihren Augen entdecken konnte, stand Sandra auf und räumte ihr dreckiges Geschirr ab.

»Ich ...«, sie musste sich erst einmal räuspern, »... ich gehe dann mal eine Runde schlafen.«

# Kapitel 31

## Frohe Weihnachten!

Sandra saß in einem Klassenzimmer, vor ihr auf dem Tisch stapelten sich Schulbücher. Ihre Banknachbarin war Meike. Das ist doch Quatsch, dachte sie. Meike war viel jünger als sie, sie konnte gar nicht in ihre Klasse gehen. Vor ihr saß Frank Vogler. Aber nicht als der dicke Zahnspangenträger von früher, sondern so, wie er jetzt aussah. Auch das war komisch, wusste sie doch ganz genau, dass er fertiger Arzt war. Überhaupt: Was machte ein erwachsener Mann in ihrem Klassenzimmer? Neben ihm saß Gerda Peter, sie erkannte sie an ihrer grauen Haarrolle. Gerade drehte sie sich zu ihr um und lächelte sie an. Vorn an der Tafel stand Ewald Burger in seiner klein karierten Bäckerhose und dem weißen Kittel. Er hatte keine Schiene mehr an der Hand, er war also wieder gesund, und das bedeutete, dass sie endlich zurück nach München fahren konnte. Mit beiden Händen hielt Ewald Burger ein riesengroßes Stück Kreide umfasst, mit dem er etwas an die Tafel schrieb, was sie aber nicht entziffern konnte. Und die Kreide kratzte ganz schlimm über die Tafel. Und er schrieb und schrieb, und es kratzte und kratzte. Wenn er doch endlich damit aufhören würde …

Sie öffnete die Augen. Ewald Burger verblasste, aber das

Kratzen war noch da. Schneeschieber auf Asphalt, diagnostizierte sie. Daraus schloss sie, dass es wieder geschneit hatte.

Das Display ihres Handys verriet ihr, dass es zwei Uhr nachmittags war. Zuerst wollte sie sich wieder in ihre Decke einkuscheln, doch dann sprang sie wie elektrisiert aus dem Bett: In vier Stunden würden die Gäste kommen!

Sie zog das Rollo hoch, das sie runtergelassen hatte, um den Tag auszusperren, damit sie besser schlafen konnte.

Ja, es hatte geschneit, und es schneite noch immer.

Frank, der gerade noch vor ihr in der Schulbank gesessen hatte, schob jetzt auf dem Grundstück gegenüber, die Schneeschippe über den Weg. *Er* machte den infernalen Krach, nicht Ewald Burger.

Eben öffnete sich die Haustür der Voglers, und Mai hüpfte die Stufen hinunter. Mit ihren rosa Schneeboots und dem pinken Anorak lief sie neben ihrem schneeräumenden Vater her. Sie machte ein ernstes Gesicht, unentwegt bewegten sich ihre Lippen, offenbar hatte sie ihm Wichtiges zu erzählen. Ob Frank antwortete, konnte Sandra nicht erkennen.

Jetzt sah Mai zu ihr hoch, erkannte sie und winkte ihr wild zu. Nach einem kurzen Gruß trat sie schnell vom Fenster zurück, damit Frank sie nicht sehen konnte, falls er schauen wollte, wem seine Tochter zuwinkte. Sonst dachte der Typ noch, sie würde ihn beobachten.

Obwohl sie ja gar nicht mehr an Paul denken wollte, musste sie beim Zähneputzen dann doch an ihn denken. Er hatte zwischen zwei und sieben Uhr morgens sechsmal angerufen. Warum, fragte sie sich zum wiederholten Mal. Was war so dringend gewesen? Oder hatte er ihr nur frohe Weihnachten wünschen wollen? Aber warum zu nachtschlafender Zeit? Vielleicht heimlich, als *die andere* noch schlief, damit sie es nicht mitbekam? Aber warum deswegen anrufen, er hätte ihr doch ganz einfach eine WhatsApp schicken können.

Die Dusche tat gut. Erst heiß, dann immer kälter werdend.

Das weckte ihre Lebensgeister. Vielleicht erinnerte sie sich deswegen auch an zwei weitere Anrufe, die ihr Handy angezeigt hatte: Ihr Chef hatte auch versucht, sie zu erreichen. Davon abgesehen, dass es in den letzten Tagen nichts Gutes bedeutet hatte, wenn er anrief – um diese Uhrzeit verhieß das ganz sicher gar nichts Gutes. Sie würde aber nicht zurückrufen. Nicht am Weihnachtstag, da konnte er sie gernhaben. Und auch nicht an den Feiertagen. Da musste er sich schon bis zum 27. Dezember gedulden.

Ihre Haare föhnte sie nicht ganz trocken, sie steckte sie, feucht wie sie noch waren, zu einem losen Dutt hoch.

Dann schlüpfte sie in ihre Lieblingsjeans und einen weiten Pulli und ging nach unten.

Meike lümmelte in einer nicht sonderlich bequem aussehenden Sitzposition im Wohnzimmer auf dem Sofa, ein dickes Zierkissen zwischen Lehne und Rücken geklemmt. Auf ihrem Bauch, der in einem überdimensionalen knallroten Pullover mit riesigem Rentiergesicht mit roter Bommelnase steckte, balancierte sie ein altes Fotoalbum. Vor ihr auf dem Couchtisch stand die von ihr zur Teekanne erkorene alte Kaffeekanne. Es roch nach Karamell.

»Frohe Weihnachten, große Schwester«, rief sie fröhlich.

»Ebenfalls frohe Weihnachten, kleine Schwester. Schläfst du eigentlich nie?« Sandra nahm Meikes Tasse und trank einen Schluck. Es war der Tee, der diesen intensiven Karamellduft verströmte.

»Ich würde ja gern.« Seufzend veränderte Meike ihre Position. »Aber die Kleine ist immer dagegen. Sobald ich liege, bekomme ich Sodbrennen und das Baby beginnt, im Bauch Party zu machen. Und egal, wie ich liege, mein Kreuz tut immer weh. Und seit gestern zieht der Bauch auch so komisch.« Wie um das zu veranschaulichen, griff sie sich mit beiden Händen an die unfassbare große Kugel und stöhnte. »Ich glaube, ihr ist es einfach zu eng da drinnen.«

Diesmal rappelte sie sich ohne Sandras Hilfe hoch. Als sie

das geschafft hatte, stemmte sie die Hände in den Rücken und bog sich mit unglücklich verzogenem Gesicht nach hinten. »Wollen wir was essen?«

»Dein Ernst? Du platzt doch eh gleich.« So sah es zumindest für Sandra aus.

»Platzen klingt gut, denn dann wäre ich schlagartig diesen Bauch los. Seit drei Wochen komme ich nicht mehr an meine Füße ran, um Nägel zu schneiden. Schuhe zubinden geht auch nicht. Und bücken? Ha, was zum Henker ist Bücken? Hab ich schon lang vergessen.« Mit durchgedrücktem Kreuz schob sie ihren Babybauch in die Küche.

»Bist du sicher, dass es nur eins ist?«, feixte Sandra.

»Ganz sicher. Bei Zwillingen hätte ich mich erschossen. Bringst du bitte meine Tasse und die Kanne mit?«

Das tat Sandra und folgte ihrer Schwester in die Küche.

Meike hatte schon den Kühlschrank geöffnet und stellte jetzt nacheinander alles auf den Tisch, was der hergab. Auch das halb volle Glas schwarzer Oliven.

Wie eine Süchtige drehte sie den Deckel ab, fischte mit den Fingern eine heraus und steckte sie sich in den Mund. Und noch eine und noch eine.

»Wann kommen eigentlich die Gäste?« Mit vollen Backen kauend stellte sie das leere Glas auf die Arbeitsplatte.

Sie war wohl gerade in ihrer herzhaften Phase, dachte Sandra, als sie gleich danach zum Gurkenglas griff.

»Um sechs.«

»Wir haben gestern Suppenteller eingedeckt – müssen wir noch Suppe kochen?«

»Nein, wir werden aus Mamas unermesslich großem Kartoffelsuppenvorrat schöpfen. Steht schon alles zum Auftauen im Kühlschrank.«

»Die Grumbeersupp vun der Mudder? Alla hopp!«

Witzig, dachte Sandra, als sie die Schwester dieses breite Pfälzisch reden hörte. Sie beide waren hier geboren und aufgewachsen, und beide sprachen sie nur Hochdeutsch. Und beide waren sie nicht nur sprachlich aus der Provinz ausgebrochen. Vielleicht waren sie sich ja gar nicht so unähnlich, wie sie immer gedacht hatte?

Sandra brachte die Kaffeemaschine in Gang und kümmerte sich dann um das Geschirr und das Besteck. Ein paar Brötchen waren noch in der Tüte, die Croissants waren leider aufgegessen.

Meike nahm die Dose mit dem Kaffee wieder aus dem Schrank, öffnete sie und schnüffelte mit geschlossenen Augen am Inhalt.

»Hmm, riecht das gut! Ich kann dir gar nicht sagen, wie sehr ich mich schon auf meine erste Tasse Kaffee freue. Das wird das Erste sein, was ich mir gönne, wenn das Baby geschlüpft ist.«

»Darfst du keinen trinken?«

»Doch, schon, aber dann bekomme ich auch noch im Sitzen Sodbrennen.« Ganz gegen Sandras Herzhafte-Phase-Diagnose bestrich Meike sich eine Brötchenhälfte dick mit Nutella. Aber dann schnitt sie eine Essiggurke in Scheiben. Und die legte sie dicht nebeneinander auf die Nougatcreme.

Bei diesem Anblick bekam selbst Sandra Sodbrennen.

Mit verzücktem Gesichtsausdruck biss Meike in diese gewagte Kreation. »Hat Paul sich noch mal gemeldet?«, fragte sie mit vollem Mund.

Hatte er? Sandra hatte es nicht kontrolliert.

Sie zog das Handy aus der Popotasche ihrer Jeans. Nein, hatte er nicht.

Aber ihr Chef hatte es noch einmal versucht, wahrscheinlich als sie unter der Dusche gestanden war. Der Kerl ging ihr inzwischen mächtig auf die Nerven. Konnte er sie nicht endlich in Ruhe lassen?

Kaum hatte sie das Handy weggelegt, pingte eine WhatsApp-Nachricht. Vorsichtig schielte sie auf das Display: Die Nachricht war von Wolfgang.

»Paul?«, wollte Meike wissen, die inzwischen ihr Nougat-

Essiggurken-Brötchen vertilgt hatte und sich jetzt schmatzend die Finger ableckte.

»Mein Chef.«

»An Heiligabend? Geht's noch?«

»Er kennt keine Feier- und keine Urlaubstage. Man muss immer für ihn erreichbar sein. Und schlafen sollte man am besten auch nicht.«

»Zahlt er wenigstens gut?«

»Geht so.« *Für eine Wohnung in München reicht es jedenfalls nicht!*

»Und was will er?«

»Ach, immer dasselbe: Ich arbeite gerade an einem großen Auftrag eines Keksherstellers, dem nichts, was ich vorschlage, gut genug ist. Dauernd will er Änderungen an den Entwürfen – der Kerl ist fast noch schlimmer als mein Chef selbst.«

»Um welche Kekse geht es? Seit ich schwanger bin, haben das Baby und ich die komplette Palette an Keksen und Kleingebäck durchprobiert.«

»Firma Herz.«

»Tsss, das sind die mit Abstand miesesten Kekse von allen. Zu trocken, zu bröselig, zu geschmacklos. Und für den arbeitest du jetzt?«

Beinahe verlegen nickte Sandra.

»Ich kann dir nur eins sagen: Da hilft auch eine noch so schöne neue Verpackung nicht. Aber los, sieh nach, was dein Chef schreibt.«

Widerstrebend nahm Sandra das Telefon wieder in die Hand. Eigentlich hatte sie vermeiden wollen, dass er ihr Weihnachten doch noch versaute …

»Ruf mich so schnell wie möglich zurück!!!«, las sie vor. »Mit drei Ausrufezeichen.«

»Keine Andeutung, warum? Der spinnt ja.«

Genau deswegen steckte Sandra das Handy wieder hinten

in ihre Jeans – aus den Augen, aus dem Sinn, wie man so schön sagte.

»Wenn du die Küche machst, gehe ich schnell raus und räum den Schnee weg.« Sie war sich sicher, dass diese Art körperlicher Betätigung jetzt genau richtig wäre, um sich abzureagieren.

»Hab ich schon gemacht.«

»Hast du schon gemacht? Bist du verrückt? In deinem Zustand?«

»Zum wiederholten Mal: Ich bin nicht krank, nur ein bisschen schwanger. Und mit dem Besen ging das ganz leicht. Die frische Luft tat gut.«

»Du hättest stürzen können!«

»Bin ich aber nicht, und jetzt beruhig dich wieder.«

# Kapitel 32

## Ihr könnt mich mal!

Zusammen räumten Sandra und Meike die Küche auf. Die Suppe war noch nicht ganz aufgetaut, war aber schon in einen großen Topf umgefüllt und wartete aufs Heißmachen, und die Lasagne stand auch schon im Backofen und musste nur noch gebacken werden.

Da also soweit alles vorbereitet war, verbrachten die Schwestern den restlichen Nachmittag mit den alten Fotoalben, die Meike herausgekramt hatte. Dabei vermied Sandra nachzuzählen, ob nun ihre Schwester oder sie häufiger auf den Fotos abgebildet war. Damit wollte sie endgültig aufhören.

Sie fanden auch ein paar Aufnahmen, auf denen sie beide den gleichen Rock trugen – den Rock, den Sandra wenig später mit ihrer Bastelschere zerschnitten hatte. Noch nachträglich bekam sie ein schlechtes Gewissen deswegen. Meike blätterte aber wortlos weiter.

Sie lachten viel und gruben längst vergessene Erinnerungen aus.

Als es dann plötzlich fünf Uhr war, sprang Sandra auf. »Ich weiß noch gar nicht, was ich anziehen soll. Ich muss nachsehen, ob ich in Mamas Klamotten etwas finde.«

»Ich komme mit und berate dich.«

Mit skeptischen Blicken standen sie wenig später im Schlafzimmer ihrer Eltern vor Mutters Schrank. Bügel für Bügel mit Kleidern und Blusen schoben sie zur Seite. Es war nichts dabei, was Sandra auch nur ansatzweise gefiel. Der Stil ihrer Mutter war einfach ein anderer als ihrer.

»Das gute Zeug hat sie bestimmt mit auf dem Schiff«, vermutete Meike, als sie alles begutachtet hatten. Dann sah sie Sandra prüfend von oben bis unten an.

»Ich hätte da was dabei, ein Strickkleid. Ich würde es ja anziehen, aber es passt mir derzeit leider nicht.« Grinsend strich sie über ihre Rundung in der Leibesmitte. »Ist zwar nicht unbedingt Abendgarderobe, aber weihnachtlich. Achtunddreißig, passt dir das?«

Kurz überlegte Sandra, ob sie tatsächlich ein Kleid von ihrer Schwester anziehen wollte. Schließlich nickte sie.

»Super, komm mit.«

Über einen kleinen Umweg durch die Küche, wo sie schnell die Herdplatte unter dem Suppentopf auf kleinste Hitze einstellte und auch die Backröhre einschaltete, folgte Sandra ihr nach oben.

»Tada!« Mit besagtem Kleid wurde sie auf der Galerie empfangen.

Auf der vorletzten Stufe blieb Sandra erst einmal stehen, um das Kleid auf sich wirken zu lassen. In der Tat, es war weihnachtlich – es war sogar sehr weihnachtlich. Viel zu sehr weihnachtlich, aber Meike strahlte sie so glücklich an, dass sie es ihr abnahm und damit in ihr Zimmer ging.

Schnell hatte sie Pulli und Jeans ausgezogen und war unter den prüfenden schwesterlichen Blicken in den gestrickten, sehr engen Schlauch von einem Kleid geschlüpft. Es saß wie eine zweite Haut.

Mit gemischten Gefühlen trat sie vor den deckenhohen Spiegel in der Galerie. Grundfarbe des Kleides war ein schönes Dunkelgrün. Auf diesem Grün tummelten sich lachende Lebkuchenmännchen, Rentiere, Schneeflocken, hübsch verpackte Geschenke, rot-weiß geringelte Zuckerstangen und herumpurzelnde Weihnachtsmänner. Vom Hals bis zur Mitte ihrer Oberschenkel sah sie albern aus. Sie war fünfunddreißig, niemals würde sie so einen lächerlichen Fummel in der Öffentlichkeit anziehen!

Bevor sie aber das sicherlich gut gemeinte Kleiderangebot ihrer Schwester dankend ablehnen konnte, klingelte ihr Handy.

Meike holte es aus ihrem Zimmer und hielt es ihr hin.

»Ein Wolfgang. Ist das dein Chef?«

Ungläubig sah Sandra das Telefon in Meikes Hand an. Das schlug dem Fass endgültig den Boden aus. In so gut wie jedem Haushalt in Deutschland wurde heute Abend Weihnachten gefeiert, nur ihr Chef wollte das nicht akzeptieren. Was, zum Teufel, dachte der sich bloß?

Kurz überlegte sie, was sie tun sollte. Dann ergriff sie wild entschlossen den Apparat, holte tief Luft und nahm das Gespräch mit einem knappen »Ja?« an.

Dabei ließ sie sich im Spiegel nicht aus den Augen, drehte sich ein wenig nach links, ein wenig nach rechts. Das Kleid versteckte nichts, im Gegenteil es betonte äußerst vorteilhaft ihre Rundungen. So übel sah das gar nicht aus, musste sie feststellen.

»Sandra, endlich. Entschuldige, dass ich dich an Weihnachten noch mal störe, aber du hast dich ja nie zurückgemeldet. Herr Herz hat heute Morgen noch mal angerufen, ich war zufällig im Büro, und da hat er …«

»Weißt du, was, Wolfgang? Es ist mir scheißegal, was er hat«, unterbrach sie ihn zornig. »Es ist Heiligabend, und gleich kommen Gäste. Ich habe also keinen Nerv, mir zum hundertsten Mal anzuhören, was deinem Auftraggeber nicht passt! Du und dein Herr Herz, ihr könnt mich mal. «

»Aber er will doch nur …«, versuchte er dazwischenzugrätschen.

Doch Sandra fiel ihm erneut ins Wort: »Mir ist vollkommen egal, was dieser schreckliche Mensch will. Und auch, was du willst. *Ich* will nämlich jetzt Weihnachten feiern.« Sie war dabei, das Gespräch mit einem Knopfdruck zu beenden, überlegte es sich dann aber doch noch einmal anders. Sie nahm das Telefon wieder ans Ohr. »Und weißt du, was? Ich habe nicht nur diesen Herz-Keks-Menschen satt, ich habe auch schon lang dich und deine Sklaventreiberei satt. Ich kündige!« Ohne eine Antwort abzuwarten, legte sie auf und atmete erst einmal tief durch. Die Erleichterung, endlich mal auf den Tisch gehauen zu haben, wich schnell der Verzweiflung.

Verdammt, was hatte sie getan?

Aus großen Augen sah Meike sie an. »Respekt«, sagte sie schließlich und wirkte schwer beeindruckt.

»Dass ich jetzt arbeitslos bin?« Zum zweiten Mal in zwei Tagen, fügte sie in Gedanken hinzu. Das sollte ihr erst mal einer nachmachen.

»Dass du so mutig warst, ihm endlich mal die Meinung zu geigen.«

»Ich wäre trotzdem besser nicht drangegangen.« Sandra betrachtete sich von allen Seiten. Ihre Figur war gar nicht so schlecht, stellte sie zufrieden fest. Aber Paul wollte das alles nicht mehr haben.

»Du siehst rattenscharf aus«, attestierte ihr Meike.

Und für wen? Für ihre hochschwangere Schwester, ihre ehemalige Kindergärtnerin, die Nachbarsfrau und einen uralten Bäcker. Okay, Mai würde das Kleid ganz sicher gefallen.

Von der Treppe her begann es, nach Essen zu duften. Viel Zeit war nicht mehr, in Kürze würde das Haus sich füllen.

»Und was ziehst du an?«

Demonstrativ sah Meike an sich hinunter. »Wenn du nichts dagegen hast, bleibe ich bei Schwangerschafts-Latzhose und Schlabber-Rentier-Weihnachtspulli.«

Wie sie so da stand, sah sie aus wie ein lustiger Kobold, fand Sandra. Wie die kleine Schwester von Pumuckl.

»Mir bist du schick genug.« Sie ging an ihr vorbei ins Bad, um ihre Frisur in Form zu bringen. Mit wenigen Handgriffen löste sie den Dutt und schüttelte die noch immer nicht ganz getrockneten Haare. Durch die Feuchtigkeit hatten sich sanfte Locken gebildet. »Lass sie doch so«, riet Meike.

Genau dafür hatte sie sich auch entschieden. Sie knetet die Locken nur noch einmal mit beiden Händen durch.

Mehr als ein bisschen Kajal und Wimperntusche legte sie nicht auf – für die Feier im kleinen Rahmen musste das genügen.

Passt, dachte sie nach einem prüfenden Blick.

Grinsend betrachtete Meike sie im Spiegel. »Sieh dich an, große Schwester. Paul ist ein Idiot.«

Meike blieb ungeschminkt, wie sie war. Trotzdem fand Sandra, dass sie toll aussah: rosige, glatte Wangen, leuchtende Augen, die Schwangerschaft und auch die freche Frisur standen ihr verdammt gut.

»Bereit für eine rauschende Weihnachtsparty?«, fragte Meike fröhlich.

»Bereit«, sagte Sandra, auch wenn sie nicht glaubte, dass es mit den zu erwartenden Gästen besonders rauschend werden könnte.

Aber das war es auch gar nicht, was sie wollte. Sie wollte einfach einen lustigen Abend mit netten Menschen verbringen, gut essen und dabei Paul vergessen. Und bestenfalls auch ihre Kündigung. Ab morgen würde sie überlegen, wie es weitergehen sollte – aber heute Abend wollte sie einfach nur genießen und feiern.

Mit ihren beiden Geschenken ging sie nach unten und stellte sie dekorativ unter den Ficus, der heute Abend als Weihnachtsbaum herhalten musste.

»Geschenke?«, fragte Meike irritiert.

»Mai hat sich eine Bescherung am Abend gewünscht, also gibt es eine Bescherung am Abend.«

»Ich habe aber keine Geschenke.«

»Macht doch nichts, ist doch eh alles improvisiert. Ich habe ja auch nicht für jeden was, und das Geschenk für Mai hat sich quasi zufällig ergeben.« Und gerade ergab sich auch noch ein Geschenk für Meike. Irgendwie musste sie das einpacken, ohne dass ihre Schwester was davon mitbekam.

»Könntest du mal nach der Kartoffelsuppe sehen?«, fragte sie deshalb.

Sobald Meike in der Küche verschwunden war, lief sie schnell in den Keller und bediente sich nicht nur an den Weinvorräten ihres Vaters, sondern auch an den Vorräten ihrer Mutter. Schnell huschte sie damit hoch in ihr Zimmer und packte auch dieses wirklich sehr improvisierte Geschenk ein. Ohne dass Meike es mitbekam, legte sie es zu den anderen unter den Ficus.

Zuletzt stellte sie den Wein und zwei Wasserflaschen auf die Kommode im Esszimmer, schichtete neues Holz in den Kamin und zündete es genauso an wie die Kerzen auf dem Tisch.

Zufrieden sah sie sich um – jetzt konnten die Gäste kommen!

# Kapitel 33

## Unverhofft kommt oft

Die Ersten, die ein bisschen zu früh ins weihnachtliche Wohnzimmer traten, waren Gerda Peter und Ewald Burger. Er im feinen Anzug mit Weste und roter Fliege. Sie im dunklen Kostüm und weißer Bluse. Die beiden gaben ein schönes Paar ab. Und sie hatten mehrere bunt verpackte Päckchen dabei.

Sandra nahm sie ihnen ab und stellte sie zu den anderen. Sie hatte eine Flasche Sekt aufgemacht und stieß jetzt mit den beiden an. Meike musste sich mit Apfelsaft begnügen.

»Liebe Meike, ich hätte dich nicht mehr erkannt«, stellte Gerda Peter fest.

»Ja, liebe Tante Peter, ich habe mich seit damals dann doch ein klein wenig verändert.«

»Und viel dicker ist sie auch geworden«, warf Sandra ein.

Meike verzog das Gesicht, aber wohl nicht wegen des miesen Scherzes, denn sie griff sich dabei ins Kreuz. »Leute, ich kann nicht mehr stehen.«

Also setzten sie sich alle ins Wohnzimmer und plauderten über die längst vergangene Kindergartenzeit.

»Das kann nur Mai sein«, sagte Sandra, als es mehrmals Sturm klingelte.

Tatsächlich stand der sichtlich aufgeregte pinke Wirbelwind mit seiner Oma vor der Tür. Auch die beiden hatten

Geschenke dabei. Eines davon überreichte Frau Vogler sofort – einen roten Weihnachtsstern, der gleich als Tischschmuck auf die Weihnachtstafel gestellt wurde.

Mai bekam leuchtende Augen, als sie ihr Päckchen zu den vielen anderen Geschenken legte. Stolz stieß sie mit ihrem Apfelsaft im Sektglas mit den anderen Gästen an. Sie hatte ein dunkelrosa Kleidchen mit Rüschenvolants an, und ihre Haare waren zu zwei links und rechts vom Kopf abstehenden Zöpfen gebunden. Sie sah bezaubernd aus. Wie erwartet war sie von Sandras Kleid begeistert. Und sie fuhr sofort voll auf Meike ab – wegen der Namensähnlichkeit und der tollen roten Haare. Und weil sie noch Latzhosen trug, obwohl sie schon so »schrecklich alt« war.

Vor ein paar Tagen wäre Sandra deswegen eifersüchtig gewesen, jetzt jedoch fand sie es süß, wie die kleine Mai und ihre Schwester zusammensaßen, tuschelten und kicherten. Und auch die anderen plauderten angeregt miteinander, schließlich kannten sie sich schon lang. Sandra genoss es, mittendrin und vor allem an diesem Abend nicht allein zu sein.

Als die Gläser leer waren, rief Sandra zum Essen. Sie hatte die Suppe in eine altmodische Suppenterrine umgefüllt und auf den Tisch gestellt. Mit dem Schöpfer in der Hand war sie bereit, jedem etwas davon in den Teller zu geben.

Mai, mit deren Teller sie beginnen wollte, zögerte mit kritischem Blick. »Was für eine Suppe ist das?«

»Kartoffelsuppe.«

»Oma, mag ich die?«, wandte sie sich an Frau Vogler.

»Das ist Grumbeersupp, mein Schatz, natürlich magst du die.«

Bereitwillig reichte Mai Sandra den Teller. »Warum hast du das denn nicht gleich gesagt, Grumbeersupp kenn ich.«

Auf Mais ausdrücklichen Wunsch hin reichten sich alle die Hände und wünschten sich einen guten Appetit.

Pünktlich zum ersten Löffelklappern klingelte ein Handy.

Kurz wurde Sandra heiß, sie entspannte sich aber gleich wieder, als sie erkannte, dass es nicht ihr Klingelton war und es somit kein Anruf von Paul sein konnte. Wahrscheinlich hatte der inzwischen eh aufgegeben und kniete womöglich genau in diesem Moment im schicken Hotelrestaurant vor seiner Angebeteten und machte ihr, begleitet von dezent im Hintergrund laufender Weihnachtsmusik, einen Heiratsantrag. Schnell wischte sie eine Träne weg, die sich aus ihrem rechten Auge gestohlen hatte.

Es war Ewald Burgers Telefon. Hektisch legte er den Löffel weg und nestelte das klingelnde Ding aus der Innentasche des Jacketts hervor. Mit überrascht gen Haaransatz gezogenen Augenbrauen und einem entschuldigenden Blick nach allen Seiten nahm er das Gespräch an.

»Thomas? Wie schön, dass du an deinen alten Vater denkst. Frohe Weihnachten, mein Junge«, begrüßte er seinen Sohn.

Alle Augen waren auf ihn gerichtet.

»Wo ich bin? Bei einer lieben Freundin – wir feiern ein bisschen zusammen. Aber warum fragst du?«

Seine Mimik wechselte von Freude zu Ungläubigkeit. »Du bist wo?« Er lauschte angestrengt und sah dann fassungslos in die Runde. »Thomas ist hier ... hier in Markingen. Er steht vor der Bäckerei.«

»Er soll herkommen«, rief Meike von ihrem Platz am hinteren Ende des Tisches aus.

Und Sandra überschlug schnell, ob das Essen reichen würde.

»Hast du gehört, Thomas? Du sollst herkommen.«

Allesamt sahen sie ihn gespannt an.

»Er sagt, er will nicht stören«, gab Ewald Burger an die Runde weiter.

»Er stört nicht«, riefen alle wie aus einem Munde.

Daraus, dass Ewald Burger seinem Sohn die Adresse durchgab, schlossen sie, dass sie ihn überredet hatten.

Keine drei Minuten später klingelte es an der Tür.

War das möglich, fragte sich Sandra. Mit Herfahren, Adresse-Suchen und Parken?

»Ich geh schon«, rief sie. Da sie gerade in der Küche war, um die Suppe aus der Terrine für den Nachzügler noch einmal heiß zu machen, war sie der Haustür am nächsten.

Das »Hallo« blieb ihr im Halse stecken, als sie die Tür öffnete und sah, wer da im Licht der Außenlampe stand. Nicht der erwartete Thomas Burger, den sie wahrscheinlich sowieso nach all den Jahren nicht erkannt hätte, sondern Paul.

Ihr Herz setzte ein paar Schläge aus.

»Du?«, fragte sie total verdattert.

Da stand er, im edlen, knielangen Lodenmantel, den sie erst im Herbst zusammen in München ausgesucht hatten. An den Füßen hatte er die dünnen Ziegenleder-Slipper, die sie vor zwei Jahren aus Mailand mitgebracht hatten. Die sahen zwar superschick aus, für das Markinger Winterwetter waren sie dann aber doch mehr als ungeeignet. Sein Gesicht zierte genau das kleine Lächeln, das sie so an ihm liebte, und der Fünftagebart, wie er ihn im Urlaub immer trug und mit dem er so verdammt gut aussah.

»Seit Tagen gehst du nicht ans Telefon, und du rufst auch nicht zurück. Ich habe mir Sorgen gemacht.«

»Nun, ich wüsste nicht, was wir hätten reden sollen«, sagte sie so kühl wie möglich.

Das Licht ging aus, weil der Bewegungsmelder keine Bewegung mehr meldete.

Gut so, fand Sandra, denn so bekam er vielleicht nicht mit, dass sie sich an der Tür festhalten musste, weil ihre Knie unter ihr nachzugeben drohten. Nie im Leben hätte sie gedacht, dass sein Erscheinen sie so aus der Bahn werfen würde. Als sie sich etwas gefangen hatte, schaltete sie das Licht ein.

»Ich finde schon, dass wir reden müssen. Ich ...«, er machte eine kurze Pause und sah ihr dann fest in die Augen. »Ich möchte mich bei dir entschuldigen. Sandra, es war alles ein großer Fehler. Ich brauche dich.«

Sie spürte ihren Widerstand schmelzen. Wenn er so weitermachte, würde sie ihn ganz gegen ihre guten Vorsätze irgendwann doch noch reinlassen. Außerdem wurde ihr langsam kalt.

»Es war unschön, was ich getan habe«, fuhr er fort, und sie sah ihm an, dass auch er fror.

»Unschön?« Hatte sie richtig gehört? »Unschön nennst du das also? Ich hätte da ein paar passendere Wörter dafür.«

»Du weißt doch genau, was ich meine, Sandra. Bitte sei vernünftig und komm zurück. Wir hatten doch so ein schönes Leben.«

*Das dir aber nicht mehr schön genug war,* hätte sie ihm am liebsten an den Kopf geworfen. Der Widerstand, der so langsam abgebröckelt war, war plötzlich wieder da. Sie sollte vernünftig sein? Gut, das konnte er haben.

»Und was ist mit deiner neuen Liebe?« Weiße Atemwölkchen lösten sich bei jedem Wort von ihren Lippen und trieben in die schwarze Weihnachtsnacht davon.

»Also von Liebe würde ich da nicht reden ...«

»Immerhin hast du wegen ihr unsere Beziehung nach acht Jahren beendet.« Ihr war jetzt wirklich kalt. Ihre Nasenspitze fühlte sich an, als wäre sie eingefroren und könnte jeden Moment abfallen. Wärme suchend versuchte sie, ihre Hände in die Ärmel des Kleides zu schieben, was aber nicht gelang. Und dann konnte sie es sich einfach nicht verkneifen: »Und der Verlobungsring?«

Er tat überrascht. »Verlobungsring?«

Wenn das unschuldig klingen sollte, dann musste er an seiner Performance noch arbeiten.

»Ach komm, tu doch nicht so – ich hab ihn zufällig in einem deiner Jacketts gefunden. Man sollte seine Freundin nicht beauftragen, eine Anzugjacke zur Reinigung zu bringen, wenn man darin etwas versteckt hat.«

»Ich sagte doch schon, dass das ein riesengroßer Irrtum war. Ja, ich dachte, ich könnte mit Iris glücklicher werden als mit dir. Sie ist wie ein Tsunami in mein Leben gekommen …«

Iris also, endlich hatte die Konkurrentin einen Namen.

»Sandra, ich liebe nur dich – das wurde mir in den letzten Tagen bewusst.« Fröstelnd zog er die Schultern hoch und trat von einem dünnbeschuhten Fuß auf den anderen.

Auf einmal tauchte Mai neben Sandra auf, schmiegte sich an ihr Bein und musterte den Fremden vor der Tür mit unverhohlener Neugier.

»Wer bist denn du?«, fragte sie ohne jegliche Scheu.

Ganz der freundliche Kinderarzt beugte er sich ein Stück zu ihr hinunter. »Ich heiße Paul. Ich bin Sandras Freund.«

»Ex-Freund«, verbesserte Sandra.

»Na ja, das wollen wir ja gerade klären.« Er lächelte schief.

»Warum kommst du nicht rein?«, wollte Mai wissen. »Wir feiern nämlich gerade Weihnachten.«

»Paul ist gleich wieder weg. Und du, Mai, solltest zurück zu den anderen gehen. Ich bin auch gleich da.« Mit liebevollem Nachdruck schob sie ihre kleine Freundin in Richtung Wohnzimmertür.

»Tschüss Paul, schöne Weihnachten noch«, rief Mai und hüpfte davon.

»Süß, die Kleine. Und sie hat recht: Können wir nicht endlich reingehen und alles im Warmen besprechen? Ich würde auch gern deine Eltern begrüßen und ihnen ein frohes Fest wünschen.«

Sandra dachte an die fröhliche Gesellschaft, die da drinnen auf sie wartete und mit ihr feiern wollte. Und sie kam zu dem Schluss, dass Paul da nicht reinpasste. Eigentlich passte er auch gar nicht mehr in ihr Leben.

Hinter ihm sah sie ein Auto heranfahren und vor Pauls

Mercedes parken. Gleich darauf wurde eine Wagentür zugeschlagen.

»Nein«, sagte sie mit fester Stimme. »Was ich mit dir zu besprechen habe, können wir hier erledigen. Und eigentlich sind wir schon fertig. In den letzten Tagen habe ich nämlich auch etwas gemerkt, nämlich dass ich ...«

Das Gartentürchen wurde quietschend geöffnet und wieder geschlossen, eine dunkle, hochgewachsene Gestalt näherte sich über den Weg. Eine Gestalt, die etwas Großes vor sich her trug.

Und dann trat ein überaus gut aussehender Mann mit wunderschönen dunklen Locken, die sich um sein sonnengebräuntes Gesicht kringelten, neben Paul. Paul war ja schon groß, aber der Fremde überragte ihn noch um einen halben Kopf.

Das Große, das er in den Händen hielt, war in Zeitungspapier gewickelt.

Blumen, vermutete Sandra. Wo hatte er die jetzt noch aufgetrieben?

»Sandra? Bin ich hier richtig?« Der Fremde schaffte es, verlegen und gleichzeitig forsch zu wirken.

»Goldrichtig, lieber Thomas. Wie schön, dass du da bist.« Übertrieben überschwänglich nahm Sandra ihn in den Arm und küsste ihn auf beide Wangen. »Endlich lernen wir uns persönlich kennen.«

Dabei ließ sie Paul nicht aus den Augen. Er war definitiv not amused, stellte sie zufrieden fest.

Mit einem umwerfenden Lächeln übergab Thomas ihr sein Mitbringsel. »Hier, für dich. Hab ich schnell noch besorgt, deshalb hat es etwas länger gedauert.«

»Wie lieb von dir.« Sie entfernte das Zeitungspapier, und ein wunderschön bunter Weihnachtsstrauß kam zum Vorschein. *Blumen Bitzer,* las Sandra auf der Papiermanschette – *der Blumenladen im Bahnhof.* Wer sonst hatte an Heiligabend um diese Uhrzeit noch auf?

»Ach, ist der schön! Vielen lieben Dank. Geh schon mal rein zu den anderen, die warten schon. Ich komme auch gleich.«

Mit dem Strauß vor der Brust, damit er ihn auch ja sehen konnte, wandte sie sich wieder an Paul.

»Ach, der darf rein?«, fragte er sichtlich angepisst.

»Ja, der darf rein. Er ist ja auch eingeladen.«

»Der Typ ist dann wohl dein Neuer?« Er deutete ins Haus und verzog sein Gesicht zu einer herablassenden Fratze. »Onlinedating, nehme ich mal an. Wo sonst hättest du so schnell was zum Trösten finden können.«

Selbst betrügen und dann eifersüchtig sein, musste Sandra unwillkürlich denken. Und bei einer Niederlage gleich noch unter die Gürtellinie treten. Sah er sie so? Als eine Frau, die es ohne den wunderbaren Paul nicht allein aushielt und sofort etwas Neues brauchte?

Aber seine Idee war gar nicht so übel – andere Eltern hatten schließlich auch nette Söhne. Und Thomas sah schon mal verdammt gut aus.

»Wenn du meinst«, sagte sie kühl. »Und jetzt wünsche ich dir eine gute Heimfahrt und ein schönes Leben. Ich sag dir dann Bescheid, wann ich meine Sachen bei dir abhole.«

Völlig entgeistert starrte Paul sie an. Er hörte auf, seinen warmen Atem in seine frostroten Hände zu pusten und von einem Fuß auf den anderen zu treten. Was er als Nächstes tat, bekam Sandra nicht mehr mit, denn sie war nach drinnen gegangen und hatte die Tür hinter sich ins Schloss geworfen.

Jetzt stand sie da, mit dem Blumenstrauß im Arm, und hielt den Atem an. Wenn sie Pech hatte, dann hatte sie gerade eben die falsche Entscheidung getroffen. Noch könnte sie die Tür wieder öffnen und ihm hinterherlaufen. Ihm erklären, wie sehr sie unter der Trennung gelitten hatte und dass das gerade eine daraus resultierende Überreaktion gewesen war. Und dass sie ihn doch noch lieben würde und sich ein Leben ohne ihn ja gar nicht vorstellen könnte.

Die Sekunden verstrichen, ohne dass sie irgendetwas tat.

Irgendwann hörte sie draußen auf der Straße eine Autotür klappen, kurz darauf wurde ein Motor gestartet. Das Motorgeräusch veränderte sich nicht, als ob der Fahrer noch auf etwas wartete. Dann entfernte es sich langsam.

Im romantischen Liebesfilm würde die Protagonistin jetzt die Tür aufreißen, in die Kälte hinausstürzen und rufend und winkend hinter dem Auto des davonfahrenden Ex-Freundes herrennen. Sandra jedoch blieb wie angewurzelt stehen und versuchte, in sich hineinzuhören. Aber da war nichts. Nichts, was sie schmerzlich vermisste oder gar bereute. Alles, was sie hörte, war das Gelächter im Wohnzimmer, von Menschen, die ihr inzwischen um einiges wichtiger waren als Paul.

»Sandra, kommst du?« Meike stand in der Tür zur Küche und sah sie fragend an. Sie hatte beide Hände unter ihren Bauch geschoben, der im hellen Dielenlicht noch gewaltiger aussah als vorhin. Die Fröhlichkeit in ihrem Gesicht wich tiefer Besorgnis. Sie kam zu ihr und legte einen Arm um sie. »Du siehst ja beschissen aus!«

»Danke, Schwesterherz, für das tolle Kompliment.« Ohne, dass sie es wollte, kullerten nun doch ein paar Tränen über ihre Wangen.

»Keine Ursache. Wer war das denn an der Tür? Etwa der fiese Frank, der dich aus Rache für jahrelanges Martyrium beschimpft hat?« Sie hielt der Schwester ein gebrauchtes Papiertaschentuch hin.

Sandra musste lachen, nahm es und schnäuzte sich nicht gerade leise hinein.

»Nein, das war der fiese Paul.«

Meike machte große Augen. »Paul? DER Paul? Die miese, hinterhältige Kröte, die meine große Schwester verlassen hat?«

»Genau der.«

»Dann hatte Mai ja recht. Ich dachte, sie hat sich beim Namen verhört. Und, was wollte er?«

»Mich zurück.«

»Echt jetzt? Und warum bist du dann noch hier beziehungsweise er weg?«

»Weil ich nicht mehr mit ihm zusammen sein will.«

Meike sagte lang nichts, sah die Schwester nur forschend an. Dann schlang sie übermütig die Arme um sie und drückte sie, so gut es der Bauch und der Strauß zuließen. »Ich bin ja so stolz auf dich, Sandra!« Sie lächelte diabolisch. »Irgendwie schade, dass nicht ich dem fiesen Paul aufgemacht habe«, fügte sie hinzu, als sie sie wieder freigab.

»Wieso das?«

»Ich hätte ihm einen von Papas Walkingstöcken in den fiesen Arsch gerammt. Und jetzt feiern wir dich und deine weise Entscheidung mit deiner leckeren Lasagne.« Sie verzog kurz das Gesicht und griff sich an den Bauch. »Deine Nichte freut sich auch«, scherzte sie. Dann nahm sie ihr die Blumen ab und watschelte damit in die Küche.

# Kapitel 34

## Rosa Einhörner, schon wieder!

Thomas Burger löffelte gerade noch seine Suppe, als Sandra an den Tisch zurückkam. Sie vermutete, dass Meike ihn damit versorgt hatte. Und man hatte den Stuhl für ihn genau gegenüber ihrem Platz dazwischengeschoben.

»Da bist du ja, liebe Sandra, wir haben dich schon vermisst.« Man konnte Ewald Burger das Glück, dass sein Sohn jetzt hier war, ansehen.

Sandra musste sich erst einmal setzen und das eben Geschehene verdauen. Jemand hatte ihr netterweise schon Wein eingegossen, und so nahm sie einen großen Schluck. Sie hatte Paul tatsächlich in die Wüste geschickt.

»Schaut euch nur die schönen Blumen an«, rief Meike, als sie damit hereinkam. Nachdem alle den Strauß bewundert hatten, platzierte sie die Vase auf dem Couchtisch.

In Gedanken versunken schob Sandra ihr Glas auf der Tischdecke herum.

Als sie den Blick hob, sah sie genau in Thomas' grüne Augen.

»Alles gut?«, fragte er unsicher. »Bin ich da vorhin in was reingeplatzt und habe dadurch alles schlimmer gemacht?«

Sandra lachte ein bitteres Lachen. »Keine Sorge, da war nichts mehr, was man hätte schlimmer machen können.«

»War das dein ...?«

»Mein Ex. Mein Seit-vier-Tagen-Ex.«

»Oh, das tut mir leid.« Betroffen sah er sie an.

»Braucht es nicht ... Ich bin schon fast drüber hinweg.« Energisch schob sie die traurigen Gedanken beiseite und stand auf. »Bereit für die Lasagne?«, fragte sie ihre Gäste gespielt fröhlich.

»Lasagne, ja!! Ich liiieeebe Lasagne! Darf ich helfen?« Mai sprang von ihrem Stuhl und hüpfte wie ein rosa Flummi durchs Wohnzimmer.

»Du könntest den Teller von Thomas in die Küche tragen, das würde mir sehr helfen.«

Kaum dass er den letzten Löffel gegessen hatte, zog ihm die Kleine das Geschirr unter der Nase weg. Mit beiden Händen umfasste sie den Teller und brachte ihn höchst konzentriert hinaus.

Als Sandra mit der Auflaufform kam, in der es blubberte und brodelte, saß sie schon wieder auf ihrem Stuhl.

Ewald Burger klopfte mit dem Messer an sein Glas und erhob sich. »Bevor wir essen, möchte ich gern etwas sagen.«

Alle sahen ihn gespannt an.

Nur zu, dachte Sandra. So heiß wie die Lasagne noch war, konnte er sich gern damit Zeit lassen.

»Ich möchte mich hiermit bei Sandra und Meike bedanken, die so nett waren, uns zu dieser Feier einzuladen.«

»Und sich so viel Arbeit gemacht haben«, ergänzte Gerda Peter.

»Genau. Liebe Sandra, dir gilt natürlich mein ganz besonderer Dank, denn ohne dich hätte in den letzten Tagen niemand frische Backwaren bei mir kaufen können. Und bei Ihnen, liebe Gerda, stehe ich ebenfalls tief in der Schuld.« Er hob sein Glas zum Toast.

»Ach, wollen wir nicht endlich diese blöden Förmlichkeiten lassen?«, rief Gerda Peter und stand ebenfalls auf. »Lieber Ewald, liebe Sandra, liebe alle, lasst uns doch einfach Du sagen.« Sie hielt ihr Weinglas in alle Richtungen.

»Ich auch?«, erkundigte Mai sich mit ihrer Piepsstimme.

»Natürlich du auch. Und ich hoffe, ich muss jetzt auch nicht mehr Fräulein Mai zu dir sagen.«

Mai kicherte hinter vorgehaltener Hand und stieß dann mit ihrem Apfelsaft mit den Großen an.

Als dann endlich alle miteinander angestoßen und sich wieder gesetzt hatten, begann Sandra, die Lasagne zu verteilen. Weit kam sie nicht, denn ihr Handy, das sie auf den Wohnzimmertisch gelegt hatte, klingelte. Sie übergab die Vorlegelöffel an Gerda Peter und sah nach, wer das war.

»Unsere Erzeuger«, rief sie Meike zu. »Hallo, ihr Urlauber«, begrüßte sie die beiden.

»Frohe Weihnachten, Kinder«, flötete ihre Mutter. Im Hintergrund war laute Weihnachtsmusik zu hören.

»Frohe Weihnachten«, meldete sich auch ihr Vater.

»Euch ebenfalls frohe Weihnachten. Was ist denn das für ein Krach bei euch?«

»Hier steigt gerade eine tolle Weihnachtsfete auf dem Schiff – bei fast vierzig Grad im Schatten!«, erklärte die Mutter, und sie klang eindeutig angeheitert. Und das schon mittags um eins. »Weihnachten im Bikini, hohoho!«

»Cocktails statt Glühwein ... Wenn ihr mich fragt: Das ist pervers«, rief ihr Vater dazwischen.

Somit war für Sandra geklärt, wessen Idee diese Kreuzfahrt über Weihnachten gewesen war.

»Was habt ihr noch vor? Ihr macht euch doch hoffentlich was Anständiges zu essen. Ihr wisst ja, im Gefrierschrank ist ...

»... Grumbeersupp!«, riefen Sandra und Meike unisono dazwischen.

»Ja, wir haben was Anständiges zu essen«, beruhigte Sandra ihre Mutter. »Gerade gab es deine Grumbeersupp, und der Hauptgang – Lasagne – steht schon auf dem Tisch. Ein Dessert gibt es später auch noch.«

»Lasagne an Weihnachten? Was ist denn in euch gefahren?«, wunderte sich die Mutter.

»Was hast du gegen Lasagne? Ihr habt Cocktails und Sonnenbrand an Weihnachten, als ob das besser wäre.«

»Und unsere Gäste haben sich noch nicht beschwert«, sagte Meike, die sich von ihrem Stuhl ganz hinten zu Sandra vorgearbeitet hatte.

»Gäste?«

Irrte sich Sandra oder klang die Stimme ihrer Mutter jetzt ein wenig ängstlich?

»Ja, Gäste, Mama. Wir feiern eine wilde Party mit Drogen und viel Alkohol – wahrscheinlich müsst ihr hier alles renovieren, wenn ihr zurückkommt«, rief Meike übermütig.

»Renovieren?«, kam es entsetzt aus der Karibik.

»Nein, keine Sorge, Meike hat nur einen Scherz gemacht. Wir feiern ganz gesittet: Frau Vogler, die kleine Mai, Herr Burger und sein Sohn ... Und Tante Peter passt auf uns alle auf.«

»Na, das hört sich ja nett an, grüßt sie alle ganz lieb von uns. Wir waren heute Morgen übrigens auf einem wunderschönen Markt, und da haben wir ein paar Überraschungen für euch gekauft. Ihr werdet Augen machen. Also dann, frohe Weihnachten! Und feiert noch schön.«

Einen Moment lang behielt Sandra das Telefon noch in der Hand.

Überraschungen für ihre Eltern hatten sie auch so einige zu bieten: angefangen mit einer Enkeltochter in spe bis hin zur arbeitslosen Ältesten. Über die Enkelin würden sie sich zumindest freuen.

Gerade wollte sie sich wieder setzen, als ihr Handy erneut klingelte. In der festen Überzeugung, dass es nur die Eltern sein konnten, die etwas vergessen hatten, das sie ihnen dringend noch sagen mussten, nahm sie das Gespräch an, ohne auf das Display zu sehen.

»Ja, wir haben euch auch lieb«, sagte sie übermütig.

»Frau Sommer, sind Sie das?«

Ihre Eltern waren das nicht.

*Unbekannter Anrufer,* verriet das Display.

»Wer ist da?«, fragte sie unfreundlich.

»Friedhelm Herz, liebe Frau Sommer. Bitte verzeihen Sie mir, dass ich Sie an Heiligabend privat belästige, aber ich muss dringend mit Ihnen sprechen.«

Eigentlich hätte sie einfach auflegen sollen, aber sie tat es nicht. »Woher haben Sie diese Nummer?«

Alle Augen waren auf sie gerichtet. Sie gab den Gästen ein Zeichen, dass sie doch schon mal mit dem Essen anfangen sollten, aber keiner hielt sich daran.

»Von Ihrem Chef. Bitte, bitte, nicht böse sein, aber ich möchte es Ihnen persönlich sagen. Es geht um Ihre Entwürfe, das Einhorn mit der Prinzessin. Zuerst dachte ich ja, Sie wollen mich verarschen – bitte entschuldigen Sie den derben Ausdruck. Ich war drauf und dran, Ihrer Agentur den Auftrag zu entziehen. Aber heute war meine Enkelin zu Besuch – sie ist fünf –, und sie fand beim Malen an meinem Schreibtisch den Ausdruck mit Ihrem Einhorn. Und was soll ich Ihnen sagen: Sie war sofort verliebt in den Entwurf! ›Opa‹, hat sie gesagt, ›mach doch mal Kinderkekse mit so einer schönen Verpackung.‹ Und wissen Sie, was: Genau das werde ich machen: Kekse für Kinder! Liebe Frau Sommer, ich danke Ihnen für Ihre wunderbare Idee. Was halten sie von Keksen in Form eines Einhorns? Mit rosa Zuckerguss und bunten Zuckerperlen, genau wie die Herzen auf Ihrem Entwurf? Ach ja, könnten wir das auch für Jungs machen? Dann lassen wir den anderen Quatsch oder verschieben ihn ins übernächste Jahr und bringen jetzt erst einmal verstärkt Gebäck für Kinder auf den Markt. Wir werden die Kekswelt auf ein neues Level heben!«

Davon war Sandra zwar nicht so überzeugt wie er, sie sah aber schon die Packung für die Jungs vor sich: blauer Untergrund mit einem niedlichen Ritter, einem Pferd und einer

Burg ... oder mit einem lustigen Piraten, einem Papagei und einem Piratenschiff ... Allerdings gab es da ein Problem.

»Ich arbeite nicht mehr für Web-Design, Herr Herz. Das müssen Sie mit meinem Chef, ähm Ex-Chef, besprechen.«

»Papperlapapp, ich will Sie für die Kampagne, schließlich war das mit dem Einhorn Ihre Idee. Ich zahle auch gut, und für die fabelhafte Grundidee bekommen Sie ganz spontan und weil Weihnachten ist, einen Bonus. Ich denke da an 20.000 Euro. Kommen wir ins Geschäft?«

Das Geld würde sie gut brauchen können, für den Umzug und vor allem, um ihre Arbeitslosigkeit zu überbrücken. »Ich hätte da schon ein paar hübsche Ideen ...«

»Wunderbar, Frau Sommer, Sie machen mir das schönste Weihnachtsgeschenk. Und meine Enkelin wird mich für diese Kekse lieben. Ich melde mich dann im neuen Jahr bei Ihnen. Haben Sie noch ein schönes Weihnachtsfest, auf Wiederhören.«

Ungläubig sah Sandra das Handy in ihrer Hand an.

»Nun sag schon!«, drängelte Meike. »Wer war das?«

»Herr Herz.«

»Der mit den Keksen?«, hakte Ewald Burger nach.

»Der mit den Keksen – und er will mein Einhorn.«

»Dein Einhorn?« Meike sah sie an, als wäre sie jetzt endgültig durchgedreht.

»Du hast ein Einhorn?«, fragte Mai hoffnungsvoll.

»Erzähle ich euch später. Jetzt will ich endlich in Ruhe essen.«

# Kapitel 35

### Bescherung!

Die Lasagne auf den Tellern war nur noch lauwarm, aber niemand beschwerte sich.

Während sie aßen, berichtete Thomas von seiner Arbeit in Japan, die er eine Woche früher als geplant beendet hatte – weshalb er jetzt hier saß.

Sandra mochte seine Stimme und seine ruhige Art zu erzählen. Geschickt baute er witzige Situationen ein, die er erlebt hatte und die sie allesamt zum Lachen brachten. Sie hätte ihm stundenlang weiter zuhören können. So humorvoll und unterhaltsam war Paul nie gewesen. Und auch wenn Meike ihn unübersehbar anflirtete, sah er dabei immer wieder Sandra an.

»Du bist erwachsen geworden«, stellte er irgendwann fest, als die anderen sich über eine Erweiterung des Kindergartens unterhielten.

»Na, du auch. Ich hab dich als schlaksigen Halbstarken in Erinnerung, der immer mit seinem Rennrad durch die Gegend gerast ist. Später war es dann ein viel zu lautes Moped.«

»Das weißt du noch?«

»Klar, du hast eine Zeit lang öfter drüben bei Hermanns am Zaun gestanden und Karin abgeholt. Ich fand dich damals echt cool.«

»Karin, herrje, das hatte ich vergessen. Weiß jemand, was aus Karin Hermann geworden ist?«, fragte er in die Runde.

»Ist verheiratet und lebt jetzt in Irland. Die Hermanns sind darüber nicht so glücklich, weil sie ihre fünf Enkel nur ein paarmal im Jahr zu sehen bekommen«, berichtete sein Vater.

»Fünf Kinder?«, wiederholte Thomas beeindruckt.

»Da hast du ja richtig Glück gehabt, dass das mit ihr und dir nicht gehalten hat«, neckte Sandra ihn und fing an, die Teller zusammenzustellen.

»Danke, dass du dich nach seinem Sturz so um meinen Vater gekümmert«, wechselte er das Thema. Seine grünen Augen mit den kleinen goldenen Sprenkeln strahlten sie an. »Papa schwärmt in den höchsten Tönen von dir.«

»So, tut er das?«

»Kommt jetzt endlich die Bescherung?« Mit dieser aufgeregt gestellten Frage rettete Mai sie aus ihrer plötzlichen Verlegenheit.

»Jetzt kommt erst mal das Dessert.« Schwerfällig erhob Meike sich von ihrem Stuhl.

Um einiges schwerfälliger als sonst, so kam es Sandra zumindest vor. Aber dann trug sie die leer gekratzte Auflaufform vor ihr her in die Küche, und ihr Gang sah aus wie immer.

»Müssen wir denn immerzu essen?«, quengelte Mai, die ihnen in die Küche gefolgt war.

Dass es ihr dabei um eine baldige Bescherung ging, war klar. Sandra konnte sich noch ganz genau erinnern, dass es bei ihr und Meike früher genauso gewesen war. Sie hätten lieber erst Geschenke ausgepackt und dann gegessen, aber ihre Mutter hatte immer darauf bestanden, dass es genau andersherum stattfand. Und schon damals hatte sie sich fest vorgenommen, dass sie mit ihren Kindern einmal alles anders machen würde.

»Wir könnten den Nachtisch natürlich auch nach der Bescherung essen«, schlug Sandra vor.

»Ja, ja, ja.« Jubelnd stürmte Mai davon, um den anderen diese grandiose Neuigkeit mitzuteilen.

Grinsend sah Meike ihr nach. »Toll, oder? Endlich sind wir erwachsen und können alles so machen, wie wir es wollen.«

Nachdem die Spülmaschine eingeräumt und eingeschaltet war, gesellten sie sich wieder zu ihren Gästen.

Die hatten inzwischen ihre Stühle in der Essecke verlassen und saßen auf der Couch und den beiden Sesseln vor dem Kamin.

Mai stand mit vor Aufregung glühenden Wangen vor dem Ficus samt Geschenkeberg. »Ich erkläre euch jetzt, wie das funktioniert«, sagte sie mit wichtiger Miene. »Es geht nämlich der Reihe nach.« Wie eine geübte Dozentin sah sie sich prüfend um, ob das auch alle verstanden hatten. »Ich verteile die Geschenke an euch, und ihr packt aus. Aber immer einer nach dem anderen. Dann seht ihr auch, ob die anderen sich über eure Geschenke freuen.«

Da die Geschenke keine Beschriftung hatten, wurde sie von den Schenkenden beim Verteilen unterstützt. Zuletzt überreichte sie Sandra feierlich ein Geschenk von sich.

»Du darfst zuerst auspacken«, rief Mai.

»Danke, Süße. Aber willst du nicht lieber anfangen?« Vor Sandra, die sich neben dem Sessel, in dem Meike saß, auf den Boden gekniet hatte, stapelten sich nämlich überraschenderweise einige Päckchen. Was bedeutete, dass Mai gemäß ihres Auspacksystems noch länger auf ihre Geschenke warten müsste.

»Okay«, sagte die Kleine dann auch, ohne lang zu überlegen. Sie begann mit Sandras Geschenk. Ungeduldig riss sie das Papier in Fetzen, und gleich darauf hielt sie den Bilderrahmen in Händen.

»Ein Einhorn«, sagte sie mit leuchtenden Augen. »Und eine Prinzessin! Hast du das gemalt?«

Sandra nickte. »Sieh dir die Prinzessin mal genauer an – fällt dir was an ihr auf?«

»Die sieht ja aus wie ich!«, stellte Mai nach kurzer Musterung fest.

»Das bist ja auch du.«

»Seid gegrüßt, meine Prinzessin.« Meike deutete eine theatralische Verbeugung an. »Prinzessin Mai, die Eineinhalbste.«

»Hört, hört«, kommentierte Sandra, und alle lachten.

Das nächste Päckchen war von Gerda Peter und enthielt ein Malbuch und eine Packung Buntstifte. Und in einer wunderschönen Weihnachtsdose lagen herrliche Nougattaler von Ewald Burger. Sofort biss sie in einen rein.

Das letzte Päckchen war von Meike.

»Ein Buch«, freute sich Mai. Beim Durchblättern stellte sie allerdings enttäuscht fest: »Ich kann doch aber noch gar nicht lesen.«

»Aber bald«, versprach Meike. »Du kommst doch im Sommer in die Schule, oder bin ich da falsch informiert?«

»Schon, aber …«

»Wenn du nicht so lang warten willst, kann ich dir das Buch vorlesen, wenn du magst. Es sind die Weihnachtsgeschichten vom Franz. Kennst du den Franz?«

Sandra erinnerte sich, dass das jahrelang Meikes Lieblingsbuch gewesen war. Sogar im Sommer hatte ihre Mutter es ihr vorlesen müssen. Und als sie dann in der Schule war, hatte sie es selbst immer wieder gelesen. Es sah auch schon etwas mitgenommen aus. Meike musste es sich vom Herzen gerissen haben.

»Liest du es mir gleich vor?«

»Wenn alle anderen ihre Geschenke ausgepackt und wir unser Dessert gegessen haben, gern.«

Zufrieden legte Mai das Buch neben das Einhorn.

»Und jetzt ist Sandra dran«, bestimmte sie.

Um ihr eine Freude zu machen, widmete sie sich zuerst Mais Geschenk. Unter dem Geschenkpapier mit lauter Schlitten fahrenden Nikoläusen kam eine Schachtel zum Vorschein. Und in der lagen mehrere ganz frisch gebackene und wieder sehr liebevoll dekorierte herzförmige Plätzchen.

»Die haben Oma und ich gestern noch gebacken«, erzählte die Kleine aufgedreht. »Papa und Opa haben vorhin auch schon welche bekommen. Freust du dich?«

»Und wie ich mich freue, vielen, vielen Dank.«

Mai sah Meike ernst an. »Weißt du, ich hätte dir ja auch welche geschenkt, aber ich wusste ja gar nicht, dass du da bist.«

Gerührt streichelte Meike ihr über das Haar. »Das ist vollkommen in Ordnung. Bestimmt gibt mir meine Schwester eins ab.«

»Oder ich bringe dir morgen welche rüber?«

»Oder so.«

»Sandra, du bist noch dran«, ermahnte Mai. »Da ist noch ein Umschlag, willst du nicht wissen, was da drin ist?«

Aus der geschickt gestellten Frage schloss Sandra, dass der Umschlag auch von Mai war.

»Unbedingt! Ich frage mich schon den ganzen Abend, was da wohl drin sein könnte.« Sie drehte und wendete den Umschlag. »Hm, kein Absender drauf. Weiß einer von euch, von wem der sein könnte?«

»Mach auf, mach auf!« Ungeduldig hüpfte Mai vor ihr herum. Schließlich hielt sie es nicht mehr aus. »Der ist von mir!«

»Noch ein Geschenk von dir?« Langsam öffnete Sandra die Lasche und zog dann noch langsamer den Papierbogen heraus, der sich im Umschlag befand.

Die Rückseite zeigte nach oben.

»Oh, ein Blatt Papier, wie schön. Soll ich was zeichnen?«, stellte Sandra sich doof.

»Nein, du Dummie, das ist die falsche Seite!« Meike nahm ihr das Blatt ab und drehte es um. »Das hab ich extra für dich gemalt.«

Sandra erkannte sofort, was sie da gemalt hatte. In der Mitte des Bildes war etwas Hellgraues mit dickem Bauch und breitem Schlapphut – unverkennbar die Schneefrau. Links daneben ein größeres Männchen, eindeutig als Frau zu erkennen – wahrscheinlich sie selbst. Rechts davon ein kleineres Männchen in rosa Schuhen, rosa Mantel und mit rosa Mütze. Zwei dicke schwarze Striche ragten unter der Mütze hervor. Das konnte nur Mai sein.

»Das sind wir beide beim Schneefrau-Bauen«, platzte es aus Mai heraus.

»Das hast du wunderbar gemalt. Ich habe uns sofort erkannt. Vielen, vielen Dank für die tollen Geschenke, meine Süße.«

Noch drei Päckchen und eine Poster-Rolle lagen vor ihr. Sandra entschied sich für das, das die Größe eines Schuhkartons hatte.

Unter dem grün-gold gestreiften Papier kam dann auch ein Schuhkarton zum Vorschein. Sie musste lachen, als sie den Deckel hob: Es waren weiße Arbeitsclogs.

»In deiner Größe«, erklärte Ewald Burger. »Da hast du sicher mehr Halt als in meinen viel zu großen.«

Die beiden nächsten Päckchen enthielten eine Bäckerhose und eine weiße Kochjacke mit dunkelroten Herzknöpfen.

»Es ist ja nur für zwei oder drei Wochen, aber da sollst du in der Backstube anständig angezogen sein«, sagte er verlegen.

Gerührt sprang Sandra auf und nahm ihn in den Arm. »Vielen, vielen Dank!«

»Und von wem ist das?« Sie hielt ihr letztes Geschenk, die Rolle, in die Höhe.

Wie in der Schule hob Gerda Peter den Finger. »Von mir. Ich hoffe, du freust dich.«

Und wie sich Sandra freute! Was sie nämlich aus der Kartonrolle zog, war ein Poster von der Blumenwiese, die sie als Kind im Kindergarten an die Wand gemalt hatte.

»Wie haben Sie ... ähm, hast du das hingekriegt?«

»Der Hausmeister hat mich trotz Ferien reingelassen, und dank dem Copyshop im Supermarkt war das gar kein Problem.«

Vergnügt klatschte Mai in die Hände. »Ha, das kenn ich. Das Bild ist an der Wand in meiner Gruppe.«

»Das hat Sandra gemalt, als sie ungefähr so alt war wie du«, erklärte Gerda Peter.

»Echt?« Beeindruckt sah Mai von der Wiese zum Einhorn und wieder zurück. »Du kannst ja echt gut malen!«

Zwei Päckchen waren noch nicht ausgepackt, und die lagen vor Meike. Da sie sich nicht bis zum Boden bücken konnte, reichte Sandra sie ihr hoch.

»Von wem sind die?«, fragte sie die Anwesenden. Ihr Blick blieb an ihrer Schwester hängen. »Dem Papier nach von dir.«

»Pack doch erst mal aus, vielleicht kommst du ja selbst drauf«, schlug Sandra vor.

Meike wickelte ein Päckchen Kaffee aus dem Pinguinpapier. »Kaffee?!?«

»Mir fiel auf die Schnelle nichts anderes ein. Du hast gesagt, dass das Erste, was du nach der Entbindung haben willst, eine Tasse Kaffee ist. Nun, das reicht für ein paar Tassen mehr.«

Meike warf ihr eine Kusshand zu.

»Und das? Auch von dir?« Sie hielt ihr letztes, etwas unförmig geratenes Geschenk in den Händen. »Und ich habe gar nichts für dich.«

»Ist doch egal. Los, pack aus!« Ein bisschen fürchtete Sandra sich vor dem Moment, wenn Meike den abgegriffenen Bären sah. Wenn es blöd lief, dann würde sie den uralten Teddy wütend nach ihr werfen.

»Sandra!« Die kleine Schwester sah sie entgeistert an. Aber statt den Bären nach ihr zu werfen, drückte sie ihn sich gerührt an die Brust. »Das ist dein Lieblingsbär, du kannst ihn doch nicht einfach so herschenken.«

»Doch, kann ich, ich schenke ihn meiner Lieblingsnichte und deren Mama.«

Vom Sessel aus schlang Meike ihr einen Arm um den Hals.

»Du Verrückte«, flüsterte sie ihr ins Ohr. »Du liebe Verrückte. Wir werden gut auf ihn aufpassen.«

Mit einem leisen Stöhnen setzte sie sich wieder gerade hin.

»Alles gut bei dir?«, fragte Frau Vogler beunruhigt.

Lässig winkte Meike ab. »Ja, ja, alles bestens. Mit meiner Gelenkigkeit ist es einfach nicht mehr so weit her.« Mit beiden Händen stemmte sie sich aus dem Sessel. »Und jetzt will ich ein Dessert.«

# Kapitel 36

## Das Christkind kommt!

Endlich konnte Mai ruhig sitzen bleiben. Die Geschenke waren ausgepackt – ihr großer Wunsch, eine Abend-Bescherung für »große Leute« mitmachen zu dürfen, war erfüllt worden. Sie löffelte ihr Dessert und malte nebenbei mit Gerda Peter in ihrem neuen Malbuch etwas aus. Dabei wurde sie zusehends stiller und müder.

»So, Mai, es ist spät. Verabschiede dich, Mäuschen, wir gehen jetzt rüber«, verkündete Hilde Vogler gegen halb zehn.

»Nein, Oma, noch nicht. Wir müssen noch weiterfeiern, und ich will die Geschichte vom Franz hören. Ich bin noch gar nicht müde«, protestierte Mai.

»Gleich kommt der Opa heim, der darf doch am Heiligen Abend nicht ganz allein sein?«

»Er kann doch hier rüberkommen. Stimmt's, Meike ... Sandra? Mein Opa kann auch mitfeiern, oder?« Mit jammervollem Dackelblick sah sie die beiden an.

»Das muss deine Oma entscheiden«, sagte Sandra, wie sie fand, sehr diplomatisch.

Meike nahm die Kleine in den Arm. »Du kommst einfach morgen wieder zu uns rüber. Und dann lesen wir.«

Trotzig stampfte Mai mit dem Fuß auf. »Dann sind aber nicht mehr alle da!«

»Wir können ja morgen Nachmittag alle zusammen einen Kaffee trinken, was hältst du davon? Ewald bringt leckeren Kuchen mit, und ich koche dir einen Kakao.«

Man sah der kleinen Göre an, dass sie mit sich kämpfte. »Okay«, willigte sie schließlich ein.

Nachdem sie allen zum Abschied die Hand gegeben hatte, düste sie mit ihrer Oma davon und quasselte schon wieder fröhlich.

Sandra räumte die Dessertschalen ab und holte eine neue Flasche Wein aus dem Keller.

»Ich glaube, Sandra, ich hab doch ein Geschenk für dich«, sagte Meike mit kreideweißem Gesicht.

»Du musst mir nichts schenken, das hatten wir doch schon geklärt.«

»Ich meine deine Nichte«, presste Meike hervor. »Du bekommst deine Nichte zu Weihnachten. JETZT!« Das letzte Wort schrie sie regelrecht.

Sandra verstand nicht ganz. »Aber sagtest du nicht, erst in drei Wochen?«

»Ja, sagte ich, aber Babys halten sich selten an Abmachungen ... Boahhh, tut das weh!«

Alle starrten sie fassungslos an.

»Verdammt, Leute, ich habe Wehen! Mach doch endlich einer was, ich muss ins Krankenhaus! Oder soll ich mir selbst ein Taxi rufen?«

Jetzt kam Leben in die Gesellschaft. Alle sprangen auf und redeten durcheinander, mittendrin Meike, die sich den Bauch hielt und vor Schmerzen wand.

»Ruhe«, rief sie laut dazwischen, als die Wehe verebbte. »Verdammt, was ist mit euch los? Ihr seid doch erwachsene Menschen, also benehmt euch auch so. Thomas, du hilfst mir bitte auf und bringst mich zum Auto.«

»Meines ist total zugeschneit«, gab Sandra zu bedenken.

»Ich kann fahren«, bot Gerda Peter eifrig an.

»Vielleicht ist es besser, wenn ich fahre«, sagte Thomas bewundernswert ruhig.

»Ist mir völlig egal, einigt euch einfach. Sandra, du gehst hoch in mein Zimmer – hinter der Tür steht meine gepackte Entbindungstasche. Und das jetzt alles bitte recht zackig!«

Sandra sprang die Stufen hoch, sie war froh, etwas Sinnvolles tun zu können.

Als sie mit der gewünschten Tasche auf dem Rückweg war, hörte sie Meike erneut aufstöhnen.

Gestützt von Thomas stand ihre Schwester zusammengekrümmt in der Diele. Dann richtete sie sich wieder auf.

»Keine vier Minuten zwischen den Wehen«, verkündete sie atemlos. »Wir müssen uns beeilen!«

Gerda Peter warf ihr einen Mantel über – es war der von Sandra. Ewald Burger riss die Haustür auf, und Thomas führte Meike nach draußen. Sandra erwischte in der Eile die Winterjacke ihres Vaters, schnappte sich den Hausschlüssel und folgte dem Quartett mit Meikes Tasche. Bei den Autos holte sie die anderen ein.

Erst da merkte sie, dass sie noch Pantoffeln an den Füßen hatte.

Die Wahl fiel spontan auf Thomas' Leihwagen, da der um einiges größer war als Gerda Peters kleine Nuckelpinne, und sie alle bequem reinpassten.

Pünktlich mit der nächsten Wehe hatten sie Meike auf den Beifahrersitz verfrachtet. Thomas kletterte hinter das Lenkrad, und die anderen drei quetschten sich auf den Rücksitz.

Im Schleichgang fuhren sie die nicht geräumte und durch den festgefahrenen Schnee recht glatte Straße entlang. Meike jammerte und stöhnte, und Sandra wurde fast verrückt vor Sorge.

»Bitte, bitte, Baby, komm nicht im Auto«, flehte sie.

Und ihre kleine Nichte hörte auf sie: Die Wehe ebbte ab. Erschöpft sank Meike in den Sitz.

Zur Beruhigung legte Sandra der Schwester von hinten

ihre Hände auf die Schultern. Was sie prompt bei der nächsten Wehe, die nicht lang auf sich warten ließ, bereute. Denn Meike packte ihre Rechte, sobald die Wehe an Fahrt aufnahm, und quetschte sie, bis diese wieder abklang.

Sandra hätte schreien können, tat es aber nicht. Ihr war klar, dass Schreien im Moment nur Meike zustand. Aber sie vermied es, ihre Hände wieder auf die Schultern der Schwester zu legen.

Vier Wehen später kamen sie endlich beim Krankenhaus an. Sobald das Auto stand, riss Sandra die Tür auf und lief die letzten Meter zum Eingang. Beinahe rannte sie gegen die Glastür, denn der automatische Türöffner funktionierte nicht – oder er war nachts einfach abgeschaltet. Also hüpfte sie rufend und winkend vor dem erleuchteten Fenster der Anmeldung herum. Erst als sie an die Scheibe klopfte, reagierte die ältere Dame dahinter.

Endlich glitt die äußere Tür auf, die innere öffnete sich automatisch, als Sandra vor sie hintrat.

»Wir haben draußen eine Klingel an der Tür«, tadelte die Empfangsdame sie mit säuerlichem Blick.

»Meine Schwester bekommt ein Kind!«, rief Sandra aufgeregt.

»Herzlichen Glückwunsch«, sagte die Dame kühl.

»Jetzt! Sie bekommt ihr Kind *jetzt.*«

»Hatte sie sich schon bei uns in der Gynäkologie vorgestellt?«

»Nein, hat sie nicht, sie ist gestern erst hier angekommen.«

Tür eins und Tür zwei glitten auf, Meike wurde von Thomas regelrecht hereingeschleppt. Sie japste und stöhnte, und auf einmal reagierte die Anmeldetante. In null Komma nichts hatte sie ihre Glaskabine verlassen und einen Rollstuhl geholt, der ein paar Meter weiter geparkt war.

»Ich rufe Doktor Vogler an«, sagte sie und verschwand wieder in ihrem Kabuff.

Ewald Burger und Thomas halfen Meike in den Rollstuhl, wo sie sich von der letzten Wehe erholte. Plötzlich machte sie große Augen. »Die Fruchtblase ist geplatzt!«

Mein schöner Mantel, war das Erste, was Sandra in den Sinn kam.

Doch Meikes nächste Wehe ließ den Gedanken sofort verblassen.

»Ich erreiche ihn nicht«, rief die Frau von der Anmeldung durch die kleine Öffnung in der Glasscheibe. »Gehen Sie schon mal nach hinten zu den Kreißsälen. Hier vorn gleich rechts und dann wieder links. Ich versuche es weiter beim Herrn Doktor und der Hebamme.« Dann rief sie ihnen noch »Frohe Weihnachten!« nach.

Sandra lief voraus. Hinter sich hörte sie Meike aufheulen. Die Wehen kamen jetzt in verdammt kurzen Abständen, das bemerkte sogar sie als absoluter Laie in Entbindungsangelegenheiten.

Als sie mit wehenden Fahnen um die zweite Ecke eilte, stieß sie beinahe mit Frank zusammen.

»Du?«, sagte er unfreundlich. Mit einem Hauch von Panik in der Stimme fügte er hinzu: »Ist was mit Mai?«

»Deiner Tochter geht es gut, sie liegt bestimmt schon im Bett.«

»Was ist dann? Stalkst du mich etwa?«

»Nein, Frank, ich stalke dich nicht, meine Schwester bekommt ein Baby, und zwar genau jetzt!«, blaffte sie ihn an.

»Meike?« Sein Interesse schien geweckt.

»Ja, Meike, ich hab schließlich nur eine Schwester.«

Und da kam auch schon der Rollstuhl mit einer stöhnenden Meike inklusive ihrer Entourage angefahren.

Frank eilte ihnen entgegen und übernahm das Gefährt. Mit quietschenden Reifen und Schuhen schob er sie flott den

Gang entlang. Meikes Gefolge hatte Mühe, mit den beiden Schritt zu halten.

»In welchen Abständen?«, hörte Sandra Frank fragen. Die Antwort ihrer Schwester bekam sie nicht mehr mit, weil die beiden hinter einer Schwingtür verschwanden.

Ratlos blieben die vier Begleitenden vor der Tür stehen. Schnelle Schritte näherten sich von der anderen Seite. Die vermeintliche Schwester, die herangeeilt kam, stellte sich ihnen kurz als diensthabende Hebamme vor und verschwand ebenfalls.

Gleich darauf öffnete sich die Tür wieder, und Frank erschien.

»Sie will dich dabeihaben«, blaffte er. »Und beeil dich!«

Schwupps, war er schon wieder weg.

Schockiert stand Sandra da und sah die anderen Hilfe suchend an. Sie hatte einfach nur Weihnachten feiern wollen, und jetzt musste sie eine blutige und wahrscheinlich schrecklich schmerzhafte Entbindung miterleben.

»Ich nehm deine Jacke«, bot Thomas an.

Der väterlichen Jacke entledigt, im albernen Weihnachtstrickkleid und mit Papas karierten, viel zu großen Filzpuschen an den Füßen trat sie durch die Tür, hinter der Frank, Meike und die Hebamme verschwunden waren. Sie landete in einem Gang, in dem ihr eine Krankenschwester mit einem grünen Kittel entgegenkam.

»Anziehen«, befahl diese knapp.

Als Sandra sich das grüne Teil übergezogen hatte, wurde sie mehr oder weniger in einen Raum geschubst, in dem Meike jetzt ohne Latzhose und Rentierpulli, dafür aber im klein gemusterten Krankenhauskittel wie ein Opfertier auf der Schlachtbank lag. Die Hebamme saß zwischen ihren gespreizten Beinen, Sandra mochte gar nicht hinschauen. Schnell ging sie zu ihrer Schwester und stellte sich neben ihren Kopf. Sie hatte keine Ahnung, was sie jetzt tun musste.

»Danke, dass du da bist«, flüsterte Meike. Sie war inzwischen schweißgebadet, ihre roten Stoppelhaare klebten nass an ihrer Kopfhaut. Sie suchte und fand Sandras Hand.

»Fünf Zentimeter«, verkündete die Hebamme.

Und da kam die nächste Wehe. Sandra war nicht schnell genug, wieder drückte Meike brutal zu. Sie war sich sicher, dass diesmal einige Knochen zu Bruch gegangen waren.

Meike musste sich hechelnd durch zwei weitere Wehen quälen, dann rief die Hebamme plötzlich »Pressen!«

Und dann war sie auf einmal da: Sandras Nichte. Sie glitschte einfach so aus ihrer Mutter heraus.

»23:25 Uhr ... gerade noch so ein Christkind«, verkündete Frank.

Ob sie, die Tante, die Nabelschnur durchtrennen wolle, fragte er im gleichen Atemzug, was Sandra wie durch dicke Watte mitbekam. Sie sagte nicht Ja, aber trotzdem hatte sie auf einmal eine chirurgische Schere in der Hand, und wie in Trance trennte sie damit ihre Nichte von ihrer Mutter.

Gleich darauf gab die Frischgeborene ihren ersten Schrei von sich, und dann lag das schmierige kleine Etwas auf Meikes Bauch.

Sandra war noch immer sprachlos. Alles war so unheimlich schnell gegangen. Ihre kleine Schwester war Mutter geworden, und sie hatte es miterleben dürfen.

»Findest du sie hübsch?«, wollte Meike wissen.

Nun ja, dachte Sandra, sie ist krebsrot und mit Glibber überzogen, und das Gesichtchen ist recht zerknautscht. Sie musste sich gut überlegen, was sie darauf antwortete, sie wollte ja keinesfalls ins Fettnäpfchen treten.

»Sie ist wirklich niedlich«, sagte sie diplomatisch.

Die Kleine wurde für ihre erste Untersuchung in den Nebenraum gebracht. Sandra blieb bei der erschöpften Mutter und hielt deren Hand. Meike dämmerte immer wieder weg, und Sandra sah ihr einfach dabei zu. Gut hatte sie das gemacht, ihre kleine Schwester, sie war unendlich stolz auf Meike. Zärtlich strich sie ihr über das feuchte Haar.

Eigentlich hatte sie diesen Moment, ihre Versöhnung mit Meike, Paul zu verdanken. Hätte er nicht Schluss gemacht, säße sie jetzt nicht hier. Dann wäre sie nicht dabei gewesen, als Meikes kleine Tochter das Licht der Welt erblickte.

Frisch gewaschen, vermessen, von oben bis unten untersucht und im süßen Ministrampler brachte Frank die Kleine zu ihrer stolzen Mama zurück.

»Wie soll sie denn heißen, die neue Erdenbürgerin?«

Meike sah Sandra an und grinste.

»Sandra Eleonore Sommer.«

»Meike, das ist doch Unsinn. Es gibt so viele wunderschöne und vor allem spannendere Namen«, wehrte Sandra ab.

Meike zwinkerte ihr zu. »Sie kann sich ja später Sandy nennen.« Dabei hatte sie es wie früher als junges Mädchen ausgesprochen – ein lang gezogenes Säändy.

Ein Bett wurde hereingebracht, in das die frisch gebackene Mutter und ihr Töchterchen umgetopft wurden.

Als eine Schwester die beiden aus dem Zimmer schob, hielt Frank Sandra kurz zurück.

Sie fragte sich, was er ihr jetzt wieder an den Kopf werfen würde.

Er druckste ein wenig herum, bis er endlich mit der Sprache herausrückte: »War das Meikes Mann, der sie hergebracht hat?«

Daher wehte der Wind.

»Lieber Frank, du hast es doch vorhin selbst aufgeschrieben: Meike heißt Sommer, die Kleine heißt auch Sommer – was schließt du also daraus?«

»Das hat heutzutage überhaupt nichts mehr zu sagen.«

Diesmal wollte Sandra ihn nicht ärgern, und deshalb sagte sie wahrheitsgetreu: »Nein, das war nicht ihr Mann. Auch nicht ihr Freund. Meike ist Single. Zufrieden?«

Er sagt zwar nichts, aber sein Gesicht sprach Bände.

Kurz entschlossen streckte Sandra ihm die Hand hin. »Frieden?«

Nachdem er nach kurzem Überlegen eingeschlagen und ein leises »Frieden« gemurmelt hatte, ließ sie ihn stehen und folgte dem Bett ihrer Schwester.

Auf dem Weg zum Fahrstuhl kamen sie an den vier Wartenden vorbei, die kurz die kleine Sandra Eleonore begutachten und ihre Glückwünsche aussprechen durften. Dann wurde Meike auf Station gebracht. Sandra übernahm ihre Tasche und fuhr mit nach oben.

»Wir warten am Eingang auf dich«, versprach Thomas, bevor sich die Aufzugtür schloss.

Lang blieb Sandra nicht bei Meike. Da sie aber allein im Zimmer war, räumte sie noch den Inhalt der Tasche in den Schrank. Als die Kinderschwester kam, um Meike beim ersten Stillen zu helfen, verabschiedete sie sich. Ein letztes Mal betrachtete sie die winzige Sandra Eleonore, die jetzt nicht mehr so rot und zerknittert war und tatsächlich schon jede Menge Haare auf dem Kopf hatte.

Ja, sie war *wirklich* niedlich, stellte sie zufrieden fest.

Sie fand die anderen an einem Tisch in der Cafeteria. Gerda Peter gähnte, Nachtarbeiter Ewald Burger war munter wie eh und je.

»Ist es immer so aufregend bei euch?«, fragte Thomas, als sie wieder im Auto saßen und in den Westring fuhren.

Sandra musste lachen. »Heute war wirklich alles geboten. Es kann nur ruhiger werden.«

Bei ihr zu Hause angekommen, öffnete sie zu Meikes und Klein-Sandras Ehren eine Flasche Sekt. Sie setzten sich ins Wohnzimmer und stießen auf Mutter und Kind an.

Das Feuer im Kamin war ausgegangen, aber Thomas brachte es schnell wieder zum Brennen.

»Ganz schön was los, seit du da bist, Sandra«, stellte Ewald Burger fest. »Von wegen, langweilige Provinz.«

»Für ein bisschen Action hast du ja auch gesorgt.« Übermütig ließ sie ihr Glas an seines klirren, wies auf seine kaputte Hand und leerte ihren Sekt in einem Zug.

Thomas schenkte ihr gleich nach. »Ich bewundere echt, wie du meinem Vater in der Backstube hilfst. Hast du mal eine Bäckerlehre gemacht?«

»Himmel, nein, ich komme aus der Werbebranche.«

»Was man so hört, stellst du dich in der Backstube aber richtig gut an.«

»Ach, hört man das so?« Sandra konnte sich ein Gähnen nicht verkneifen.

»Sie ist ein absolutes Naturtalent. Schade, dass sie lieber Einhörner und Prinzessinnen malt.«

»Und Thomas fotografiert lieber und schreibt Berichte über fremde Länder«, bemerkte Sandra. »Die Geschmäcker sind eben verschieden.«

»Ja, auch das ist ein Jammer. Gerda, du siehst müde aus.«

»Und deswegen fahre ich jetzt nach Hause!« Energisch erhob Gerda Peter sich von der Couch. Sie sah in die Runde und lächelte dann beinahe verschwörerisch. »Ewald, soll ich dich mitnehmen?«

»Nein, ich fahre mit Thomas ...«

»Ach was, lass deinen Thomas noch in Ruhe austrinken, und ich bring dich schon mal heim. Ich fahr doch direkt an der Bäckerei vorbei.«

Erst als sie ihm energisch auf die Schulter klopfte, schien er zu verstehen, worauf sie hinauswollte.

Wie von der Tarantel gestochen sprang er auf. »Ja, du hast recht, lassen wir die jungen Leute noch ein bisschen ohne uns Alte in Ruhe quatschen.«

»Liebe Sandra, vielen Dank für diesen ausgesprochen abwechslungsreichen Abend«, sagte Gerda Peter glücklich lächelnd.

»Meike und ich haben uns wirklich ins Zeug gelegt, damit ihr euch nicht langweilt.« Sandra stand auf und begleitete ihre Gäste in die Diele.

»Sehen wir uns morgen?«

»Hast du Mai nicht Kakao und Kuchen mit uns allen versprochen?«

»O ja, das hätte ich glatt vergessen. 15:00 Uhr?«

»15:00 Uhr«, bestätigte Ewald Burger. »Ich bringe Kuchen mit.«

»Danke für alles. Kommt gut nach Hause, ihr Lieben.« Sandra nahm Gerda Peter zum Abschied in den Arm.

»Und du, hab noch ganz viel Spaß«, raunte diese ihr mit seltsamem Unterton zu.

Wollte sie sie und Thomas etwa verkuppeln?

Sie sah ihnen nach, bis sie in den Twingo gestiegen und weggefahren waren.

Als sie zurück ins Wohnzimmer kam, hatte Thomas neues Holz aufgelegt. Versonnen saß er da und sah in die Flammen.

Er hat ein sehr schönes Profil, stellte sie fest.

»Wie lang bleibst du hier?« Sandra nahm ihr Glas und setzte sich mit angewinkelten Knien auf einen der Sessel.

»Ich ehrlich gesagt noch keinen Plan. Ich will erst einmal sehen, wie es mit Papa weitergeht.«

»Der ist gut versorgt. Gerda kümmert sich ganz wunderbar um ihn«, sagte Sandra in etwa dem gleichen Ton, in dem Gerda Peter ihr gerade viel Spaß gewünscht hatte.

Thomas verstand und grinste. »Bahnt sich zwischen den beiden etwas an?«

»Ich glaube, ja, die beiden sind wie zwei frisch verliebte Teenager, die sich aber noch nicht so recht trauen. Echt süß.«

»Mein Vater war lang allein, ich würde mich sehr für ihn freuen. Und dann noch die wunderbare Tante Peter – besser kann er es ja gar nicht treffen.« Er sah wieder ins Feuer. »Und du?«, fragte er als er sie wieder ansah.

»Was meinst du?«

»So, wie ich das vorhin mitbekommen habe, hast du deinen Job gekündigt – wie sehen also deine Pläne aus?«

»Gute Frage, auf die ich derzeit keine Antwort habe. Grundsätzlich steht mir die ganze Welt offen. Ich könnte zum Beispiel auswandern.«

»Und wohin würdest du gern auswandern?«

»England.«

»England? Sag jetzt nicht London.«

»Doch, natürlich London. Hast du was gegen London?«

Er drehte sein Sektglas in der Hand und beobachtete die aufsteigenden Luftbläschen.

»Nicht gegen London persönlich – ich mag generell diese Metropolen nicht. Der Lärm, der Verkehr, die schlechte Luft, die Kriminalität ... Mich zieht es mehr in die ruhigeren Ecken der Welt.«

»Dann kannst du ja zurück nach Markingen kommen«, witzelte Sandra.

Er sah von seinem Glas auf und sie direkt an, sodass ihr schlagartig heiß wurde.

»Ja, warum nicht. Es wäre doch gar nicht so schlecht, wenn meine Kinder so aufwachsen könnten wie ich damals. Mit viel Natur, guter Luft und unbegrenzten Freiräumen zum Spielen.«

»Und so gut wie keine Chancen auf einen anständigen Job.«

»Du würdest also ganz sicher nicht mehr hierher zurückkommen?«

»Eher nicht.«

Sie plauderten noch über dies und das. Irgendwann waren die Sektflasche und die angebrochene Weinflasche vom Abendessen leer und das Feuer runtergebrannt.

Es war weit nach zwei Uhr, als Thomas aufbrach.

An der Haustür nahm er Sandra kurz in den Arm und küsste sie auf die Wange. Auch ihm sah sie nach, bis er ins Auto gestiegen und weggefahren war.

Sandra schloss die Tür und lehnte sich mit geschlossenen Augen von innen daran. Es war nur ein Kuss auf die Wange gewesen, aber er hatte sich verdammt gut angefühlt.

Vielleicht blieb er wegen seines verletzten Vaters ja noch etwas länger? Sie würde ihn sehr gern näher kennenlernen.

# Kapitel 37

## Veränderungen

Sandra schlief lang, und das Erste, woran sie dachte, als sie aufwachte, war nicht etwa das Esszimmer, das sie noch aufräumen oder die Gläser, die sie noch spülen musste. Das Erste beziehungsweise *der* Erste, an den sie dachte, war Thomas. Sie sah sein gut geschnittenes Gesicht mit den grünen Augen und dem offenen Lächeln ganz genau vor sich. Seine Stimme hatte sie auch noch im Ohr.

Reiß dich zusammen, schalt sie sich selbst und schlug die Bettdecke zurück. Er wird bald nicht mehr hier in Markingen sein, weil er wieder durch die Welt jettet. *Und du wirst auch nicht mehr lang da sein, denn sobald Ewalds Hand wieder in Ordnung ist, bist du hier weg.*

Nichts war also aussichtsloser, als von einer Verbindung mit Thomas zu träumen.

Sie musste sich jetzt sowieso erst einmal um sich selbst kümmern. Eine eigene Wohnung und einen neuen Job zu suchen hatte oberste Priorität.

Nach einer ausgiebigen Dusche ging sie nach unten und machte erst einmal klar Schiff. Ein Schal war an einem Stuhl vergessen worden – an Thomas' Stuhl. Sie legte den weichen dunkelblauen Stoff zusammen und roch daran. Es war ein angenehmer Geruch, irgendein herber Männerduft.

Nach einem sehr späten Frühstück, das aus einem halben angetrockneten Brötchen, ein bisschen Wurst und ein paar Löffeln vom restlichen Spekulatius-Tiramisu bestanden hatte, zog sie sich an. Sie packte im Bad gerade Meikes Waschsachen in den Kulturbeutel, den sie ihr noch ins Krankenhaus bringen musste, als unten das Festnetztelefon klingelte.

Sandra sprang immer zwei Stufen auf einmal nehmend ins Erdgeschoss.

»Hier bei Sommer«, meldete sie sich.

»Hallo Sandra, ich bin's, Thomas.«

Ihr Herz begann zu galoppieren, und die Knie wurden weich. Schnell setzte sie sich auf die Treppe und hatte keine Ahnung, was sie jetzt sagen sollte.

»Hallo, Thomas«, brachte sie dann doch noch wenig intelligent heraus.

»Es ist so schönes Wetter, und da hab ich mich gefragt, ob du eventuell Lust auf einen Waldspaziergang hättest?«

*Einen Waldspaziergang ...*

»Ja, natürlich, sehr gern«, stammelte sie wie ein dummer kleiner Teenager.

»Soll ich dich abholen?«

»Ähm, nein, ich bin gerade auf dem Weg ins Krankenhaus.«

»Dann treffen wir uns dort?«

»Okay.«

»Dann bis gleich!«

»Bis gleich ...«

Träumte sie oder hatte sie gerade tatsächlich ein Date ausgemacht? Nein, Quatsch, das war kein Date, sie gingen einfach nur spazieren.

Als sie kurz darauf aus der Haustür trat, sah sie Mai drüben bei den Voglers mit einem Ball spielen.

»Hallo, Sandra«, rief die Kleine fröhlich herüber.

»Hallo, Mai!«

»Papa hat gesagt, dass Meike gestern noch ihr Baby bekommen hat.«

»Ja, eine kleine Sandra, ich gehe sie jetzt besuchen. Soll ich ihr Grüße von dir ausrichten?«

»Quatsch, das ist doch ein Baby, das versteht doch noch gar nichts.«

»Aber Meike könnte ich Grüße von dir ausrichten«, schlug Sandra vor.

»Ja, das ist okay. Warum heißt das Baby wie du?«

»Hm, vielleicht weil Meike der Name gefällt?«

»Nee, ich glaube, Meike hat dich ganz doll lieb. Deswegen.«

Das wäre schön, dachte Sandra. Denn irgendwie hatte sie ja auch ihre Schwester lieb. Erstaunlicherweise ... »Nicht vergessen, heute Nachmittag Kakao und Kuchen bei mir!«

»Klaro.« Mai blieb am Gartentürchen stehen, und Sandra sah sie winken, bis sie außer Sichtweite war.

In der Stadt war es ruhig. Die Markinger mussten sich anscheinend vom gestrigen Heiligabend erholen. Oder sie saßen alle beim Feiertagsessen. Im Krankenhaus war jedoch reger Betrieb, die Cafeteria gut besucht.

Meike sah wunderbar erholt aus, man sah ihr die Strapazen der letzten Nacht nicht mehr an. Die Reste ihres Mittagessens standen noch auf dem ausgeklappten Tisch des Nachtkästchens. Klein-Sandra lag auf ihrem jetzt um einiges flacheren Bauch und schlief.

Fasziniert streichelte Sandra über die zarten Wangen und die winzigen Fingerchen. »Wir sollten Mama und Papa endlich die frohe Botschaft überbringen.«

Ängstlich sah Meike sie an. »Muss das sein?«

»Wie lang willst du denn noch damit warten? Bis die Kleine in den Kindergarten geht?«

»Nein, natürlich nicht.«

»Außerdem wirst du die erste Zeit bei ihnen wohnen

müssen – ich finde, darauf sollten sie sich baldmöglichst einstellen können.«

»Kann ich nicht bei dir einziehen?«

»Meike, ich habe nicht einmal eine Wohnung. Die muss ich mir erst suchen, und von Markingen aus ist das denkbar umständlich. Einen Job habe ich übrigens seit gestern auch nicht mehr. Ganz ehrlich? Ich habe nicht die blasseste Ahnung, wie das in den nächsten Wochen und Monaten bei mir weitergeht.«

»Und wenn wir uns zusammen was suchen? Du findest doch sicher schnell einen neuen Job, und ich könnte meine paar Semester fertig machen.«

»Und wo? Nach Würzburg, wo du bis jetzt studiert hast, will ich nicht, und München können wir uns mit einem Gehalt nicht leisten.«

Unglücklich sah Meike auf ihr Baby. »Was für eine Scheiße.«

»Wir müssen Mama und Papa also mit ins Boot holen, damit wenigstens du versorgt bist. Also, bringen wir es hinter uns.«

Sie holte ihr Handy aus der Manteltasche und setzte sich zu den beiden Mädels aufs Bett. Dann öffnete sie WhatsApp und rief ihre Muttern über Videocall an.

Zu spät bemerkte sie, dass es bei ihren Eltern gerade erst sechs Uhr morgens war.

Eine total verschlafen aussehende Mutter streckte nach dem vierten Klingeln ihr Gesicht in die Kamera. »Sandra? Weißt du, wie spät es ist?«

»Ja, Mama, ich weiß es. Und es tut mir leid, dass wir so früh anrufen. Aber es ist dringend.« Sie legte sich so neben Meike, dass sie mit im Bild war.

»Hallo, Mama.« Meike winkte verkrampft lächelnd.

»Wo seid ihr denn?« Ihre Mutter kniff die Augen zusammen. »Ist das ein Krankenhausbett? Um Himmels willen, Meike, ist etwas passiert?«

»Nein, es ist nichts passiert, es ist nur so ...«

»Herzlichen Glückwunsch, ihr seid heute Nacht Großeltern eines entzückenden kleinen Mädchens geworden«, übernahm Sandra die Überbringung der Botschaft.

»Was sagst du da? Habt ihr gestern zu viel getrunken?« Jetzt erschien der verwuschelte Kopf ihres Vaters im Bild. »Es ist sechs Uhr früh!«, teilte er ihnen ungnädig mit.

»Wissen wir, Papa, aber es ist wichtig: Ihr seid heute Nacht Opa und Oma geworden!«, verkündete Sandra, in der Hoffnung, ihr Vater wäre für diese Nachricht zugänglicher als ihre Mutter.

»Die beiden haben eindeutig getrunken, Hans. Schalt das Ding einfach aus.«

Sandra hielt die Kamera jetzt so, dass man die Kleine sehen konnte. «Darf ich vorstellen: Das ist eure süße Enkelin Sandra Eleonore.«

Die beiden am anderen Ende der Welt blieben einen kurzen Moment still.

»Sandra, ist das deins?«, fragte der Vater schockiert, während ihre Mutter nur verzückt »Gott, ist die süß!« rief.

»Nein, meins«, gestand Meike. »Und damit ihr es gleich wisst: Ich habe keinen Mann dazu.«

»Aber dein Studium?«, wollte der Vater wissen.

»Ich bin Oma geworden. Hans, wir müssen sofort nach Hause zu diesem zuckersüßen Wesen.«

»Und ich bin Opa geworden. Trotzdem bleiben wir hier. Wir haben schließlich eine Menge Geld dafür bezahlt.«

»Oh, zeigt sie mir noch mal«, bettelte die frisch gebackene Großmutter.

Sandra kam ihrem Wunsch mit einer Nahaufnahme nach.

»Hach, was für eine süße Maus. Meike, du bist doch hoffentlich nicht mehr lang in London? Sonst bekommen wir die Kleine ja kaum zu sehen.«

»Nein, London ist Geschichte, aber darüber reden wir, wenn ihr wieder da seid.«

»Wir telefonieren jetzt aber jeden Tag, damit ich meine goldige Enkelin sehen kann«, forderte die Mutter.

»Ich weiß nicht, wie du dir das mit Kind und Studium vorstellst«, sorgte sich der Vater.

»Wir müssen Schluss machen, mein Akku ist gleich leer«, log Sandra.

Zum Abschied gähnte besagte goldige Enkelin, was ihre Großmutter beinahe ausflippen ließ.

An dieser Stelle kappte Sandra die Verbindung.

»Puh, das wäre geschafft.« Meike ließ sich ins Kissen fallen. »Aber noch lang nicht ausgestanden.«

In diesem Moment klopfte es, gleich darauf ging die Tür auf, und Doktor Frank Vogler betrat den Raum.

»Na, wie geht es den beiden Neuzugängen?«

Dabei sah er Meike für Sandras Geschmack etwas zu tief in die Augen. Doch der kleinen Schwester schien das zu gefallen.

»Es geht uns hervorragend«, gurrte diese.

Er nahm ihre Hand, um den Puls zu messen, ließ sie danach aber etwas verspätet los.

Meike und Frank – Ärztin und Arzt – gesellten sich gern. Dass Frank eventuell mal ihr Schwager werden könnte, damit hätte Sandra nie im Leben gerechnet. Aber so, wie ihre Schwester ihn anhimmelte, war das gut möglich.

Die nächste Besucherin war Gerda Peter. Kurz darauf kamen Ewald Burger und Thomas dazu. Bei seinem Anblick wurde Sandra ein wenig unsicher.

Aber dann nahm Ewald Burger Gerda Peters Hand und lächelte sie verliebt an. Er räusperte sich und sah dann in die Runde.

»Wir haben euch was zu sagen. Vor allem dir, Sandra. Und dich, mein lieber Junge, geht das natürlich auch ganz direkt was an. Gerda und ich, wie werden eine gemeinsame Reise machen. Eine Kreuzfahrt. Wie wir nämlich festgestellt haben, haben wir uns das beide immer schon gewünscht.«

»Bravo!« Sandra klatschte in die Hände. »Tolle Idee.«

»Und ...«, er machte eine dramatische Pause, »... nach langem Überlegen habe ich schweren Herzens den Entschluss gefasst, nun doch in den Ruhestand zu gehen und die Bäckerei zu schließen.«

Schlagartig war es totenstill im Zimmer, nur das gleichmäßige Atmen von Klein-Sandra war zu hören.

Im Kopf der großen Sandra überschlugen sich die Gedanken: *Ewald gibt auf ... wieder eine kleine Bäckerei, die zumacht ... eine entzückende Traditionsbäckerei, die es schon gegeben hat, als noch niemand an irgendwelche Bäckereiketten dachte ... nicht mehr in der gemütlichen Backstube sitzen können ... keine Nougattaler mehr futtern ... nie wieder die geliebte Glocke über der Ladentür bimmeln hören ... und ich, Sandra Sommer, arbeitslos ...*

Dann plötzlich stoppte das Gedankenkarussell, und sie sah alles ganz klar. »Das geht nicht«, sagte sie in diese Stille hinein.

»Was?«, fragte Ewald Burger überrascht.

»Das geht nicht«, wiederholte sie und sah ihn ernst an. »Du kannst die Bäckerei nicht zumachen, nicht, bevor ich alles von dir gelernt habe.«

»Wie meinst du das?«

»Ich will eine Ausbildung bei dir machen. Wenn ich die geschafft habe, übernehme ich die Bäckerei Burger, und du kannst in den Ruhestand gehen. Deal?«

»Deal!«, sagte Ewald Burger, ohne lang zu überlegen, und streckte ihr die von der jahrzehntelangen Arbeit rau gewordene Hand entgegen.

Kurz zögerte Sandra. Fragend sah sie Thomas an. War das ein zufriedenes Lächeln auf seinem Gesicht? Sie würde also nach Markingen zurückkommen – und er? Was würde er tun?

Wenn sie jetzt einschlug, würde sich ihr ganzes Leben von

links auf rechts drehen. Nichts wäre mehr so, wie es gestern noch gewesen war.

Aber wäre das so schlecht?

**ENDE**

# Weihnachtsrezepte aus Markingen

## Nougattaler (etwa 50 Stück)

*Das Rezept entstammt dem Backbuch der Autorin »Weihnachtsplätzchen«, erschienen bei Gräfe und Unzer*

### Für den Teig

- 500 g Mehl
- 250 g Zucker
- 250 g zimmerwarme Butter
- 2 Eier

### Zum Füllen

- 250 g Nuss-Nougat-Creme

### Zum Verzieren

- 200 g Haselnuss-Guss

### Zubereitung

1. Mehl, Zucker, weiche Butter und Eier in eine große Schüssel geben und einen glatten Teig daraus kneten. In Folie gewickelt über Nacht im Kühlschrank ruhen lassen.
2. Backblech mit Backpapier auslegen und den Backofen auf 200° Ober-/Unterhitze vorheizen.
3. Den Teig auf einer bemehlten Arbeitsfläche dünn ausrollen. Mit einem runden Ausstecher (4 cm Durchmesser) mit gewelltem Rand Plätzchen ausste-

chen und aufs Blech legen. Im Ofen (mittlerer Einschub) 8–10 Minuten hellbraun backen.
4. Kekse abkühlen lassen.
5. Die Nuss-Nougat-Creme leicht erwärmen (Wasserbad, Mikrowelle oder im warmen Backofen) und die Hälfte der Kekse damit bestreichen. Die anderen Hälfte dient als »Deckel«.
6. Den Haselnuss-Guss nach Packungsanleitung schmelzen lassen, und die gefüllten Taler großzügig damit bestreichen. Auf Butterbrotpapier setzen und trocknen lassen.

**Tipp:** In einer luftdichten Blechdose kühl lagern. So halten sie mehrere Wochen. Um die großen Nougattaler von Ewald Burger zu backen, muss der Teig etwas dicker ausgerollt werden, ca. 5 mm. Zum Ausstechen braucht man einen runden Ausstecher mit gewelltem Rand und etwa 11 cm Durchmesser.

## *Cappuccino-Hörnchen (etwa 90 Stück)*

*Das Rezept entstammt dem Backbuch der Autorin »Ginas Plätzchen-Buch – Mit Plätzchen durchs Jahr«, erschienen im Leinpfad Verlag*

### Für den Teig

- 250 g Mehl
- 1 Msp. Backpulver
- 3 EL Instant-Cappuccinopulver
- 125 g Zucker
- 100 g gemahlene Mandeln
- 100 g Schokoraspel
- 200 g zimmerwarme Butter
- 1 Ei

## Zum Verzieren

- 200 g Zartbitterkuvertüre
- 1 TL Kokosfett

## Zubereitung

1. Die Teigzutaten in eine große Schüssel geben und zu einem glatten Teig verkneten. In Folie gewickelt über Nacht im Kühlschrank ruhen lassen.
2. Backblech mit Backpapier auslegen. Den Backofen auf 200° (Ober-/Unterhitze) vorheizen.
3. Den Teig in mehrere Portionen teilen. Nacheinander jede Portion auf bemehlter Arbeitsfläche zu einer 2 cm dicken Rolle formen. Diese in 1,5 cm lange Stücke schneiden und jedes dieser Stücke zu einem 5–6 cm langen »Würstchen« rollen. Die Enden dabei etwas dünner formen. Zum Hörnchen biegen und auf die Bleche legen.
4. Im Ofen (mittlere Schiene) 12–15 Minuten backen, bis die Spitzen leicht braun werden.
5. Hörnchen gut abkühlen lassen.
6. Die Kuvertüre grob hacken und zusammen mit dem Kokosfett im Wasserbad schmelzen. Die Hörnchen mit den Spitzen eintauchen, auf Butterbrotpapier setzen und trocknen lassen.

Tipp: In einer luftdichten Blechdose kühl lagern, was aber selten nötig ist, denn die schmecken so gut, dass sie nicht lang halten – übrigens auch im Sommer, frisch aus dem Kühlschrank!

## *Glühweinkuchen (etwa 16 Stücke)*

*Das Rezept entstammt dem Backbuch der Autorin »1 Teig – 50 Kuchen«, erschienen im Gräfe und Unzer Verlag*

### Für den Teig

- 4 Eier
- 200 g Zucker
- 200 ml Öl
- 200 ml Glühwein
- 300 g Mehl
- 1 EL Kakao
- 1 TL Zimt
- 100 g Schokoraspel
- 1 Pck. Backpulver

### Für den Guss

- 200 g Puderzucker
- 1 Msp. Zimt
- 3–4 EL Rum

### Zubereitung

1. Das Obstkuchen-Backblech einfetten und mit Semmelbröseln auskleiden. Den Backofen auf 200° Umluft vorheizen.
2. Die Eier mit Zucker schlagen, bis die Masse cremig und zähflüssig ist. Öl und Glühwein untermischen. Mehl mit Kakao, Zimt, Schokoraspeln und Backpulver zugeben und rasch unterrühren.
3. In das vorbereitete Blech füllen und im Ofen (mittlere Schiene) 20–25 Minuten backen.
4. In der Zwischenzeit den Puderzucker und den Zimt

mit dem Rum zu einem glatten Guss verrühren. Den fertig gebackenen Kuchen aus dem Ofen nehmen und sofort mit dem Guss bepinseln.

Tipp: Schmeckt auch warm sehr gut!

## *Spekulatius-Tiramisu (für 4–5 Personen)*

### Zutaten

- 250 g Spekulatius
- 1 Dose Mandarinen (175 g Abtropfgewicht)
- 200 g Sahne
- 500 g Magerquark
- 50 g Zucker

### Zubereitung

1. 50 g Kekse in einen Gefrierbeutel füllen und mit dem Fleischklopfer auf hartem Untergrund zu kleinen Bröseln verarbeiten.
2. Die Mandarinen abgießen und abtropfen lassen.
3. Die Sahne steif schlagen. Den Quark mit dem Zucker gut verrühren und Sahne, Keksbrösel und Mandarinen unterheben.
4. Den Boden einer eckigen Auflaufform mit einem Drittel der Quarkmasse bedecken. Die Kekse dicht nebeneinander darauflegen. Das nächste Drittel Quark darauf verteilen und wieder mit ganzen Keksen belegen. Den restlichen Quark daraufgeben und als Abschluss mit ganzen Keksen belegen. Im Kühlschrank gut durchziehen lassen.

Tipp: Statt der Mandarinen kann man auch ein paar Löffel Preiselbeeren aus dem Glas unter den Quark mischen.

# Nachwort

Liebe Leserinnen und Leser,

wie schön, dass Sie zusammen mit Sandra, Meike und Co. Weihnachten im verschneiten Markingen gefeiert haben … oder noch feiern werden, falls Sie den Roman bis dato noch nicht gelesen haben sollten!

Die kleine verschlafenen Stadt Markingen gibt es allerdings gar nicht, die habe ich frech erfunden. Sie ist wohl eine Mischung aus der beschaulichen südpfälzischen Kleinstadt Bad Bergzabern, wo ich ganz in der Nähe wohne, und Neustadt an der Weinstraße. Und da ich in der schönen Pfalz lebe und arbeite, habe ich das frisch erfundene Markingen auch in der Pfalz verortet – irgendwo muss ein Roman ja spielen. So viel Schnee, wie im Buch beschrieben, gab es bei uns jedoch schon lang nicht mehr.

Warum die Geschichte ausgerechnet in einer Bäckerei spielt?

Vielleicht weil ich selbst viele, viele Jahre von einer eigenen Bäckerei oder einem eigenen kleinen Café geträumt habe? (Ein Traum der irgendwann hinfällig war, weil mir 1997 das Schreiben dazwischengekommen ist und ich freie und sehr glückliche Autorin wurde.) Auf jeden Fall, weil ich genau solche kleinen Bäckerläden und natürlich Kuchen in jeder Form liebe. Und weil ich selbst leidenschaftlich gern backe und dank meiner ursprünglichen Ausbildung zur Hauswirtschafterin neben Romanen auch Koch- und Backbücher schreibe.

Und warum Rezepte im Anhang?

Weil meine Leserinnen und Leser das so gewöhnt sind

und weil es Rezepte gibt, die ich einfach mit Ihnen und euch allen teilen möchte. Die großen Nougattaler, die meine Protagonistin Sandra schon als Kind geliebt hat, gab es übrigens in meinem Heimatort bei Würzburg, und ich war sehr traurig, als die »Bäckerei Burger« (ja, den Namen habe ich einfach übernommen) eines Tages ihre Türen und die Backstube schloss. Deswegen habe ich schon als Jugendliche diese Taler nachgebacken, und natürlich fanden sie den Weg in mein erstes Plätzchenbuch bei Gräfe und Unzer. Tatsächlich backe ich sie immer noch jedes Jahr zu Weihnachten.

So, das war's von meiner Seite. Jetzt wünsche ich denen, die den Roman noch nicht gelesen haben, viel Vergnügen bei der Lektüre. Und verträumte und zauberhafte Weihnachtstage. Denen, die ihn schon gelesen haben, natürlich auch.

Hoffentlich lesen wir uns bald wieder!

Herzlichst
Gina Greifenstein